U0000516

結束之後的我們

Magus after the End

上

author 梅花幾月開
illustrator 九日曦

目錄
Contents

Magus after the End

誠摯感謝

墨林、洋、阿仲、Akane Shikura、綿羊大長老、KURU、紙箱、一條小徑、八城十三、ㄙㄅ、yu，與其他所有曾經一同參與創作的網友們。

沒有各位的支持與鼓勵，就不會有這篇故事最初的原型。

希望大家喜歡這個版本的他們。

chapter I

他第一次見到哥哥是五歲。

一睜開眼就發現自己站在一片廢墟中央，摻雜砂石的風颳得他雙頰發疼，黝暗天色被黎明的曙光切出一條永無止境的地平線，而那個男人就站在那，離他僅幾步之遙。

男人發現了他，背著太陽大步走來，他嚇得跌跌撞撞倒退數步，發現過於冒進的男人才趕緊停下。他佇立在日出的方向，看上去好似一尊屹立千年不搖的宏偉石雕。當男人用唯一一隻眼睛俯視著他，他總覺得好像曾經被那樣的眼光凝視過，在那個久遠的曾經。

男人蹲了下來，「你知道自己名字嗎？」

他滿臉呆愣，搖了搖頭。

「你知道為什麼會在這裡嗎？」

他又搖搖頭，因為什麼都不記得而害怕地哭了出來。男人哄著「別哭，別哭……」，小心翼翼地靠近，輕輕抱住他。

男人的懷抱溫暖又厚實，他一下就不哭了，卻換男人在偷偷啜泣。

他學著男人，伸長小手抱住他，笨拙地拍拍他的背，「別哭、別哭。」

男人說，他是他哥哥。

❖

在那之後經歷一番波折，哥哥還是將他帶回了家。

哥哥說，這個世界剛結束一千年的戰爭，從邪惡魔女手中解脫的同時，也失去了美麗的魔法，所有一切都要重新來過。他還說了很多，什麼肅清啦、飢荒啦、黨派啦什麼的，他當時一個字都沒聽懂，只知道哥哥給自己取了個好聽的名字，「你是塞西爾。」

哥哥非常疼塞西爾，幾乎到溺愛的地步。不打不罵、想要什麼開口就有，再忙碌也一定會擠出時間陪他玩，念故事書給他聽。

他就這麼在哥哥的寵溺下日漸長大，過了幸福無憂的十二年，卻在十七歲生日隔天第一次聽見哥哥嚴肅地叫他的全名，要自己到書房去找他。

他掛了電話後還有些傻愣，身旁的青梅竹馬就先急著出聲。

「哇哇哇哇。」柏妮絲·伊納修斯從他的床上坐起來，浮誇地倒抽一口氣，「『塞西爾』，不是『小西』——你做了什麼啊？我第一次聽到迦勒那樣叫你耶，連你以前打破我的頭他都沒有這麼凶。」

不知道是不是錯覺，她聽起來比起緊張似乎更像興奮，塞西爾頓時有點不太高興。「我不知道，但我肯定沒有打破過妳的頭。明明是妳自己踩到玩具滑倒撞破腦袋。」

柏妮絲吐了吐舌頭，半點也沒聽進去，「你加油囉，『塞西爾』。」

「邦妮！」

哥哥平常很少會叫他去書房。那是哥哥辦公的地方，位在頂樓角落，通常是有正事要談才會讓他過去，不然都是哥哥來房間找他。

塞西爾獨自穿越漫長的走廊，絞盡腦汁拚命思考前幾天都做了些什麼，是晚上在外面玩太晚嗎？還是上次成績掉太多？還是之前偷看哥哥手機被發現了……

還沒來得及想出原因，書房的木門就出現在眼前。塞西爾悄悄深吸了一口氣，小心翼翼地輕敲兩下，沉重的房門之後立刻傳來低沉的回音。「進來。」

一轉開門把，第一眼就看見哥哥坐在書桌前，在他身後的落地窗將整間書房染成金黃色，在少年腳邊鋪上一層燦爛的地毯。

「把門關上。」哥哥頭也不抬地說，垂著眼眸專心研究滿桌的文件。從塞西爾的角度看不清楚哥哥的表情，無從判斷他究竟在想什麼。

塞西爾聽話地關上門。

他不敢像平常那樣放肆地繞過辦公桌和哥哥搶椅子，乖乖走到書桌前站好，「哥哥，你找我有什麼事？」

或許是可憐兮兮的語氣起了作用，哥哥終於抬起頭。

陽光順勢流進他空蕩蕩的右眼，照亮眼窩裡的血色。哥哥難得沒戴眼罩，塞西爾這才發現他鼻梁上那道被鬆緊帶長年勒出的痕跡，居然在不知何時甚至磨破皮了。

「有件事問你，認真回答我。」哥哥說。

他緊張地咬住嘴唇，怯怯看著哥哥用指尖輕敲桌面，思考一會後緩緩開口道：「你確定真的想進黑魔法稽查部嗎？」

塞西爾花了一秒鐘才理解句子的意思，再多花一秒才明白，哥哥**又**要勸退他了。

「你之前說的那些，我都好好想過了！」他焦急道。

自從哥哥知道少年志願跟他走上同一條路，想要追捕至今尚未落網的魔女殘黨後，就跟塞西爾大吵了一架。雖然當下沒能勸他打消念頭，後來三天兩頭逮到機會就不停數落自己的工作給他聽。

少年搶在哥哥又開始長篇大論前，劈頭就道：「你說我從小就體弱多病不可能跑前線，我也問過潔兒姊姊了，她有跟我解釋內部行政的運作方式，如果走幕後的話就不會那麼危險，我想先往這個方向努力。還有你說稽魔部遲早會解散沒前途，首先官方部門解散一定會有配套補償，趁著現在相關福利政策很多，先拿到公務員身分也不虧，再來二度就業的話可以進防範中心！防範中心總沒有那麼容易倒了吧？」

一鼓作氣說完這一大段有點喘，塞西爾偷偷屏住呼吸，不讓自己看起來太狼狽。辦公桌後的哥哥顯然沒料到他會突然背出這麼大一段長篇大論，詫異地睜大眼睛。

逐漸拉長的沉默，讓原本還胸有成竹的塞西爾漸漸失去原先的氣焰。「……拜託。」罰站的少年惴惴不安地囁嚅道：「就讓我試試看。」

一向喜怒不形於色的哥哥，只是直直盯著他。

就在少年慌了手腳，氣氛變質的前一刻，哥哥卻突然笑出聲。塞西爾錯愕地看著哥哥撇開頭，伸手摀住嘴巴試圖遮掩上揚的嘴角，從落地窗切割進來的陽光，把他琥珀色的左眼染成流金般的璀璨顏色。

「真是……你的作風。」他語氣矜持，臉上表情卻赤裸裸地笑了起來。

迦勒本來就長得好看——**很**好看，稜角分明、濃眉大眼，平常總是冷著一張臉，突然笑起來居然讓塞西爾一瞬間走了神。

「——還不是你教的。」他趕緊回神道，看著哥哥那副溫柔的笑容卻感到一陣莫名委屈，「不要笑了啦。哥哥！」

「好、好。」哥哥嘴上應付，眼裡仍盈滿寵溺的笑意，看得塞西爾彆扭地挪開了視線。哥哥不知道是沒發現還是不當一回事，催促他去拉張椅子坐下，他也只是固執地站著。

「叫你過來其實不是要念你。」哥哥輕嘆一聲，「你跑去找潔兒的事，她有告訴我。她應該有說去稽魔部的話可以照顧你，但你也知道潔兒在工作是出了名的嚴格，假如你真的空降進去，她對你的標準只會比一般人更高。」

他邊說邊翻找著滿山滿谷的文件，不知道想到什麼，突然感嘆道：「從小你說想做什麼我都沒反對過，就算要啃老我也能養你一輩子。結果偏偏選了稽魔部。」

「稽魔部有哪裡不好？」塞西爾埋怨道。

哥哥沉默了兩秒鐘，回應道：「我本來希望這些戰爭的事，停在我們這一代就好。」

那語氣讓塞西爾一時不知道該怎麼回答。哥哥也沒繼續說，從最高的那一疊文件底部抽出一本頗有厚度的文件夾，把黑色的皮革封面翻給他看，上頭只有短短一行燙金字體寫著《長生者名冊》。

「靠關係的話，表現不夠好只會連累潔兒。」哥哥說：「如果你要一畢業就進去，最少現在就要開始準備了。還要繼續站著嗎？」

驚訝的少年遲了兩秒才終於發出聲音，興奮地又跳又叫，一鼓作氣繞過辦公桌撲進哥哥懷裡。滑輪椅子被他撞得往後滑行，最後撞上落地窗停下。

「謝謝哥哥！我最喜歡哥哥了！」他開心地喊，聞到哥哥身上那種特別好聞的味道，就跟床上那隻小時候哥哥買給他的仙人掌抱枕一樣，此刻摻著暖陽與墨水的氣息，讓塞西爾忍不住偷偷吸一大口。

「小西，坐好。」被趁機聞了一陣的哥哥只是無奈地說。

少年抬起頭，滿臉無辜又理直氣壯地直接在哥哥腿上坐穩。哥哥好氣又好笑地望著他，只警告一句：「掉下去你就知道。」說完就縱容他去，還伸手抱住他的腰，避免塞西爾跌落椅子。

哥哥將文件夾放進他懷裡，「在稽魔部會有非常多跟長生者打交道的機會，這裡面記錄的是所有曾被亞當賜予不老之身的人，跟他們的親屬。每一個都要記熟，不過大部分你應該都聽過了。」

塞西爾翻開名冊。前面幾頁是一些編號註記和歷史簡介，翻了一會才出現第一個名字。

亞當（未有姓），歿（魔女紀年，前二八～一〇四二）。二八／一〇〇二。血源：無記載。後代：無記載。

就這樣一行。再往下滿滿全是亞當的生平記錄，又往後翻兩頁才看到下一個人名。

「最老一批長生者那個年代還沒有姓氏觀念，所以他們不會有姓，或者有些出身不明的人也不會有。」哥哥解釋著：「要注意有些人的姓氏會是其他人的名字，有三種情況：一是代表他被收養但對方沒有姓，就跟你一樣。第二是無姓的人以自己的名字冠予血緣後代建立家族，像伊納修斯家。」

「第三種是宣示效忠，這個叫宣誓姓，是一種魔法契約。只要宣誓姓還在，就無法背叛效忠對象，否則會受到懲罰。雖然魔法死後契約就沒用了，但絕大部分冠宣誓姓的人還是會遵守。你接下來會看到很多人的姓氏是『亞當』，全部都是宣誓姓。宣誓姓如果有更改記錄一定要注意，免得說錯話。」

「那數字呢？」他問。

「存歿後面寫的是生卒年，方便計算都會用魔女紀年。二十八是指成為長生者時的身體年齡，一千零二是不老的時長，加一加就可以算出在世時間。人物經歷記得也要讀，越近代越重要，太久以前的事這些人搞不好自己都忘了。」哥哥蓋起文件夾，「拿回去背，別現在看，柏妮絲還在樓下等你。」

「不用管她啦，能霸占遊戲機她開心死了。」塞西爾哼了一聲，抓著哥哥的手再度翻開文件，「她真的超幼稚。你剛剛那樣叫我，我們都以為你在生氣，然後她就開始一直學你講話，在旁邊幸災樂禍。」

「她還小嘛。」哥哥緩頰道。

「我十三歲的時候也沒有那麼討人厭啊。」他氣呼呼地說，眼角卻瞥見哥哥似笑非笑的表情，不甘心地追問：「幹嘛？笑什麼？」

「沒笑、沒笑。」哥哥完全不打算跟他爭辯，布滿粗繭與傷痕的手輕輕扣住他的手，摩挲著少年纖細的五指，「柏妮絲只有跟你在一起會幼稚，是因為她相信你。你可是她最喜歡的鄰家哥哥呢。」

塞西爾聽了卻頓時沉下嘴角。「她才沒有喜歡我。」他悻悻說。

「我不是那個意思。」哥哥安撫。

「我知道，可是……」塞西爾氣憤地噘起嘴。

「大家一——直——開我們玩笑。感情這麼好怎麼可能沒在一起、為什麼不交往、是不是其實只是不想公開……都在自說自話，完全不打算聽我們解釋，只要我生氣就說開不起玩笑。」少年忿忿地說，越想越委屈，「明明我就有喜歡的人了。」

在哥哥開口前，放在桌上的手機突然響了起來。哥哥拍了拍他的腿要他下去，少年卻直接攬著男人的脖子穩住重心，傾身抓過書桌上的電話。

來電螢幕上顯示的是「伊納修斯」。

「是伊恩哥哥。」塞西爾說，在哥哥的目光下乖乖交出手機，立刻窩進他懷裡撒嬌。哥哥似乎不太想讓他聽到電話內容，跟躲在懷中的少年拉扯幾下，直到電話鈴聲快結束時仍然沒能成功把他扯下來，沒好氣地碎念一句：「黏人。」就著一手抱住少年的奇怪姿勢按下了通話鍵。

「過來一趟，你知道我在哪。」電話那端一點廢話也沒有，劈頭就道：「柏妮絲在你家吧？順便把她帶來。」

塞西爾立刻抓住機會，「我也要去！」

「小西。」哥哥斥喝，但為時已晚，伊納修斯已經聽見了。「小西在旁邊啊？」

「伊恩哥哥！」他立刻湊近話筒，逼得哥哥不得不退開，少年趁機抓過手機，「你在幹嘛？要回來了嗎？」

「打擊犯罪啊。快了吧，搞不好今天晚上就到家了。我們小可愛西有沒有想我？」伊納修斯一改剛才嚴肅沉重的語氣，語調輕快得好像原本就只是打來聊天。背景裡的交談雜音也逐漸變小，他似乎刻意走到了無人的角落講電話，「我有幫你帶土產喔。不要告訴你哥，他沒有份。」

塞西爾小心翼翼地觀察著哥哥的臉色。

「伊恩哥哥。」他試探地問：「你現在在哪裡啊？我也可以過去嗎？我會待在很安全的地方看一下下就好。」少年飄開視線，閃躲哥哥責備的眼神。

「嗯哼。」伊納修斯沉思了幾秒鐘，「那樣你會錯過精彩場面耶。」

「伊恩。」哥哥出聲。

「哎唷，你還在啊？」伊納修斯故作驚訝道。迦勒面無表情，連白眼都懶得翻。「那只能說抱歉囉。乖小西，下次他不在的時候再帶你出去玩。」

哥哥伸手向他討電話。塞西爾只好不甘不願地交出手機，在哥哥和伊納修斯交談時用楚楚可憐的眼神從頭緊盯到尾，直到哥哥掛斷電話，無奈地嘆了一口氣，「你那樣看我也沒用。太危險了。」

「我會在非——常——非常遠的地方安靜看的。」他乖巧地說。

「那你就在家啊。」

「邦妮都可以去……」

「柏妮絲是伊恩家的人，不是我決定的。」

「如果以後要進稽魔部，應該要知道前線是怎麼運作的吧？」

「你還有其他更安全的管道可以了解前線工作。」

「可是、可是你說過！紙上談兵……」

「身體力行不等於玩命，不行。」

「哥哥——」

「不行。」

塞西爾開始撒嬌哀號，但哥哥的眼神始終沒有半點退讓。

「小西。」他收斂神色，語氣嚴肅地說：「真的太危險了。我在前線時不可能分神去注意你，一般保鑣又無法應付魔女殘黨甚至黑巫師等級的威脅，現在也來不及安排更高級別的隨扈。等你準備好，之後有機會再帶你觀摩現場。」

少年失望地閉上嘴巴。見塞西爾一聲不吭，哀怨地直直盯著自己看，哥哥換了個語氣說道：「如果帶你過去，而你真的出了什麼事，我一定會受不了。」

哥哥輕輕抱住懷裡的少年，「小西。別讓我擔心。」

本來還有點不甘心的塞西爾聽他這麼一說，也不敢再繼續胡鬧。哥哥的手臂圈得很緊，牢牢把少年抱在懷中，彷彿怕極了他從椅子上摔下去就會粉身碎骨似的。

塞西爾抿了抿乾澀的嘴唇，訕訕道：「好吧。」

哥哥頓時鬆了一口氣，「你最乖了。」

「那我想要獎勵。」塞西爾立刻說。

陽光彷彿瞬間凝結在少年臉上。塞西爾壓下這股沒來由的緊張，大膽地直視著哥哥僅存的左眼，有意忽略掉這股微妙的氣氛，委屈地努了努嘴。哥哥才終於伸手捧住他的臉頰，掌心裡的傷痕粗糙地刮著少年的皮膚，指腹溫柔地摩挲他細軟的鬢角髮絲，昂起頭在塞西爾高高噘起的薄唇上輕輕印了一吻。

❖

送哥哥與柏妮絲出門後，塞西爾便回到自己房間，毫不意外地發現本來乾淨整齊的臥房已經被柏妮絲搞得一團亂。

沒吃完的零食飲料就這樣直接放在桌上，沒關機的遊戲機也直接扔在棉被裡。髒亂的景象讓被獨自留在家的少年又開始生悶氣，臭著臉整理的同時甚至錯愕地發現就在剛才待在哥哥辦公室裡的短短半小時，柏妮絲就把遊戲全部破關了。

甚至成就也都幾乎破完了。塞西爾傻眼地看著滿滿好幾頁金閃閃的目錄，越看越煩躁，一氣之下乾脆直接把遊戲刪掉。

柏妮絲總是喜歡炫耀自己很厲害，少年氣惱地想。她小小年紀可以去前線，可以學用槍，可以做這個做那個，但塞西爾都不可以。明明不是她的遊戲機還這樣越線，又老愛在大人面前裝乖，就算塞西爾和哥哥告狀，也只會被哄著要他包容一下。

只有伊納修斯會好好管教她。他對後代都很嚴格，柏妮絲又是伊納修斯家下一任繼承人，凡犯一點小錯就是嚴懲不貸，甚至有一次塞西爾不小心撞見伊納修斯在管教後輩……

少年頓了一下，低頭看著手上的遊戲機。

還是算了，塞西爾心想，好像也沒有嚴重到要對伊納修斯打小報告。反正哥哥已經答應讓他進黑魔法稽查部，柏妮絲以後就不能再拿這件事說嘴了。

塞西爾認命地把亂糟糟的房間收一收，拿出手機準備罵一下柏妮絲，瞥見和哥哥的聊天記錄有一則鮮豔的未讀通知，立刻點開才發現只是剛才叫他去書房的通話記錄。失落之餘順手傳了一張只有半邊愛心的貼圖過去，這貼圖是他們兩人一起買的（或者說是塞西爾要求他買的），裡面還有另一半的愛心，但等了好一會也沒等到哥哥已讀。

雖說哥哥平常除了工作外不怎麼碰手機，塞西爾上次偷看他手機時，發現裡面確實幾乎只有公事，也知道忙起來時真的沒空看……但那是他傳的訊息啊。

少年有些哀怨地瞪著手機好幾分鐘。抽個十秒讀訊息到底有什麼難的嗎？始終等不到哥哥的已讀，塞西爾撇撇嘴，按掉螢幕下樓。他給自己泡了杯熱巧克力，懷裡抱著那本《長生者名冊》，窩進客廳落地窗邊的懶人沙發。午後暖陽從窗簾縫隙透進來，切開了少年腿上厚重的文件夾。

當翻開皮革封面時，陳舊的牛皮紙香氣頓時撲鼻而來，剎時間讓少年想起哥哥身上那種神祕的味道。他總是搞不清楚為什麼哥哥身上會有種氣味，說香也不盡然，就是很好聞。哥哥不擦香水也不用香氛，問其他人都說沒聞到，反而顯得他像個變態。

少年搖搖頭，決定別再多想，刻意把手機放得很遠還關了靜音，讓自己專心在名冊上。裡頭有不少名字廣為人知，但真正麻煩的部分在於每個人的血緣後代，一個比一個錯綜複雜，草草掃視一遍就覺得頭昏腦脹。

塞西爾啜了一口熱巧克力，打起精神，從第一頁的歷史變遷開始細細閱讀。

傳說，這世界曾經是沒有魔法的。

第一個發現魔法的人叫什麼名字，如今已不可考，只知道他帶給了我們千萬年的繁榮，直到這分神賜的恩寵在後世的無度揮霍下消耗殆盡。

約莫一千三百年前，魔法師人口由於不明原因開始逐漸減少，隨之而來的混亂霎時席捲無盡大地，國度之間為了爭奪魔法師大打出手、相互殘殺，一直持續了三百多年。在這樣絕望的時代，魔女出現了。

親眼見證她降臨的人們爭相形容，她身著黑夜、腳踏夕陽，長髮灑滿燦爛星光，雙眼承載無窮宇宙，以預言家之姿宣稱有著神賜的祝福，能將駑鈍凡人進化成天賦異稟的魔法師。季風將她的聲音送往世上每個角落，一夕之間，半個大陸都為她陷入癲狂。

那場殘酷的爭奪最終由奧特蘭的國王脫穎而出。他親自牽起魔女的手，將她帶進美麗的奧特蘭宮殿，期待她能實現他統御大地的荒謬幻想——不止是奧特蘭王，在那個時代，全世界都深信那位尊貴的大人能夠力挽狂瀾，結束百餘年來的紛擾，最後帶我們回到過往奇蹟遍地的繁華盛世。

直到眾人親眼看見魔女造出的第一位「魔法師」。

《輝煌奧特蘭》上記載著：它看起來像剛從敗朽沼澤裡爬出來，滿身泥濘的鱷魚，活吞一隻成年母熊後把身體強行撐開成勉強能夠行走的形狀。當它拖著腫脹流膿的大腳，一步步踐踏過象徵奧特蘭不敗榮光的猩紅長毯，日夜笙歌的奧特蘭王宮寂靜得宛如死城，只聽得見國王像沒見過妓女的乞丐般拍手叫好，尖叫著命令魔女造出更多那樣的怪物——他要親手將偉大的奧特蘭變成人間煉獄。

短短二十年，當時最強盛的奧特蘭帝國就少了六分之一人口。在那之中成功蛻變成「魔法師」的僅僅數千人，能夠存活超過一年的甚至不到三分之一。無數屍首一寸一寸鋪出了奧特蘭日後的遼闊領土，人民的恐懼、貴族的憤怒都無法動搖國王半分，昔日明君的心已經徹底被魔女迷惑，只剩一具空殼。

而真正的救世主，此刻才姍姍來遲。

他帶著百年來最強的魔法力量而生，父母為了在動盪時局中保護他，選擇隱瞞他出眾的天賦，帶年幼的他藏匿於西北方小城鎮，卻無法蒙蔽耀眼的靈魂。親眼見到父母死於怪物口中讓他下定決心，找到傳說中為刺殺魔女而鑄的劍，代替被吊死的鐵匠完成鍛造，並在通紅的劍刃上刻下自己的名字，亞當。

亞當率領眾人闖入奧特蘭王宮，用長劍刺穿國王的心臟，在那座罪惡淵藪中一刀一刀劈開出路，最終在引發一切悲劇的城門前找到了魔女。但那把劍最終卻沒能完成它的使命，在眾目睽睽下魔女赤手拔下亞當的腦袋，將他的身體扔進深淵，以英雄的血漆刷王座，自行登基。

她廢除了曆法，將歷史上最黑暗的那一年正式訂為曆法元年，厚顏無恥地以自己的罵名為號，建立「魔女帝國」。

追隨亞當的人們選擇繼承他的遺志，組成反抗軍繼續奮戰，但在壓倒性的力量差距下，往後四十年裡屢戰屢敗。而就在人們即將放棄希望的最後時刻，亞當回來了。

他的腦袋好好地連在脖子上，一道傷痕也沒有。昔日戰友都已垂垂老去，唯獨他仍如當年意氣風發。亞當宣稱自己已然走過生死邊界，獲得不老之身，只為再次帶領人們對抗邪惡而從地獄歸來。

可他的一番話反而讓眾人疑懼不已，只因在這漫長的魔法歷史上有過不老、有過不死，卻從未有人能夠死而復生。眾人紛紛指責他是魔女派來蠱惑人心的幻影，趁夜偷襲他的營帳，亞當不得已只好連夜逃走。就在十天之後，魔女出手掃蕩反抗軍基地，飛禽走獸無一生還。

在反抗軍中，唯有極少數人仍願意相信亞當，他便將這些人全數變回曾經年輕的樣貌，並賜予他們和自己一樣不老的身體，隨著他一起遊走帝國各方。在魔女的眼皮底下，亞當與其眷屬一點一滴培養出屬於自己的勢力，人們開始以童話故事中長壽的精靈一族來稱呼他們為「長生者」。

最初誰也想不到，這場偉大的抗爭，最終居然持續了漫長而痛苦折磨的一千年。魔女紀年一〇三三年，發生了著名的埃格安攻城戰。魔女遮蔽太陽，使世界陷入永遠的黑夜，長生者因此得知驚人的真相——魔女之所以如此強大，甚至能讓凡人得以操縱魔法，並非是她天賦異稟，而是魔女就是魔法的化身。

一旦除去魔女，魔法便會從此自世上消失，屆時人類長久以來的建設將盡數化為烏有，對世界造成的重創或許將更勝於魔女殘暴的統治。長生者內部為此起了爭執，一派以亞當為首，主張魔法遲早會隨時間消亡，長生者千年來斬殺魔女的目標不應因此有所動搖；反對者則認為人類無論如何都不能失去魔法，應當將魔女封印起來，使其永不見天日。

就在眾人爭論不休之際魔女趁虛而入，於一〇四〇年攻陷軍閥重要據點之一的儕北山都，狠狠重創長生者勢力。多達半數軍閥高層皆被俘虜，僅有亞當與三位高級將領及時逃逸失蹤。

為了徹底擊潰長生者，魔女並沒有殺死被俘將領。她向他們提出條件，只要改變姓氏效忠於魔女便饒他們不死，甚至保證其血親後代至少百年榮華富貴。被俘者中有人當場飲彈自盡，然而在極端淫威下，更多人選擇屈服。

魔女認為自己已經贏得了戰爭，魔法師亞當只剩響亮的虛名，再無絕地逢生的機會。她將那些英勇自戕的俘虜屍首掛在城堡外供飛禽啃食，任英雄的血淌下城牆、沾黏磚瓦，放任整座魔女之城終日散發著令人難以忍受的惡臭，只為提醒人們違逆她的下場。

魔女以為自己空前絕後的強大魔法已收服了人心，卻不曾發覺對她俯首稱臣者之中未曾有一人就此閉上雙眼。早在儕北山都淪陷時，亞當便已預見這日的到來，並向眾人保證將在兩年後回到曾經的奧特蘭王宮，完成當年魔女之劍應盡之職責。

魔女紀年一〇四二年，一個無月的夜晚。屈辱改姓、潛伏於王宮中的長生者愛爾濱悄悄來到城門，拖著熊熊燃燒的身軀，不顧魔女的咒詛為依約前來的亞當眾人親手打開王宮大門，以他的壯烈犧牲拉開千年戰爭的終幕。

在一片激戰的王宮中，唯有亞當心無旁騖地走向那座曾被稱為天堂入口的最高尖塔。就在大門關閉後短短十三分鐘，世界崩塌了——無數依賴魔法建造的建築與造物頃刻坍塌，交通停擺，醫療失效，就連遠在千里之外的燭火也一瞬間熄滅，永夜再度攫獲了大地。在無邊黑暗中盡是慘叫和哀鳴，咒罵魔女與亞當的聲音此起彼落，最終只剩下幽微無力、延綿不斷的絕望哭號。

睽違九年後，太陽才自遙遠東方冉冉升起。

時至今日，仍然沒有一點蛛絲馬跡能告訴我們，當年在尖塔中的十三分鐘裡，究竟發生什麼，留給後人的只有一片深深插入地面的斷刃。

即使因為魔法之死，導致亞當一夕間成為史上最具爭議的人物，他對和平的貢獻是無庸置疑的，其所帶領的長生者集團在當代政治中亦占有舉足輕重的地位，肩負著帶領百廢待舉的新共和國走出千年戰爭陰霾，迎向下一個世紀的重責大任。

然而，近年來已有不少專業學者開始提出質疑，長期坐擁各項資源的長生者在失去不老之身後，是否真能忍痛放棄絕對優勢，放下身姿為國效力。畢竟歷史已經多次向我們證明，足以帶領人們度過戰爭的領導者，不一定能成功締造和平……

塞西爾正想往後翻，卻被突然響起的尖銳喇叭聲嚇了一大跳。他看向窗外，罪魁禍首早已隱沒在龐大車流中。

被打斷情緒的少年只好闔上文件夾，站起身伸了個大大的懶腰。感覺沒讀很久，斜陽卻已將整個客廳鍍上一層金。雖然是從小聽到大的歷史，但果然他就是一翻開書就會肚子餓的體質。一口飲盡已經涼掉的巧克力，塞西爾打算在晚餐的私廚過來之前先給自己弄點小點心，在通往廚房路上經過安靜擺在一旁的手機。

少年瞥開眼神，裝作漫不經心地翻開手機，令他又驚又喜的是螢幕上真的有訊息通知——但那是柏妮絲。非但沒有為弄亂房間和擅自破關的事情道歉，只是碎嘴一句小氣後，又自顧自地傳了和迦勒在前線的照片給他看。

塞西爾氣得乾脆已讀不回，丟開手機快步走進廚房，匆匆洗了馬克杯，從冰箱裡隨便抓起雞蛋和蘑菇丟進平底鍋一通亂炒。

加熱的嘶嘶聲與炒蛋香氣，很快在整個廚房瀰漫開來。隱約能聽見附近幼兒園下課了，有個小孩似乎因為老師給的糖果被家長沒收，正撕心裂肺地尖叫哭鬧。本就龐大的車流更是壅塞地叫罵起來，引擎聲、喇叭聲、剎車聲，還有桌上震動個不停、拚命表達存在感的訊息嗡嗡聲。

塞西爾恍若未聞地繼續弄他的下午茶。加點酸奶油、鹽和黑胡椒，再一點細香蔥和火腿，攪拌到綿滑蓬鬆的程度後倒進白色陶瓷圓盤，到現在柏妮絲還在洗板。

他慢悠悠地走到餐桌前，放下盤子，想起忘記拿餐具，又緩緩折回廚房，不疾不徐地挑選、洗淨、擦乾，這才回到餐桌前坐下，享受美味的炒蛋與柏妮絲氣急敗壞的模樣。

「幹嘛已讀？生氣喔？你真的生氣了喔？回不回啦？不就玩你幾關遊戲而已有必要嗎？」

「我一個字都還沒說欸。」塞西爾冷冷地按下送出。

「你每次不爽就裝啞巴，問你就說沒事再跑去跟大人告狀。」

柏妮絲很快就讀了。塞西爾趁她打出下一句前關閉通知，跳出聊天室，與哥哥的訊息欄毫不意外依舊沒有動靜，點進去看仍是未讀。

他百無聊賴地往上滑，再一次重溫兩人之前的聊天記錄，幾乎快背得滾瓜爛熟。插在盤裡的湯匙把本就鬆散的炒蛋攪得零零落落，塞西爾還是一口都沒吃。

「哥哥你看這隻狗狗，可愛嗎？我會好好照顧，我有作功課，我們可以養牠嗎？」

「哥哥，新版課本撤掉了伊恩哥哥的照片耶。說會影響學生上課不專心……但你的照片還在耶，好不公平喔。」

「同學送我他自己做的杯子蛋糕！哥哥要吃嗎？」

「我把你的份冰在冰箱了喔。」

少年面無表情地滑掉頁面。

他其實明白，哥哥是**真的**很忙。每次看哥哥遲疑地盯著手機的模樣，就知道這小東西對習慣魔法時代的他而言，大概像某種全然陌生的黑魔法，因此只要投入工作，失聯個兩三天都是常有的事。

甚至就連住在一起的塞西爾都很難見上哥哥一面，少年幾乎每天都留在客廳讀書到很晚，依然等不到哥哥回家，還得特地跑到他的房間霸占他的床，才能在午夜時分被搖醒趕走前討到一個晚安吻。

分明之前就不是這樣的。

塞西爾沮喪地翻著冷掉的炒蛋，意興闌珊地吞了一口。哥哥可是現存最長壽的長生者之一，僅次於伊納修斯，想下班誰敢留他？最近也沒聽說有什麼大新聞，需要黑魔法稽查部頻繁出動，他不回訊息、不回家絕對不只是因為工作……

如果不是外面的問題，那就是家裡有讓他不願意回來的因素。塞西爾焦慮不安地含著湯匙。真的是他想太多了嗎？但總覺得自從兩人在一起後，哥哥就一直有意無意地在躲他……

突然響起的門鈴打斷少年的思緒。塞西爾愣了一下才意識到是私廚來了，今天還真快。他趕緊把盤子裡的東西都掃進嘴巴，髒碗盤丟進洗碗槽，把莫名其妙的胡思亂想也都拋到腦後，瞥一眼大門上的貓眼就解開門鎖。

「晚安，艾希莉小姐。」

私廚艾希莉有一頭惹眼的火紅髮色，工作時通常會整齊地紮成包頭，此刻卻讓長髮自然地流瀉而下。「妳頭髮放下來真好看。」塞西爾說，但平常一見面就喋喋不休的艾希莉只是笑了笑沒有回應。

也許是舟車勞頓累了吧，塞西爾也沒有多想，側過身讓艾希莉進來，「哥哥今天不在家，所以晚餐麻煩妳做兩人份就可以了。」

「請問另一位是哪位呢？」

「當然是妳啊。還是妳已經吃過了？」塞西爾詫異於她突如其來的恭敬有禮，一邊問道：「妳感冒了嗎？聲音好沙啞。」

艾希莉沒有回答，彷彿沒聽見似地站在原處。

「妳需要休息一下嗎？」少年狐疑道：「晚餐可以推遲一點沒關係，我剛剛有弄東西吃。」

即使這樣說，艾希莉也沒像平常一樣碎念怎麼可以在她做飯前吃別的東西。

塞西爾這下終於確定艾希莉今天真的怪怪的，正想開口卻聽見她問道：「管家或保鑣呢？」

塞西爾一愣，「管家？」

艾希莉直直地盯著他，專心等他回覆。

「他……放假，不用準備他的。」塞西爾趕緊說：「保、保鑣的話，如果來得及就請準備一些小點心就好。」

「請問有幾位呢？」

「……六個人。」少年說。

艾希莉依然沒有回話，撇開視線，煞有介事地打量著屋內。

塞西爾伸手摸向口袋卻什麼也沒碰到，這才想起把手機留在餐桌上了，還沒來得及思考該怎麼辦，艾希莉卻突然回過頭，那雙漆黑無光的眼睛緊緊地盯著他。

「怎麼了？」塞西爾問。

她的眼神簡直令人毛骨悚然。塞西爾可以感覺到心臟正重重撞著胸口，過了極其漫長的三秒鐘，才聽見艾希莉徐徐問道：「你想吃什麼？」

「……焗烤燉飯可以嗎？」塞西爾小心翼翼地說。

「那要弄很久呢。」艾希莉面無表情道。

少年偷偷咬緊嘴唇，硬是鼓起勇氣撒嬌，「拜託？」

遲遲不來的回覆，讓氣氛變得越來越詭譎。漫長的死寂讓塞西爾這才後知後覺地發現，交通尖峰時間早已過去，屋裡不再聽得見幼童嬉鬧或催促的喇叭聲。

他盡力放鬆表情，一臉困惑地望著沉默不語的廚師，那雙棕色眼睛比平常更漆黑，完全無法映照出屋內通明的燈火。塞西爾不敢移開目光，就像那個乾瞪眼的遊戲一樣先挪開的人就輸了，總感覺如果先撇開的話，也許不只會輸掉而已……

終於艾希莉轉開了視線，一言不發地往廚房走去。

他的手機還在餐桌上。塞西爾想也沒想就決定放棄它，若無其事地喊了一聲：「我在客廳等喔！」便趕緊溜走，但那股芒刺在背的感覺，一直到走出對方視線範圍也沒有消失。

少年踮著腳，在盡量安靜的情況下全速狂奔，根本不敢回頭看艾希莉有沒有追在身後。當終於在走廊盡頭看見駐守的保鑣時，差點直接哭了出來。保鑣莫瑞迅速來到他身邊，還沒開口就被少年搶先打斷，「那不是艾希莉！她不知道我們家沒有管家，也不知道保鑣有幾個人！」

莫瑞剛張開嘴，猝然炸開的尖銳聲響把塞西爾嚇得尖叫出聲，立刻摀住嘴卻已經太遲了。保鑣迅速把他推到身後，拔出腰際的槍枝開始反擊，剎那間四處嗡嗡作響，塞西爾痛得摀住耳朵拔腿狂奔，身後的槍聲在偌大屋子裡一連響了五六次後很快就安靜下來，只剩下綿延不絕的詭異回音。

塞西爾不敢去想莫瑞怎麼了。哥哥最近才在說家裡的居家保鑣都沒有親身對付黑巫師的經驗，考慮要更新保全人員而已，少年怎麼也想不到意外居然來得如此之快。他死命地跑向逃生出口，偌大家宅卻從未像現在這樣遼闊無邊，彷彿永遠也跑不到盡頭，市中心傍晚充斥著詭譎的寂靜，只聽得到少年沉重的腳步聲。

塞西爾衝過轉角，看見前方角落一尊巨大的花瓶，頓時想起哥哥有在幾個地方藏了專門用來對付黑巫師的銀槍以備不時之需，立刻衝上前拽倒昂貴骨董，摔碎的花瓶碎片之間果然出現一把小小的銀色手槍。少年徒手抓起槍枝，鼓起勇氣回頭一看，沒看見任何人，也沒聽到什麼聲音。

他轉回頭，一個黑色身影就佇立在前方。

那張臉——總之**絕對**不是艾希莉的臉。艾希莉臉上可沒有兩個血窟窿。

塞西爾根本還來不及反應，「艾希莉」就瞬間來到面前，才一舉起槍她就自己撞了上來，槍口深深插進女人臉上的凹陷。極度恐慌的少年瘋狂扣動扳機，明明就有擊發的手感卻聽不見槍聲，「艾希莉」也彷彿完全感覺不到眼睛裡插了一把槍似地持續逼近，直到少年握槍的手指也插進她臉上腐爛的血肉裡。

塞西爾立刻想把手拔出來，這才發現她臉上的血洞似乎有著異常強大的吸力，緊緊咬住少年的手不放。不知所措的塞西爾被「艾希莉」壓倒在遍地陶瓷碎片上，眼睜睜看著她的眼窩逐漸吞噬掉自己的雙手，卻不見銀槍從後腦穿出來。

「亞當……」

少年哭著拚命搖頭，屈膝試圖把她踢開，但她的身體踹起來完全沒有人體該有的扎實感，甚至跟臉上的空洞一樣反咬住了他的膝蓋。「艾希莉」全身上下都像果凍一樣柔軟，一點一滴蠶食著少年，那張極其驚悚可怕的臉已經近到擊錘抵上了臉頰，被她呼吸吹過的地方開始化膿，竄起一陣難以忍受的痛苦。

「亞當……身體……」

黏稠烏黑的血水沿著被吞掉一半的手流到塞西爾臉上，先發出了東西燒焦的滋滋聲，接著才是熱辣辣的劇痛。他撇開腦袋，卻反而讓臉上的血直接滑過鼻梁，燒熔出一條椎心刺骨的痕跡。

少年終於放聲慘叫，瞥見「艾希莉」突然扯開嘴唇，露出完全能活吞掉一顆人頭的血盆大口，崩潰地閉緊雙眼，感覺到她的身體像海嘯般撲上來，徹底將自己包圍。

眼前一片漆黑。塞西爾感覺到黏膩冰冷的血肉徹底將自己包裹住，無法呼吸，努力收回四肢穩住身體，忽然聽見一記悶悶的聲響，接著那股噁心的感覺就像水一樣往兩旁化開，走廊燈再度亮了起來。

「小西！」

塞西爾不敢睜眼，依舊縮在原地瑟瑟發抖。「小西。」聲音越來越近，有個人在他旁邊停了下來，「閉氣。」

溫水流過他的臉，刺激的劇痛讓塞西爾忍不住尖叫並掙扎起來，背後的花瓶碎片狠狠割傷了他的背和臉頰。來人低喝一聲「別動」，強硬地按著他，把他上半身草草沖洗過一遍。

塞西爾張開淚水矇矓的眼睛，看見一個濃妝豔抹的女人擋住了走廊的燈光，玉綠色的眼睛正冷靜掃視著蜷縮在惡臭血泊中的他。

「沒事了，小西。」潔兒說。

少年愣愣地抱緊了自己，看著潔兒放下手中仍在冒煙的銀槍，迅速檢查他的傷勢，伸手把他從地上拉了起來。她試著拿過塞西爾手裡的槍，但少年抓得死緊不肯放手，才剛站起來就又立刻腿軟跌坐在地，潔兒便乾脆把比自己還高的纖細少年抱了起來。「去我家。我打給迦勒，不要怕。」

趴在她肩上，塞西爾聞到潔兒一頭大鬈髮傳來熟悉的洗髮精香味，這才終於相信她不是另一個假冒潔兒的黑巫師。少年圈緊女人的脖子放聲大哭，手中的銀槍砸入血泊，發出被腐蝕的嘶嘶聲。

「姊、姊姊……」塞西爾哭著說：「艾希……莫瑞……」

「別擔心，我會處理。」潔兒一邊安撫，抱著他快步穿越走廊離開。

夕陽這才悠悠漫進窗戶，屋外傳來小孩興奮的尖叫聲。

chapter ✦ 2

坐過她的車這麼多次，塞西爾第一次發現，小心謹慎地活了四百多年的長生者潔兒，開起快車來其實也很不要命。

車身剛甩進潔兒家前院，立刻圍上來一群身穿醫袍的陌生人爭相想拉他下車。潔兒簡短交代幾件事後，便在焦躁的少年臉上完好的地方輕印一吻，匆匆安撫道：「沒事的，交給大人就好。」接著就消失不見了。

黑魔法防範中心派來的醫療團隊幾乎把他剝了個精光，對他臉上被魔法腐蝕造成的瘡疤尤其有興趣，只差沒把他的臉皮扒下來看個仔細，好不容易才悻悻承認他幸運地只受了點皮肉傷。

醫護人員一邊給他上藥，同時用五花八門的魔法後遺症恐嚇他。時不時還會有穿著黑魔法稽查部制服的人走進來，連珠炮似地追問當時發生了什麼，黑巫師是如何突破保全的？用了什麼魔法？身上有沒有什麼明顯的特徵？如果回答前遲疑了半秒，還會像壞掉的答錄機一樣不停重複問：「你確定嗎？你確定嗎？」

好不容易等到一連串繁瑣流程結束，大人們把少年關進瀰漫著安神薰香的房間，用三層棉被把他鍊在床上，千叮嚀萬交代要好好休息（「還有小心後遺症！有任何跡象都要告訴我們！」）。塞西爾乖乖地躺著，想像自己是一尊塵封千年的木乃伊，安靜地一直躺到夕陽西落，黑暗攫獲他的視野，最後一臺車的引擎聲遠遠消失在寂靜之外，才小心翼翼地坐起身。

不像醫護人員說的，沒有頭暈也沒有貧血。他慢吞吞地爬下床打開房門，走沒兩步就在樓梯口看見手拿兩個冒煙的杯子，正準備上樓的潔兒。

「小西。」她抬頭看見了他，「感覺怎麼樣？」

塞西爾扶著扶手慢慢走下樓梯。潔兒遞給他其中一個馬克杯，「熱巧克力，你最喜歡的牌子。」她說，順便伸手替他拉了拉滑落肩膀的毛毯。「迦勒和伊恩會順路先送柏妮絲回家，現在已經在路上了。」

塞西爾悶悶地「嗯」了一聲。

「要先講一下電話嗎？」潔兒問。

少年搖搖頭，捧著杯子，越過她身邊坐到沙發上。牆上的指針陡峭傾斜，早就過了該上床睡覺的時間，但潔兒只是端著自己的杯子坐到他身旁，用那副聽著就讓人安心的沉穩嗓音開口道：「受傷的保鑣已經在醫院接受妥善治療，艾希莉小姐也安然無恙，她表示最近沒有碰到過任何可疑人士，你可以放心。」

塞西爾點點頭。潔兒繼續說：「保險起見，稽魔部會派人保護艾希莉小姐一段時間，你這陣子也最好避免與她接觸。這個月你先住在伊恩的別墅，就是小時候很常去玩的那裡。學校那邊也會替你請假，之後我們再看情況作打算。」

「會需要搬家嗎？」少年問。小時候剛被哥哥帶回來時也搬過好幾次家，但後來隨著保全逐漸完善，就沒有再出現過像這次這麼嚴重的襲擊。

「有可能，要看你哥哥怎麼決定。」

那應該就是要搬家了，塞西爾心想。本以為這次至少可以住到成年的。

少年低頭啜飲熱巧克力。熱氣把臉上的紗布熏得溼潤，傷口有些刺痛起來。他能感覺到潔兒一直看著他，似乎有什麼話想說的樣子，塞西爾便放下馬克杯，抬頭迎上那雙扎滿歲月痕跡的碧綠眼眸。

在所有長生者裡，潔兒的外表是最年輕的。她被亞當賜予不老之身時年僅十四歲，用一張稚嫩的臉度過了漫長的四百年。當年小塞西爾第一次見到潔兒時，被她臉上幾近浮誇的妝嚇得哭出來，看習慣之後反而一天到晚黏著最寵他、對他最有耐心的姊姊。

小時候有一回在潔兒家過夜，潔兒讓小塞西爾坐在她懷中，把小男生當成女孩子一樣地編頭髮、化化妝，陪著他聊天，向好奇的小孩子坦承自己不太喜歡以年幼的模樣示人，所以過去四百多年才一直都化著濃豔的妝容。

「那妳會想跟老巫、跟桃樂絲小姐一樣嗎？」小塞西爾一邊努力保持眉毛不動，盯著鏡子裡正在敷臉的潔兒，以稚嫩的童聲問。桃樂絲小姐是學校裡最年長也最惡名昭彰的老師，學生們背地裡都喊她「老巫婆」。

當年還是少女模樣的潔兒，似乎沒有聽到他不小心脫口而出的不雅綽號，只是專心勾畫著他小小的眉毛，**「要趁早習慣以後老了的樣子啊。」**

只是如今十二年過去了，相比當年成熟不少的潔兒似乎仍然沒能習慣自己變老的模樣。「你會睏嗎？」她輕聲問。

塞西爾搖搖頭，「我想等哥哥。」

潔兒沒有繼續勸他，凝視著少年的目光卻忽然讓他有種不太對勁的預感。還沒來得及問，潔兒就撇頭看向牆上的時鐘，「他們快到了。」

她還是繼續盯著，彷彿鐘面上寫著什麼祕密訊息。塞西爾順著看過去，但什麼也沒看見。

「我們有件事要跟你說，小西。」潔兒開口道：「聽完再去睡覺吧。」

「好。」塞西爾困惑地問：「是什麼事情？」

「等迦勒來再一起講。」潔兒說。

客廳裡一直有暖氣運轉時的嗡嗡聲，沒人說話時聽起來更明顯。塞西爾盯著牆上不停原地打轉的指針，想像靜音秒針發出滴答滴答的聲音，一秒、兩秒、三秒……再十三分鐘就要換日了，屋外仍然沒有半點動靜。潔兒坐在旁邊跟他一起等待，陪他聊聊天，但總是被她手機的訊息通知聲打斷。

上次這樣盯著時鐘一分一秒地等哥哥，是他六歲的時候。被哥哥帶回來的第一年大家都太忙了，哥哥便把他託給當時也有個新生兒柏妮絲需要照顧的伊納修斯家，偶爾有空才會來看他。

小塞西爾在那裡一直都很乖，在保母哄餵不吃飯的柏妮絲時，一口一口吃完自己的餐點、收好餐盤，安安靜靜地坐在旁邊玩。但那天他卻突然瘋狂哭鬧著要回家，誰也不知道平常乖巧省心的小塞西爾怎麼會一夜裡性情大變，忙得不可開交的哥哥只好答應當晚來接他。

吃完晚餐後他就立刻收好自己的東西，抱著行李小包包，坐在沒有電視也沒有玩具的無聊大廳等哥哥。伊納修斯家大廳有一座巨大的老爺鐘，至少有三個小塞西爾那麼高，每到整點就會發出恐怖的聲音，像怪物的低吼，響徹整座豪宅。

他抱著小包包，聽著老爺鐘重複不斷地吼叫到深夜十一點。甚至連伊納修斯都回來了，伸手要牽他上樓，「先去睡覺好不好？迦勒來了我再叫你。」

不管伊納修斯說什麼，他都拚命搖頭。糖果點心、玩具娃娃，連伊納修斯最拿手的小魔術也不管用，完全不給面子地當著家主的面大哭出來。伊納修斯最後重重嘆了一口氣，只好陪著他在大廳繼續枯等，直到最後小塞西爾迷迷糊糊地睡倒在伊納修斯腿上，哥哥都沒有出現。等到隔天早上被保鑣叫醒，才發現自己已經安穩地躺在哥哥床上，而哥哥本人早就已經出門了。

塞西爾盯著時鐘指針聳立站直，卻沒聽見怪物的低吼聲。潔兒家的時鐘是靜音的。

「姊姊。」他喊道。本來在回訊息的潔兒應聲抬起頭來，塞西爾開口問：「你們要跟我說什麼？」

眼角餘光瞥見潔兒打算關掉手機螢幕，卻還是不停地跳出訊息，乾脆把螢幕朝下放到一旁。潔兒思考了一會，鄭重謹慎地回答：「這件事由你哥哥來告訴你比較好。」

少年默默地沒有回話，眼神直盯著轉動的秒針。又過一分鐘了，哥哥還沒有出現。從伊納修斯家來這裡要這麼久嗎？

「其實……」他猶豫了一下，還是緩緩開口：「哥哥今天中午的時候有叫我過去。因為、因為上次跟妳說的那件事。」

潔兒靜靜地聽著。

「他給了我一本《長生者名冊》。」少年盯著時鐘，聲音輕得彷彿只是在自言自語，「他說我可以……試試看。然後馬上就發生這種事。」

「遇襲不是你的錯。」潔兒說：「如果他已經答應你，不會突然就因此反悔。」

「我知道。」少年說：「可是我後悔了。」

明明開著暖氣，卻忽然有股莫名寒意爬上塞西爾的皮膚，惡臭、黏稠、軟爛，悄悄蔓延著，滲透他的身體。

塞西爾緊抓著馬克杯，拚命克制想把皮膚底下亂竄的無形蛆蟲摳出來的衝動，突然想起瞞著大人偷看過的黑魔法記錄檔案寫著，魔女會徵求一般平民當魔蟲的宿主，在他們身體裡產卵，吸收人體養分直到孵化，只要成功孵化三、四輪後就可以帶著豐厚報酬回家，但事實是從未有人活著走出奧特蘭王宮。

照片看起來有點像黑色的水泡，只是大了一點，又多了點東西在裡面。一顆疊著一顆，再疊另一顆，直到身體像葡萄串的枝條般被無數蟲卵淹沒，螞蟻大小的幼蟲從各處毛孔爭先恐後地鑽出來，最後整個人看起來就像顆腐爛流汁的水果。

「對不起，姊姊……」塞西爾壓低顫抖的聲音，「是我不懂事……」

猝然劃破死寂深夜的引擎聲霎時間掐斷了他的聲音，少年抓緊毛毯，疑懼地瞪著漆黑的窗外。引擎怒吼聲迅速逼近，潔兒側頭聽了一下，卻說：「是伊恩的車。」

塞西爾一時還沒反應過來，只是坐在原地傻傻地看著潔兒起身走向大門，甚至還被驟響的門鈴聲嚇得一抖，差點翻倒手中的熱巧克力。

站在門外的身影比艾希莉高大得多，一眼就鎖定在沙發上瑟瑟發抖的少年，朝著他大步走來。那嚇人的氣勢讓塞西爾反射性想跑，抬起眼卻看見男人的表情，想到當年他逆著光走向自己，單膝跪在斷瓦殘垣中，卑微地問他會不會冷、會不會痛。

「小西。」哥哥小跑步衝了過來，緊緊把他擁入懷裡，「小西……」

不像當年，他沒有哭，少年卻能明顯感覺到哥哥在發抖。塞西爾這十二年來從沒見過哥哥害怕什麼東西，活了超過一千年的他無論是面對張牙舞爪的黑巫師、嗜血的記者或憤怒的人民，永遠都是彷彿早已忘了何謂情緒似地淡著一張臉，但那雙布滿傷疤的大手此刻正緊緊地擁抱著他，好像怕極了懷裡的少年即將因為某個難纏的魔法後遺症就此消失。

「沒事了、沒事了……哥哥在這裡。」哥哥看著他貼滿紗布的臉，琥珀色的左眼被心疼和愧疚硬生生染得烏黑，「對不起，小西……」

在外奔波一整天，低沉的嗓音聽上去磨損得有些沙啞。靠得這麼近，塞西爾聞到哥哥身上的味道，雖然被夜裡涼風吹淡了些，仍是當年抱著做惡夢的他，邊哄邊穿越漆黑走廊時聞到的那股令人安心的味道。

少年噘起嘴巴，緊緊抓住哥哥胸前襯衫，才發現自己手抖得比哥哥嚴重多了。他死死咬住下唇，哥哥卻伸出手，指腹上的薄繭輕輕擦過乾澀的嘴皮，「別咬。哭出來沒關係，小西，哥哥在。」

那句「哥哥在」就像某種魔法咒語，塞西爾強忍一天的眼淚頓時一鼓作氣掉下來，嘩啦啦地淚溼了滿臉的紗布。少年鑽進哥哥的懷裡，悶著聲音委屈地低聲嗚咽，執拗地扯著衣領擦眼淚，哥哥被拉得不得不彎下腰，單膝跪在沙發上，小心翼翼地拿走他手裡搖搖欲墜的馬克杯，環住懷裡的少年輕聲安撫。

潔兒與隨後趕來的伊納修斯走進廚房談話，將塞西爾和哥哥單獨留在客廳。哥哥一直待在身邊耐心安撫，直到少年終於漸漸停止哭泣，這才輕輕拆掉他臉上淚溼的紗布，換上新的包紮。

「今天先在潔兒家睡，明天我載你過去伊恩那裡。」男人彷彿唯恐自己的聲音也會嚇到餘悸猶存的少年般，放輕聲音說道。

塞西爾吸吸鼻子點了點頭。哥哥抽了張衛生紙，輕輕點按他發紅的溼潤眼角，柔聲問：「要不要我今天跟你一起睡？」

哥哥非常淺眠，任何一點風吹草動都會立刻驚醒，所以塞西爾從很小開始就跟哥哥分房睡，平時也沒機會跟他同床。少年再度點頭，看著哥哥邊收拾醫藥箱邊說：「我和潔兒談一下，很快就過去陪你。會怕的話就把夜燈打開。」

被哥哥帶著繞過茶几，塞西爾才後知後覺地發現哥哥是要帶他回房間。「姊、姊姊說你們有話要跟我講。」他還有些鼻塞，聲音悶悶的。

「那個不急，明天再說。」哥哥摟住他的肩膀哄道。

「可是……」

「沒關係，我再跟她談。」

塞西爾抬起頭，卻發現哥哥耳朵後方有個很不明顯，已經癒合多年的傷痕，看上去像打得很失敗的耳洞。少年愣了一下，隨後才想通這個視角為什麼看上去這麼奇怪——這是哥哥的右側。右眼失明的哥哥正用右手抱著他，把他推出了自己的視線之外。

「哥哥。」他拽緊男人的衣角，「你要跟我說什麼？」

哥哥沒有回答，反而悄悄伸手牽住他，讓塞西爾有點錯愕。這是他第一次在有別人在場的時候，這樣牽起自己的手。

「這件事不急。」哥哥耐心道：「你今天累壞了，應該早點休息。明天一整天我都會陪你一起在別墅，到時候再說。」

暖氣的嗡嗡聲突然變得很明顯。等不到少年回應的哥哥終於停下腳步轉過身，雙手搭在他肩上微微彎下腰，溫暖的呼吸吹在少年擦著藥膏的額頭上，癢癢刺刺的。

「好嗎？小西。」

不知道是不是燈光的關係，那隻琥珀色眼睛褪成黯淡的黑，蒼白的臉色看上去比誰都更需要休息。

「你有事情瞞著我嗎？」塞西爾問。

哥哥的表情沒有錯愕、沒有心虛，反而閃過一絲悲傷的模樣，是塞西爾從來沒有想過會從他臉上看到的表情。哥哥平靜地開口：「我只是希望你好好休息。」

掌心裡那道又深又長的疤痕輕輕擦過少年柔軟的細手，留下刀割般的刺痛感。「為什麼這樣想？」

男人一向沉穩的嗓音此刻聽來居然藏著一絲委屈，頓時讓塞西爾有點動搖。

他還是倔強地繼續盯著哥哥那隻被殘酷戰火燻烤一千年的焦黑眼睛，卻感覺好像一腳踩進雨天後的泥地，不知不覺越陷越深。

「因為……」他試著解釋，卻聽見自己的聲音不由自主越變越小。

因為你最近都不回家也不回訊息——但那是他真的太忙了。因為你跟潔兒姊的說法不一樣，好像在拖延什麼——也許他只是不想讓仍心有餘悸的自己，繼續熬夜苦撐呢？因為你用右手抱我，因為你剛才沒有看著我的眼睛說話，因為平常早出晚歸不見蹤影的人，終於公開牽住我的手，還答應要留下來陪我一整天，所以一定在說謊？

他發現自己什麼都說不出口。

塞西爾彷彿做錯事般不敢迎上哥哥的眼神，只能低頭看著兩人虛勾著的手。令人不安的沉默悄悄蔓延，卻忽然有一個高挑的身影插進兩人之間，哥哥立刻放開了他。

「叫你哄他，不是叫你嚇他耶。」

還沒看見臉，塞西爾首先聞到一陣若有似無的熟悉香水。少年抬起頭，看見打斷他們的人有著一頭隨性散落的黑色鬈髮，海妖般的靛藍眼睛，正斜著視線打量塞西爾。

那張絕世淒美容顏漫不經心地笑了一下，抬起手隨意撥了撥少年凌亂的瀏海，「哭得好慘喲，等下要記得冰敷啊。」

真的難怪學校課本要特地撤掉他的照片。塞西爾愣愣地看著伊納修斯的側臉。

「今天就讓他休息吧。」哥哥開口說道，伸出手想重新牽起少年，伊納修斯卻往前踏了一步，擋住哥哥的動作。

塞西爾感覺到有人拉住自己的手。不知何時來到身邊的潔兒悄悄把他帶開，在他耳邊輕聲問道：「還好嗎？」

少年遲疑地點點頭，只是不太確定她是指什麼。

從塞西爾的角度只看得到伊納修斯的背影，依舊能感覺到他身上那股慵懶從容，跟臉色陰沉的哥哥形成鮮明的對比。「你幾歲了？還在耍賴，小孩子在看呢。」伊納修斯語調溫和，卻又若有似無地戲謔道。

少年有些焦躁不安地瞥向哥哥，看見後者的表情明顯在忍耐。

「他幾個小時前經歷襲擊。」哥哥按捺著脾氣說：「現在很晚了。我明天再跟他說。」

「真的？」伊納修斯笑笑地問：「你敢嗎？」

沒有人說話。

塞西爾不明白伊納修斯是什麼意思。他困惑地看向潔兒，後者卻也只是輕輕拍了拍他的肩膀示意他安靜。哥哥的眼神越過伊納修斯投來，塞西爾立刻鬆開潔兒的手，繞到哥哥旁邊緊緊圈住他的手臂。

他回過頭，看見伊納修斯仍是那副笑吟吟的表情，讓少年打從心底一陣毛骨悚然。他鼓起勇氣，結結巴巴道：「如、如果不急的話……」

「小西。」

塞西爾疑惑地抬頭看向打斷他的哥哥，發現方才面若冰霜的男人臉色已經柔和許多。哥哥放軟聲音，輕輕哄道：「去坐著吧。」

大人們沒有給他反應時間，半摟半推地帶著少年到沙發上坐下，哥哥和他一側，潔兒與伊納修斯一側。塞西爾有些焦躁，緊緊揪著身上的毛毯觀察在場眾人的臉色，對面兩個人也在交流眼神，但塞西爾什麼都看不出來。

「小西。」最後是潔兒先開口：「我們已經考慮要不要告訴你這件事很長一段時間了。」

很長是多長？一個月？三個月？半年？一年？塞西爾抿緊嘴唇吞下滿腹疑問，默默地思索著，為什麼他什麼都沒有發現？

「一直以來我們都盡力避免，讓你親自接觸到這些事情。」潔兒說話時的表情讓塞西爾有些坐立不安。他認識的潔兒一直都是個務實、堅強可靠的姊姊，幾乎從來沒有在他面前露出過像現在這樣，幾近憐憫的神色。「只是，說得直接一點……我們再也不是長生不老了，沒辦法一輩子保護你。所以討論之後，我們認為還是讓你早一點知情比較好，至少有個心理準備。」

少年換了個姿勢，緊張地咬緊嘴唇。

「今天的事情可能不是偶然。」潔兒謹慎道：「稽魔部還在確認情報。可以確定的是，有人在找你。」

她停頓了一下，見少年沒有開口便繼續說：「他自稱『尼希姆』，這應該是假名。目前確定對方能使用魔法，由於這位尼希姆一直隱藏實力，很難推估具體會造成多大威脅。在此之前他曾多次表達過想見你，但在不清楚來意的情況下難以判斷是善是惡。這次事件他有高度嫌疑，攻擊你的黑巫師很可能是受他指使。」

塞西爾縮著身子，裹緊毛毯只露出一雙恐懼的眼睛。「……為什麼？」少年問出口才發現自己的語氣有些委屈，「找我做什麼？」

這或許是個有點傻的問題。他哥哥迦勒是世上最長壽的長生者之一，作為亞當的強力心腹對抗魔女千餘年，不知道砍過多少黑巫師的頭。即使不是黑巫師，也有許多人對他虎視眈眈，因為哥哥地位崇高、手握大權，甚至還有千年累積下來的無數資產。

潔兒沒有回答，反而撇開視線，直直地望著迦勒。少年狐疑地順著她的目光看過去，自己又是坐在哥哥右邊，只看得見那空洞的眼窩。

察覺到塞西爾視線的哥哥轉過頭來，那隻眼卻不是少年熟悉的琥珀色——塞西爾總感覺好像曾經見過哥哥用這種眼神凝視自己。在他還很小的時候，小得分不清那隻眼裡匿藏的是憤怒還是審視，是侵略還是愧疚，是愛還是疏離。

哥哥默默握住少年放在扶手上的手背，「我不是故意要瞞你。」

塞西爾沒有回話。

「我曾經告訴你，你是我的弟弟……」男人的語調平穩，顯得好像這一切其實根本沒什麼大不了，「實際上不只如此。」

這十二年來，哥哥從未提起過相遇那天的事。好像一句「我是你哥哥」，就足以解釋為什麼一個五歲小孩，會在千年戰爭終於落幕的太陽回歸之日，獨自一人赤身裸體出現在戰場廢墟，甚至沒有費心去說明年紀相差超過一千歲的他們怎麼會是兄弟。

塞西爾也從來沒有問，最多就是偶爾不睡覺，偷偷躲在被子裡用手電筒照著厚厚的千年史書，一頁一頁地翻，試著找到自己容身的痕跡。

也許他是某個已逝戰友臨終前，託付給哥哥的遺孤？或是當年被俘進王宮的長生者，受盡凌辱生下後便不知所蹤的孩子？又或者真正的真相是，他其實就只是一時興起隨手撿回不知哪來的野種，所以哥哥才一直絕口不提呢？

看著那隻焦黑的眼，塞西爾突然覺得自己其實沒有那麼好奇。

「小西……」哥哥一開口，少年就搶著打斷他。

「我、我是……」他硬是嚥下喉嚨裡的哽咽，沙啞道：「亞當的私生子？是嗎？」

攻擊他的黑巫師當時確實提到亞當。通常會找上哥哥的襲擊事件，不外乎就是針對亞當的報復攻擊，但假如那個黑巫師真正的目標不是哥哥，而是塞西爾……

從小到大他聽過好幾次，有人說他長得和亞當有點像。而亞當雖然檯面上沒有後代，但有關他私生活的傳聞幾乎是五花八門滿天飛，留下幾個不為人知的私生子也不奇怪吧？

少年緊緊盯著身旁這個獨眼男人，甚至有點期待他會稱讚自己真聰明，就像以往一樣。暖氣的嗡嗡聲悄悄變大了，寒夜越來越深，直到機械音像冬季落葉一樣猝然斷開，飄下寂靜的裂谷。

哥哥輕輕握緊他的手，「你就是亞當。」

等了好一會，哥哥都沒有繼續說下去。男人的表情看不出任何破綻，塞西爾轉過頭去，看向茶几對面的潔兒和伊納修斯，他們好像都不覺得哥哥說的荒唐話很好笑，就連一向最喜歡逗他的伊納修斯，臉上神色也平靜得令人發毛。

塞西爾等了很久，遲遲都沒等到哪個昨天錯過他生日派對的人跳出來喊「驚喜」，只有漫長而窒息，令人不知所措的沉默。

「我不……」少年結結巴巴地開口，坦然道：「我不懂。」

他回頭看著哥哥，「我——他……可是亞當過世的時候我已經五歲了。他、他的……靈魂碎片？活在我身體裡？你是說這種嗎？」

哥哥的表情很平淡，溫柔得近乎憐憫。「魔女一死，我就到處在找你。」他說：「後來的事情你也知道。我找到你，成功生還、安然無恙，只是回溯成小孩子，而且什麼也不記得了。於是我們決定將錯就錯，對外宣布亞當身殞，把你藏了起來。」

塞西爾傻住，呆望著哥哥。

總有人說他長得像亞當——但從現存所有關於亞當的影像記錄，都能看出來那個英雄其實長得不怎麼有特色，是典型大眾臉，就連哥哥從某些角度看來都有點像亞當。

而且就少年所知，哥哥和亞當的關係似乎不是很好。

即使哥哥是亞當麾下最忠誠的將領之一，每當小塞西爾捧著書去找哥哥想問點什麼，他都總是避而不談，一下子就轉移話題。他以為是哥哥和亞當之間有什麼不為人知的過節，跑去問了最常跟他聊長生者小道八卦的伊納修斯，卻只是被糊弄了好一頓，就連潔兒也都只是輕描淡寫地帶過去，久而久之小塞西爾便學會不再過問。

事到如今卻突然跟他說，他就是亞當本人？

「可是——」塞西爾無助地環視周遭。大人們都在等他做出反應，但他不知道該怎麼辦。他對他們說的什麼魔女之死、死而復生都毫無印象，他們真的沒有在開玩笑嗎？一千年的記憶有可能撇得這麼乾乾淨淨嗎？

「我不叫亞當，那不是我的名字……」

「亞當是為了方便公開活動取的假名，塞西爾才是你真正的名字。」哥哥放輕聲音安慰道：「別擔心，小西。你之前不知道，不也過得好好的嗎？只是讓你有個心理準備，不用想太多。就像之前那樣過日子就好，其他事情交給大人，什麼也不會改變。」

騙人。塞西爾心想，但喉嚨好像被什麼東西束住，一點聲音也發不出來。

沉默還沒開始發酵，伊納修斯看準時機開口：「這就是為什麼你哥平常這麼愛管你。讓你進入公眾視野的話，遲早會有人發現你長得有點眼熟。雖然就目前看來，那個尼希姆暫時沒有打算輕易曝光你，你這幾天最好還是謹慎點。我們會送你去祕密基地避避風頭，不可以對任何朋友透漏你的情況。最好連手機都不要太常用，免得訊號被攔截。」

「祕密基地」是伊納修斯在塞西爾小時候，對他指稱那棟郊外別墅的名稱。

少年沒有回應，垂著腦袋，看見自己纏著ＯＫ繃的指尖正不受控地輕輕發抖。

他們果然懷疑艾希莉跟黑巫師有勾結——這是不是代表稽魔部認為那個人早已滲入他的生活圈了呢？從什麼時候開始？又是誰呢？他最近沒有認識什麼新朋友，對方已經在身邊默默觀察他、陪伴他，和他一起玩耍很久了嗎？為什麼自己卻什麼跡象都沒有察覺到呢？

「有……」少年艱難地發聲：「有多少人，知道我是……」

「不多。我們三個、總理，還有幾個你不太認識的高層人物。」伊納修斯回答。「這件事必須絕對保密，不能跟任何人提起。包含柏妮絲。」

少年低著腦袋，盯著指尖緩緩點了頭。他的指甲當時被花瓶碎片劃到，雖然沒有受傷，卻留下一道蒼白的痕跡，得特地去摸才摸得出那道微小的裂痕。

「不用太緊張，小傢伙。」也許是他這副落寞模樣看上去實在太可憐了，連甚少認真哄人的伊納修斯都放軟了口氣，「稽魔部也不是省油的燈，再怎麼樣還有你潔兒姊姊在呢。運氣好的話，搞不好在畢業旅行之前就能逮到尼希姆囉。」

一隻溫暖的臂膀悄悄繞過少年的肩摟住他，輕輕把人從沙發上扶了起來。塞西爾一語不發，安靜地跟著哥哥走上二樓，回到瀰漫著淡淡香氣的臥房。哥哥讓他在床邊坐下，打開小夜燈，澄光流入那隻孤獨的眼睛，變成溫暖的火紅色。

男人牽起他的手，掌中的粗繭與傷疤在他掌心裡來回摩挲著。沒有人說話。溫暖而寂靜的房間隨著深夜降臨，越發令人睏倦起來。哥哥悄悄地吐了一口氣，在少年面前單膝跪下，輕聲呼喚：「小西……」

「難怪你以前那麼討厭我。」塞西爾說。

哥哥眼裡一閃而逝的錯愕，這次沒有逃過他的眼睛。「什麼？」

他想抽回手，又覺得哥哥的掌心實在太厚實、太溫暖了。唯獨那道從掌中一路延伸到手腕的猙獰傷痕，簡直扎手得令人無法忽視。

哥哥從來沒有解釋過這道傷疤的由來，只說身上傷痕那麼多，早就記不清楚了草草帶過。直到某天塞西爾才從史書上讀到，那是哥哥曾經一時失誤葬送一座城池，亞當盛怒之下割開他的雙手，不允許旁人替他醫治。哥哥就那樣掛著裂開的手臂整整七天，即使後來癒合了，卻也留下永遠的傷疤。

「小時候……」塞西爾頓時一陣哽咽。哥哥不知道他知道疤痕的真相，少年只好咬緊牙顫抖道：「你都、把我丟在伊恩哥哥家，不來看我，來了也不理我，跟伊恩哥哥講完事情就走掉。我想回家，你還甩掉我的手……」

哥哥想碰他的臉，卻被少年一把打掉。在揮開他的那一瞬間，塞西爾立刻就後悔了，卻又沒有勇氣道歉，只能無力地遮住臉，不想讓哥哥看到自己糾結醜陋的表情，對哥哥焦急的安慰充耳不聞。那是他的錯嗎？他對那些事情半點記憶都沒有，真正舉刀剖開哥哥手臂的人又不是他，明明就不能算是他的錯，為什麼覺得這麼愧疚呢？

事到如今才說他其實是亞當。那他現在擁有的這一切，有多少其實是屬於那個亞當的呢？

「小西。」哥哥低聲哀求著：「我很抱歉。我當時……嚇到了，我真的從來沒有討厭你。」

「只是抓你的袖子，也可以嚇到你？」塞西爾憤憤道。

「我是指你變成小孩的事情。」

哥哥輕聲哄著，塞西爾依舊不肯露臉。男人的手大到可以輕易圈住他纖細的手腕，卻還是耐心地等了許久，一下一下安撫少年顫抖的肩膀，緩緩撥開他的雙手，露出一雙委屈泛紅的眼睛。哥哥溫柔地擦掉他眼裡淤積的淚水，吹了一晚夜風的蒼白嘴唇欲言又止，望著塞西爾的模樣總覺得好像不只看著眼前的少年。

「是哥哥的錯。」他說：「是我沒有整理好情緒。」

塞西爾緊咬著發抖的嘴唇，等著他繼續說下去。

「小西……你和他實在差太多了。我不想看到你再重蹈覆轍，所以很少跟你說以前的事情。」哥哥平靜地說：「我原本希望可以永遠不要有今天。」

少年悄悄地吞了一口氣，強忍住抽噎開口問道：「你到底有多討厭他？」

如今現存的記錄，幾乎都沒有特別著墨於迦勒和亞當的關係。絕大部分史書對迦勒的描述就只是「亞當麾下最年長的長生者之一」，好像除此之外所有人都對他們之間長達千年的領導與忠誠不感興趣，就連未經證實的八卦軼聞都沒有幾則。作為追隨亞當最久的長生者，迦勒的存在感低到不可思議——簡直就像是被人故意隱瞞。

哥哥始終低著頭，就連開口時也只讓塞西爾看他頭髮裡隱隱約約的白絲。「我到現在……說討厭不討厭都來不及了，小西。」

頓時一股奇怪的感覺捏緊塞西爾的心口。難過也不是，生氣也不是，讓茫然的少年無所適從。「我聽不懂。」他撇撇嘴，焦急道：「不要說得那麼深奧，你們到底是怎樣？那麼討厭他為什麼帶我回來？想說我總有一天會派上用場嗎？」

「不是，小西。」哥哥語重心長道：「我帶你回來只因為你是我的弟弟，跟你是不是亞當沒有關係……」

「我要怎麼是你弟弟？」他反問：「亞當大你兩歲，我怎麼是你弟弟？而且明明你們都是獨生子！」

「那是假的……」

「又是假的！」塞西爾氣得狠狠甩開哥哥的手，哽咽大罵：「那什麼才是真的？」

他踢著腳退到床角，半跪在床前的哥哥立刻站了起來。「小西。」他哀求著，但塞西爾一點也不想理他，揮手推開試圖靠近的哥哥。

身體纖弱的少年輕易就被捉住手腕，氣得用全身力氣去推，反而重心不穩，拉著哥哥雙雙倒在床上。男人及時撐住雙手不讓自己壓到他，同時也把少年牢牢地鎖在身下。「小西……」

「走開啦！」塞西爾哭鬧著，手忙腳亂地對哥哥拳打腳踢，然而健壯的男人不為所動。「小西，你聽我……」

他話還沒說完就被塞西爾一巴掌摀住嘴。「我不要！」少年哭喊道，奮力掙扎著想鑽出男人身下，卻被他的體重沉沉壓進柔軟的床墊裡，「你都騙我！你都——」

刮滿傷痕的手突然捏住塞西爾的下巴，視線被強硬地扳回去，只看得見寬闊的陰影籠罩在上方。黑暗塌下來的瞬間，塞西爾猝然想起當時壓在身上的黑巫師，來不及躲，一陣溫熱、溼潤的感覺便趁機堵住了他的嘴。

新長的鬍渣刺了他滿臉。少年用盡全力拚命推擠，只摸到男人強而有力的心跳。塞西爾想狠狠咬他一下逼他鬆口，剛張開嘴，溼熱的肉舌就彷彿伺機已久，瞬間侵犯進來，像在標記領地般霸道地將少年的吐息全染上他的味道，濃郁得噁心。他驚恐地抓住哥哥的衣服後領用力拉扯，男人放輕了動作，但仍然沒有鬆開親吻。

「唔……」哥哥從來沒有這麼粗魯地對待過他，凶猛的攻勢讓他甚至來不及嚥下口水，只聽得見黏膩的水聲和男人粗重的呼吸。悄悄蔓延的窒息感讓塞西爾開始有點害怕，沒辦法說話的他焦急地拍打著哥哥的背，逼不得已示弱著「嗚嗚」哼了幾聲，好不容易才讓哥哥鬆口。

塞西爾立刻深深倒抽一口氣，淚汪汪地瞪著半躲在陰影中的男人。而哥哥只是壓低嗓音說了一句：「我會這樣對你，不會這樣對他。」

夜燈剛好照亮他的左臉，彷彿真的有火焰在那隻染色的眼睛裡跳動著。「小西，我可以親你、抱你，但我不會這樣對亞當。他給了我生命，可是只有你才是我在失去不老之身後，還一直活下來的原因。」哥哥扣住他的五指緊緊握著，「無論我跟亞當曾經處得有多不好，都不是你的錯。等哥哥一下好嗎？等明天安頓好，想知道什麼我都告訴你。」

呼吸不穩的少年仍疑懼地瞪著他。隨便強吻人之後再來說這些？他試著抽回手卻沒什麼力氣。哥哥低下頭親吻他的指尖，不是剛剛那樣粗魯的親法，而是小心翼翼地，生怕隨便碰壞珍貴之物那種虔誠的吻。

「小西……」比起呼喚，他更像在喃喃自語。塞西爾只能眼睜睜地看他拉著自己的手覆蓋他削瘦的右臉，蒼白的五指虛掩著被歲月掏空的眼睛。

從小到大，哥哥從來不讓他碰自己的右眼。錯愕的塞西爾緊張地微微發抖，但哥哥穩穩地握住他的手，掌中粗糙的傷疤彷彿要把少年一併剖開。

「對不起，小西。」男人輕聲說：「哥哥再也不會甩開你的手了。」

單這一句話，暖意就不爭氣地竄上了塞西爾鼻尖。他咬緊嘴唇不出聲，不想讓哥哥覺得自己這麼容易打發，但微弱的夜燈仍藏不住少年澎湃的委屈。

哥哥低下頭來，輕啄著他發熱的眼角。塞西爾撇開頭但沒有抗拒，放任他在臉上頻頻落下彌補的細吻，眼尾、耳鬢、臉頰、鼻子、嘴角，直到男人的喘息聲燒得他面紅耳赤，才趕緊推開哥哥坐了起來。

塞西爾抓過被子，把自己裹成一顆難以靠近的厚繭，瞪著他高挺的鼻子、堅毅的下顎，就是不敢看哥哥的眼睛。「那你為什麼……」他試著想讓語氣聽起來有底氣點，但還沒完全褪去的哭腔反倒顯得更可憐了，「最近都不理我？」

「是因為尼希姆。他最近特別活躍，我一直想早點解決……」哥哥歉疚道：「我不是故意冷落你，小西，我很抱歉。伊恩那邊有最好的保全措施，不會再發生今天這種事情了。」

塞西爾沒有回話。少年的眼神越過哥哥緊盯著小夜燈，彷彿那顆小小燈泡裡藏著所有大人們都對他絕口不提的祕密。「我們……我是說，你跟亞當……」他猶豫了一會，一下子就要他把那個歷史人物當成自己還是太奇怪了，「你跟他……」

塞西爾低著頭，盯著腳趾在棉被上緊張地蜷縮。「……交往過嗎？」

沉默讓塞西爾的胡思亂想，像雨後春筍般一發不可收拾。畢竟十二年和一千年比起來跟一瞬間沒兩樣，哥哥再怎樣也不可能撇開回憶重新看待他吧？怎麼可能會有人真心喜歡自己把屎把尿一手帶大的孩子？雖然哥哥答應他的告白時真的很開心，但哥哥又不是那種變態，只是看在往日情分……

「小西。」哥哥平靜地開口：「我跟亞當不是那種關係，我們沒有交往。」

「……真的？」他怯怯地問。

「真的。」那隻殘存的眼睛裡映著小夜燈的柔軟暖光，晶瑩剔透、一覽無遺。「半點心思都沒有。我喜歡的是小西，跟亞當無關。」

如此赤裸的示愛讓塞西爾紅了臉，趕緊把半張臉也藏進被子裡。

「沒有……牽過手？」

「沒有。」

「也沒有抱抱？」

「沒有。」

「或……親……」

「絕對沒有，小西。」哥哥突然湊到他面前。塞西爾來不及閃躲，只能近距離看著那張俊俏的臉直直盯著自己，一字一字說：「我只對你做這些事情。」

哥哥的眼睛真的很好看。上揚的眼尾、纖長的睫毛、凌厲的眼神，一看見自己就會溫柔地融化。塞西爾緊張地咬住下唇，哥哥便伸出裹著薄繭的拇指腹，壓著柔軟的唇瓣，輕柔卻強勢地按摩著，揉得塞西爾腦袋一片空白，臉上溫度越來越燙，呆愣的視線全被那隻魚鉤般的漂亮眼睛緊緊勾住，無法鬆開。

男人眼裡漸漸盈滿笑意，塞西爾才終於意識過來他只是在逗自己。他氣惱地噘起嘴不說話，卻被誤會成是在討吻，哥哥從善如流地低頭啄了一下，就換來一個滿臉通紅、有苦說不出的委屈少年。

「……騙人。」他還是不甘心，憤憤地囁嚅著。

「我沒有騙你。」哥哥嘴上一邊哄著，手中卻逗小孩逗上了癮，輕輕勾起手指抬起他的下巴，像在摸小動物一樣偷偷搔癢幾下。

「你就騙我。」塞西爾整張臉紅得燙熟，硬是假裝對哥哥明目張膽的小動作沒感覺。男人修長的手指悄悄撫上纖細的側頸，粗糙的指尖沿著平滑的下顎，大膽地繞進敏感的耳朵。倔強的少年依舊無動於衷，直到哥哥冷不防地低頭朝著他漲紅的耳際吹出溼熱的氣息。「小西……」

塞西爾立刻撇過頭，狠狠夾了一下那隻不安分的手。哥哥頓時失笑，俯身過來想抱他，塞西爾趕緊扭身躲進被子裡縮到最遠的床鋪角落，一點也不想再多聞一點男人身上那種性感誘人的味道。

「快點去洗澡啦。」他恨恨地說：「你身上都是汗臭味！」

哥哥笑得開心，塞西爾乾脆直接鑽進被窩裡不管了。他感覺到男人的重量壓過來，隔著棉被在腦袋上留了一個幾乎沒有感覺的晚安吻，仍然讓塞西爾耳際發熱。

直到聽見門關上的聲音，害羞的少年才從被窩裡探出頭來。男人已經離開房間，只剩床頭的小夜燈暈染著漆黑一片的臥室。

又不是怕黑的小孩子了——他直覺撐起身子想關燈，隨後才想到哥哥說今天可以一起睡，那盞燈大概是他為自己留的。便重新躺下來，盯著柔軟的暖光久久未眠。

chapter ✦ 3

「小西，起來了。」

哥哥的聲音把他從模糊的夢境中喚醒。睜眼只見車窗外一片青蔥翠綠，隨風搖曳的樹林濾過破碎的陽光，和落葉一齊灑在柔軟草地上。不遠處有一座清澈的淺湖，被木棧道一分為二，通往那棟他很久沒來的低矮別墅。

剛睡醒的塞西爾懵懵地解開安全帶下了車，看見哥哥在指揮人搬運行李，便背著背包踏上長長的木棧道。記憶中那塊曾經害他絆倒跌到湖裡的木板不見了，只剩湖底美麗的魚群和水草。推開熠熠生輝的玻璃門走進屋內，裡頭格局也和無憂無慮的小時候一模一樣。

塞西爾很快就找到自己的房間，床鋪沒有印象中那樣大到可以在上面跑跑跳跳，但給一個還在發育的青春期少年休息還是綽綽有餘。除了所有東西都縮水一號以外，整個房間和記憶中如出一轍。

塞西爾放下背包，剛轉身想出去找哥哥，才發現男人不知何時早已提著行李跟在身後。「伊恩說這間房一直留著等你哪天回來玩，所以擺設也沒有動過。」他放下行李說道。

「感覺好像只是來度假的。」塞西爾回答。

哥哥摟了摟他的肩膀，「這樣想就好。出來吧，先把該做的事做完。」

哥哥帶他導覽一遍整棟度假別墅，塞西爾這才知道，原來小時候意外發現，拿來玩捉迷藏的密室，跟這棟屋子裡真正的密道動線相比，根本是小巫見大巫。

因為不能畫下來，塞西爾只好一邊忙著記憶路線，一邊學著認識好幾個生面孔的保鑣，聽他們背誦般地解釋他住在這裡時可以自己決定哪些事、哪些不行，會有哪些人在哪些時候過來，發生哪些情況會有哪些應對方法……聽得塞西爾頭昏眼花。

「記清楚了嗎？」直到哥哥開口問，他才趕忙點頭。

「我晚點再跟你說一遍吧。」哥哥笑著摟住他的肩膀，「來，還有一件事，弄完再吃午餐。」

哥哥支開保鑣，和少年十指相扣，單獨二人走進別墅後方的樹林。「我請潔兒跟別人借了一隻看門狗。要讓牠先熟悉你，但你在家的時候不要和牠玩，最好也不要太靠近牠。」

「看門狗？為什麼？」塞西爾問，掙脫哥哥的牽引，在男人面露詫異之前抱住他的手臂。哥哥環視周遭，確定四周沒有人看得見他們的親密舉動後便縱容他去，伸手捏了捏少年的臉頰。

「記得小時候看過的幻種生物嗎？」哥哥問。

幻種是一種非常非常古老的物種，以魔法為食，在魔法師人口開始莫名驟減的時代被大量誘捕、馴化，用以尋找具有魔法天賦的人。自十二年前魔法滅絕後，失去糧食的幻種生物在短短一年內就全部滅絕，只剩下能夠進食一般飼料的混血種。

「記得呀。」塞西爾回答道。從前伊納修斯家有養一隻叫作達菲的幻種火鳥，據說守護伊納修斯家超過百年，在經歷魔法之死後，還撐了超過半年才在伊納修斯懷裡閉上眼睛。

「你說的看門狗是幻種嗎？」少年興奮地問。

哥哥點點頭。他們繼續前進，沒過多久塞西爾就看見不遠處的小空地上停了一輛貨車，走近之後才發現車門沒關，裡面也沒有駕駛。

哥哥從車裡拿出兩副厚重的防咬手套，將其中一副遞給他，陸續又拿出一條特製項圈和一個大箱子放到地上，一邊說道：「她叫阿雅，是一隻三頭犬。原本是防範中心為了搜尋殘餘魔法特別培育出來的，準確度雖然比不上純血，但也算是混種中的菁英，結果毛都還沒換完就被人半買半搶帶回去當寵物。幸好對方欠潔兒一個大人情，這次才借得到她。」

塞西爾把手套夾在腋下，蹲下身掀開蓋子偷看一眼，頓時嚇一大跳。箱子裡裝滿了死老鼠，看起來似乎是阿雅的飼料。少年抬起頭，立刻就看見哥哥正似笑非笑地望著自己，男人趁著塞西爾反應過來前拍了拍他的腦袋，彎腰扛起飼料箱，走到距離貨車幾公尺的空地放下箱子。

哥哥招了招手示意他過去。塞西爾乖巧地走近，哥哥接過他懷裡的手套，拉著少年的手替他穿戴上。「為什麼你要我別跟她玩？如果是寵物的話應該很乖吧？」塞西爾問。

強化過的防咬手套比一般手套悶熱得多，還有種堅硬的觸感，裡面似乎塞了金屬片。哥哥束緊綁帶，聽見少年低聲呼痛頓時道歉，放輕動作重綁一次。「阿雅是幻種，對魔法有狩獵本能，如果有黑巫師靠近你周遭的話，她能及時發現。」哥哥說：「但無論是混種還是純血，對幻種來說魔法就是魔法，都是食物。牠們分不出來人造的黑巫師，和與生俱來的魔法師有什麼差別。」

塞西爾看著哥哥替自己戴好手套，接著拿起自己那一副。少年正想幫忙時，哥哥就三兩下俐落地戴好了，彎下腰打開飼料盒子。「小西，你小時候我不是經常帶你去防範中心嗎？你總是吵著說醫生很凶，不想去。」

「他真的超凶。」塞西爾嘟著嘴巴抱怨：「都超用力抓我，簡直想把我的手扭斷。」

蹲在箱子邊的哥哥安慰地牽住他的手，隔著厚重的防咬手套不方便，只能輕輕勾一下。「當時那些其實不只是健康檢查，更進一步是為了檢查你身上還有沒有殘餘的魔法。魔女死後絕大多數魔法師都徹底變回普通人，只有極少數人還保有微量魔法──而你又不一樣。」

碎陽灑在男人身上，哥哥那隻琥珀眼睛被明媚午後染成溫暖璀璨的金黃色，正溫柔地凝視著他，「小西。亞當第一次起身反抗魔女時慘敗，身首分離，而後卻能四肢健全地歸來。你有想過為什麼嗎？」

「應該跟魔法有關……？」

哥哥似乎想笑又怕傷了少年的自尊心，只是用那隻閃閃發光的眼睛寵溺地看著他。塞西爾的確有點不服氣，又補上一句：「他不是穿越生死邊界，才得到不老之身嗎？是因為這樣沒錯吧？」

「是呀。」哥哥稱讚道，卻反而讓塞西爾心裡冒出一種有口難言的苦悶。他還沒想好該怎麼回嘴，哥哥便開口道：「更具體地說，你現在的身體其實是魔法做的。原本那具身體早就被丟進裂谷不知所蹤了。」

少年嘴巴張到一半，頓時錯愕得說不出話來。

哥哥不知道是沒發現他的反應，還是覺得無所謂，一邊處理著死老鼠繼續自顧自地說下去：「這也是為什麼你體質這麼差。你的身體自有一組平衡體系，外在藥物或治療在你身上的效果都會大打折扣。以往這些你可以自己處理，但現在情況不一樣了。」

哥哥抓著一把老鼠抬起頭，這才終於發現塞西爾的表情。他停下動作，軟聲安撫道：「沒事的。你就當自己只是不適合吃藥就好。」

「這會有什麼問題嗎？」塞西爾語帶遲疑，「我的身體……小時候檢查沒有留下記錄嗎？」

「這些一樣是最高機密。」哥哥回答：「你的身體機密只有一個人知道，而他現在人在遙遠的北方出差。別擔心。」

哥哥讓他後退幾步在飼料箱邊等著，自己一手拎著老鼠，一手抓著項圈走到貨車尾端，小心翼翼地拉起貨車門。塞西爾本來預期會看見一隻高大、凶猛的惡犬，但映入眼簾的只是一個大型狗籠，被黑色的布遮得嚴嚴實實，也沒聽見想像中野獸的低吼，或是利爪刮擦的聲音。哥哥拎著老鼠緩緩靠近，把死屍放在靠近籠子的地方，什麼也沒發生。

哥哥耐心地等待著。把老鼠推近一點，人後退一些，呼喚了幾次阿雅的名字後，藏在布幕裡的野獸終於開始有動作。少年看見黑布被微微頂起，依然看不見幻種的真面目，只有死鼠被緩緩拉了進去。

「好女孩。」哥哥柔聲道：「阿雅，出來吧。」

慢慢地，布簾又再次被頂開，一顆烏黑的狗鼻子悄悄伸出來，謹慎地嗅了嗅哥哥的手。哥哥從容不迫地等到阿雅熟悉他的味道後才替她戴上項圈，慢慢拉開黑布。

阿雅的體型並沒有特別驚人，和一般的大型犬相去無幾。身高大約只到哥哥大腿的一半，全身是斑斕參差的虎斑色，勁瘦的身材能清晰看見肌肉曲線。阿雅原本乖巧地坐在籠子裡，三顆腦袋晃來晃去觀察著周遭，當遮光布被拉到可以看見塞西爾的高度時突然三顆狗頭都轉了過來，困惑又好奇地直直盯著少年，塞西爾不由得背脊一陣發毛。

「小西，抓一隻老鼠。」哥哥說。塞西爾照做，看著哥哥打開籠子，把阿雅牽出來時難免有些緊張。「她三個頭都叫阿雅嗎？」他問。

「她只有一個意識。」哥哥簡短道。男人謹慎地抓著牽繩，看見幻種從籠裡出來後始終緊盯著少年，便扯了一下手中的繩子分散三頭犬的注意力。他花了一點時間馴服阿雅，接著才牽著她慢慢靠近塞西爾，「小西。把老鼠放下來，不要用丟的。」

當塞西爾聽話地彎下腰，在阿雅面前放下死老鼠時，三頭犬中間那顆腦袋突然湊上前嗅了一下少年的手背。他反射性一僵，奇怪的手感告訴塞西爾，好像把老鼠某個部位的骨頭抓斷了。哥哥什麼都沒說，他只得強作鎮定地放下飼料，若無其事直起身。

阿雅的其中一顆腦袋低下頭來嗅聞老鼠，另外兩顆頭仍好奇地盯著塞西爾。哥哥輕扯一下項圈，只帶開一顆頭的注意力。他見狀便大步踏進阿雅和塞西爾之間。幻種疑惑地看著面前的男人，過了好幾秒才終於垂下三顆腦袋乖乖坐好。

「好女孩。」哥哥讚許道。「小西，再給她一隻。」

確保阿雅熟悉塞西爾之後，哥哥便把她牽回貨車上，說等等會有人把她載回別墅。「最好不要讓別人發現阿雅對你有反應。」哥哥叮嚀道，一手摟著假借害怕抱緊自己的塞西爾，在少年的瀏海上輕輕印下安撫的吻。

「雖然混種判別魔法師的準確率比純血低很多，但人們不會去考慮那些。我會吩咐讓阿雅盡量離你遠一點，這些你還是帶著，如果遇到就丟給她，免得她忘記你是誰。」哥哥從口袋掏出一個包裝袋交給他。

塞西爾接過小包裝袋。搖起來有沙沙的聲音，他好奇地問：「這是什麼？」

「老鼠乾，切丁的。這樣你也比較好帶在身上。」

塞西爾浮誇地「噁」了一聲，趁機貼緊在哥哥身上磨蹭撒嬌。哥哥無奈地嘆了一口氣，卻還是單手抱住他的腦袋，寵溺地揉亂少年的頭髮。

回到別墅吃完午餐後，多餘人員差不多都離開了，兩人便回到房間收拾行李。塞西爾的東西並不多，但才剛吃飽喝足的少年東摸摸西摸摸就是懶得動手，把平時寡言少語的哥哥惹毛了，開始絮絮叨叨個不停。

塞西爾乾脆直接躺到床上耍賴，理直氣壯地要哥哥親手幫他把行李一一拿出來分類歸位。他大字躺在柔軟的床鋪上，聽著哥哥低沉磁性的嗓音滔滔不絕地碎念，房間裡瀰漫著陽光烘烤的氣味，讓塞西爾不知不覺間陷入半夢半醒。

暖白的天花板讓他想起曾經在這張床上和其他孩子比賽誰跳得比較高，結果一個沒踩穩跌下床，在額頭上撞出一個大腫包，事後還欲蓋彌彰地自己剪了瀏海試圖遮住傷口；他還記得當時會在被家具擋住的牆面上偷偷塗鴉，塞西爾在櫃子後面寫了喜歡的女生的名字加上一顆愛心，後來被發現，但萬幸沒有人發現那是他寫的。

伊納修斯第一次帶他們來這裡時就立下規矩，除了伊納修斯以外的大人都不會踏足，這裡是屬於小孩的祕密基地。於是這群乖巧懂事的好孩子們就開始到處搗亂，頂著晒人的太陽繞湖賽跑、游泳、捉魚，在沒有大人的宅子裡想做什麼就做什麼，唯獨在這裡他不是外人，不是孤兒。

少年的思緒逐漸恍惚起來。他心裡惦記著哥哥難得陪自己一整天，不能就這樣睡著，掙扎著咕噥幾句回應滔滔不絕的碎念，滿屋子陳舊的氣味卻讓他迷失在夢境與回憶的岔路口。

夢裡的哥哥停止叨念，放下滿懷衣服蹲在床邊，靜靜凝視著他睡著的樣子。背著炙熱的陽光讓他看不清楚哥哥的表情，卻能從男人身上聞到洗衣精的香氣，和熟悉的仙人掌抱枕的味道。塞西爾想擁抱他，雙手卻沒有力氣，只是模模糊糊地看著哥哥對他低喃些什麼，伸手撩開少年臉上刺到眼睛的髮絲。男人的指尖擦過塞西爾的眼睫毛，癢癢地讓他顫抖了眼皮。

被接回家的頭兩年，哥哥經常在半夜來到他的房間，什麼也不做，就只是坐在床邊靜靜地望著他，唯有橙色的小夜燈勾勒出獨眼的側影。或許曾經長生不老的男人在那一千年裡也學會了挽留時間的能力，每當他來到房間，迴圈的指針就開始滴滴答答地空轉著，讓年幼的小塞西爾深信自己永遠不會像潔兒姊姊說的那樣漸漸變老。

他沒有把這個一廂情願的信念告訴過其他人，在問了哥哥幾遍為什麼經常夜訪自己卻沒得到答覆後，就開始學著裝睡。每當男人又來到床邊，小塞西爾就會乖乖不動，像尊屹立不搖的千年石雕讓哥哥靜靜地瞻仰著，直到滴答聲侵蝕殆盡男人盈滿流光的眼睛。直到那時哥哥才會挪動早已在地毯裡深深扎根的腿，將他收藏起來的永恆歲月輕輕烙印在熟睡的孩子額頭上，吹走稚嫩的惡夢。

塞西爾緩緩地睜開眼。男人沉重的呼吸讓額頭上溼潤的唇印感覺特別鮮明，他抬高目光，正對上那隻被午後暖陽染得燦爛耀眼、金碧輝煌的眼睛。

「要再睡一下嗎？」哥哥彷彿怕吵醒他似地，用氣音輕輕問道，伸手遮住直直射入少年眼中的陽光。剛醒來的塞西爾還傻愣著，睡眼惺忪地盯著那隻太陽般的眼睛，呆呆地說：「我夢到你。」

「夢到我什麼？」哥哥溫柔地問。

「你又來我房間……」塞西爾稍微闔起沉重的眼皮，歪著腦袋蹭了蹭哥哥粗糙的掌心，「一直看著我，然後給我一個親親……」

男人掌中最長的那道傷疤剛好刮過嘴角，塞西爾便挪過臉，親吻那道疤痕。

當時那個人怎麼捨得這樣傷害他呢？

「哥哥……」少年用剛睡醒的睏倦嗓音沙啞問道：「我們以前是什麼關係？」

史書裡的迦勒追隨亞當的原因相當平凡。他和亞當同一個時代出生，在奧特蘭王的暴政下失去所有家人朋友，悲憤難抑選擇加入亞當麾下，即使在得知亞當陣亡後仍然繼續投身反抗軍，直到已屆遲暮才終於親眼見到活生生的亞當。迦勒堅信亞當是真正的救世主，在其飽受反抗軍猜忌時，暗中通風報信幫助他逃過夜襲，因此成功取得亞當的信任，返老還童成為歷史上第一批長生者。

即使如此，哥哥昨晚幾乎是親口承認討厭亞當。

畢竟亞當也不是什麼毫無缺點的聖人，當初那分景仰經過千年消磨肯定有許多破滅，事到如今也早已由不得隨意從長生者之中抽身。但如果哥哥真的和那個家喻戶曉的英雄交惡，當年破曉之日又為什麼要力排眾議收養失去記憶與魔法的亞當，甚至十二年來這樣百般照顧疼愛呢？

面對少年猝不及防的提問，哥哥一絲驚訝也沒有，顯然早就想好該怎麼回答了。他寵溺地揉了揉少年的臉頰，「先去洗把臉吧。」

塞西爾坐起身，發現整個房間已經被哥哥收拾得乾乾淨淨，只好朝著一臉「你看看你」的哥哥嘿嘿傻笑。

從浴室一走出來，塞西爾就聞到空氣中瀰漫著濃郁的咖啡香。沿著味道來到一樓，看見哥哥正在流理臺邊泡咖啡，放輕腳步悄悄走到男人身後，毫無預警地撲抱住他瘦勁的腰。

「你要加幾顆糖？」身經百戰的哥哥一點也沒有被嚇到，依舊淡定地攪動著湯匙。

「五顆。」

「太多了。」哥哥責備道：「最多三顆。」

「那你幹嘛問？」塞西爾委屈巴巴地說，眼角瞥見哥哥還是丟了四顆糖進去。少年正想趁著哥哥不注意時多抓一顆方糖，視線掃到糖罐旁邊的厚重皮冊時，頓時忘了這回事。

「哥哥！」他一把抽過文件夾，從窗戶灑進流理臺的陽光將那行燙金的《長生者名冊》映照得刺眼難辨。「你帶來了？」他驚訝道。

「一個人待在這裡也很無聊，不如多讀點書。」對比起詫異的少年，哥哥的語氣平淡得毫無起伏，似乎不覺得這有什麼大不了。

塞西爾有些不知所措，「我以為你會不准我再碰稽魔部的東西……」

少年怯弱的語調讓哥哥停下手邊動作。塞西爾沒辦法參透那隻滄桑的眼睛裡正打轉著什麼樣的情緒，突然有點後悔提醒了他。早知道就閉嘴安靜收下了——感覺好像又回到昨天早上，兢兢業業地站在辦公桌前等待哥哥批准自己的夢想，但這次他沒有準備辯詞了。

哥哥沉默一下子，把糖罐收進櫥櫃，「我答應過你了。」他轉過身，摟住少年單薄的肩膀。「小西，遇襲不是你的錯。我想要的自始至終都只有你的安全，既然你親口說願意轉往幕後，哥哥總不會連嘗試的機會都不給你。」他停頓了一秒鐘，「如果你真的非得走上這條路不可，只要答應我乖乖待在後方，讓別人保護你的安全，我就不會拿這次的事件去阻止你。」

炙熱的陽光把文件夾晒得燙手。塞西爾抿緊嘴巴，暖意流淌過胸口某處，頓時卻覺得一陣鼻酸。他緊緊抱住身上散發著抱枕味道的男人。「……好。」埋在衣服裡讓聲音聽起來悶悶的，「謝謝哥哥。」

哥哥溫柔地拍了拍他的背，微微彎腰將少年深深摟進懷中。「我反對你進稽魔部，一部分是因為碰到長生者的機率太高，如果沒有調整過長相，你很快就會被認出來。」等了一會沒等到他繼續說，塞西爾正想接話時哥哥才開口道：「昨天我跟伊恩和潔兒談過了。你會越長越大，而我不可能永遠陪在身邊保護你。既然已經知道自己的真實身分，讓你繼續這麼一無所知下去也於事無補。」

他用手指梳了梳少年亂掉的瀏海，垂首親吻塞西爾的額頭。「來吧。我跟你解釋。」

哥哥雙手拿著咖啡，帶著他來到客廳。他們坐在落地窗前的沙發裡，陽光在平靜湖面留下無數閃耀刺眼的爪痕，天花板上映照著晃動的粼粼波光。塞西爾踢掉鞋子，窩在沙發上緊挨著哥哥，看著他將文件夾放在腿上攤開。

「名冊裡的資訊是經過官方證實，換句話說除了這本名冊以外的史料都不可信。歷史記載其實多多少少都會有些隱瞞甚至虛構，為了避免不必要的麻煩所以才有這個版本。我告訴你的真相，你只能當作聽了一個天馬行空的荒唐傳聞。」

塞西爾點點頭。哥哥翻開了自己那一頁。

「這裡寫的……」修長的指尖沿著方正整齊的墨水緩緩移動著。那些字句塞西爾非常熟悉，他早在各類史書裡讀過不下數百遍，卻怎麼也沒料到哥哥接下來說的。

「全部都是假的。」

沉默硬生生延長好幾秒。直到少年遲疑地問出口：「……全部？」

「全部。」哥哥肯定道：「我的功績、魔法、出身，甚至名字。全部都是假的。」

哥哥往回翻，翻到了亞當那一頁。「你也是。」他說：「亞當實際上並不是什麼大隱隱於市的天才魔法師。還有伊恩，關於他前兩百年的記錄幾乎都是偽造的。還有他……」哥哥動動手指翻了幾頁，數百年的珍貴史料就全部都變成廢紙。「這些記載的真假程度不一，但共通點是所有人的出身都是假的，或者至少有所隱瞞。」

少年一時間只覺得口乾舌燥。他端起咖啡喝了一大口，催促著剛清醒沒多久的腦袋運轉起來。「這些人……」他思考一會，徐徐說道：「都是……最早跟隨亞當的長生者。」

哥哥「嗯」了一聲。

客廳又陷入沉默，只有窗外倒映進來的搖曳樹影。史書上偽造了最早一批長生者各自的出身，也就是說當年讓眾人聚集起來的也許並不只是亞當的奇蹟復活。如果是這樣……

「你不是在亞當復生之日才第一次見到他。」塞西爾沉默了半晌，開口說道。

「不是。」哥哥回答。

少年安靜地等待。眼角瞥見哥哥無意識捏起紙張邊角，以指尖悄悄摩挲著，他還是第一次看到哥哥做出這種不安的小動作，雖然很快就停止了。

「那不是什麼精彩的故事。而且已經很久、很久了，我也記不太清楚……我當時只有四歲。」

塞西爾完全沒有預料到會聽見這麼小的數字，驚訝地睜大眼睛，但哥哥只是低頭盯著泛黃紙張上的連篇謊話，沒有看他。

「會記得年紀只是因為那天是我生日，而我來不及慶祝。有人闖進了我家，我的父母沒有逃出來，只有哥哥拉著我。我們跑了好幾天。印象裡他只高我一顆頭，但都是他去找食物給我吃，找地方讓我睡。然後有一天……」

湖面波光打進男人寶石般的左眼，在哥哥臉上留下一道璀璨的傷痕。

「他把我推進河裡。」他的嗓音低沉，語調像在說睡前故事那樣，輕柔而平靜，「壓著我的頭，試著溺死我。顯然他沒有成功，但後面的事我不記得了。再醒來時只覺得頭痛欲裂，完全忘記哥哥想殺掉我的事情。我發現自己什麼也不記得，一直哭著要找哥哥……就是那個時候你來到了我身邊。」

「你握住我的手……」一直低頭沉思的哥哥終於轉了過來，那隻太陽般的眼睛卻落入少年的陰影裡，轉為濃稠的深棕色。他牽起少年纖細的手，就像古老的宣誓，在塞西爾手背上烙下一個再溫柔不過的吻。「然後告訴我，你就是我哥哥。」

塞西爾沉默不語。

「這就是我第一次見到你。」他輕描淡寫地把故事結束，輕輕按揉少年發熱的眼尾，「歷史上第一批長生者都是在那裡認識的。」

他的語氣自始至終都很平淡，少年卻不敢看他。塞西爾一直低著頭，只瞧見陽光披在他肩上，陰影卻在男人結實的手臂割出怵目驚心的疤痕。少年抿緊嘴，顫顫開口道：「……那是哪裡？」

哥哥沒有立刻回答。他依舊捧著塞西爾的臉，裹著薄繭的拇指腹一遍一遍地緩緩摩挲著少年泛紅的眼角。塞西爾垂下視線，屏住呼吸，像個準備受罰的孩子般僵著身體不敢動彈，直到哥哥終於鬆了手。

「奧特蘭王宮。」男人說：「我失去眼睛的地方。」

十二年來，哥哥從來沒有說過他是怎麼失去那隻眼睛。塞西爾這才後知後覺地發現自己似乎反而逃進另一個死胡同，頓時有些慌張，但哥哥已經繼續說了下去。

「他們拿走我的眼睛，放了別的東西進去。我的身體開始產生病變，痛苦得彷彿隨時都會死去，眼裡的東西不停地咬我的肉、吸我的血……他們卻說我在進化。我開始能做到常人不敢妄想的事情，擁有難以想像的強大力量，甚至無論怎麼受傷，眼裡的東西都能在一瞬間治癒我，讓我無法死去……」

在午後溫暖的陽光裡，寒意像蟲子一樣爬過塞西爾的皮膚。

「小西，我是黑巫師。」哥哥放輕聲音，「歷史上第一批長生者全部都是。」

有那麼一瞬間，塞西爾還希望只是一向不苟言笑的哥哥挑錯時機在開玩笑——但他的哥哥從來不會開這種惡劣玩笑。少年的嘴巴張開又閉上，思來想去怎麼也找不出一個合理的解釋。他的哥哥是黑巫師，**怎麼可能**會是黑巫師？

「但是黑巫師是看得出來的啊，都很明顯，你又沒……」

塞西爾看著哥哥那隻空蕩蕩的眼睛，吶吶幾聲不敢再說話。

難道這就是為什麼小時候哥哥從來不肯和他一起洗澡嗎？塞西爾忽然想起一段遙遠的記憶。年僅六歲的小塞西爾曾有一次在浴室裡滑倒撞傷，哥哥擔心到每天陪他洗澡，陪了兩個多月，卻都只是挽起袖子坐在浴缸邊看他玩水，即使被潑得一身溼也不脫衣服。

仔細一想這才意識到確實沒有細看過哥哥的裸體，偶爾幾次匆匆一瞥，只記得他身上的傷疤多到彷彿整副軀體都是由無數碎片拼湊而成，難道那些傷疤……

「伊恩哥哥。」塞西爾突然想起，急忙道：「伊恩哥哥也是最早的長生者之一，但是他沒有……」

「他一直藏著。」哥哥輕聲打斷了他，「伊恩一年四季都穿很多。一千年來都一樣。」

和煦的午後變得越來越沉悶。塞西爾拚命回想著讀過的所有關於黑巫師的書，一向自認博學的他此刻腦袋卻一片空白。這麼重大的事情怎麼會從來沒發現呢？分明幾乎天天黏在哥哥身邊，牽他蹭他抱他卻為什麼完全沒有察覺過一絲異樣呢？為什麼**偏偏**就是他的哥哥呢？

不知道。

塞西爾驚覺，哥哥一直以來對他隱瞞的許多事，也許實際上都遠比想像的更深不見底。

他張開嘴巴卻感到喉嚨一陣乾澀，嚥了幾口才沙啞地發出聲，嗓音彷彿未乾的墨水般，在午後暖陽裡模糊暈開。「……那我呢？」他頓了一下，抽換掉稱謂，「亞當也算第一批……」

「你不是。」哥哥迅速道：「你是天生的魔法師。」

少年沒有回話，靜靜地垂下頭。腦袋裡正亂得嗡嗡作響，無法思考，以致於他幾乎沒聽清楚身邊的哥哥開口說話時的聲音。

「小西。哥哥可以和你保證，雖然我們的魔法不是與生俱來，但第一批選擇背叛奧特蘭王，追隨亞當的長生者絕對比誰都更憎惡魔女，只是這段過往實在太容易引起誤會所以才選擇隱瞞。當年的人如今也只剩下我和伊恩。」他一邊說一邊觀察著塞西爾的臉色，似乎也不太確定該怎麼安撫大受打擊的少年，「哥哥知道這些對你來說一定很難接受。今天就說到這裡吧，其他的就等下次……」

塞西爾突然抬起頭，雙眼通紅地瞪著錯愕的哥哥。

男人愣了一下，反射性張開雙臂，少年便直接撲了上去，緊緊抱住他的哥哥。

「對不起……」他哭著說。

即使塞西爾其實不太確定為什麼要道歉，只覺得整個人彷彿愧疚得快要塌陷了。對不起亞當傷害了你，對不起曾經沒能陪在你身邊，對不起即使如今知曉真相，卻依然什麼也做不到。他的哥哥在無盡戰爭之間，度過一段幾乎沒有盡頭的時光，從小被捧在手心呵護長大的少年，有什麼能力與資格安慰這個滿身瘡疤的男人呢？

靜謐的下午瀰漫著咖啡香。哥哥默默地抱住他，什麼也沒說，只是輕輕搓著他的背。

等塞西爾稍微冷靜下來，哥哥才用那副滄桑沙啞的嗓音喊道「小西」，輕輕把他扶坐起來，抽了張衛生紙拭去少年青澀飽滿的眼淚，拿來醫藥箱把沾到淚水的紗布換掉。

哥哥的樣子看上去很平靜，就和平常沒兩樣，熟稔地照顧著他，反而讓塞西爾更內疚。他咬緊嘴唇強忍情緒，哥哥發現他的表情後卻反而有點哭笑不得，極其溫柔地捧著他的臉。

「小西。」哥哥呼喚著，「跟你說一件事，不可以告訴別人。」

塞西爾吸吸鼻子，乖巧地等著。

「當年決戰剛結束時還是黑夜。魔法一下子沒了，王宮坍塌、武器失效，甚至連照明都沒有，情況非常混亂。」哥哥牽起他的手，握在傷痕累累的掌心裡，慈愛地撫摸著，「亞當不在，是由伊恩指揮。魔女一死，他就馬上下令所有長生者即刻停止作戰，撤出王城範圍，避免擴大不必要死傷。魔法消失只能口耳相傳撤退命令，伊恩來到了身邊想把我拉走，但我沒有理他。」

「我軍全數撤出了奧特蘭王城，只有我還留在那裡。我一邊拚命地殺著敵人，同時感覺到眼裡的怪物正在漸漸死去。遍地都是黑巫師的屍體，有些是被長生者殺死，但絕大部分都是受到魔法滅亡那一刻的強烈波動衝擊而喪命。當時我以為也許撐不到天明了，在那之前至少要知道你是死是活。」

「最後……」哥哥抬起手，撩開少年眼角的髮絲，「我找到一個小孩。」

窗外湖面粼粼波光映照在哥哥臉上。只有他們兩人在，哥哥就沒有戴眼罩，當耀眼的波紋掃過他的臉，將琥珀色的眼睛染金，看上去就像永垂不朽的熾熱太陽。

「小西。」哥哥輕聲說：「這幾年你也聽過不少長生者自縊的新聞。看著鏡子裡的自己日漸老去，對某些人而言，感覺比在戰場上殺戮濺血時還要更靠近死亡。總有人在猜什麼時候輪到我或伊恩……」

少年拚命搖頭打斷了他，泫然欲泣、哀求般地望著哥哥。正要開口時哥哥卻突然笑了起來，在塞西爾搞懂他為什麼笑之前低下頭，輕抵著少年的前額，他能看見陽光將哥哥的睫毛也染成了金棕色。「我其實沒有外界說的那麼堅強。」哥哥說：「當年在王宮廢墟……要不是你，也許我真的就出不去了。」

哥哥低垂著視線，整個人浸在光芒之中，身影被暈染得如此溫暖、如此溫柔。

「現在終於擺脫曾以為會永遠折磨我到死的詛咒。夜裡不再被眼中的東西鑽得痛醒，也不用再成天提心吊膽唯恐被發現眼罩之下藏著的祕密。現在我無病無痛，受人尊敬還有一筆不小的財富，而且過了整整一千年，你依然陪在我身邊，每天纏著我撒嬌。」

哥哥靜靜地凝視著雙眼紅腫的少年，「所以別哭了。」

塞西爾咬緊發顫的嘴唇，用力吸了一下鼻子，抽抽噎噎地點頭。明明是哥哥在向他揭露過往的瘡疤，結果卻是少年哭得泣不成聲，還得要哥哥反過來安慰他。一想到此就讓塞西爾羞愧得低下腦袋，哥哥卻哄了幾句要他抬起頭，直視男人燦爛的眼睛。

「小西。」哥哥口中吹出的呼吸帶著咖啡香，卻令人暈眩，「繼續陪在我身邊好嗎？」

和昨晚不一樣，哥哥的吻此刻瀰漫著濃郁的香氣，小心翼翼地試探、呵護著，耐心等到顫抖緊閉的薄唇漸漸軟化，才繼續深入安撫。當哥哥再次試圖撬開他的牙齒，緊張的塞西爾一時不小心咬到哥哥的舌尖，哥哥也只是安分地退回舌頭，在單薄的唇瓣上耐心地來回輕啄、舔舐。某種奇怪的感覺開始漸漸發酵，意識到那是什麼的少年慌忙推開哥哥，和從容不迫的男人大眼瞪著小眼。

不等哥哥說話，塞西爾自己鬆開手，雙耳緋紅地轉回身子乖乖坐好。眼角餘光瞥見哥哥的嘴角微不可察地揚了起來，抽幾張衛生紙傾身過來想替他擦眼淚，

「紗布才剛換好啊，小西。」

塞西爾立刻搶過衛生紙亂抹一通。哥哥從頭到尾盯著他擦眼淚，眼中笑意絲毫未消，讓少年臉上的熱度不減反升。他拚命忽視旁邊那道寵溺至極的目光，趕緊找了個話題打破越來越曖昧的氣氛，「那、那你的名字呢？你剛剛說名字也是假名。」

男人的氣息緩慢而沉穩地吹拂過耳朵，癢得塞西爾心煩意亂。正想挪開位子躲遠一點，哥哥才終於坐了回去。「我不知道。」他回答：「至今也沒有想起來。」

「在奧特蘭王宮醒來，我就發現幾乎徹底失憶，除了確定有個哥哥以外一無所知。我相信了你的話，也以為你告訴我的名字真的就是我的本名。就像你瞞過世人一千年一樣，你說起謊來實在是……」他苦澀地揚起嘴角，「天賦異稟。所以我從來沒有懷疑過你。」

「我們一開始很親密，長大後卻越來越常吵架。直到有一天，那次我們真的吵得非常凶。一直以來你都是個謹慎、冷靜、心無旁騖的人，那天卻說溜了嘴。」

「其實我不意外。」哥哥說道，彎腰端起茶几上的咖啡杯。「那幾年我斷斷續續恢復一點原本的記憶，其實很早就想起哥哥曾經試圖殺死我。只是那時候你真的對我很好，我從來沒有找你攤牌。」

「而且你……」他沉默了半晌，「是個膽小鬼。你一直覺得自己瞞得很好，發現說錯話後也不慌張，反過來指責我亂發脾氣無理取鬧。你說我沒有你這個哥哥早就活不下去，你卻不缺我這個弟弟。」

「我們鬧翻了。」哥哥抿了一口咖啡，「一直到你死那天都沒有和好。」

「我趁著叛亂逃出王宮。我作為黑巫師的特徵比較不明顯，陰錯陽差下進了反抗軍，隨口編出一個父母被殺的故事，一待就是四十年。當再見到死而復生的你，我一開始也不相信，所以我……揍了你。」

「什麼？」突然出戲的塞西爾忍不住錯愕道。哥哥為了掩飾尷尬又啜了一口咖啡。

「畢竟魔女最擅長的魔法就是幻象，你又已經過世那麼久。當年我已經六十幾歲，如果你真的是敵人我也逃脫不了了。」他晃了晃手中杯子，遙遙望著客廳另一端，緩緩說道：「你當時從頭到尾都沒有還手，就只是站在那裡讓我揍……」

這種壯烈的重逢還是有點超出塞西爾的想像。他猶豫了一下，小心翼翼地問：「你後來怎麼確定那是……我？」

這次哥哥真的沉默了很久。男人低著頭，快要見底的馬克杯裡隱約看得見積存的咖啡渣，彷彿正試著透過古老的占卜方式尋求答案，但淺淺的水面上什麼都沒寫，甚至沒有半點晃動的波瀾。

「我不知道。」哥哥坦承，「我當時只是想著，如果我們立場對調，你一定會選擇殺掉我。我不要跟你一樣。」

少年啞口無言。

當男人從遠方收回目光看向他，幾乎立刻又變回那個塞西爾熟悉的哥哥。他的表情平靜而溫柔，眼神裡充盈的寵溺愛意讓人幾乎快窒息，下意識忽略了背後無盡的陰暗漩渦。「你死而復生後，整個人都變了。我太想你，因此有一陣子我們的關係改善很多，然後……」他沒有說完。

「一千年還是太長了。」哥哥感嘆道：「我過了好久、好久，終於才明白時間其實不是萬能的，但過也都過去了。我不再喊你哥哥，你也不再說我是你弟弟，可是我們還是陪在彼此身邊。」

「這件事你應該知道。當年在儕北山都淪陷前夕，潔兒無法認同亞當執意毀滅魔法，而選擇脫離長生者軍閥。她是你最信任的人之一，在儕北山都被攻破後你變得比以往更加一意孤行，執意要找到曾經的魔女之劍，旁人說什麼都聽不進去。等你終於灰頭土臉地抓著兩塊廢鐵回來，笑得像什麼一樣……」

哥哥的聲音突然沙啞起來。他停頓了一下，在短暫沉默後若無其事地繼續說：「我也就不忍心阻止你赴死。」

少年沉默不語。

「而當我在廢墟裡找到你……」哥哥琥珀色眼睛裡鐫刻上屋外湖泊一疊疊的明亮波紋，靈動地流淌，深深凝視著只有那隻太陽之眼能看見的遠方。「小小隻的，傻傻地看著我……」

塞西爾過了好幾秒才發現他正直直注視著自己，傻傻地應了聲。陽光潑灑在男人身上，讓少年感覺有點晒暈了頭，愣愣地望著哥哥伸手輕按臉上翹起一角的紗布。

「小西……」

他的聲音聽起來好迷幻。彷彿被毒辣的太陽燒啞，只剩殘渣，試圖預言未來。

「繼續陪在哥哥身邊吧。」迦勒輕聲說道。

chapter ✦ 4

每每回想起那天，塞西爾都恨不得掐死當時的自己。

窗外豔陽高照、晴空萬里，自被關進別墅後將近兩個星期天天都是這樣，他卻沒辦法出去玩，就連想去院子裡散個步，都得顧慮到成天繞著屋子跑的三頭犬而作罷。

此時少年正懶散地躺在床上，零食袋放在枕頭邊——在家裡這是被哥哥明令禁止的，但現在除了保鏢沒人能管他——一邊吃一邊讀書。

跟哥哥說的一樣，一個人待在這裡真的**無聊透了**。他的手機暫時被換成一支只有最基礎通訊功能的行動電話，甚至連電話也被囑咐盡量不要太常打——反正就算打了，電話那頭的人也不一定有空接。

獨自一人待在偌大宅子裡，塞西爾平日的休閒大多是看電視、讀書、泡咖啡和胡思亂想。看著電視上各種毫不相干的新聞試著抽絲剝繭，無中生有出任何與亞當有關的蛛絲馬跡。或是忙著回憶初抵宅邸那天陽光明媚、歲月靜好，他那堅強可靠的哥哥，十二年來頭一回稍稍向他揭露了自己千瘡百孔的一面，輕聲向少年訴說著真摯的心意，卻只換來少年結巴敷衍的「好」。

塞西爾放下書，滑進被子裡蓋住頭，放聲尖叫起來。

到底為什麼他當下會是那個反應呢？連哥哥都明顯愣了一下，雖然馬上就反應過來，安慰慌了手腳的少年，看似沒有太把這齣短暫的鬧劇放在心上，但塞西爾清楚知道自己完全搞砸了。

少年悲憤地朝著被褥拳打腳踢，口中發出極其懊惱的叫聲，幻想著假若時間重來有多少種更好的方法可以回話，拚命想蓋過死賴在腦海裡繚繞不去的哥哥當下錯愕的表情。

那麼好的氣氛都被他毀了，如果哥哥對他失望了怎麼辦？如果哥哥想跟他分手怎麼辦？就算哥哥不跟他分手，如果因為這樣再也不打算嘗試跟他傾訴第二次了怎麼辦？

「大白痴……」塞西爾摀著臉喃喃哀號。

雖然哥哥當時一直說沒關係，但他根本不敢繼續問下去。素來堅強的哥哥決定娓娓道出那段創傷而心碎的過往究竟得要多大的勇氣，儘管他說忘得差不多了，那表情怎麼看也不像真的釋懷——有可能真的沒關係嗎？畢竟都活了一千年啊。

可是他度過整整十個世紀，卻依舊沒能想起自己的真名，甚至說了時間不是萬能的這種話，不就暗示他還是沒走出來嗎？而且明明在亞當復生後還有一千年的漫長歲月，為什麼接下來的事情反而輕描淡寫地一筆帶過？

他說和亞當的關係在亞當復生初期有所改善，那後來又是為什麼再度惡化了呢？到底發生過什麼事，才讓他們過了整整一千年也沒能原諒彼此？昔日領袖徹底失去記憶變成小孩子會是多大隱患，如果只是個冒牌手足，何以讓哥哥一意孤行硬是把大難不死的他撿回家，當時又是抱著什麼樣的心情答應他這個「弟弟」的告白呢？

——繼續陪在哥哥身邊吧。

如果哥哥只是擔心拒絕的話彼此會日漸疏遠，才勉為其難答應他的告白呢？

驟響的鈴聲猝不及防打斷沉浸在思緒中的少年。塞西爾嚇了一大跳，甚至差點打翻零食，趕緊確認床鋪上沒有沾到食物碎屑後才接起電話。

「喂？」

「接這麼快，你是不是很閒啊？」

電話那頭的白目語氣，讓心情正沮喪的塞西爾頓時一陣惱火。向來溫和的少年犀利地回嘴：「我放假了啊，不像某人還在水深火熱好可憐喔。」

「哇我好心每天抽空陪你講話欸！」柏妮絲不甘示弱道，浮誇地倒抽一口氣，「還是你不想聽消息了？好啊，那我就掛電話囉！掰掰！放假愉快！」

「什麼消息？」塞西爾立刻問，柏妮絲還在故意不停地重複「掰掰！掛電話囉！」急得他罵了一句：「吼，妳很白目耶！」

「唉唷沒辦法嘛，誰叫有人罵我熱臉貼冷屁股嘛！我就不占你線囉，大忙人肯定還有一堆接不完的電話嘛！」

電話那頭簡直尖酸刻薄得不像個十三歲女孩。塞西爾悶得不行，偏偏不斷叮嚀他不可以太常打電話的大人們，唯獨只對柏妮絲每天打來東扯西扯的事情睜一隻眼閉一隻眼。少了她的每日彙報，塞西爾肯定早就無聊到瘋掉了，只得咬牙切齒道：「對不起啦！」

「對不起我什麼，你又沒有什麼對不起我的？」柏妮絲得意洋洋地說。

話到嘴邊，塞西爾硬是嚥了下去，壓抑著衝動深呼吸三次，才緩緩開口。

「……對不起凶妳。」他彬彬有禮道：「可以麻煩親愛的伊納修斯小姐告訴我，妳百忙之中抽空打給我，是想告訴我什麼消息嗎？」

「一個好消息一個壞消息。」勝利的柏妮絲雀躍地說：「你要先聽哪個？」

「不能直接講嗎？」塞西爾抱怨道。

「其實我只是一直想講講看這句話，你就選一個啦。」

「……壞的。」

「你要出國度假了。」她說。

哥哥在剛到別墅第一天就說明過，因為沒有辦法保證何時才能逮到尼希姆，如果稽魔部判斷情況不安全，會考慮暫時將他送出國躲藏一陣子。而身為追緝任務負責人的迦勒，當然不可能跟著他去。

「什麼，真的假的？」塞西爾焦急地想追問，就被柏妮絲打斷。

「八九不離十。我剛剛看到先生把雅各找去書房——記得雅各吧？我堂哥，金髮的，幫你取了個『短腿』綽號——他讓雅各收拾行李，準備跟你一起出去。先生大概今天或明天就會跟你講吧，可以先開始收東西了。」

塞西爾感覺彷彿有塊大石頭卡在喉嚨，什麼話都說不了。

「你要問我好消息是什麼啊？」柏妮絲催促道。

「……那好消息呢？」他憋著聲音說。

「你哥會去送機。」柏妮絲坦言：「好啦，聽起來很爛，但不無小補嘛。我也會喔。」

自從送他到這裡那天後，哥哥就幾乎沒再連絡，只有一次半夜講了七分鐘電話，但那也是一週前的事情了。塞西爾突然覺得滿腹委屈，被關兩個星期足不出戶卻得來這種結果，悶了將近半分鐘沒出聲。

「喂，你還在嗎？喂？喂？喂？」終於意識到情況有些不對，柏妮絲稍稍收斂平常的幼稚嘴臉，「你就當去玩啊，應該一年半年就回來啦。」

「那也很久啊。」塞西爾悶聲道。

「又不是沒出過國。可以去看名勝景點耶，叫雅各開車載你出去玩，而且國外東西比較便宜。」

柏妮絲興沖沖說了一大串，塞西爾卻越聽越悶。他開始想掛電話了，卻又不想開口讓她察覺自己已經淚眼汪汪，只能緊憋著不出聲。

他的學業怎麼辦？沒有通過畢業考，即使靠關係也不可能進黑魔法稽查部，要麼試圖在短短一年內從國外學校畢業，要麼賭不到一年就會回來，用更短時間趕上整整一年課程進度，然後通過考試。

而且撇除課業問題不談，哥哥怎麼辦？哥哥不可能跟他一起去，連住在一起的時候相處時間都不多了，搬到國外還要怎麼繼續交往？如果這段時間哥哥發現其實還是沒有他這個既不懂事，又愛疑神疑鬼的小鬼頭會更自在，決定不再繼續拿名譽冒險，要跟他退回清清白白、相敬如賓的手足關係該怎麼辦？

亞當這個身分也不是一年半年就可以剝掉的，這個不請自來的名字會跟他一輩子。尼希姆只是第一個，以後呢？如果他等了許多個一年半年，都沒能回家呢？

塞西爾正鬱悶著，終於聽見有人打斷滔滔不絕的柏妮絲。背景傳來的嗓音很模糊，但聽她原本粗魯的語氣瞬間變得優雅文靜，就知道是誰來了。「先生。對，是塞西爾。」

對方說了些什麼。一陣雜訊，電話那端便傳來伊納修斯的聲音：「小西。」

一聽見大人沉穩的聲音，一直強忍情緒的塞西爾頓時有些失控，「伊恩哥哥……」

「怎麼最近碰到你都在哭？」伊納修斯笑了一下，安慰道：「只是避個風頭，一下子就回來了。」

「一下子是多久？」塞西爾紅著鼻子追問，但被伊納修斯輕巧地帶過。

「還沒開始想家就可以回來囉。如果能完全確保你的安全的話，稽魔部做事也比較方便。你哥這幾天一直跟我碎念個不停，說你連房間都不會收要怎麼自己在國外生活，所以我找了雅各去幫你摺衣服。」

所以他們早在幾天前就決定要送他出國了。塞西爾心想，但沒有說出口。

「有什麼想問的嗎？」伊納修斯敏銳地問道。

少年遲疑了一下。大人們通常不會跟他說工作上的事情，但現在他已經知道自己的身世這個最大的祕密了，或許大家不會再像以往那樣對他守口如瓶。而且作為當事人，總有資格過問吧？

「情況真的那麼不樂觀嗎？」塞西爾小心翼翼地試探道。

電話那端沉默的時間有點長。直到聽見關門聲，塞西爾才反應過來剛才是伊納修斯叫柏妮絲離開。「有個小小發現。」男人說：「你哥想起尼希姆是誰了。」

「真的嗎？」塞西爾驚訝地問。

「很遺憾，不是什麼重要人物。」伊納修斯道：「只是以前在維烏維城遇到的小乞丐，迦勒能想起來實在也是了不起。他說那小子當時是你的頭號粉絲，只差沒有半夜鑽上你的床，大概也是因為這樣才能認出你。」

維烏維城——塞西爾努力回憶著。那是過去千年無數座遭逢戰火侵踏的城堡之一，但在歷史上並不是特別標誌性的地點。「是那個打消耗戰的地方嗎？」

「這你也知道？真不愧是我們小可愛。」伊納修斯稱讚道。

「可是那裡不是三百年前就荒廢了嗎？」塞西爾問：「在你們棄城後半小時內，城牆與被遺棄的家畜，就像雜草一樣全部枯萎了？這是真的嗎？」

「以後不能叫你小可愛，要叫你小博士了。」

「他又不是長生者，三百年前的人怎麼會出現在這裡？」

「魔法有很多種形態。」伊納修斯安撫道：「常看到的那些，騎著掃把飛來飛去，拿根樹枝到處撒亮粉的只是其中一種。有一類人生來就長得比其他人慢，有長達六年的嬰兒期，自然壽命也比普通人長久。」

「天生的長生者？」塞西爾錯愕道：「有這種東西？」

「不一樣，我們是完全凍齡，那種魔法師就只是老得慢。」伊納修斯說：「而且因為他們成長期太久了，能活到成人的沒幾個，你沒聽過很正常。」

也對，六年的嬰兒期想想就可怕。塞西爾想了想，開口又問：「可是他是乞丐，那他是怎麼長大的？」

「維烏維在戰爭前很富庶。」伊納修斯簡短道。

少年抿了抿乾燥的嘴唇。他還想繼續問當年他們是怎麼遇見尼希姆，為什麼那個人會這麼執著於亞當，但直覺告訴他，伊納修斯就算知道也不會再告訴他更多了。

「那種人啊，你伊恩哥哥我見過太多了，都不怎麼聰明，就只是擅長躲跟跑。等大掃除完，我們立刻就去接你回家，這陣子好好放假就行了。」

「……好。」塞西爾也只能答應。

「晚一點就會有人去接你。」伊納修斯又恢復慣常的輕快語氣，「行李簡單收收就行，那邊都幫你準備好了。有什麼問題就找雅各，不用怕麻煩他，這段時間他就是你的保母。」

「我不需要保母。」塞西爾抗議道，卻換來伊納修斯似笑非笑的應聲。哥哥到底都說了些什麼啊？

「在國外好好玩，別太擔心一些有的沒的，知道嗎？」

「知道了。」塞西爾回答。

掛斷電話後，準備下床收拾行李時，才發現剛剛在讀的那本書不知何時不小心折到了書頁。塞西爾攤平紙張，看著上頭被折斷的連篇謊話，默默地闔上書本。

❖

在這裡住了兩週多，塞西爾終於第一次聽見阿雅吠叫。

他立刻丟開手邊的行李跑到窗戶前，將窗簾揭開一道極窄的縫隙，看見在湖泊外圍停著一輛黑色轎車，車門邊站著一個人。塞西爾緊張地盯著保鑣走向他，一陣簡短的交談後保鑣掏出電話，少年的手機也跟著響了。

「司機來接您了，少爺。」

塞西爾看向院子裡亢奮的阿雅。只是護送到機場就動用了珍稀的魔法師人力，總感覺比想像中還要不妙。

「我馬上下去。」他說。

睽違兩週踏出屋子，塞西爾只感覺戶外豔陽實在太折磨人。保鑣幫他把少少的行李搬上了車，還能聽見已經被帶開的阿雅亢奮的叫聲。少年害怕被人察覺現場其實不只一個魔法師，便趕緊躲進車裡，透過車窗看著輕淺湖泊在太陽下閃閃發光。

交接好事項後，司機便坐進駕駛座，透過車內後照鏡向塞西爾點頭示意，接著緩緩駛離湖邊別墅。

「保鑣們不用一起嗎？」塞西爾看著留在原地的保全人員們問。

司機沒有立刻回答。塞西爾疑惑地回過頭，恰好看到後照鏡中的司機移開了視線。

「他們不能知道您的行蹤。」他回答。

連原先的保鑣們都不能知道。換句話說，別墅的位置有可能已經洩漏了，光是想到這個可能性就讓塞西爾一陣毛骨悚然。他又確認一次安全帶有繫好，開口問：「到機場要多久？」

「大約三個小時。您可以暫時休息一下。」

這種情況下怎麼休息得了。塞西爾默默盯著窗外不斷流逝的景色，嘗試想淨空思緒，但各式各樣的念頭仍在腦海裡雜亂地飛舞著。

如果伊納修斯說的都是真的，尼希姆就只是個活得久了點的普通人，他怎麼有能耐躲避稽魔部的追查呢？有辦法接觸，甚至指使黑巫師來攻擊他，代表尼希姆很可能與魔女殘黨有一定程度往來。

不只冒充艾希莉，甚至還突破家裡專門偵測魔法的保全系統，怎麼看也不像是單獨一個乞丐能夠做到的事情，在尼希姆背後很可能還有其他勢力——更有錢、有權有勢，知道他的身世，甚至可能還知道他的身體和一般人不一樣。當時襲擊的黑巫師提到了身體，如果他本人就是個行走的魔法結晶這件事傳出去，少年可就真的變成了實質意義上的獵物……

數小時車程感覺甚至比過去兩週還更漫長，卻完全不足以讓少年理清思緒。

因為不想讓司機聽見談話內容，塞西爾和柏妮絲用訊息來來回回地對話，沒過多久就開始有些暈車。他臉色蒼白地靠著車窗，試著調整呼吸讓自己好過一點。

這時沉默整路的司機突然開口：「您不舒服嗎？」

「我有點暈車。」塞西爾坦言：「不是你的問題。我看太久手機了。」

「這裡有暈車藥。」少年還沒回答，司機就從置物箱裡直接拿出一盒藥品往後遞給他，還是他慣吃的那個牌子。

塞西爾道謝後接過去，在拆包裝時隨口問道：「是伊納修斯先生準備的嗎？」

「伊納修斯先生叮囑您容易暈車，就買了一盒備著。」司機回答。

「噢。」塞西爾說：「謝謝你。」

「這是我的榮幸。」

塞西爾往嘴裡丟了一顆藥碇，靠上椅背靜靜等待藥效發作。

這個司機看上去已經有點年紀，頭髮灰白、身形佝僂，單看手背皮膚就能判斷應該是長期在戶外日晒雨淋，膚色黝黑又布滿傷痕，和哥哥有點類似。差別在於哥哥即使外表滄桑，仍看得出有固定照顧和整理，這個人卻好像真的不太在乎形象，就算穿著整齊的服裝仍有種狼狽感。

在魔法之死後，至今依舊保有力量的魔法師名單是機密，由於塞西爾有個高層哥哥，曾經偷偷瞥過一眼，印象中名單上只有不到五人。他突然疑惑起來，如果光是護送他到機場，就值得出動這種級別的珍貴人力，為什麼卻連個普通的隨行保鑣也沒有呢？

「司機先生。」少年開口問道：「你的魔法是什麼呀？」

「……時間類型。」司機回答。

時間型的力量在所有魔法師中，可是珍貴中的珍貴。塞西爾努力回憶著，當時偷看見的名單上有這類魔法師嗎？

「所以……如果路上有什麼緊急狀況的話，你可以拖延時間到支援抵達嗎？」他問。

司機回答：「類似這樣沒錯。」

少年低頭看一下手機。車子已經開了快兩個小時，還有一段時間才會到機場。他點開柏妮絲的訊息欄，之前傳給她的訊息還沒有回。她說也會來送機，那應該差不多在路上了。

「伊恩派了魔法師來接我嗎？」

塞西爾忍著暈車按下送出，閉眼靠在車窗上休息，卻仍時不時感受到隱約投射過來的視線。他睜開眼，恰巧就看見司機正透過後照鏡看著他。

「您看起來還是很不舒服。」司機說。

「車子裡有點悶。」塞西爾回答：「我可以開車窗嗎？」

「恐怕沒辦法，若被目擊就不好了。」

「開一點小縫就好。」

「請不要冒險。」司機說著，一邊調整了空調的出風方向。

柏妮絲沒有回他。塞西爾沒辦法決定該不該相信心裡這股奇怪的直覺，這兩週跟軟禁沒兩樣的生活讓他變得疑神疑鬼。也許司機只是好奇一個年輕人是遇上什麼，才會需要動用魔法師親自護送，礙於禮貌又不好多問才一直偷瞄。偏偏柏妮絲又不回覆，其他人肯定也忙到沒空接電話……

還有一個人也會來送機，塞西爾想到。他猶豫了一下，瞥向後照鏡裡專心看路的司機，男人有著一雙很普通的黑色眼睛，正直直盯著前方，堅定得彷彿是想躲開誰的視線。

少年掏出手機，翻找到哥哥的號碼後按下撥通。能來送機的話，應該也有空接個電話吧？

車內空間不大，坐在後座打電話的嘟嘟聲簡直清晰得刺耳，塞西爾明確感覺到氣氛一瞬間變得有些微妙。司機依然好好看著前方路況，若無其事地打過方向盤，但似乎知道少年在懷疑他——打電話太明顯了嗎？可一直偷偷摸摸地傳訊息才更奇怪吧。

如果哥哥接了，那個司機真的有問題該怎麼辦？現在在開車的可是世上絕無僅有的魔法師，塞西爾一個手無寸鐵的普通人要怎麼對付他，他又會把自己載去哪？

聽了一段漫長而煎熬的回鈴音後，通話轉入語音信箱。

塞西爾剛拿開手機甚至還沒掛斷，司機就說：「很快就可以見到您的兄長了，請再耐心等待一下。」

「你怎麼知道我打給誰？」少年立刻問。

「我擅自猜測的。聽說您和兄長感情非常好。」司機從容地回答。

「我不是打給哥哥，是伊納修斯家主。」塞西爾冷冷說：「請不要隨便臆測，感覺很不好。」

「對不起，是我踰矩了。」

車裡又只剩下沉默的引擎聲，還多了些尷尬。塞西爾縮在車門邊，不安地緊盯著駕駛的後腦杓，但司機接下來都沒有再鬼鬼祟祟地偷看他了。

剩下一小時的車程簡直感覺比之前都更久，加上暈車的不適感，讓少年根本壓抑不住胡思亂想，他無助地盯著車窗外流動的地平線，認真思考起如果司機真的做出什麼奇怪舉動的話，選擇跳車能有多大的逃脫機會。

雖然跳下去很高機率會先摔死或被撞死，不過只要沒有當場斃命，四周龐大的車流全部都能算目擊者。但這個人是魔法師，普通人根本也束手無策……

精神緊繃的少年不斷地揣測，預設很多情況，直到最後他想的一切都沒有發生。

「我們到了，少爺。」

他們來到伊納修斯家名下的一座私人機場。放眼望去一個人也沒有，這幅有點奇怪的景象，霎時間阻止了本打算一抵達就立刻逃下車的塞西爾。他緊抓著車門把手，戒備地來回打量著前座的司機與外頭的空曠街道。直覺告訴他一**定**有什麼陷阱。

當少年看見遠處走來一個身影時立刻緊張起來，在司機視線死角掏出手機按下與哥哥的通話，但當看清楚來人是誰，頓時便疑慮全消，迅速飛奔下車。

「哥哥！」

少年用力撲進男人懷中。「為什麼不接我電話？那個司機好奇怪，一直在偷瞄我！他到底是誰啊？」劈頭就是一串哭訴。

哥哥環抱住他，低啞的嗓音沉穩道：「那就解僱他吧。」

奇怪的回答讓少年困惑地抬起頭。哥哥正盯著他背後，塞西爾回頭一看，發現行李不知何時被搬下了車。那個詭異的司機已經回到車上，幾秒鐘後便緩緩地駛離了機場。

「我的手機！」塞西爾驚叫道，想起丟在座椅上還在通話的行動電話，但哥哥摟住他的肩膀阻止了少年，「再買就有了。」

塞西爾緊緊抱著哥哥，死盯著那臺車消失在視野範圍。「他到底是誰？」少年又問了一次。

「只是外聘的司機。」哥哥說：「下次不會再請他來了。」

「他不是魔法師嗎？」塞西爾疑惑地問。哥哥伸手幫他把髮絲勾到耳後，指尖有意無意地擦過耳朵，癢得讓少年不由自主抖了一下。

「不是什麼厲害的魔法，所以才得到處幫人開車維生。」見他仍一副不明就裡，還想追問的樣子，哥哥俯下那張俊俏的臉龐，貼在他面前輕聲說道：「不要管他了。你不想我嗎？」

如果哥哥都這樣說，那就真的是他多心了，這麼一來塞西爾反而為剛才在車上那些行為感到有些丟臉。睽違兩週不見的哥哥就在面前，少年沒有糾結多久，就把多餘的念頭通通拋諸腦後。「誰叫你都不接我電話。」他賭氣道，接著才想起，「你的手機呢？我剛剛打給你了。」

「我關靜音。」哥哥說：「現在想好好陪陪你。」

說好要來送機的柏妮絲和準備一起出國的雅各，似乎路上塞車還沒到。哥哥幫他扛起行李，和少年一起走進室內躲太陽。這裡原本就是民用機場，後來被伊納修斯家買下來，室內長得就跟一般的候機室一模一樣，空蕩無人的景色看上去反倒有些新鮮。機會難得，他大方地牽起哥哥的手，立刻被嚇了一跳，「你的手怎麼這麼冰？」

「我剛剛洗手。」哥哥回答。根本是泡了冰水吧？少年抓住哥哥厚實的掌心捧到嘴邊呵氣，再各自塞進兩邊口袋。這個動作讓他們能曖昧地面對面，在外人眼裡看來就是塞西爾用外套抱著哥哥，但兩人之間其實仍有微妙的空隙。

要不是沒人，哥哥才不會讓他在公共場合這麼做。

塞西爾抬起頭，望著男人琥珀色的眼眸。他好像很累，臉上沒什麼表情，聽柏妮絲說伊納修斯已經好幾天沒回家休息，哥哥肯定也一樣吧？一想到哥哥這兩週或許都只能睡在簡陋僵硬的床板上，就讓塞西爾心疼不已。他抽出手圈住男人的腰，兩人身高差了快一顆頭，剛好能讓少年倚在哥哥胸口小鳥依人，塞西爾卻皺起眉頭。

「哥哥，你洗了澡才過來嗎？」他像個變態一樣貼著男人側頸大力一吸，失望道：「沒有味道了。」

「嗯。」哥哥答道。

「還洗冷水澡？」塞西爾伸手貼上哥哥的脖子，他的體溫向來偏高，此刻卻涼得不可思議。

「只是沖了一下醒醒神。」哥哥說。

「感冒怎麼辦？」他抱緊哥哥，貼著他健壯的身體用力蹭了幾下。嘴上說要幫他暖身子，實際上只是想抓緊機會撒嬌。哥哥不可能沒識破他的伎倆，卻仍任由他去，輕輕摸了摸他的頭。塞西爾雖然不太喜歡被當成小孩子對待，但下一次被這樣寵不知道還要等多久。

少年緊貼著男人的胸膛。本想試試能不能感受到他的心跳，然而安靜的候機室裡只聽得見自己的呼吸聲。

比起剛得知必須離開時，那種難過又無奈的心情，塞西爾此刻突然非常、非常想要賴。他想知道如果在這種時刻面對少年的無理取鬧，一向寵溺自己的男人有沒有可能再次讓步。如果他拚命地死纏爛打、威逼利誘，甚至像小孩子一樣大聲哭鬧賴在地上，哥哥會不會陪他一起走呢？

哥哥那麼疼他，疼到連他道德淪喪的告白都不忍心拒絕，應該也可以放下這些跟他一起逃跑吧？要抓尼希姆又不是非他不可，稽魔部還有很多人才，沒有非得要哥哥親手逮到那個人不可吧？

塞西爾默默地收緊擁抱，緊張地開口：「哥哥……」

「嗯？」

跟我一起走。不要丟下我。不要管什麼尼希姆，讓其他人去逮他。跟我一起逃跑吧。

他好想這樣講，話到嘴邊還是沒了勇氣。「……我們可以公開嗎？」

哥哥是為了他才把他送出國，如果隨便鬧脾氣耍性子的話一定會被討厭。可是一想到之後至少好幾個月都看不到他，不知道他在做什麼，塞西爾就沒辦法忽略心裡那股荒謬而強烈、不可理喻的不安，即使比誰都清楚哥哥不可能隨便拋棄自己。

如果公開讓大家知道他們在交往，哥哥就沒辦法輕易跟自己分手了，也不會再有一堆閒雜人等接近他。就算他才十七歲又怎樣？是兄弟又怎麼樣？觀感可能不太好，但大家一定可以理解。反正沒有血緣，又曾經是那麼緊密的關係……

「塞西爾。」

他愣了一下，抬起頭。即使聽到他那樣說，哥哥的臉色也沒什麼變化，好似早就預料到他會想公開。「哥哥？」塞西爾怯怯道：「你剛剛有說話嗎？」

「有啊。」哥哥說：「我說好。」

塞西爾頓時呆住，「真的嗎！」

但他還沒說完，突然間彷彿有什麼東西在腦袋裡炸開，少年頓時痛得哀號出聲。哥哥扶著腳步不穩的塞西爾到一旁坐下，可還沒碰到椅子，那股詭異的痛楚就像出現時一樣猝不及防地消失了。

塞西爾傻在原地，僵在椅子上不敢動，剛才的感覺已經徹底消失無蹤。少年小心翼翼地試著搖了搖頭，比剛才更強烈的痛覺立刻用力砸過來，彷彿有個人正拿著電鑽在他腦殼裡四處瘋狂敲打，瞬間感覺整個世界都在天旋地轉，下一秒卻又通通沒事了，好似剛才一切都只是他的幻想。

暈車藥。驚慌失措的塞西爾立刻想到。一定是剛才司機給的藥有問題，他抓住哥哥的衣服，「哥哥……」

話還沒說完，哥哥就伸出手，面無表情地撫上他的臉頰，「我們公開吧。」

被男人的手碰到的那一瞬間，一陣前所未有的劇痛從後腦杓狠狠敲了下去。

塞西爾頓時慘叫，整整一秒鐘眼前一片漆黑，從椅子上癱軟下來，跌進蹲在面前的哥哥懷裡。

「你把記憶都鎖起來了啊？」哥哥溫柔地接住他，貼在耳邊輕聲說道，像在哄睡一樣輕拍著他的背，「難怪一直找不到你。」

他在說什麼？塞西爾瞇起眼想看清哥哥的臉，但腦袋裡彷彿有頭巨獸正四處衝撞，讓他快沒辦法呼吸。少年全身發著冷汗，完全無力掙脫冰冷的擁抱。好不容易終於等到陣痛暫歇，塞西爾抓緊時機抬起頭，卻看見男人眼中那道從來沒有對他展露過的漠然眼神。

他不是哥哥。

「何必那樣看我？我從來沒說過我就是你想見的人。」假哥哥平靜地開口，原本他誤以為只是累了的聲音，此刻聽來簡直冰冷極了，「我倒是意外你沒有發現。看來不只失憶，人也傻了啊。」

塞西爾吃力地抽出身子，立刻又一陣劇痛從背後把他重擊倒地，趴在冰冷的大理石地板上瑟瑟發抖。「尼……」他光是發音就筋疲力盡，假哥哥輕易就懂他想說什麼。

「我不叫尼希姆，也不是你們在找的那個尼希姆，這也不是司機的本名。你們大

費周章保護的小寶貝，這麼簡單就被個連名字都不知道的乞丐給拐走，說來也真是丟臉啊。」

尼希姆是剛剛的司機——那這個人究竟是誰？塞西爾痛得完全沒辦法思考。雞皮疙瘩一波波刷過沁著冷汗的背，別說動腦，連保持清醒都費盡力氣，排山倒海的痛楚甚至逼得他得張開嘴巴大口大口地吸氣。少年趴在地上手腳並用地蠕動，拚命想爬開假哥哥身邊，男人卻像在觀察什麼有趣的昆蟲似地，蹲在旁邊不疾不徐跟著他慢慢前進。

「別抗拒了。趕緊想起來，不就不用受這些罪了？」

頭痛停止了。塞西爾立刻倒抽一口氣，氣都還沒嚥下去，瞬間又有更強烈的刺激猛烈重擊著他的腦袋，幾乎要把腦殼都打碎。塞西爾整個人頓時癱倒，蜷縮著身子絕望地哭了起來。

假哥哥悠閒地坐到一旁椅子上，雙腳跨過他的身體。**「你躲著我的這幾年好像過得不錯啊。你弟也被耍得團團轉，真把你當成純潔的初生之犢，呵護得那樣小心，可惜他到頭來還是想上你。」**他用腳跟輕輕踢了踢少年的膝蓋，**「真虧他能忍到現在還沒碰你，可真珍惜你啊。」**

塞西爾淚眼矇矓，隱約看見這人的腳後跟上，有著和哥哥一模一樣的傷痕，連痣都在相同位置。他是魔法師，用魔法冒充成哥哥的模樣——他早該想到，德高望重的伊納修斯家，怎麼可能在護送保護對象這種大事上隨便遲到。如果不是尼希姆，難道他就是尼希姆背後的那個人嗎？現在怎麼辦，少年身上根本沒有任何可以充當武器的東西，遑論在這種頭痛欲裂的情況下，要傷到一個魔法師的機率有多微乎其微……

「你好了嗎？」假哥哥彎下腰，雙手撐在腿上倒著看他，「或者我可以直接上，雖然會有點難受。」

劇痛暫歇了一秒，眨眼就捲土重來。彷彿整個宇宙重量都往腦門墜落塌陷，塞西爾清楚感覺到心臟停了一拍。隨著跳動恢復而消失的是氧氣、體溫和視線，身體開始不受控制地顫抖。假哥哥輕聲道：「所以爲什麼要鎖這麼死呢？你分明知道不可能贏過我。」

朦朧之間塞西爾只看得見外頭停機坪灑滿刺眼的大太陽，兩隻腳像監獄欄杆般擋在眼前。氣喘吁吁的少年顫抖著伸出手，像在抓救命稻草般緊緊抓住男人的腳踝，卻被輕鬆踢開。

「算了吧，你早點放棄——」

假哥哥突然不出聲了。劇痛再度消失，卻沒有像剛才那樣轉眼就重新襲來，塞西爾縮瑟在冰冷地面上恐懼地顫抖著，直到感覺到某種黏稠液體滴到臉上。

塞西爾抬眸向上，看到一張融化的臉。

假哥哥的身體仍維持著彎腰低頭的姿勢，卻從皮膚毛細孔不斷湧出黑色濃稠黏膩的液體，還像是摻著亮粉般閃閃發光，身體彷彿風化般不斷飛散出粉塵。塞西爾幾乎快瘋了，手忙腳亂地從男人身下爬出來，一不小心撞到那雙腿，脖子上那顆已經溶解到看不出是人頭的腦袋便應聲掉落，砸到少年背上。徹底崩潰的少年放聲哭叫著跌跌撞撞衝向門口，卻一頭撞進冰涼的懷抱。

恢復乾淨整齊的假哥哥抓住了他的肩膀。分明正背著太陽，他胸口的衣服卻詭異地透著光，被風吹得不停搖擺，彷彿身體中央破了個大洞。

「沒空再陪你玩下去了。」他面無表情地開口：「塞西爾。」

這個視野眞奇怪。分明是在地面卻能俯視衆人，他可沒這麼高，好像踩著什麼東西一樣。有人正揪著他的頭髮亂晃他的腦袋，晃得頭好暈。往下一瞥，看見他的氣管和食道纏在一隻白皙纖細的手臂上，血汙順著往下淌流，滴到他自己的身體上。

有人在叫他。他眞正的名字。不是亞當——亞當也有——他眞的聽見有人在喊他。剛想順著聲音來源看過去，他就被遠遠拋飛了，強風直接灌進溢滿鮮血的耳道，聽見一陣詭異的啵啵聲。他最後落在一座屍體堆起來的小山上，在一具又一具殘破的軀體裡又彈又滾，最終跟其他人混在一起。

場面徹底亂了。那個女人即使渾身是血，看上去卻仍像剛出浴般性感美豔，彷彿吃完下午茶後在花園裡散步一樣，慢悠悠地走過吊滿屍骸的城門。他眼睜睜看著辛苦拉攏、遊說、哀求才召集起來的人們一個接著一個死掉，身體被撕碎，斷腳卡在怪物牙縫裡來回甩動。爲什麼他還沒死？原來身首分離後眞的還可以活一陣子，那他什麼時候才會死？

有人踢到他。他又繼續滾動，咚咚、咚咚、咚咚，最後停在某個人腳邊。那人彎腰把他撿了起來。那隻熟悉的眼睛從未如此平靜地凝視過他，所以他立刻就知道眼前並不是剛剛哭喊他眞名的人。

「我救了你一命。」有著迦勒臉孔的冒牌貨說。

吹來一陣風，他溼漉漉的氣管和食道黏在冒牌貨手臂上。

「報答我，塞西爾。」冒牌貨說：「替我殺掉我的女兒。」

塞西爾猛地倒抽一口氣，用力推開壓在身上的男人，翻身趴在光潔的大理石地板上用力乾嘔。那是什麼？那段噁心至極的畫面真的是他的記憶嗎？

「還沒完呢。」一隻冰冷有力的大手壓住他的後腦杓，把少年重新壓進湍急的回憶中。

冒牌貨把他放在巨岩邊角，還貼心地把器官捲好收在一旁，免得風一吹就跟著滾下山崖。他靜靜地看著冒牌貨折下兩根樹枝，靠著岩石坐下，把夜色與星辰從天空中拉了下來爲他編織身體。他從來沒見過有誰能這樣撼動黑夜，或許就連那個女人也做不到。

「長話短說，我是黑洞。」冒牌貨開口：「一直以來都是我在維持魔法，讓這個世界免於脫軌。我靠著吃我的兒女維生，但我的二女兒把她姊姊吃掉後離家出走，她跟我生的孩子也在出生後三日就夭折。我已經餓了很久，只剩一個選項，就是你。」

他沒說話。有沙礫飛進他的氣管，不太舒服，他吸了好幾口氣才終於從鼻子噴出去。

「你不是我親生的，除非必要我不會吃掉你，但你要生下我的孩子，並在那之前負責餵養我。而作爲救了你的代價，你要替我殺掉那叛逆又亂來的女兒，免得她哪天眞的闖下無法收拾的大禍。」

這番話實在有太多詭異的地方，一時不知道該從哪反駁起。他只是默默望著那人像慈祥老奶奶一樣編織著，身影融入背後的巨岩、身下的石礫，連皎潔的月色也無法將他從黑夜中勾勒出來，彷彿眞的就如他所說，他是吞噬一切的黑洞。

「我有什麼好處？」他終於開口。

「有我作你父親。」冒牌貨回答：「我是個寬容大方的好父親，你一切願望我都能滿足。就連你那不聽話的手足，我也可以讓他打從心底敬愛你。」

他沉默了一下，「您爲什麼要用他的臉？」

「當世人看著我，只看得見他們想看的東西。」冒牌貨說。

塞西爾是被冷醒的。原本冰涼的大理石地板突然變得滾燙難耐，反而身體深處正不斷地湧出冰冷的感覺，再怎麼張大嘴巴也吸不到氧氣。父親壓在身上，冷眼看著他倒在地上痛苦地扭動。「大人……」他哭著求饒。

但父親只是說：「這是你對自己下的詛咒。誰讓你自作聰明，以爲眞能躲過我？」

翻騰的過往讓少年即使躺在地上，仍覺得天旋地轉、動彈不得。他看見好多張臉，認識的、不認識的，在書上讀過的場景一口氣全部湧現，一直以來所知道的一切原來都是假的。當他感覺到父親開始一件件剝去他的衣衫時，立刻驚慌地掙扎起來，但身體纖弱的少年只能眼睜睜看著父親一手按住他赤裸的胸口，本該溫暖厚實的大手幾乎把他整個人凍僵。

「就爲了討他歡心瘦成這樣，個頭也矮了不少。我給你的身體，你可眞浪費啊。」

他又想起來了。一千年前把他壓在粗糙寒冷的砂石地上，用那張臉、那雙手、那副身體，要他替自己生孩子。「大人，求求您……」

「你讓我挨餓這麼久，還有臉相求。」父親冷冷說道，絲毫不打算聽他說話。他脫下衣服，塞西爾看見他胸口真的有一個巨大的破洞，能穿過那副身體直接看到天花板。

「大人，請求您，我還沒有全想起來……」少年氣喘吁吁地掙扎著，見父親壓根不想理會他，絕望地哭喊道：「至少、求求您至少別用他的臉，他，他是我的……」

「當你們看著我，只看得見自己想看的東西。」父親說：**「一千年了，你一點長進都沒有。」**

陽光從整面落地窗潑了進來，把空無一人的候機室染成溫暖、明媚的顏色，卻沒辦法除去那股在他體內深深扎根的寒意。塞西爾看見那隻別人的眼睛鑲在父親臉上，被漫散的陽光烘烤成夜間篝火般溫暖美好的色澤，絕望地拉扯散落的衣物遮住自己的雙眼。

當父親侵入進來的那一刻，塞西爾真的以為身體要被狠狠剖半。父親從碰觸的地方開始一條一條地鬆開織線，拿出想要的孩子，自己只剩下一顆血淋淋的腦袋、氣管和食道。他昂著頭，看著太陽光輝穿過落地窗不停地晃動，花了點時間才反應過來在晃動的是自己，像臺壞掉的機器一樣不停地顫抖震動，裂痕宛如廢棄城牆上的藤蔓在身上肆意蔓長，緊緊拉住早已破碎殆盡的殘垣斷瓦。

每被撞一下，頭就裂開一次，跳出一段段沾滿灰塵不堪回首的過往。他想起第一次看著弟弟的臉做愛，那種難以言喻的噁心感，讓他得費盡全力壓抑別往那張臉賞巴掌。他永遠記得那個冰冷體溫壓著胸口，麻痺了那顆以星光織成的心臟。

再撞一下，他又想起第一次壓著弟弟上床，那個人舒舒服服地躺在溫暖大床裡，卻哭得比當時被壓在粗砂硬礫裡摩擦的他還要淒厲。被鍊在床頭的雙手激烈拉扯著，手掌幾乎都要斷了，尖叫、怒吼、立下毒誓哭喊總有一天會親手殺了他。

他想起第一次看見那孩子躺在裝滿血肉的浴缸，面朝下泡著腥臭血肉，即使沒死也快死了。但那個蚊蠅般細小、惱人的哭聲卻遲遲不散，最終煩得他還是把人拉了上來。那孩子被吃掉的是眼睛，整張臉已經爛了一半，身體也破爛不堪，一副短命的樣子，不知道怎麼能哭那麼久。

他低下頭來，聽見小男孩哭喊著：「哥哥……」

找哥哥啊。但這孩子是這批裡唯一的成品，什麼哥哥的早就都死掉了吧。他歪著腦袋思考一下，把破碎的孩子抱進懷中，輕聲哄道：「哥哥在這，沒事了。」

他想起當再次見到那個人，那天風和日麗、碧空如洗。他看了四十年的面孔已經憔悴得不成人形，火冒三丈地朝他走來，當面一拳打斷他的鼻子。

「你去哪了？你沒死都操他媽的不用講一聲嗎？」他一邊揍他一邊大哭，「我這四十年、每天晚上、都夢見你！你都！不用！負責嗎?!」

他什麼都想起來了。

chapter 5

塞西爾不知道一切是何時結束的。等回過神來，黏膩骯髒的身體已經變得乾乾淨淨，整整齊齊地穿著來時的衣服，彷彿他只是不小心在冰冷的大理石地板上睡著了。

父親站了起來。塞西爾眼角瞥見他胸前巨大的破洞已經完美癒合，一點痕跡都沒有。連呼吸都快使不上力的少年，只能愣愣看著黑色黏液從他皮膚湧出，纏繞著男人的身體織成衣衫，父親俯下身，在少年嘴唇上印了一吻。

「我會再去找你。」他說完就頭也不回地走出去，留他一個人躺在空曠的候機室。

全身都快散架了。塞西爾只想找個地方，閉上眼睛好好睡一覺。灼熱的陽光不斷從窗外鑽進來搔癢他的眼皮，他想爬到椅子下面去躲太陽，才剛挪動手臂頓時就一陣天旋地轉，後腦杓不知怎地狠狠撞到牆上，疲軟的雙腿完全撐不住，又一次重重跌倒。

地上不是平滑的大理石磚，竟是未經修整的粗糙水泥，把他的側臉狠狠刮掉半層皮。明亮溫暖的陽光不見了，只剩一顆虛弱的小燈泡，掛在天花板上輕輕地晃呀晃。

「……小西？」

又聽到父親的聲音了。

塞西爾現在什麼也不想管，疲憊地閉上雙眼。他聽見一陣沉重而急促的腳步聲，一股力量把倒在地上的少年撈了起來，緊緊揣入懷中。

「小西？」嗓音在發抖。

見他沒有反應，粗糙的指尖立刻湊近少年鼻子試探他的呼吸，塞西爾清楚聞到了血的味道。男人的擁抱燙得難以忍受，塞西爾不得不稍稍瞇起眼，看見一顆頭替他遮住燈泡的微光，緊勒著腦袋的眼罩把那張臉硬生生地切成兩半。

「小西？」他繃緊的聲音聽起來很奇怪，「聽得到我嗎？」

他只是傻傻地看著那個男人。這個房間裡都是血腥味，跟他的表情一點也不搭。塞西爾聽見一旁傳來細小的哭聲，視線往後一瞥。在房間正中央擺著一張椅子，上面坐著一個蒼老的男人，衣領染血，沒了牙齒和指甲。還沒看清楚老人的臉，男人便側過身體擋住他的視線。

「小西，看著我……」

他大概猜到老人是誰了。塞西爾抬起目光。

就他的印象，男人這張臉從來沒有對他露出過這種表情才對。總是在抱怨或怒罵，常常怨恨甚至瘋癲地瞪著，或是面無表情地上他。有時候男人會露出茫然的神情，彷彿只是在發呆般沉默地、冷冷地凝視著，令人好奇他在想什麼。

偶爾男人也會哭，一邊掉淚一邊尖叫控訴都是他的錯，還有那一兩次，滿臉緋紅，用低啞的嗓音極其性感地輕喘著，貼在耳邊低聲呼喚他的名字，但從來沒有對他露出過這種既擔心又溫柔的坦率表情。

啊。塞西爾想通了，他沒有認出「我」啊。

他疲憊地望著那隻被血染黑的眼睛。「……哥哥。」試探地喊，聲音沙啞到差點沒認出來是自己的嗓音。男人彎下了腰，塞西爾還等著他憤怒地咬下自己的鼻子或耳朵，他卻只是在額頭上印下顫抖且克制的一吻。

「哥哥在這。沒事了，小西，哥哥在這。」

他好熱。擁抱悶得塞西爾沒辦法呼吸，吐息間全是男人那種野性而熟悉的味道。他又喊了一次「哥哥」，得到男人再一次肯定的回應，他真的沒有認出自己。

塞西爾想了想，伸高虛軟的雙手環住他的脖子，顫抖地再次呼喚著：「哥哥……」

無論喊多少次男人都會回應，一而再再而三，他的哥哥始終都沒有發現，懷裡的少年已經不再是「他的小西」了。

他越哄，少年的眼淚卻反而越撲簌簌地掉，怎麼也冷靜不下來，只是一直「哥哥」、「哥哥」地叫個不停。哥哥小心翼翼地抱起懷中人兒，大步走出陰暗的房間，累壞的少年一下子就在男人懷裡睡著了。

塞西爾做了一個很長的夢，夢見和某個人在雪地裡生活。餓了就去採果、打獵，累了就往壁爐裡生點火窩在彼此懷裡取暖，如果天氣好就去外頭打雪仗、堆雪人，在結冰的湖面上溜冰玩耍，還養了一隻愛亂撒尿的小狐狸當作寵物。每天就過著漫長而平靜，沒有盡頭的幸福生活，長到塞西爾幾乎以為再也不會醒來了。

❖

當塞西爾再度睜開眼，發現自己已經安安穩穩地躺在醫院病床上，身邊一個人都沒有。

他傻愣愣地盯著天花板上映出窗框的影子。頭還有點暈。病房裡冷氣好強，吹得少年瑟瑟滑進被窩中，只露出一雙眼四處搜索空調遙控器，結果恰巧和走進來的柏妮絲對上了眼。

他還沒反應過來，女孩瞬間便彷彿看到怪物似地嚇得大叫。她懷裡還抱著看起來是要拿給他的住院行李，手足無措地在原地跳來跳去左顧右盼，發現沒人阻止後就立刻又哭又叫地衝到病床旁。

「你醒了！救命你醒了！」她劈頭就噴出一連串含糊不清的話，讓才剛醒來的塞西爾頓時感到疲憊極了。所幸不用等到他開口，門外接著傳來一道威嚴沉穩的聲音：「柏妮絲。」

原本幾乎整個人趴在病床欄杆上的柏妮絲立刻跳了起來，滿臉涕淚縱橫，乖乖立正站好。不疾不徐走進病房的伊納修斯只是隨意地瞥了女孩一眼，柏妮絲就自動放下行李，走出病房去整理情緒。

「小西。」大家主的語氣轉變如此之快，差點沒認出是同一個人，「還好嗎？」

比起柏妮絲激動的模樣，伊納修斯顯得優雅從容，甚至可說是漫不經心。塞西爾沒有理會他的慰問，只是傻傻盯著男人的臉。

「……我睡多久了？」少年口乾舌燥地開口。一聽到那副簡直瞬間蒼老二十歲的沙啞嗓音，伊納修斯趕緊倒了杯水，扶著他坐起來喝。

「從你被迦勒抱進醫院開始算，十八個小時。」

塞西爾先是以水沾了沾乾澀的嘴唇，才抿起嘴巴小口小口地吞嚥。伊納修斯站在一旁靜靜地觀察，接著在沙發椅上坐了下來。「小西，你失蹤十三天了。」

塞西爾沒有回應。

「我派的司機抵達別墅時你已經被接走了，假冒司機的人正是尼希姆。」他放緩語速，仔細觀察著少年每一個反應，「我們在原定要送你離開的機場逮到他。那傢伙用魔法消除了你的一切痕跡，而且嘴巴緊得很，一直不肯開口。」

伊納修斯一字一字緩緩道：「發生什麼事了？」

塞西爾依舊低著頭，不停啜飲早已見底的杯子。不可能是尼希姆消滅證據，他沒有那個力量。眾人以為他能使用的魔法，其實都來自父親……他該說到哪裡呢？尼希姆透露多少了？伊納修斯的臉色看似溫和，實際上正緊盯著恍惚的少年，一絲破綻也不放過，他騙得了伊納修斯嗎？

門外突然傳來一陣聲響打斷塞西爾的思緒。兩人同時抬頭，看見哥哥走了進來，身後跟著仍紅腫著雙眼，但已經冷靜下來的柏妮絲。

獨眼男人立刻就識破病房裡微妙的沉默。「他才剛醒，你在做什麼？」他語氣不悅地對伊納修斯說道。後者只是聳了聳肩，顯然不打算跟他爭辯。

哥哥快步走到病床旁，俯下身，彷彿怕驚動他一樣輕聲喊：「小西。」

明亮的日光燈清楚勾勒出臉上每一道細紋，他看起來好老好老。

「感覺怎麼樣？」哥哥沒有發現少年傻愣的目光裡真正的想法，只當他是剛睡醒還沒回神，語氣無比溫柔，「有沒有哪裡不舒服？」

塞西爾不知道該做何反應，就只是呆呆地瞪著哥哥。哥哥也沒有催促，小心翼翼地檢查他身上各式各樣的包紮與導管，收走他手中的空水杯，整理了一下剛才被柏妮絲弄亂的棉被。「我去叫醫生來。」他拋給伊納修斯一個警告的眼神後轉過身，塞西爾反射性地拉住他的手。

哥哥停下腳步轉過頭。塞西爾這才回過神來，鬆手也不是、繼續抓著也不是，只好硬著頭皮開口道：「我、我上了車……」

他低下頭，唯恐有人看出他發熱的眼角。他好瘦，哥哥卻好高。男人的掌心可以輕輕鬆鬆包覆住他如今纖細的手腕，而且好熱、皮膚又粗，掌中那道淒厲的傷痕甚至彷彿能把少年單薄細嫩的皮膚直接割破，像當年那樣也把塞西爾的手切開。

「那個司機……一直透過後照鏡瞄我，所以我覺得有點奇怪，但也沒有想很多。後來有點暈車，他還給我一盒暈車藥，我有吃一顆。然後到了機場，雅各哥哥還沒到，我就在候機室裡面等他……」塞西爾壓低聲音，「然後……我就睡著了。醒來就看見哥哥。」

一陣沉默，只聽得見柏妮絲吸鼻子的聲音。

「這十三天你全都不記得了？」伊納修斯開口問。少年沒有出聲回答，只是愧疚地把腦袋壓低。

病房裡瀰漫著詭異的靜默。塞西爾抿緊嘴唇，他不知道尼希姆到底說了多少，只要那傢伙繼續咬緊牙關別多嘴，後面的事總有辦法。他飛快地思考著該如何應對不同質疑的各種說詞，卻聽見哥哥開口：「他都這樣說了。」

「那小子什麼都沒講？」伊納修斯問。

「他似乎有點精神失常。」哥哥回答：「急也沒用。」

哥哥回到他身邊，穩穩地握住他的手。「小西，在醫院好好休息。你能平安回來就夠了。不記得發生什麼事也不用著急，等想起來再告訴我就好，這幾天晚上我都會過來。」他什麼都沒有追問，只是平淡溫柔地說：「餓不餓？想吃什麼？」

塞西爾望著面前這張滄桑而和藹的臉，完全認不出這就是曾經朝他的心臟狠狠插下鋼筆的男人。

「我不餓……」塞西爾強壓下悄悄顫抖的尾音。他又開始覺得頭昏腦脹，眼前一切全都顯得如此陌生，又熟悉得詭異。是不是還在做夢？也許又是幻象。是不是過去十二年實際上只是一場非常、非常漫長的幻象呢？

「我想再睡一下……」塞西爾猶豫幾秒，伸出另一隻手抓著哥哥的手腕，「你可以陪我嗎？」

哥哥和伊納修斯交換了一個眼神。後者拍拍柏妮絲的肩膀站起身，語氣輕鬆地說了一句：「早點康復，小西。她可擔心你了，每天都躲在被子裡偷哭。」換來柏妮絲敢怒不敢言的哀怨眼神。

礙事的人們一走，少年立刻攀進哥哥懷裡。哥哥緊緊抱住他，溫柔而謹慎，強忍著情緒低頭親吻他的前額，厚實大掌一下一下輕拍安撫渾身發抖的少年，不停低聲安慰著：「沒事了、沒事了，哥哥在這裡。」

埋在男人擁抱裡的少年死死圈緊他瘦勁的腰，輕易就能聞到熟悉的氣味，他的身體炙熱無比，體溫高得可以輕鬆祛除病房裡懾人的寒氣。這麼大的差別，為什麼當時就是沒有發現呢？

哥哥輕輕摩挲著他的背，沙啞地說了一句：「小西。」

塞西爾抬頭直視那隻琥珀眼，某種難以辨明的情緒把哥哥的目光砸得破碎，他實在變得太老了。乍看之下平凡無奇的眼眸，此時好似是這副笨重泛黃的皮囊上破了一個深不見底、無法修補的孔洞，偷偷洩出他明亮一如太陽的靈魂，沉默地注視著說謊的少年。

——小西。小西。

少年昂起下巴，善解人意的男人隨即俯首，在他顫抖的眼睫上落下安定的一吻。哥哥耐心地輕啄著他的眼尾、臉頰、嘴角，粗糙的鬍渣屢屢刺傷少年細嫩的皮膚，溫暖濃郁的呼吸吐在他臉上，彷彿要就此將少年悶死，令人窒息。

眼見少年不安的情緒緩和許多，哥哥便鬆開擁抱，壓根還沒來得及開口時塞西爾卻突然伸手鎖住他的脖子忿忿地撞上來，生氣且任性地撬開他的嘴。

哥哥有些錯愕，卻也不敢輕易推開。塞西爾把他拉上病床，整個人重心放肆倚在男人身上，壓著他的腦袋深入溫暖的口中，纖細的舌尖在男人口中四處遊走，重新熟悉著這個許久不見的地方。少年舔舐他的舌面催促他動作，哥哥卻只是安靜地包容他胡鬧，塞西爾有點不甘心，含住男人乾澀的唇瓣輕輕吸吮起來，纖弱的身子貼上健壯的軀體悄悄磨蹭，張開腿跨坐在他身上。

哥哥立刻推開了他。

「小西。」比起責罵，哥哥的語氣更像是嚇到才遏止他。但溫存到一半被猛然推開的少年才管不了這麼多，直勾勾地瞪著哥哥，二話不說開始撲簌簌落淚。

哥哥登時一頓，剛伸出手就被塞西爾氣憤地用力揮開。「小西。」哥哥哀求道，向來乖巧懂事的少年此刻卻狠狠撇過頭，明目張膽地鬧起脾氣，奈何哥哥使出渾身解數拚命哄也不肯回頭，死咬著嘴唇不出聲。

身後的男人越是低聲下氣，塞西爾就越覺得痛苦，伸手摀住自己緊繃得快碎裂的表情，幾乎壓抑不住胸口翻騰的怨懟──原來他可以對自己這麼好啊。

他當然可以。他當然可以啊，整整十二年……

「小西，看我一下好嗎？」哥哥試探著輕碰他的肩膀，見他沒有反應，大膽地從背後環抱住他。

塞西爾頓時僵住身子。男人的擁抱幾乎把他燙傷，他卻窩囊得捨不得推開。這些都曾經是他夢寐以求的東西，在那一千年裡無論怎麼強迫或討好，甚至哀求，都始終得不到一個憐憫的吻。那個男人總是怪罪他太霸道、太自私、太一意孤行，才把彼此逼上無法回頭的絕路，就連至少稍微在乎過彼此那麼一點都羞恥得不肯承認。但男人其實根本可以好好地擁抱、親吻他，用那樣不計前嫌的表情凝視他，就因為他什麼也不記得。

「小西。」男人苦苦哀求道，順著在少年裸露的肩頭頻頻落下匆忙的吻，「小西，怎麼了，跟哥哥說好嗎？你不講的話，哥哥也沒辦法幫你啊。」

因為他什麼也不記得……忘了他們曾經為了報復彼此，是如何一刀一刀剜下對方的肉，就為了一口怨氣而怎樣地相互折磨。因為他忘了，男人就願意放下身段主動甚至卑微地哄他、順從他。曾經寧死不屈的男人終於自願對他低聲下氣，卻不是塞西爾不計其數的付出與犧牲打動了他，只是因為塞西爾莫名變成一個什麼也不會、不懂、不記得的傻子。

他可真是繞了好大一圈彎路啊。

「小西，拜託看看我……」哥哥輕柔地握住他的手腕，小心翼翼剝開少年脆弱的面具。塞西爾仍垂首不語，哥哥便哄騙著讓他抬起頭來，那張既熟悉又陌生的臉上赤裸裸的心疼與寵愛，只讓塞西爾覺得背脊一陣發毛。眼睜睜看著哥哥擦去自己的眼淚，不厭其煩地一再安撫著他的小西，哄了一句又一句，塞西爾依然只記得他那晚說的。

——我和亞當不是那種關係。

「小西。」男人緊緊握著他的手，「別哭。告訴哥哥，發生什麼事了？」

一千年過去，他們仍然什麼也不是。

塞西爾只是淚汪汪地凝視著他，什麼也沒說。少年收緊五指握住男人粗厚的掌心，緊牽著那道曾狠狠撕裂彼此的傷疤，心想著絕對、絕對不能讓他發現。

哥哥那雙眼一邊承載太陽，一邊通往深淵，疼惜地低下頭來親吻纖細蒼白的指節，將親手推開的塞西爾再度抱進懷裡，愧疚地安撫。他要他的小西。要那個聽話好騙的傻小西，那自己就作他聽話好騙的傻小西。

「小西……」哥哥低聲哄道，在塞西爾消瘦的肩後留下沙啞的吻，「哥哥在這。」

嘴巴上否認那些見不得人的過往，再甜言蜜語地哄一下，他的小西就會無條件對他言聽計從、死心塌地。他的小西不會逼迫他，不會折磨他，什麼也不會過問，可以被他扔在角落直到生灰塵，等想起來再拿出來拍一拍，又是一條忠貞不二的好狗。

喜歡他天真單純，塞西爾就裝得清純可愛。希望他笨拙遲鈍，塞西爾也能表現得愚昧無知。他想要一個好孩子，塞西爾就把自己鎖在漂亮的鳥籠裡不吵不鬧，乖巧地讓他觀賞把玩……

只要一直這麼裝傻下去，讓這男人滿足脆弱的自尊心，迦勒就不會再成天想著要從他身邊逃跑，千方百計拋棄他了。

少年閉上眼睛，倒進男人懷中，低聲嗚咽著：「哥哥……」

只要他什麼也不記得。

❖

後來塞西爾隨便找了個理由糊弄過去。哥哥看起來仍是半信半疑，但被他的激烈反應嚇一跳後也不敢再隨便質疑，只在接下來幾天過來探望時默默觀察著。

不只哥哥，大部分人都不相信他真的對失蹤的十三天毫無記憶。他們沒辦法像拷問尼希姆那樣拔掉他的指甲和牙齒，只好照三餐來陰陽怪氣地關懷他，試圖撬開他的嘴。每到這時塞西爾就會眨眨眼睛醞釀淚意，用一副徬徨無措、虛弱可憐的模樣開始抽抽噎噎，接著哥哥安插在身邊的護理師就會走進病房，把少年帶去做千奇百怪的例行檢查。

撇去有些惱人的訪客時間，大部分時間他都只是待在病房裡獨自思考。

在戰後時代長大的塞西爾只知道魔法很厲害，是種非常強大且能廣泛應用的力量，對魔法的一切知識幾乎都是從書上讀來。恢復記憶後他才深刻體會到失去魔法的世界有多麼不便，像他現在這種沒有見骨、沒有斷肢的傷，隨便一個有治療能力的魔法師都能瞬間治癒。但現在少年只能整天躺在病床上，放任瘦弱的身體在柔軟被褥中生根發芽。

不過也多虧於此，他有大把的時間可以慢慢梳理，重新適應腦袋中極其漫長且龐大的混亂記憶。塞西爾雙眼無神地盯著刺眼的日光燈，緩緩思考著。

現在黑魔法稽查部認為已經抓到計劃綁架亞當的尼希姆，釐清真相只是時間問題。但按照塞西爾對父親的了解，他都難得紆尊降貴出手消滅證據了，不可能栽在一個乞丐手上，基本應該也不太需要塞西爾插手，只要等哥哥慢慢把尼希姆折磨到發瘋就好。

至於父親。黑魔法稽查部不可能笨到沒察覺有人在幫助尼希姆，然而凡人要與父親抗衡簡直是天方夜譚，而這個世界上唯一稍微有可能和父親平起平坐的女人，已經被他親手殺掉了。

在絕對劣勢下對其他人透露父親的存在沒有好處。反正那個詭異傢伙也是神龍見首不見尾，最討厭摻和不必要的麻煩，所以理想狀態是塞西爾能好好過著嶄新的退休生活，頂多偶爾得應付父親。

只是他胸口那個破洞，確實令人有點好奇⋯⋯

想得正出神，塞西爾聽見病房門鎖被人轉開。他立刻皺起眉頭，擺出一副痛苦虛弱的表情，接著才看清走進來的是今天說好要來接他出院的潔兒。

「姊姊。」他馬上吞回眼淚撒嬌道。潔兒是少數對他裝可憐徹底免疫的人，卻也是少數願意信任他睡著說詞的人——或者至少沒有當面隨便表現質疑。

她身上還穿著制服，只是抽空過來載他。潔兒看向沙發椅上的兩大袋行李，以及早就換下病服，迫不及待爬下病床的少年。「這麼想家呀？」她的語調相當溫柔，讓塞西爾一聽總覺得有種難以言喻的奇怪感受。

十五分鐘後，他睽違多日終於走出了醫院。外頭太陽烈得晒人，纖弱的少年被潔兒趕進有冷氣的車裡，從後照鏡看見她費力地把兩大袋行李塞進小小後車廂，重重壓上蓋子，如釋重負地坐進駕駛座。「安全帶。」她提醒。

塞西爾盯著她愣了半秒，才想起那是什麼東西，反手扣好安全帶。這種得燃燒物質才能發動，還容易故障拋錨出意外的車子，以往都是北方那些住在魔法絕緣區的可憐人在使用，魔法驅動的移動載具隨便一種都比轎車更舒適體面。安全帶勒得他相當不舒服，便偷偷用手指拉著。

「迦勒已經把東西都搬到新家了，就直接載你過去那邊囉。」潔兒說：「他最近比較忙，還沒整理好，你自己先把睡覺的地方收拾出來。」

「好。」塞西爾乖乖地說。

轎車緩緩駛離停車場。潔兒開始隨口聊起天來。塞西爾本以為她想試著套話，但她既沒提到少年失蹤的兩週，也沒說起稽魔部這幾天頻繁派來的那些咄咄逼人的幹員，就只是天南地北地隨便說著無關緊要的小事。

少年一邊回應，一邊看著女人暴露在殘酷烈陽下的側臉，再無暇的粉底、精湛的眼線或修飾妝點，都掩蓋不住這個對他來說無比陌生的年紀。這幾天來探望的人之中，除了伊納修斯幾乎跟以前沒什麼差別以外，所有人都已經變得與記憶中相去甚遠。到處都是破舊又奇怪的器械，腦中被大量記憶占據的塞西爾總得多花幾秒，才能想起要怎麼用。

原本熟悉的生活一下子變得如此尷尬又詭異，就連看著眼前的潔兒，一時之間也沒辦法相信她真的再也不是當年被他撿回來的小女孩了。

「怎麼了？一直盯著我。」潔兒專心地盯著路況，一邊問道。

塞西爾沉默了一秒。「妳今天的妝很好看。」他說。

從醫院開車到新家花了半個小時。潔兒幫他把行李扛進家裡，本想順道幫他整理，結果沒幾分鐘就被瘋狂大響的手機趕走，留下他一個人和一堆保鑣在新家。塞西爾放任行李散落滿地，站在只有一張床、一副桌椅，角落堆積著無數紙箱的臥室中央，被窗戶切割成方形的陽光躺臥在腳邊。

床頭有一盞卡通造型的小檯燈。它擺在少年床頭已經很多年，哥哥剛把他接回家第一週就買了，因為他發現小塞西爾非常非常怕黑，即使熟睡之後再關燈半夜也會做惡夢嚇醒。即使現在塞西爾已經不再像小時候一樣常做惡夢，但檯燈一直擺在那早就看習慣了，直到現在搬家才忽然意識到它的存在。

塞西爾走到旁邊，按下檯燈開關，毫無反應。說來也是，他已經至少有七年沒開這盞檯燈。現在恢復記憶，塞西爾才知道幼時的自己並不是生來就怕黑。亞當只要在漆黑的地方入睡就一定會做惡夢，這種事情說出來實在太損英雄的形象，除了那些曾陪他度過漫漫長夜的人以外，沒有人知道。

少年以指尖壓著褪色的開關，來來回回地摩挲。哥哥怎麼沒叫收拾的人直接丟掉呢？

床鋪已經包好床單、鋪好棉被，連那個長相奇怪的仙人掌抱枕，哥哥都幫他拿出來放在床上了。那娃娃雖然長得不太可愛，但抱著的時候能聞到和哥哥身上一樣的味道，所以他每天都要抱著睡，也不肯讓哥哥拿去洗。哥哥總是會念他一下，但還是由著他去。

仔細一想哥哥幫他買過很多東西。通常塞西爾都不是真的想要，只是想要哥哥答應他的要求，那些東西後來大多都搞丟或扔掉了，只有這隻娃娃留下最久。這隻仙人掌娃娃，是小時候去黑魔法防範中心接受檢查的路上，自己貪玩不好好走路不小心跌倒了。雖然不痛，但哥哥拒絕抱他起來，小塞西爾就在路上崩潰大哭，哭到整條街都跑來圍觀，即使後來哥哥讓步，把小男孩抱起來，他還是哭個不停。

為了安慰他，不知道該怎麼哄孩子的哥哥最後就抱著他逛起街，買了一堆糖果餅乾到醫生面前，在檢查結束後經過一家玩偶店的櫥窗，又替他買下隨手一指說想要的醜娃娃，放任倔強的臭小鬼貪心地一邊牽著大人的手，一邊抱著比自己還高的巨大抱枕，跌跌撞撞走在沾滿秋天落葉的泥濘小徑上，開開心心地把新買的抱枕尾端沾滿溼黏的泥巴。

回憶起來，塞西爾自己都覺得那個任性的小孩至少值得兩巴掌，但哥哥卻一句責備都沒有，只是牽著他走回家，再把好動的小男孩抱進懷裡，抓著他的小手沖洗被弄髒的娃娃，在那個寒涼而倉促的秋天，把一大一小搞得渾身溼透。

塞西爾走出臥室，在紙箱四處散落的新家裡像個鬼魂般漫無目的地到處遊蕩。時值下午，陽光漫進偌大房子裡，拖在少年的步伐後，留下一整排積灰的腳印。他沿路打開房門，塞西爾的書房、塞西爾的更衣間、塞西爾的遊戲間，留著敞開的門扉在身後。當他打開最偏遠的那一扇門，裡頭只有一張床和一個裝不到半滿的衣櫃，一看就知道是哥哥的臥室。

看著空空如也的房間，少年突然想起一段非常、非常遙遠的過往。

大約在六百多年前，長生者曾經一度被魔女軍隊逼到絕境，迫不得已只能兵分多路，包含他們在內的少少幾個人逃到北方，在一處偏遠荒涼的化外之地，搭起一棟小木屋躲藏起來。

遠北地區有特殊磁場籠罩，魔女的魔法在那裡無用武之地，他們的能力也隨之失效。在那段寂靜的日子，他們每天睜眼就是看屋簷上的冰柱融化了沒，鏟走門口一夜過去又堆到膝蓋的積雪，往保命的火堆裡定時添柴，排好班表規定誰今天去打獵、誰去採果實、誰去撿乾柴，誰負責坐在門口眺望蒼白的地平線，遙遙無期地等待。

在那片不見邊際的冰天雪地，人的靈魂會被凍僵。他們這對奇怪的兄弟以往一碰面總要吵架，怒氣來了非得打一架或幹一炮才能解決，就連除了上床就是爭吵的他們，在那間狹窄破爛的小木屋裡也沒了做愛以外的力氣。

事到如今，塞西爾已經不大記得小木屋裡的日子是怎麼過的了，那是他混亂崩潰的漫長人生裡最乾淨整齊的一段日子，每天按表操課地吃飯、打獵、等待、做愛、睡覺，偶爾看情況跳過其他步驟，只剩下做愛、做愛、做愛、做愛、做愛。

即使被旁人發現他們見不得光的關係塞西爾也不在乎，到後來他甚至跟木屋裡的所有人都搞過一輪。即使被他的好弟弟當場抓包，那個男人也只是用那種「我就知道」的眼神望著他，爬上他跟別人交媾的床。

有一次做完後，因為姿勢的緣故，他們極其少見地互相擁抱著，中間夾著另一個睡著的女人。當時已經精疲力盡的塞西爾本來正閉著眼休息，不知道哪根筋不對勁，就裝作在說夢話咕噥起來，把嘴唇貼在睡著的女人額頭上，對女人背後的男人說道。

「等戰爭結束之後，我們可別住在北方，真是太冷了，至少要是春天會融雪開花的地方。偏僻點最好，但也不要太偏僻。附近要有座湖泊或池塘，前後院讓你選一邊種成花園，再蓋個小涼亭，不然蟲子會很多。房子要大一點，至少三間房間，吵架就一人一間，和好了再一起睡。我們那間房要有向東邊大片的窗，床也要大，還要結實。還要一個可以坐著看風景的窗臺，這樣其中一個人出門時，另一個就可以在窗戶邊揮手。雖然你應該只會當著我的面拉上窗簾，然後從窗簾縫偷看。」

塞西爾望著房間對面空蕩蕩的窗臺。

少年抿了抿嘴唇，關上門轉身離開。他回到房間收拾自己的東西，衣服掛進衣櫃，書塞進書櫃排好，雜七雜八的生活用品分類、裝盒、擺進抽屜，擤鼻涕的衛生紙扔進垃圾桶，一切乾淨整齊。整理好行李後他便起身打算去收其他地方，一不小心撞到沒關好的抽屜，櫃子上的相框掉了下來，銳利的邊角恰恰砸到小指。

塞西爾痛得叫了一聲，蹲下來捏緊受傷的腳趾。一陣陣惱人的刺痛感遲遲不散，他氣得抓過相框想丟進垃圾桶，卻在最後一刻瞥見相框裡是和哥哥的合照。

他們站在幼兒園門口。哥哥牽著哭到滿臉通紅的他，淚汪汪的小男孩強顏歡笑地對著鏡頭比ＹＡ，看起來又笨又可憐。

他記得這張照片。這是小塞西爾堅持要拍的，他本來沒有上幼兒園，發現其他人都有上學後就吵著也要，去了學校又天天回來哭鬧要哥哥陪他上學。即使哥哥從來不曾跟他一起坐在教室裡，畢業典禮那天他還是傷心極了，哭得好像此生再也不會繼續升學，硬是要哥哥跟他拍照。

他甚至還記得這張照片是潔兒掌鏡，後來也跟潔兒拍了張一樣的照片。原本伊納修斯也說要來，當天卻爽約，事後才隨口敷衍說忘了，看到照片時整個人笑到不行。

以前的他好小一隻，站在哥哥旁邊只能勉強搆到他的腰部。一千多年前的塞西爾根本沒什麼機會照鏡子，也不太知道小時候長怎樣，但旁邊那張臉他看了一輩子，永遠年輕且剛毅。塞西爾閉著眼也能認出來，卻不習慣看見那張臉沒有受傷、沒有濺血、沒有冰冷又憎惡地狠瞪著他，而是一副尷尬又拘謹的樣子，有些局促而不知所措，眼神溫和地穿越鏡頭與時光望著塞西爾。

少年頓時感覺喉嚨一陣發緊。

把照片放回櫃子上，疼痛的生理淚水在站起身時落了下來，他趕緊伸手抹掉。被砍過頭、挖過心的他，如今卻只是被砸到小指就不停掉淚。哥哥再過沒多久就要回家了，塞西爾走進浴室打開水龍頭，捧著冷水不停地重複潑臉，直到分不清楚臉上哪些是自來水，哪些是眼淚。

他潑水潑得太專心，錯過了開門聲，直到他聽見哥哥呼喚：「小西？」才嚇得抬起頭。哥哥緊張的聲音越靠越近，一顆頭出現在浴室門外，如釋重負道：「小西？你在做什麼，我叫你……」

他沒有說完。塞西爾順著他的目光低下頭，發現身上衣服被自己粗魯的動作潑溼，隱隱透出殷紅的兩點。

「我拿衣服給你。」他還沒反應過來，哥哥立刻說道。

塞西爾呆站在原地，看著哥哥倉皇落跑。他轉頭看向鏡中的少年——狼狽歸狼狽，幸好那張溼淋淋的臉上看不出什麼異狀。

他的上衣溼了大半，白色布料緊貼著胸口，透出這副纖細而蒼白的身體。回溯後他確實比從前那個高大的亞當瘦弱不少，膚色蒼白、身材消瘦，連身高也狠狠縮水。在那段遙遠的過去裡，塞西爾一直都是比較高的那個。他盯著鏡中的柔弱少年，想了想，捧了最後一把水抹抹臉，將剩下幾滴涼意淋在胸口上，讓那兩點更明顯。

等哥哥拿著替換衣服過來，少年已經準備好了天真無辜的表情，像個做錯事的小孩般怯怯地站在洗手臺前，直盯著面無表情的男人，臉上泛著羞怯又期待的紅暈。

哥哥完全無動於衷——至少表面上是這樣。少年輕抿著嘴，不甘心地撇開欲言又止的眼神。纖細的指尖輕撩起衣服下襬，像戲劇序幕般緩緩拉起，露出白皙柔弱的身子。鋪在胸口的冷水讓他忍不住倒吸一口氣，兩粒嫣紅的乳珠也被寒涼的水氣凍得站直，可憐兮兮地渴望著關愛。塞西爾還怕主動得太過頭，滿臉羞澀地抓著衣服遮了一下，見身經百戰的男人仍舊不動聲色，悻悻地拿開溼掉的衣服掛上洗手臺。

他走向門口，卻沒有伸手接過哥哥手裡的衣服。他故意站得很近，只要男人動了那麼一絲半點的念頭，輕輕鬆鬆就能把赤裸的少年擁入溫暖的懷裡，然後……

但哥哥只是把衣服套進他溼漉漉的腦袋。「手。」

……也是。想想他曾經見過的大風大浪，小孩子的乾癟裸體能有什麼吸引力呢。塞西爾乖乖地抬高手，讓哥哥幫他把衣服穿好，抬眼望著男人沉靜穩重的眼睛。

塞西爾一伸出雙手，哥哥便接住他的擁抱，像家長抱小孩那樣輕輕環著他，「怎麼了？」

窩在炙熱的懷裡實在讓人慵懶得不想動口說話，塞西爾閉著眼，半夢半醒地咕噥著：「只是想洗個臉。」

而哥哥也只是輕輕拍了拍他的背沒有多問。

兩人靜靜地抱了一陣子。正當塞西爾想著也許能就此蒙混過去，哥哥開口了：「為什麼變得這麼急？」

和哥哥偷偷交往幾個月來，他們都只有簡單的肢體接觸，抱抱、勾勾小手、淺嘗輒止的吻，甚至那天在醫院被推開後連這些都沒有了。當時忙著安撫情緒失控的少年，兩人也就忘了討論這件事。

塞西爾悄悄深吸一口氣，轉頭把臉埋進他厚實的胸口裡偷蹭幾下，語帶委屈地咕噥撒嬌：「都好幾個月了……」

哥哥熟練地摟了摟他的肩膀。「對你來說有點太早了。」他哄道。

這個太早肯定不是指他未成年，要是真的在乎年紀一開始就不會跟他交往了。塞西爾心想，他們之所以遲遲沒有進展，主要問題還是少年太害羞了。青澀懵懂的大男孩總是只敢嘴巴上挑釁，做一些無傷大雅的小動作，每當被那雙大手帶有情欲地確實觸碰，就會緊張得不知所措。

但現在他可不是那個單純的塞西爾了。「哪裡早……別人都一個月甚至一個星期就做了，我們還在勾勾手。」塞西爾不服氣地嘟囔著。

「你從哪裡聽來的？」哥哥有點哭笑不得地問。

「——不告訴你。」

哥哥也沒有真的要追問的意思。他思考了一會，開口說：「小西，我希望你不要跟別人比較這種事情。等到你真的準備好，我們再來試試看。」

塞西爾不服輸地收緊了擁抱，「如果我說我準備好了呢？」

「你確定嗎？」哥哥話音剛落，粗糙的指尖冷不防勾過他的耳際。

塞西爾立刻一陣酥麻，腦海中瞬間冒出他那難得一次擁著自己，貼在耳邊吹氣輕喊自己名字的回憶，緊緊抓住了他的衣服不肯放手。

哥哥見他不像平常害羞地跑開，有些新奇地輕笑了一聲，捏著他的耳朵輕輕搓揉起來。他從前總是用恨不得直接扯下來的方式狠咬自己的耳朵，此刻卻是溫柔細膩地愛撫著，若有似無的觸碰讓人心癢難耐。

塞西爾感覺到耳朵熱度升得飛快，身體他處也幾乎立刻就湧起熟悉的感受。少年抬起頭，迷茫的眼神期待地流連在男人乾澀的唇瓣上，踮起腳尖，單薄的胸口隨著男人穩健的心跳悄悄顫動著……

哥哥卻又一次把他推開了。

塞西爾還沒搞清楚狀況，只看見哥哥慈愛地望著自己。「你還沒準備好。」他溫和卻堅決地說。

「你又知道了。」少年抗議，還沒來得及辯解就被打斷。

「我是你哥哥，當然知道。小西，你還太小了，沒有能力分辨是真的準備好發生關係還是只是單純好奇。如果是聽別人有經驗才跟著想嘗試，也許代表你不太清楚真正想要的是什麼。」

塞西爾癟起嘴，楚楚可憐地望著哥哥。「我不是聽到別人有過了才跟風，是真的想要你。」他委屈巴巴地說。

「我知道你的心意。」哥哥說：「但是小西，第一次要慎重對待，不是在浴室不小心弄溼衣服後就臨時決定要給出去。」

「我不是臨時決定的。」少年哀求道。

「你都沒有跟我好好談過，平常開開黃腔不算。」

「有誰在做那種事之前還要先開家庭會議啊？」塞西爾開始有點按捺不住怒氣。

雖然他偶爾就會這樣發作一下說教欲，但是都牽了抱了親了，卻到床上才開始裝聖人家長？

哥哥俯下身子，搭著少年的肩，低下頭溫柔地直視著他，耐心說道：「小西。我是個老古板，難免有點不解風情，比起乾柴烈火的激情，我更不想看見你受傷。我們一步一步來好嗎？你一直以來都很聽話也很懂事，應該能理解吧。」

多麼真摯動人。要不是塞西爾記得曾經半夜把他騎醒，在以為他終於願意接受時被拿鋼筆狠狠插進胸口，可能真的會相信。

少年突然發現，得從下仰望他的感覺真讓人不爽。他正克制著不要一氣之下撕破他的襯衫，控制表情，要可憐、無辜、委屈。他拒絕自己求愛也不是一兩次了，但對小西從來沒說過一個不字，難道是年紀大了下面不中用？還是終於良心發現正在誘拐小孩？難不成真的異想天開，事到如今才想安分地玩兄弟遊戲嗎？

塞西爾咬著牙，一邊思考該怎麼讓他少說廢話幹就對了，一邊用可憐兮兮的曖昧語氣控訴著：「可是你剛剛都碰我了……」故意省略掉耳朵二字。

「我沒有想到你是認真的。」哥哥略懷歉意地說：「我以為你只是跟之前一樣說著玩……對不起，小西。」

說著玩？「你那樣弄，我以為你答應了。」塞西爾用指責他始亂終棄般的語調氣憤地哭訴：「我現在感覺好奇怪……怎麼辦，哥哥？」

他毫無預警地收緊擁抱，緊貼上男人魁梧健壯的肉體，用他的體溫驅散胸口殘留的冰涼水氣，輕輕一蹭就可以清楚感覺到他的襯衫釦子、金屬皮帶、褲襠的拉鍊——

哥哥立刻把他拉開。「小西。」

看看那一臉嚴肅正人君子的模樣。他有感覺了。既然不是陽痿，軟軟嫩嫩的高中生都主動投懷送抱了還能有什麼道理不上？

「小西，剛剛那樣逗你是哥哥不好，對不起。我不是不接受你，只是這種事情對高中生來說真的太早了。」哥哥說。

塞西爾抿緊顫抖的嘴唇，泫然欲泣地瞪著他，哥哥面有難色，卻依舊清高地不為所動。少年瞪紅了眼睛。看看他。曾經那樣殺人如麻、荒淫無度地走過十個世紀，卻短短十二年就徹底改過自新了啊。

那**他**怎麼辦呢？

「你是不是覺得……」塞西爾低下頭，壓抑著怒火一邊醞釀哭腔，「我很噁心？」

他拋出問句卻一點也不打算讓對方回答，「我們是兄弟，可是我卻喜歡你。在還不知道其實沒有血緣關係的時候，我就對你有那種幻想，是不是因為這樣你覺得我很髒，不想碰我？」

「小西。」哥哥剛開口又被少年打斷。

「我也不想亂倫，可是就是喜歡上你了有什麼辦法？」他摀住臉，不流一滴淚地抽噎哭泣起來，「都是哥哥，要是你沒有這麼疼我……」

哥哥突然用力按住他的肩膀，硬生生掐斷少年的哭訴，「小西。」

塞西爾仍遮著臉抽抽噎噎，但沒有繼續說話了。哥哥開始心虛地狡辯：「我一點也不覺得你哪裡噁心。」

洋洋灑灑、情真意切地說了一長串，若是原本那個笨笨的少年，肯定會被唬得一愣一愣的，可惜他再也不是哥哥的傻孩子了。這一千年裡塞西爾見過迦勒所有憤怒、矛盾與欲望，知道眼前這個男人恨他入骨，也知道他對亞當渴望得近乎偏執，搞不好還曾在夜裡趁自己睡著後，看著手無縛雞之力的小塞西爾打手槍。

他不可能真的不想碰自己——他只是想建立階級地位，不回訊息也不許催，不想說的事情就不能問，他不給的，塞西爾就不准要。

沉默漸漸凝結了陽光明媚的下午。塞西爾一句也沒回應他的長篇大論，只顧著委屈啜泣，靜靜等待著。他不用抬頭也彷彿可以看見哥哥冰冷的眼神，僵持良久終於聽見他放軟了聲音開口：「小西。給我一點時間好嗎？」

男人握著他的手腕，輕輕地撥開他的手，露出少年哭到漲紅的稚嫩臉蛋。他看起來幾乎是真的心疼，但塞西爾知道這只是他另一個伎倆。

「今天……太突然了，小西。」

少年吸了吸鼻子，仍然倔強地不開口。哥哥沉默了好一會，再開口時語氣卑微得幾近哀求。「一個月好嗎？我……」他安靜幾秒鐘，又哄了一句：「我真的不希望你受傷。」

少年咬緊嘴唇。雖然很不高興兩個風流浪子，還得像處男一樣寫計畫日程表才能上床，還是忍耐怒氣擠出一張被安撫的溫順表情，順便再掉一滴淚。哥哥果然立刻伸手替他擦掉，「好嗎？」本來就不強硬的語氣瞬間軟化許多。

他噘著嘴裝作在考慮，接著才緩緩點頭。

哥哥沒有出聲，但可以明顯感覺到男人鬆了一口氣，低頭在少年溼淋淋的額頭上印了淺淺一吻。「去把頭髮吹乾，會感冒的。」

塞西爾依依不捨地拉著哥哥的衣角。

「……來吧，我幫你吹。」哥哥又心軟了。

塞西爾坐到床邊，讓哥哥翻出吹風機幫他吹頭髮。他的視線剛好對著哥哥下半身，清清楚楚看見男人那裡真的半點動靜也沒有。

為什麼？是不是這些年看了太多女人，所以對他不再有欲望了？難道真的只是不想傷害少年青澀的喜歡，才答應他的嗎？還是真的養他養到沒有感覺了嗎？

男人的手指撩過他的瀏海，塞西爾順勢閉上眼睛，感覺到熱風颳過面前，吹走所有希望。他忍不住地一直想著，迦勒是不是想折磨他，為了報復他強姦自己千百遍，失憶了還陰魂不散地又愛上他，打算一輩子只跟他玩愚蠢的親親嘴羞羞臉？

難不成真的是這十二年過得太幸福所以變笨了，飄飄然地以為他可愛的小西和曾經的混帳亞當再也不是同一個人，不願意用自己那根骯髒東西，染指他純潔而珍貴的寶貝弟弟？

他只不過睡了十二年，為什麼一覺醒來一切都走樣了？怎麼所有人都玩扮家家酒玩到心甘情願慢慢變老，唯獨他一個人被拋在原地倒退好多年？

吹風機的聲音在恬靜溫暖的陽光裡漸漸迷了路。塞西爾依舊怎麼也想不透。

chapter 6

一個月說長不長，說短不短，很快就到了。

鐘聲一響，塞西爾立刻拿起書包，三言兩語打發還想搭話的同學，飛奔出校門。哥哥跟他說好今天絕對不會加班，所以大概有兩、三個小時的時間把該做的準備都弄好，一回到家第一時間就是先去洗澡。

他以前不太做準備，興致來了就上，但這回為了一次擄獲哥哥的心，幾乎是卯足全力。他把身體裡裡外外仔細清洗過兩遍，刮毛、抹香、任何想得到的都做過一輪，直到浴室的熱氣把腦袋熏得暈呼呼的，白皙皮膚也悶成了多情的嫣紅色。少年赤身裸體地站到霧濛濛的鏡子前，滿意地打量著自己又香又嫩的色情肉體。

他摸了摸彎曲的腰線，若是哥哥大概可以一掌掐住他細瘦的腰。這一個月來為了讓屁股翹一點、圓一點，讓那兩瓣渾圓的軟肉光用看的就讓人想狠撞，他可是下了不少苦功，哥哥最好要捏得用力一點。

還有胸前這兩點粉嫩乳珠，以前被碰這個地方他都裝作沒感覺，但知道哥哥其實早就把他的敏感帶全都摸透了，每次做愛都會像討奶一樣用力吸咬乳頭。或許他這次可以溫柔一點，先用親的，再慢慢舔，用裹著薄繭的粗糙指尖輕輕捏著，挑逗地擰一下……

塞西爾一邊幻想，默默端詳著鏡子裡的柔美少年。

和威武的亞當相比，他實在變得太瘦小。這副身體是父親用魔法編織而成，在魔法死後會逐漸凋零其實也在預料之中，大概再過幾年就會從柔弱變成消瘦，又變成乾癟，然後在眾人眼裡還很年輕的年紀，就躺在床上一病不起。

他得趁著還有力氣時，好好體驗看看和哥哥溫柔地交歡是什麼樣的感覺，畢竟以前他們比起做愛總是更像在互相狩獵，塞西爾也沒少被咬下過幾塊肉，想來還真是懷念。

他套上哥哥的睡衣，男人的尺寸對他來說太大了，即使釦子全扣還是會露出鎖骨，袖子也長到看不見手。裡面甚至也不用穿，自然下垂的衣襬就會好好地遮住屁股，只露出兩條白白嫩嫩的長腿，稍微抬起手時，單薄的布料還能隱隱約約勾勒出引人無限遐想的線條。但塞西爾還是套上了內褲，他想要哥哥幫他親手脫下來，再溫柔地含住裡面的東西。

少年走出浴室。溫度落差讓他冷得一顫，瞥向時鐘發現距離哥哥到家只剩沒多久，立刻溜進哥哥房裡，爬上他的床，整個人埋在充滿男人性感氣味的被褥中深深呼吸，滿心期待地聽著時鐘滴答滴答。

從前他們歡愛時總是很凶殘。迦勒不願意，一直都是塞西爾主動，而他總是明知徒勞還要拚死反抗，最後落得一身傷痕又丟了尊嚴。後來他終於認清無論如何也不可能打贏塞西爾後，就像條死魚一樣動也不動，像含冤的死屍般睜大殘破的眼睛，瞪著塞西爾在身上衝撞。氣得塞西爾烙下狠話：**「你喜歡裝死，我們也可以玩得更盡興一點。」**於是他拆解男人的身體，在一地斷肢裡玩到精疲力盡才沉沉睡去。當塞西爾醒來，他已經自己重組起來離開了。

塞西爾也想過，或許迦勒是覺得身為男人卻被壓在下面侵犯太屈辱。有一次趁著剛打了藥神智不清的時候，故意貼上去纏著他索求，而他也真的不辜負期待，把塞西爾狠狠地打了個半死，再壓在地上、桌上、窗邊凶悍地羞辱，發瘋般地貼著臉叫囂，像個神經病一樣又笑又哭地問為什麼要這樣，只換來塞西爾縱情的哀鳴。

那也是塞西爾第一次發現，自己一個高大、風光的男人，其實就是一副喜歡給人上的淫蕩骨子。

只可惜後來被迦勒發現，塞西爾比起幹他更喜歡被他幹，他就再也不肯主動上自己了。少年躲在被子裡取暖，心想現在他有理由可以名正言順地碰自己，感覺一定會很好。他一定會很喜歡不用打得頭破血流，只為搶一分自憐的小小自尊的感覺。

他探出頭去看時間，涼涼的冷氣讓他又縮回被窩。迦勒會怎麼開始碰他呢？哥哥特別喜歡碰他的耳朵，這也是塞西爾從前總裝作冷感的地方。或許哥哥會先貼在耳邊，用那副沙啞低沉的嗓音輕聲呼喚他的名字，用那雙大手輕撫著少年敏感的背脊尾端，再慢慢往下滑……可能不會想第一次就碰後面，但沒關係。

塞西爾很清楚迦勒有多喜歡那裡，只要努力一點誘惑，哥哥這次一定會願意好好填補他體內深不可測的空缺，抱緊他、占有他、圓滿他……

滴答滴答。

❖

「小西……」

塞西爾迷迷糊糊地睜開眼。燈光穿透棉被，他整個人躲在被窩中，因為被子蓋得太嚴實而有點難以呼吸。一股力道小心翼翼地試著掀開棉被邊角，塞西爾立刻伸手壓住，不讓他摧毀溫暖的小巢。

「小西。」哥哥的聲音隔著被子，聽起來沙啞疲憊，有些卑微，「對不起，突然有急事……」

噢。塞西爾這才懵懵懂懂想起來，哥哥放了他鴿子。

即使看不見時鐘，塞西爾也知道現在肯定已經是大半夜。一直等不到哥哥回家，訊息也不見回覆，在他失約的幾個小時裡，塞西爾什麼情況都設想過了，而他其實就只是工作太忙。

少年靜靜聽著哥哥不斷道歉，卻發現其實沒有很生氣，比起期待落空的憤怒跟難過，塞西爾感覺彷彿壓根沒有預期他真的會來。

這是個絕佳的機會。他不再壓著被子，讓哥哥輕輕地把棉被掀開，愧疚地望著面無表情的少年。「小西……」男人輕喊，塞西爾搶在他開始講些似是而非的辯解前，皺起眉頭紅了眼睛，就看見哥哥的表情立刻揪了起來。

「我以為你出事了。」少年吶吶道。

「對不起，小西。」哥哥歉疚地說。

「你答應我今天一定會準時到家，卻一聲不響地放我鴿子。」塞西爾繃緊嗓子，讓自己聽起來語帶哭腔，「訊息不讀，電話不接。沒有人知道你怎麼了……」

哥哥滿臉內疚卻沉默不語。塞西爾倒是覺得慶幸，如果不是他爽約，上床前應該還要論戰一番。少年靜靜凝視著他臉上被眼罩勒出來的痕跡，開口哀求：「哥哥，你可不可以辭職？」

哥哥似乎沒料到他會這樣說，眼神瞬間閃過一絲不知所措。塞西爾只是靜靜地看著他，在哥哥遲疑許久，終於要出聲回答前才開口截斷：「開玩笑的。」搭配醞釀好的眼淚，話音一落就滴出眼眶。

果然男人一見到他的眼淚就沒輒，焦急地趕緊哄了起來，但塞西爾還沒玩夠。

「我知道哥哥是真的很忙，好不容易下班，還願意犧牲休息時間陪我。我沒有認真要你辭職，稽魔部那麼需要你，我真的只是開玩笑。」他語氣哀戚又隱忍，把握著力道，讓人聽了自責不已，又不強烈到引起反感。「我只是在想，如果有哪天又連絡不到你，習以為常地覺得大概只是跟平常一樣又突然被抓回去加班，但你其實真的出了意外怎麼辦？」

他抵住顫抖的嘴唇，裝作光是想像著哥哥可能出事，就難過到雙眼泛紅的模樣。哥哥心疼不已地伸手捧著他的臉，但手卻異常冰冷。

塞西爾嚇到立刻退開，驚恐地瞪著一臉錯愕的男人。哥哥顯然也沒料到他會有這麼大的反應，一時愣著跪在床邊說不出話，有整整一秒鐘，少年和男人只是沉默地乾瞪著眼，塞西爾才後知後覺地反應過來，他的手會那麼冰只是因為在外面吹了整晚冷風。他不是父親。

「……小西？」哥哥困惑地說。

糟糕。塞西爾馬上噘起嘴，眼睛一眨就開始掉淚，嗚嗚咽咽地哭起來。他重新抓住哥哥的雙手，捧到嘴邊呵氣親吻，抱住傾過身子的哥哥，伸手攬住他的脖子，試著用自己的身體溫暖他。

哥哥沒有多想便順勢抱住少年，發現他沒穿褲子後頓了一下，雙手故作從容地上移到他的背。塞西爾一邊哭，一邊自然而然地伸手滑進他的領口，確認身體確實是熱的，也有穩健、規律的心跳聲。發現他趁亂毛手毛腳的哥哥，動作有些遲疑，塞西爾便側過頭磨蹭著他刺刺癢癢的臉頰，趁著哥哥一轉過來直接吻下去。

男人愣了一下，錯過推開他的時機。少年學著他當時強吻自己那樣，試圖撬開男人乾澀的唇齒，又不能顯得太熟練，要笨拙、粗魯地又舔又鑽。心軟的男人還真的就被撬開嘴巴，放任少年青澀地四處摸索。趁著他注意力都放在嘴上，塞西爾悄悄挪動重心，胸口緊緊貼住哥哥健壯的胸膛，將焦躁不安的心跳傳遞給他。

「小西。」哥哥撇開頭，好不容易抓到空趕緊擋開，卻立刻又被塞西爾堵了回去。少年義無反顧地往前推，整個人賴在他身上，哥哥試著同時親他、抱他又要穩住身子，最後還是被塞西爾壓倒在地。

少年頭下腳上地滑下床沿，寬大的襯衫跟著滑落到腰際，讓花了兩個小時打理的光潔細嫩長腿與臀部清清楚楚一覽無遺。哥哥立刻抓住衣服下襬拉回去幫他遮屁股，但剛才滑下床時衣服也被壓在緊貼的兩人之間，無論怎麼拉也沒辦法好好遮住，反而不小心碰到柔軟的臀肉。塞西爾趁勝追擊，假裝掙扎著跪坐起來，翹起屁股。

「小西。」哥哥終於下定決心推開他。從下往上地看著趴坐在身上的少年，白皙雙腿夾著他的腰，本就寬鬆的衣著比氣息更凌亂，稚嫩的臉蛋哭得梨花帶雨，溼潤的嘴唇楚楚可憐地顫抖著。

塞西爾明顯看見哥哥喉嚨一嚥。「……我要先洗澡，小西。」

少年苦苦哀求的目光終於閃過一絲光芒。他抿緊嘴，乖順地讓男人坐起身，哥哥搭著他的肩膀似乎想說什麼，但最後一個字也沒講出口。

在等待哥哥洗好澡的時候，塞西爾就坐在床沿，盯著空蕩的窗臺發呆。潤滑液已經藏在枕頭底下。為了符合少年一板一眼的性格買了保險套，不過經驗豐富的他從來沒用過這個東西，照著記憶中的手感隨意目測了一個尺寸。只是哥哥很可能不會願意第一次就插入，所以他還買了指險套，至少擴張一下過個癮也好。

他們以前從來沒用過什麼保護措施還不是好好的，塞西爾內心抱怨著。他一邊幻想哥哥被他誘惑到喪失理智，無套插入的霸道模樣，同時也知道假若哥哥真的就像嘴上說的那樣珍惜他的小西，不管少年再怎麼勾引，他大概都不會下手。

洗得真久。塞西爾聽著浴室裡持續不斷的水聲心想，大概是想持久一點打算先尻一發。時隔十二年，即使身材還維持得好好的，體力估計也早已不如從前。

現在時間真的滿晚了，習慣早睡的少年有點睏。他揉了揉眼睛努力保持清醒，百無聊賴地環視著男人的臥室。當年塞西爾說了那一大串，哥哥卻似乎就只聽到一個窗臺。前院有種花但沒有涼亭、附近沒有湖泊、家裡那麼多房間，他寧可擺些沒意義的東西，卻不願意買一張大一點的床，讓怕黑的男孩能夠在夜裡驚醒翻個身就窩進他懷裡。

塞西爾盯著壁紙上的花紋，漸漸開始放空。他們當時只在北方小屋待了七個月，魔女的軍隊就找來了。手裡只剩一根柴火，不是拿著保命把屋裡的機密拱手讓人，就是燒掉證據後凍死在暴風雪裡。最後塞西爾一把燒了那間到處都會漏水的破屋子，帶著大家摸黑在無邊的風雪夜裡前進。幸運的是他們成功找到一個淺淺的山洞，一覺醒來後只有一個人凍死。

雖然被打了一頓，塞西爾還是覺得這個結果很不錯了。跟那個女人作對，能多活一天都是奇蹟。只是偶爾半夜做惡夢醒來，總有那麼意識不清的一瞬間會錯以為他們所有人，都早已跟著被燒死在那間破舊又簡陋的小木屋裡了。

水聲終於停歇。回過神來的塞西爾趕緊扯了扯衣服，才解開一顆釦子，過大的襯衫就幾乎滑下肩膀。他調整好表情，用羞澀而怯懦的眼神，迎接終於打開浴室門的男人。

他穿得很整齊，睡衣釦子也一絲不苟地全部扣好，但單薄睡衣早已被溼氣蒸軟，勾勒著布料底下勇猛過人的性感肉體。塞西爾沒打算遮住下半身的反應，視線誠實地望向那個部位，赤裸、渴望地看著他走過來。男人在他面前站定腳步，坐在床沿的少年只要稍微彎腰就能好好服侍他，哥哥也察覺了這點，保持著一個微妙的距離。

他抬起頭，看著哥哥琥珀色的眼被夜燈染成火紅色，一隻眼睛空蕩如初。

「我幫你吹頭髮。」塞西爾試探著拉住他的手，讓他坐在床邊，自己則翻出吹風機站在他微敞的雙腿間。他沒有故意搔首弄姿，只是壓著哥哥的腦袋專心地吹頭髮，讓少年赤裸白皙的大腿和男人的褲襠自然而然落在視線裡。

塞西爾用手指輕輕梳開溼潤打結的髮絲。不知道是不是以前經常被他扯，哥哥的頭髮比以前少了好多，而且總在沒有料到的角落冒出幾根刺眼的白頭髮。

哥哥始終一言不發，塞西爾也沒有開口。吹風機的聲音一熄滅，寂靜就徹底籠罩他們的房間。塞西爾雙手搭在他肩上，在心裡悄悄深吸一口氣，一隻腳跪上了床。他的膝蓋離褲襠只有幾公分的距離，哥哥也沒有阻止。

塞西爾低著頭，在男人耳邊輕聲哀求：「哥哥。」

哥哥抱住他的腰，昂起頭來，欲言又止。他眼中千言萬語被夜燈離析成咒語，又被少年的影子通通擰熄。塞西爾本來想吻上去，轉念一想，輕輕抵著他布滿傷痕與細紋的前額，和被打斷過好幾次略顯歪曲的鼻子。他的睫毛真的好長，微微彎起，承載著寂靜空氣中燃燒的燈火。

「我真的很喜歡你。」少年輕輕吐氣道。

男人那隻琥珀眼中的流光交錯打結。塞西爾沒有逼他回答，只是伸手擁抱著他的哥哥，將瘦小軀體完整嵌進他身體的每一處空隙。嗅著他身上那股陳舊的氣味，少年像餓了一千年的吸血鬼般，在男人粗糙厚實的肩頸上又親又舔，拚命克制著留下齒痕標記的野蠻欲望，他現在是哥哥的小西，再也不是那個粗暴又殘忍的塞西爾了。

一直只是輕扣著少年細腰的粗壯手臂遲疑許久，終於默默地挪動起來。那雙曾在他身上熟練遊走，牽起他稚嫩小手的大掌緩緩滑進少年凹陷的尾椎，小心翼翼地捧住渾圓的軟臀。塞西爾高興得呼吸一沉，靠著男人被肌肉撐得隆起的肩頸，他們身體曲線是如此契合得密不透風，攬住哥哥的脖子，讓他抱起嬌嫩柔弱的自己，虔誠地放進鬆軟被褥中躺好。

他是哥哥的小西。

塞西爾閉上眼睛，感受著哥哥在身上落下的每一個吻。前額、眉間、眼尾，細細呵護著。他炙熱的呼吸幾乎能燒傷少年單薄軟嫩的皮膚，塞西爾得緊緊抓著棉被，才能壓抑住迫不及待地扯開彼此睡衣的衝動。

他是哥哥的小西。他純潔、懵懂的小西。無論如何胡鬧、恣意妄為，哥哥都能無限包容他任性的小撒嬌。

哥哥一碰到他的耳朵，塞西爾立刻就感到一陣酥麻漫過全身，難受地挺起單薄的胸口。男人輕聲安撫著，從容不迫地親吻少年纖細的側頸，緩緩往下，在鎖骨中間留下宛如項鍊墜飾的溼濡印記。當塞西爾發現他接著伸出舌頭，隔著薄薄的布料舔了一下，瞬間腦袋一片空白。

他是哥哥的小西。是他無知無邪的小西，不用照顧他的傷痛，無須顧慮他的仇恨，也不必承擔他的悔恨與遺憾。他是哥哥貞潔的、親愛的小西。

哥哥不斷往下，在乾淨的睡衣上留下一道蜿蜒黏膩的痕跡。那雙大手穿過被褥的汪洋，像沉穩的船錨般扣住他的五指。塞西爾不敢太用力牽他，不能發抖，也不能太熟稔地安心躺平，貼著男人英俊面孔的平坦小腹輕微失序地起伏著。

哥哥原先乾澀的唇瓣越發溼濡黏膩、貪婪，猝不及防伸出舌頭，鑽過釦子間的縫隙舔舐少年的肚臍。塞西爾登時羞得繃緊身子曲起腿，兩腳卻不知何時早已被男人禁錮在身下，輕擦過腫大的枷鎖。

他是哥哥的小西。是他最後的安身之地。是他飄搖生命中，最後一個窄小平穩的避風港，是他終老的歸處，是他的小西。

哥哥的吻最後停在下腹。他撩開襯衫，望著被染成深色，高高頂起的布料，那隻陽光凝結而成的眼睛肅穆地抬起來，凝視著全身泛紅的少年。

「小西。」哥哥的聲音終於也被貪欲蹭啞了，「……我想碰你。」

他是哥哥的小西。

一聽見他那句話，塞西爾頓時有種想哭的衝動。他伸高雙手讓哥哥把自己抱進懷中，彼此腫脹的性器親暱相依，男人吐出的每一絲熱氣鑽進少年鬆垮的領子，溫暖著他的胸口。

男人的擁抱是如此厚實強悍而燙手，塞西爾緊緊抱住他寬闊的背，多麼希望他的體溫真的能把懷裡的自己熔化，重新塑型，真正回溯成一個天真純潔的好孩子。不淫亂，不殘忍，不偏執也不懂憎恨。少年閉上眼，口中含著醉人的氣味，內心提醒著別又在他身上抓出見骨的血痕，暈呼呼地哽咽道：「好。」

餘生都是他的寶貝弟弟。

寂寥夜裡氣味交纏，漸漸被微弱夜燈烘烤成淫靡的低喘聲。纖細少年張開雙腿，跨坐在哥哥身上，試著忽視緊挨在大腿內側的巨物，一顆一顆慢慢解開他的睡衣釦子。他的手因為緊張輕輕顫抖著，那雙粗糙熾熱的掌心便溫柔地包覆住修長的十指，引導著他一起緩緩除去衣衫，揭示出那副一如以往壯碩剽悍的肉體。

塞西爾咬緊嘴唇，忍著因興奮而發顫的呼吸，伸出手，戒慎不安、多情留戀地劃過結實隆起的胸膛，瘦勁腰身繃著剛健的線條，勾出扎扎實實的八塊腹肌。長出短短指甲的指尖，輕搔過如繁星般散落在身上的殘忍獎章，皮粗肉厚的男人漸漸也開始亂了呼吸。

哥哥悄悄環住少年的腰，放任他到處摸、到處捏，低下頭來含住他的嘴，把少年彆扭緊張的嘴角吻軟吻鬆，深入口中勾纏著細嫩的小舌，將散發著沐浴清香的乾淨少年渾身都染上雄性的濃郁氣味。塞西爾被親得神魂顛倒，口水都快流出來了，手上的動作卻仍沒忘，俐落地脫掉礙事的襯衫，誠實地揉捏著男人飽滿的胸肌。

哥哥輕笑一聲。突然一股熾熱的力道握住他脆弱敏感的器官，毫無防備的塞西爾嚇得小聲尖叫，黏膩的唾液頓時溢出唇齒，彷彿光是被握一下就如此失神。哥哥一雙大手圈住兩人的性器，把少年的細根壓在自己滾燙堅挺的粗莖上，珍惜地握在手裡。

他甚至還穿著睡褲。塞西爾卻能清晰感覺到他勇猛而扭曲的形狀，若有似無地蹭著塞西爾脆弱的小傢伙。男人不急著完全坦誠相見，隔著輕薄的棉布摸索一下，把塞西爾蹭得背脊一陣發麻。

他的手沿著微凸的青筋緩緩往上溫柔套弄，沿著冠頭下的溝槽輕輕擰轉，巧妙的手法勾得少年焦躁地嗚咽。他不甘示弱地伸手也握住男人雄偉的陽根，卻被比記憶中粗壯許多的手感嚇了一跳——不是哥哥一把年紀還在發育，塞西爾很快反應過來，是自己變小了。

抓都抓了，哥哥自然不會再放過他。男人覆蓋住他纖細的小手，嘴角含著寵溺的笑意，低頭在少年發燙的耳朵邊輕聲安撫：「我來就好。」

話音一落男人旋即加重力道，緊緊箍著從根部緩緩往上拉扯，隨之而來的奇妙快感頓時打斷少年來不及說出口的抗議。昏暗的房間裡瀰漫著淫靡的喘息聲，時不時因為哥哥手勁太大湧出幾聲旖旎呻吟，不過幾趟來回，少年的內褲就溼透了，塌陷的布料清晰地勾勒出優美修長的線條。

塞西爾開始難受地扭擺腰肢。不知道是不是現在的身體算是處男，耐力比以為的差了許多。哥哥一直小心觀察他的表情同時調整手上動作，終於看見乖巧少年情動的模樣，口乾舌燥地嚥了嚥。「小西……」男人沙啞地低喃著：「幫哥哥脫掉吧。」

塞西爾睜開迷濛的雙眼。掌心貼著男人賣力撫慰而起起伏伏的肌肉線條，徐徐滑過厚實的胸膛、結實的腰腹，像條小蛇般悄悄爬進內褲裡，勾開鬆緊帶。那根黝黑、火熱的粗壯陰莖，立刻迫不及待地跳出來，賁張的血管大大撐起蜿蜒的青筋，渾圓的龜頭已經腫脹成凶悍的紫紅色，蓄勢待發。

哥哥溫柔地褪去他的內褲，牽著他的手，讓彼此的欲望緊緊相貼。他熱情的溫度與跳動的青筋，赤裸裸地貼在少年細嫩的掌心裡，剛硬崎嶇的表面握起來甚至還有些溼濡。塞西爾下意識抓緊，聽見哥哥悶哼一聲，粗獷懾人的凶物毫不留情地又脹了一圈，按捺著脾氣，沉沉壓迫著少年嬌小的性器。

塞西爾迷迷糊糊地低下頭，看著哥哥凶猛的陽物大大突出掌握，自己一雙纖細白皙的手，只能吃力地圈著男人暗沉碩大的粗莖。哥哥耐心地帶領著他，握緊柱根，輕輕拉扯、左右擰轉，粗糙的指腹貼緊最脆弱多情的繫帶、經絡、溝槽來回摩擦，時而用掌心搓揉著圓滑黏膩的龜頭。一股醉人的快感爬上塞西爾的尾椎，少年情不自禁望著哥哥的臉軟膩哀鳴，眼睜睜看著他臉色越發晦暗。

原本不疾不徐的節奏漸漸加快。塞西爾開始覺得手痠，有些跟不上，哥哥套弄的手勁卻越發熱情，把身上的少年蹭得微微搖晃。塞西爾不得不夾緊雙腿穩住自己。「哥、哥哥……」他趕緊叫停，哥哥便放緩了動作，輕柔緩慢地持續逗弄著少年。

塞西爾強忍著直接騎上去的衝動，低喘幾聲，撐著虛軟的身子從男人懷中爬出來躺下。他姿態妖嬈地側著身，折起雙腳，寬大單薄的衣衫只輕輕掩著豐腴圓潤的兩瓣軟肉，嫣紅細嫩的禁地在微弱的夜燈下若隱若現。

他沒有出聲，只用著被情欲薰染迷茫的眼神默默哀求著欲火難耐的男人。

「……那要先好好準備過，小西。」哥哥遲了兩秒鐘才開口回答：「你會受傷的。」

少年滿臉無辜，「我又沒有說要用裡面？」

哥哥無言地望著他。塞西爾大起膽子去拉他的手，哥哥沒有拒絕，沉甸甸的肉體順勢伏上柔弱的少年，還記得小心翼翼地撐著手，不讓自己真的壓到他。塞西爾轉身趴在床上，凹下纖細的腰肢，翹高屁股，將粗壯炙熱的陽具盛在臀瓣之間，柔嫩的軟肉抵上男人劃滿傷疤的堅實下腹，不斷磨蹭催促著。

哥哥雙手搭上他的腰，下巴刺刺癢癢地貼在耳畔淫猥地喘著氣，卻仍按兵不動。貼在臀縫裡的熱度讓少年頭昏腦脹，又遲遲等不到哥哥的反應，氣得乾脆自己來，用柔軟的大腿內側夾住那根火熱的器具，奮力併緊雙腳，自立自強地擺動身體。

多虧他現在體力不好，不用特地假裝也會氣喘吁吁。塞西爾低下頭，看見脹成暗紫色的巨大龜頭從垂落的囊袋下縮回又探出，羞赧地又夾得更緊。「哥、哥哥……好燙……」

腰上的力道細不可察地掐緊了。哥哥深吸一口氣，終於開始緩緩律動起來。塞西爾開心又興奮的呻吟黏膩柔弱，彷彿真的被侵入一般，身上睡衣隨著動作稍稍滑開，隨時都會露出兩瓣柔軟的圓臀，深夜的臥室裡繚繞著微弱而淫蕩的「啪啪」聲。

他像隻慵懶的貓，伸長了手臂，盡可能往後推高屁股，柔軟的臀肉緊貼著男人敏感的下腹，飢渴難耐地扭動著。哥哥粗喘幾聲，突然一口含住他的耳朵，舌尖勾著耳廓快速地舔動，在少年大腿之間抽插的肉根也越發粗魯。裹滿厚繭的大掌重新握住孤單顫抖的性器，溫柔地套弄著，把塞西爾疼愛得暈頭轉向，口中吐著模糊不清的咕噥低吟。

腿間重複抽插的粗獷肉莖，把內側軟肉刮得隱隱泛紅刺痛起來，少年纖細的十指難受地抓緊了枕頭。「哥、嗯、哥哥……」他半張臉埋在棉被裡，哥哥還是能從蓬鬆的被單中找到那對舒服得合不攏了的溼潤唇瓣，深情地舌吻著。

寬鬆睡衣在時快時慢的律動間，不知不覺完全滑開了。少年腰部以下的曲線一覽無遺，男人的手悄悄滑進鬆垮的襯衫，輕捏住早已自行站挺的乳頭，又搓又擰又拉，難以忍受的酥麻感讓塞西爾幾乎沒有力氣再夾緊大腿，纖弱的身子漸漸癱軟下去。哥哥扶好他的腰，併起自己的腳夾著他的腿，模仿著真正的歡愛般猛力衝撞起來。

他頂得越急，手上的動作就越快，緊捏著細長的莖身，每次往上拇指都會擦過最脆弱的繫帶，嬌小的鈴口不斷湧出黏稠的快意，被男人用指腹輕輕堵住。

「唔……」舌頭被男人吮在口中，少年的抗議全化為酥軟黏膩的哀鳴。雖然塞西爾本打算再多忍耐一下，但洞口被粗長手指緊緊堵著還是感覺難受不已，分明在腿間抽插的凶悍肉莖吐出的蜜液都沾溼了大腿內側，卻要他按捺著。

綿長霸道的親吻漸漸讓少年腦袋裡一片暈糊，整個人癱軟地雌伏在蠻橫的男人身下。哥哥終於發現他有點缺氧才鬆開嘴巴，改而舔舐著他燒得嫣紅的耳朵，輕咬耳骨，含著耳垂吻進耳廓。少年只聽得見黏膩的水聲，聽著男人用低沉沙啞的嗓音輕輕呼喚自己的小名，手中突然抓緊，逼出少年孟浪香豔的媚叫。

「哈、哈啊，哥哥……」無論他怎麼求饒哥哥都不為所動，套弄的速度越來越快，打定主意要趕快把他擼射後，再用他的腿解決。塞西爾趕緊扭著屁股掙扎，往後伸手自己掰開臀瓣，賣力誘惑已經半失神的男人。「哥、哥哥，捏我屁股……」

哥哥順著他，大手覆上渾圓的軟肉用力揉捏。他的手太大了，指腹時不時會擦過緊緻的小口，少年一邊忍耐著男人的手勁，窄緊的入口努力歙張，終於引起哥哥的注意。

男人直起腰桿，望著那處禁地正難受地一張一合，琥珀色的眼神幽深晦暗。

「哥哥……」少年羞赧地哀求，伸出兩指掰開臀縫，讓那圈含苞待放的皺褶在昏暗的夜燈下更顯誘人，「我，這裡……」

男人的手始終安分地待在臀肉上，卻難以察覺地收緊了。塞西爾又是夾緊大腿磨蹭腫脹陽根，又是用軟臀緊貼著挑逗都不見回應，乾等到都快失了興致，急躁地自己往窄緊的洞口伸入一指。

被異物入侵的纖弱身子立刻揪緊。塞西爾上半身癱軟在被褥中，抱著枕頭翹高屁股，在哥哥面前自己抽插起來。肢體僵硬的少年很快就因為這個姿勢扭得腰痛，難受地呻吟。

「哥哥……」遲遲等不到男人動作，在對方面前褻玩自己的羞恥感讓青澀少年委屈地低泣，掙扎著想轉頭看他的表情，軟嫩的屁股卻突然被輕輕拍了一掌，雖然不痛卻嚇得小聲叫了出來。

拍打的聲音很響亮，哥哥其實幾乎沒用什麼力道，卻能恰到好處地讓塞西爾想起小時候不聽話被懲罰打屁股的場景，羞恥得整張臉埋進枕頭，媚浪的叫聲都變得悶悶的。男人一句話也沒說就連拍好幾掌，每拍一下，軟嫩的體內就會不由自主絞緊來不及拔出的手指，貪婪地吸吮著。

「剛剛還說沒有要用裡面？」男人聲音乍聽冷淡卻又不是真的生氣，不再拍打泛紅刺痛的軟肉，用力捏住掰開，讓興奮收縮的小口清清楚楚地呈現在面前。「甚至懂得自己洗。小西什麼時候學壞了？」

塞西爾完全沒料到他會突然變成這種霸道角色，整個人興奮得渾身發抖。他急躁地伸進第二根手指，光是這樣就開始有點吃不消，在男人專注的目光裡粗魯地抽插擴張，哀求著疼愛。哥哥按住他的手腕，卻沒把他拔出來。「溫柔一點。這裡很脆弱，可別隨便弄壞了。」他低笑道。他越是從容，塞西爾就越是焦躁，嗚咽著求他快點。

「這麼沒耐心。」哥哥輕笑，直接掀開枕頭，揭發他藏在下面的各式必備用品。

被情欲攪暈腦袋的塞西爾壓根沒空覺得害臊，期待地望著哥哥打開潤滑液。一股冰涼黏稠的感覺滴進夾縫，少年揪緊軟臀，在哥哥揉捏的手勁下重新放鬆，讓黏液緩緩滑過臀縫。

他擠得非常多，遠遠超過一般潤滑需要的量，把少年兩瓣圓臀、大腿，和仍然夾在雙腿之間的粗壯性器都淋得溼漉又黏膩，這才不疾不徐地拆開指險套。男人握著他的手腕，戴好指套的食指小心翼翼地對準縫隙，緩緩推了進去。

少年未經人事的體內吃進三根手指撐得難受，上半身虛軟地趴在枕頭上。等稍微適應了，哥哥便勾住他的手指，帶著他在裡面一起緩慢而熟練地四處遊蕩，還裝作是第一次進到裡面似地，一直故意在最敏感的地方附近摸索，曲起指尖輕輕搔刮那塊微凸的軟肉。洶湧而強烈的快感頓時粗暴地輾過塞西爾的意識，少年迷茫地吐出一連串破碎呻吟，軟嫩的肉壁無意識自主吸緊了。

「光是這樣……」哥哥沒有說完，興奮地喘了幾口，扶著少年癱軟的腰，把纖細的手指抽出來，還聽見一聲清晰又淫靡的「啵」，接著插入第二根戴好指套的修長手指。

塞西爾不太確定是在哥哥插進第幾根手指後高潮的，只感覺不停地被他侵犯擴張，臀縫間的潤滑液只要稍稍乾涸哥哥就會立刻補上。青澀少年就在他的操弄下漸漸融化，任憑淫穢的快意把自己淹沒吞噬，揪緊身子虛弱地顫抖起來，被手指姦上這副身體的第一次乾高潮。

塞西爾整個人癱在床上氣喘吁吁。哥哥在他背上四處愛撫著延長綿密的快感，彎腰在嘴角落下黏膩的一吻。「真可愛……」他沙啞地稱讚著，溫柔地把才剛高潮的虛軟少年翻了面，拉高雙腳抱在懷裡，粗壯的陽具重新插進微微泛紅的大腿之間，熱情地聳腰。

意識渙散的少年，迷迷糊糊地看著凶悍腫脹的肉柱在大腿軟肉間來回進出，把少年疲軟的性器撞得搖搖晃晃。「哥、哥哥，你進來……」連開口說話也被頂得斷斷續續。

「會不舒服的。」哥哥語氣溫柔，頂弄的動作卻越發粗魯，暴凸的青筋不斷摩擦紅腫軟肉，少年才稍稍紓解過的欲望很快又有了再度抬頭的趨勢。

「我、我有買，套子……」塞西爾暈呼呼地伸手摸索著那盒隨便買的保險套。哥哥寵溺地開口：「那個尺寸對我來說太小了。」

「那……」他沒辦法思考。被充分拓開卻遲遲等不到填補，折磨極了。「那你、不要、套子……」

哥哥沒有回答，只是越發猛烈地挺動著。塞西爾心裡頓時湧上一股莫名其妙的委屈，踢著雙腿，顫巍巍地坐起身子。哥哥趕緊扶住他，塞西爾趁機抱住男人的頸子，大張開腿跨到他身上，對準就要往下坐。

「小西。」哥哥捧著兩瓣臀肉不讓他坐下。

「我還要……」少年哭哭啼啼地說，緊貼在男人身上，妖嬈地扭著腰肢，「說好的，你幹我……」

「哪有說好？」男人無奈道。塞西爾不管不顧地要賴起來，趴在男人肩上抽抽噎噎，扭著屁股把他的手指再度吞進去，拚命地吸吮。「我、我洗好久，就在等你……」

男人嘴上拒絕，手指卻在軟嫩的肉穴裡攪弄得很開心。黏滑的穴口被抽插得咕溜作響，塞西爾整個身子都酥麻得沒了力氣，只能勉強掛在哥哥身上，顫巍巍地張開嘴巴舔舐著他的傷疤。

哥哥的呼吸越發粗重，沒戴套的手指也正貼著那圈微微腫起的肉褶輕輕摩擦，拚命壓抑著渴求。「……射在裡面會很不舒服的。」哥哥幾乎是咬牙切齒，才擠出這麼一句。

塞西爾哭哭啼啼地反駁：「那再拔出來……」黏膩地含住男人的耳垂，又舔又吮耳朵後面多年的傷痕。

他記得這個傷，是他當時在激情中，隨手拿一個女人留下的耳環刺穿他的耳朵，鮮血染紅了枕頭與潔白美麗的耳環。

少年貼緊男人的身體，不讓他再有機會躲開，整個人趴在他身上往前推倒，雙手撐著那對飽滿的胸肌，自己對準了坐下去。

他本來想一口氣坐到底，但實在是太痛了。硬挺的圓頭剛頂進鬆軟的入口就無法再繼續深入，塞西爾坐也不是跪也不是，只靠纖細的雙手撐著身體，雙腳虛弱地發抖。

「小西。」哥哥焦急地喊，伸手想把他拔出來，抗拒的少年掙扎時卻一瞬間吞得更深，感覺差點就衝破肚皮，頓時痛得哀鳴。

塞西爾全身都在發抖，努力挺直腰桿容納壯碩的性器，稍稍適應後就急躁地動了起來。堅硬的龜頭強硬地擠開體內柔軟的皺褶，痛楚與快意相互交錯讓少年甚至失去呻吟的力氣，張大嘴巴呼吸著，黏膩的津液漏出嘴角，只能失神地望著身下的男人。

那雙小心翼翼托著少年臀部的手臂青筋暴漲，緊實的腹部沾滿了潤滑液，被夜燈映照得微微反光。少年的細莖虛弱無力地顫抖著，滴下一絲透明黏稠的淫水，滑落進男人的肚臍。

「哥、哥哥……」他哭求著。

哥哥深吸一口氣悄悄屏住。體內的巨物好像又變更大了，他已經疼得分辨不出來。「……別動了。」哥哥語氣嚴肅，好像是真的生氣了，強硬地把纖弱的少年抱起來，抱進被窩裡躺好。

哥哥讓他側躺著。塞西爾還沒來得及喘幾口氣，修長的手指又一次闖入體內。「就說會不舒服了，為什麼還要急？」哥哥沉聲斥責著，語氣卻顯得倉促急躁，手指抽插的速度越來越快，把塞西爾的腦袋攪得一團亂。少年眼神迷濛，只覺得被指尖頂弄的快感姦得開心不已，掰開臀瓣還想讓他再進來多一些。

哥哥被他這副不知廉恥的模樣氣笑了，輕輕在軟嫩的臀肉上摑了一掌，一邊替他擴張，一邊粗暴地套弄著自己忍耐已久，腫脹繃緊的肉莖。少年伸長手想去幫他，體內最敏感的軟肉卻被男人輕戳一下，瘦弱的身子揪緊痙攣，難受地輕輕抽搐起來。

「小西可真貪吃。」哥哥低喘著說，又塞了一根手指進去，「都塞成這樣了，還想要哥哥的東西。」

少年無力回話，只是失神地喃喃囈語著。哥哥猛然抽出手指，把他翻回正面，堅硬炙熱的龜頭終於抵上泥濘鬆軟的入口。

塞西爾開心地低聲嗚咽，抬起發抖的手臂遮住眼睛，用身體感受著這一切。悶熱的空氣，腥臊的味道，黏稠的水漬和炙熱的器官。一切都滾燙得令人難以呼吸，不像那個復生的夜晚。

哥哥輕輕抓住了他的手，「讓我看看你的臉。」

虛軟的少年根本沒有力氣抵抗，只能任憑男人剝開他的面具。他的表情比預料中溫柔好多，眼裡滿載的愛意彷彿希望塞西爾在他的注視下溺斃，他輕輕撩開少年汗溼的額髮，疼惜地呼喚著他的小名，塞西爾卻莫名覺得好難受。

他好熱。好熱、好慢，卻是真實存在。

好想發脾氣。塞西爾痛苦地強迫自己盯著他的臉。不可以轉開，不可以迴避，有什麼好逃避他的？他是哥哥啊，是最寵他最疼他的哥哥啊。即使此刻匍匐在身上的男人，某方面上簡直像隻發情畜牲般令人反胃噁心，但他**真的**是哥哥啊。

塞西爾發現內心有股衝動，想就這麼推開迦勒，拿劍把他釘在床上換人挨操，卻同時又希望他趕緊把少年幹到動彈不得，最好從此腐爛在床上，一輩子都一起被關在有窗臺的房間裡做愛，用身體從此永遠把自己藏起來，誰也找不到。

想征服他，蹂躪他。

「哥哥……」塞西爾哭喊著。哥哥低下頭，溫柔綿密地封住他的嘴。

想被他征服，被他蹂躪……

凶悍的肉刃睽違多年終於再度回到這副身體裡，把他從深處剖開。熟悉的熱度、形狀，甚至是柱身上的脈絡，卻因為他變小了而痛苦許多。塞西爾難受地扭著腰，狹窄溼熱的甬道正一抽一抽地想把異物排出體外，努力包容著蠻橫的欲根。

哥哥耐心地等待少年漸漸適應，才緩緩地動了起來。他一拔出去，塞西爾就有種靈魂被抽空的感覺；當他再推進來，少年又覺得自己既脆弱又骯髒。一連抽插好幾下，塞西爾還是不斷地哭泣，哥哥別無他法，正打算再退出去，他又立刻夾緊雙腿緊緊鎖住男人的腰。「哥哥抱……」少年抽抽噎噎地伸長了手。

哥哥小心翼翼，盡量在不動到裡面的前提下擁住焦躁的少年，拚命地親吻安撫。「小西，很痛嗎？」他心疼極了，少年的眼淚卻越擦越流。塞西爾緊緊抓住他的背，恨不得能像以前一樣刮出幾條專屬的痕跡，蓋掉這些刺眼的疤痕。但他是哥哥的小西。他的小西會親吻他的傷疤，會乖乖聽他的話，不會逼他、騙他、傷害他。

他是哥哥的小西。

「……你愛我嗎？」塞西爾哭著問。

哥哥扭頭想看他的表情，但塞西爾死死不肯放手。男人只好抱緊少年，在他泛紅發燙的側頸留下一個隨時會飄走的輕吻。「至死不渝。」他虔誠道。

聽到這個回答，塞西爾有種哭笑不得的感覺。他顫顫地鬆開手，讓哥哥吻去臉上所有淚珠，重新緩緩地聳起腰桿。殘忍的欲望在少年體內千刀萬剮，搗弄得天翻地覆，堅挺的莖身擦過、輾過肉壁上軟嫩皺褶的感覺，實在讓纖弱的少年吃不消，塞西爾還是忍著難受扭起屁股，窄小的肉道賣力容納吸吮著，打定主意要好好伺候辛苦一夜的男人。

哥哥的動作始終顧慮著他，緩慢而溫柔，粗重的喘息聲卻讓塞西爾想起，如今的男人再也不是能與他徹夜交歡的年紀了。

少年坐起身，任性地把哥哥推倒進被窩騎了上去。這個姿勢讓他進得特別深，塞西爾才難受地呻吟一下，哥哥立刻緊張地又坐起來，「小西，我來——」直到被少年突然縮緊的甬道打斷。

塞西爾抱著他寬闊的肩膀，沙啞道：「哥哥，抱我……」

男人沒有猶豫地環住少年纖細的腰，在他奮力扭動時，疼惜地愛撫汗溼的睡衣下柔弱的身軀，握住少年發顫的性器溫柔套弄。

以往除了面對父親，塞西爾幾乎沒怎麼作過被插入那方，但這一個月來也下盡苦功。軟嫩的媚肉愛不釋手地纏緊男人的粗莖，飢渴地愛撫吮咬，粗大的龜頭每每擦過敏感點時都讓塞西爾爽得視線上翻，一整夜裡下腹淤積的癢意逐漸累積成快感，差不多也要到了極限。

少年加快了扭動的速度，當哥哥撫慰他的雙手漸漸慢下動作，掐著他的腰低喊：「小西……」他就知道哥哥終於也快到頂點，無視男人的哀求更賣力地扭動著。

「等一下、小西……」哥哥還在拚命忍耐，喘息聲聽起來痛苦不已，「要拔出來……」

少年沒有回話，抬高屁股重重地坐了下去。哥哥吃力地悶哼，正要出手把他抱開，塞西爾立刻撲進男人熾熱的懷抱裡深深吻住，趁著短暫的空檔越發瘋狂地擺動著細腰，強逼瀕臨極限的肉棒搗捅著溼嫩鬆軟的窄道。

他稍稍跪起，準備開始最後衝刺，卻沒發現自己早已經被幹到腿軟發抖，一下沒撐住跌坐下去，剛硬的龜頭惡狠狠地撞上飽受蹂躪的敏感點，塞西爾頓時腦袋一片空白。激烈絞動的肉穴也讓深埋在體內的哥哥惡狠狠地哼出聲，握著少年細長性器的手不由自主地加重力道。

當塞西爾感覺到從小腹湧上一股暖流，充盈的感覺讓他整整呆滯了好幾秒，傻傻望著自己的睡衣被處子的濃稠精水弄髒，而氣得滿臉潮紅的哥哥。

男人粗喘著氣，懊惱又無奈地瞪著身上恍惚的少年。「……要快點清掉。」哥哥說道，動手要把他抱開，塞西爾這才回過神趕緊抱緊他。

「再、再一下……」他哀求著，繃緊的身子徹底癱軟在炙熱的擁抱中，塞西爾顫抖著呼出長長一口氣。哥哥本來還想說什麼，看到他這副滿足的模樣，最後只是嘆了一口氣默默抱住他，在少年發熱汗溼的側頸留下眷戀的印記。

等餘韻褪盡，哥哥直接把雙腿發軟的少年打橫抱起來走進浴室，幫他從抽搐紅腫的穴口裡挖出溫熱黏稠的精液細心清洗，脫掉飽受凌辱的睡衣襯衫，抱著他坐進放滿熱水的浴缸中。「下次不要再這樣了。知道嗎？」他說。

塞西爾故意裝傻，「不要穿衣服嗎？」

「少頂嘴。」哥哥沒好氣地捏了捏他的臉，卻也沒糾正。塞西爾得寸進尺地鑽進他懷裡，靠著男人厚實的胸膛偷蹭，「哥哥，你剛剛有很舒服嗎？」

哥哥沒回答。少年還不死心，繼續說：「我有看教學喔！可是沒想到你那麼大，塞進去就滿了，好難扭。而且你一直頂到我的……」

「好了。」哥哥摀住他的嘴巴。塞西爾笑彎了眉眼，調皮地舔了舔他的掌心。

洗完澡、擦了藥、穿好衣服、換掉床單，哥哥抱著還在腿軟的少年躺上了床，替他蓋好被子。「晚安。」男人低聲說，像小時候一樣，在他額頭上印下輕輕一吻後才關燈。

直到男人的呼吸聲變得低沉勻稱，塞西爾仍直勾勾地瞪視著黑暗。過了好久，才終於閉上眼睛。

chapter 7

夜晚的山巔極冷，但冒牌貨的那雙手更冰。冒牌貨甚至沒打算找個山洞，把他的頭跟身體接起來後，就直接把他壓倒在遍地石礫上，一點也沒有打算要愛惜這副才剛辛苦編織出來的新身體。他冷冷地看著冒牌貨拉開那雙腿。「不髒嗎？」

才剛說出口冒牌貨就直接闖了進去，沒有回答他的話。

除了嗚呼的風聲什麼也聽不見。他一聲不吭，悶悶地看著圓月像鐘擺一樣搖晃。本以為這個冒牌貨應該會把他的身體織成女人，或是施展某種淫蕩的魔法，讓這一切至少沒有聽起來那樣荒謬，但他就這樣直接做了。兩個大男人，一個滿臉鮮血、一個冰涼如死屍，在懾人的寒夜裡赤身裸體地躺在空曠荒涼的砂石地上，連保暖的火堆也沒有，空氣中還瀰漫著屠殺的哀號聲與血腥味，他們卻在像牲畜一樣交媾著，說要生下一個孩子來吃。

某人要是知道，不曉得會是什麼反應。

他的目光順著燦爛銀河遙指向自己屍體所在的王城，心想著，某人若沒能成功逃走大概會被串起來吊著七天，直到奄奄一息再放下來。嚴格說起來那個人不算有參與其中——現在王不在了，那個女人會留他一條命嗎？如果離開王宮呢？他帶著那隻眼睛能去哪，難不成回去找那個殺人未遂的哥哥收留嗎？思來想去果然還是死了最輕鬆吧？

在這副新身體上馳騁的男人沒有表情，節奏千篇一律，即使發現他在看著也沒有任何回應，彷彿只是憑藉本能在發洩欲望。他卻發現這樣一想，忽然讓悶在胸口的窒息感好了很多。「抒發本能」這樣的說法，總比和一個一直以來都不知道該怎麼看待與珍惜的人，被迫越界亂倫來得淺顯易懂得多。

也是，他心想。緊咬著牙，伸手遮住眼睛。死得越慘越好，千萬別再活過來了。

❖

塞西爾尖叫著醒來，狂亂地揮舞掙扎，狠狠打碎了靜謐的黑夜。哥哥被嚇醒，立刻跳起來用力抱緊他，「小西？小西？」

男人的身體好熱，幾乎快把少年燙傷，塞西爾還是緊緊抱住他的脖子，一手瘋狂摸索。哥哥趕緊打開小夜燈，溫暖的黃光盈滿臥房，塞西爾這才終於稍微冷靜下來，哥哥沉聲安撫道：「沒事了，小西。哥哥在這裡。」

他一時有些反應不過來，彷彿仍能感覺到冷風的餘韻侵襲進溫暖的房間，在皮膚上颳過一陣雞皮疙瘩。過了好一會，塞西爾終於顫顫地抬起頭，看向他的臉。

迦勒和夢裡長得不一樣，深刻的五官一千年來被不斷地撕裂又縫合，事到如今已經扭曲變形，長滿滄桑的疤痕。寶石般的琥珀眼正溫柔地注視著他，右側空缺卻好像要把他吸食殆盡。「小西。」他低聲喊，沙啞厚實的嗓音讓塞西爾突然一陣鼻酸。他不聽哥哥要說什麼，就縮進他懷中瑟瑟發抖，低聲啜泣起來。

過了良久，被擾亂的夜晚才緩緩恢復寧靜。塞西爾仍窩在男人的擁抱裡，手裡緊抓著哥哥睡衣的一角。他閉起眼，顫巍巍地開口：「哥哥……」

「我在。」哥哥立刻回應，俯首親吻他的髮絲，「做惡夢了？」

他害怕地嗚咽出聲，哥哥忍著睡意，語帶睏倦地哄他。少年安靜感受著溫暖的擁抱、沉穩的心跳，暗暗想道。果然還是要處理掉父親。

魔女已經死了，哥哥也願意留在身邊，現在的他已經沒有什麼未了的願望，需要依賴父親的力量。任他擺布了一千年，塞西爾既沒懷上他說的什麼東西，所謂的餵養似乎也根本沒什麼成效，仍是天天在聽他喊餓。他宣稱受他掌控的魔法，也未曾因為自己獻身而稍微緩下消亡的趨勢——而如今魔法已亡。世間只剩下這一丁點連隻狗也殺不死的力量，應該也不再需要勞煩父親維持運行了吧？

塞西爾默默思考了一會，悄悄開口：「哥哥……」

「嗯。」本以為快睡著的哥哥立刻擁住懷裡的少年，在他額上落下一吻。

塞西爾開口道：「那個人……什麼都沒有說嗎？」

哥哥這一個月來完全沒有提過尼希姆的事，理應害怕得夜不成寐的少年也沒辦法隨便開口。一千年來，塞西爾從沒見過父親除了生育之外，有任何事情需要假借他人之手，更別提是像尼希姆那樣除了命長以外一無是處的乞丐。

他胸口的破洞肯定不是什麼無傷大雅的小惡作劇。只要知道過去十二年父親身上發生了什麼，或許就有辦法跟他重新談條件。按照他甚至沒辦法親自去有幻種把守的別墅找自己的情況來看，也許還有點機會，可以真正擺脫那個瘋子……

哥哥沒有出聲。但塞西爾知道他絕對沒有睡著。

過了幾秒鐘，才聽見哥哥緩緩答道：「這種事急不得。」

兩週不到就拔對方牙齒和指甲刑求的人這樣說，實在欠缺說服力。塞西爾擺出局促不安的臉色，手裡抓緊男人的睡衣，彷彿害怕隨時會有人闖進舒適安全的臥房般，緊張地四處張望，哥哥果然悄悄收緊了擁抱。少年怯怯地開口道：「哥哥，我……可不可以見見他？」

哥哥沉默了好一會，「……為什麼？」

塞西爾滿臉內疚，惴惴不安地望著他，「他什麼都不肯講，我也一直想不起來。你不是說他從以前就對亞當很執著嗎？所以我在想，如果讓他看到我……」

「尼希姆目前的精神狀況很不穩定，沒辦法保證見到你後會有什麼樣的反應。」哥哥說：「你也是。你現在甚至什麼都想不起來，就更不該隨便受到刺激。」

少年沒有立刻回話。不能窮追猛打，但要在哥哥起疑前說服他。哥哥看塞西爾不回應以為他聽進去了，又補了一句：「這種事情讓稽魔部去煩惱就好，你不用操心。反正人已經抓到了，剩下的就只是時間問題。」

塞西爾抿抿嘴，小聲開口：「沒有那麼簡單吧？」他偷瞥哥哥一眼，趕緊又心虛地轉開眼神。「你之前忙的時候說是因為尼希姆，現在抓到人卻變得更忙。」塞西爾噫了噫道：「還有其他同伙吧？怕對方斷尾逃走，你們才會急著想從尼希姆口中問出話來。」

哥哥沒有回應。

「我想幫忙。」少年鼓起勇氣道：「我想見那個人。就算他沒有鬆口，我也有可能想起些什麼啊。」

「這很難說。」哥哥終於回話。「你想不起來有兩種可能，一是對方封印了你的記憶，二是你在保護自己。」他摸了摸塞西爾的腦袋，「如果是前者，即使見到尼希姆應該也無法讓你想起什麼，如果是另一種可能……」

他沉沉吐了一口氣，摟緊懷裡的少年，輕輕拍了拍他的背，「小西，忘了就忘了吧。」

塞西爾安安靜靜地沒有說話。哥哥擁著他打算重新躺下，少年這才開口。埋在男人胸前讓聲音聽起來悶悶的，聽不出情緒，「……我最近都會做惡夢。」

他特意停頓，讓男人心裡的罪惡感有時間悄悄發芽。

「每次我被嚇醒，你都還沒回家。我總是想不起來做了什麼夢，還是覺得很可怕，然後一整個晚上都睡不好……」

塞西爾顫著尾音沒有繼續說下去，只聽得見委屈而恐懼的呼吸。果然過沒多久，哥哥就彷彿害怕連自己沙啞的嗓音也能嚇到少年般，壓低聲音問道：「為什麼沒告訴我？」

「我不想讓你擔心。」塞西爾無辜道：「只是做夢而已，也可能是我小題大作，而且你回到家都兩三點了，總不能再讓你繼續熬夜哄我……」

他嘴上這樣說，身體卻委屈地緊緊依偎男人的懷抱，楚楚可憐地抬起頭來。「哥哥，」塞西爾低聲哀求：「我……總不可能一輩子都不知道自己身上發生了什麼事吧？」

看見哥哥欲言又止的模樣，塞西爾趁勝追擊，「自從你們跟我說了……我的身世之後，我就在想……尼希姆應該不會是最後一個。」

哥哥沒有回應。

「你們不也是因為這樣，才決定告訴我嗎？」他小心翼翼地觀察著哥哥的臉色。不能急，要顯得害怕，卻也不能太畏縮。「哥哥，我不想再做這種不明所以的惡夢了。」

少年輕輕咬住發顫的嘴唇，鼓起勇氣直視哥哥那隻琥珀眼睛，又不能太坦然地望著他太久。要讓他覺得就算孩子不聽話，仍有辦法控制住天真無知的少年。

塞西爾乖巧地等待著，漫長的寂靜卻讓他漸漸焦慮起來，不斷檢討著剛才有沒有哪裡表現得太超過或是太明顯，好不容易才終於聽見哥哥無聲地嘆了一口氣。哥哥伸出手捧著少年的臉頰，在他額頭上輕輕印了一吻，「所以我才不想告訴你。」

塞西爾幾乎是立刻就知道他是指亞當的身世。他抿抿嘴，慶幸著哥哥沒看見他的表情。

「我會跟潔兒說說看。」哥哥答應道，抱著他躺了下來，「先睡覺吧。之後晚上都過來跟我睡。」

「可是……」塞西爾有點驚訝，哥哥可是連翻個身都會醒來的體質。但哥哥直接把他擁進懷裡，不讓他繼續辯駁，「我不會讓你一個人做惡夢失眠整晚。」

男人的呼吸漸漸沉了下去，在微光籠罩的房間裡均勻散開。塞西爾卻反而真的失眠了。

❖

「黑魔法防範中心」這個名字聽起來氣派，說穿了就只是把一群隨著魔法之死而失業的學者聚集起來，相互取暖的溫馨小窩。塞西爾一打開車門，就被刺眼的太陽嚇得趕緊跑進大樓影子下，等待還在收拾東西、連絡幹員的哥哥。

很久沒來這裡了。塞西爾記得第一次來做魔法檢查時，被伊納修斯騙說只是秤秤體重、量量身高就能結束去吃冰淇淋，結果被扎了好幾針，痛得他生氣地大哭大鬧，還不小心把冰淇淋摔在地上。如今已經不再愛吃冰淇淋的少年百無聊賴地東張西望著，抬頭看見這棟大樓並沒有因為他長大而稍微矮小下來，仍舊宏偉氣派，高得看不見盡頭。

這麼高的大樓一定是依賴魔法建造的。在魔女之死後多數建築都倒塌了，不過偶爾還是會有這種漏網之魚，仔細看還能看到高樓層外牆布滿不用魔法清洗不到的汙漬。雖然躲過魔法之死的衝擊波，但這種建築仍存在著潛在危機，十二年來偶爾會聽聞倒塌事故，一般來說除非萬不得已不會開放使用。

把防範魔法復甦的機構設立在這種以魔法修築而成，外表輝煌卻可能隨時崩毀的高樓裡，確實是說不出的諷刺，也能從側面顯示出戰後成立的黑魔法防範中心似乎不太受待見。

他想得出神，沒察覺哥哥何時來到身邊。「小西。」男人的聲音把他喚回了神，「現在反悔也沒關係。」

自從確定要讓塞西爾和尼希姆見面後，他每天都要這樣說一句。塞西爾努努嘴沒有回話，緊緊抱住他的手臂。哥哥終於不再像過去幾天一樣無聲地嘆氣，默默地伸手壓低少年頭上用來遮臉的帽子，挽著他走進建築大門。

尼希姆的存在是高級機密，自然也不會把他隨便關押在普通牢房。塞西爾和哥哥坐電梯下到地下六層，換了一臺電梯繼續往下，最後抵達從未對外公開的地下十五層。

電梯門一打開，明亮白光差點刺得睜不開眼睛，雜亂倉促的腳步聲、交談聲，與東西碰撞的聲音都隨著電梯門打開戛然而止。

少年怯怯地躲在哥哥背後，試圖逃避從四面八方射來的視線。雖然早就已經不記得當初是誰幫哭鬧的自己打針，但他敢肯定對方一定還記得，而且非常好奇這個理論上應該早就與魔法無緣的小傢伙，為什麼又來到這個陰森的地方。

塞西爾緊貼在哥哥身邊，穿越繁忙的研究區，終於在最深處一扇門扉前，看見雙手抱胸等待的潔兒。她臉上掛著公事公辦的冷淡表情，讓已經看慣她和顏悅色的塞西爾突然有點不習慣。潔兒注意到抵達的兩人，玉綠色的雙眼直直望向少年，一句廢話也沒有，「人已經安排好了。你確定要見嗎？」

塞西爾瞥了哥哥一眼，後者卻面無表情。

少年抿了抿乾澀的嘴唇，緊張地點點頭。潔兒不像其他人總還要勸說幾句，直接打開鐵門，露出後頭幽暗狹長的走廊。

「你們中間會隔著一片強化過的透視牆，不能直接交談。安全起見，我會跟你一起進去。」他們一起穿越長廊，潔兒反手關上門，拿出一支對講機簡單教他怎麼使用。

長廊盡頭是只稍微寬敞一點的空地，擺滿各式各樣複雜的儀器機械，還有好幾個負責監控數據的研究員。那些儀器後方立著一扇緊閉的鐵門。塞西爾還沒來得及觀察四周，立刻有個髮量稀薄，看起來歷盡滄桑的研究員緊張兮兮地湊上來。

「你們會講多久？」他劈頭就問，卻又沒打算聽回答，「麻煩盡量不要超過十分鐘，他已經腦部受損，沒辦法維持那麼久的專注力。也請注意千萬、千萬不要刺激他！我們花很多力氣，好不容易才讓他停止嘗試自殺，任何類似刑具的東西請務必不要帶進觀察間！」

他說話的時候一直在偷瞄迦勒，又不敢光明正大地瞪他。畢竟黑魔法防禦中心做的研究，全都是靠著黑魔法稽查部提供狩獵到的黑巫師當材料才能進行，對這場高風險的面見即使有再大怨言，也只能忍氣吞聲。而親手把珍貴實驗體弄瘋的罪魁禍首，倒是一臉心安理得，低頭望著局促不安的少年，那隻獨眼裡依舊淡然。

「不要勉強。」哥哥直接忽略研究員，輕輕摟了摟少年，「有什麼問題就跟潔兒說。如果覺得不舒服，直接出來沒關係。」

塞西爾望著他平靜，看不出波動的表情。他大概開始後悔答應讓他們見面了。

少年乖巧地點了點頭，等白髮蒼蒼的研究員不甘願地打開鐵門，跟在潔兒身後走了進去。方正的房間裡一片空白，只有一張椅子。在潔兒剛才提到的那片透明牆對面，彷彿鏡像反射般也只放有一張椅子，唯一不同的是那上頭坐了一個低垂著頭的佝僂老人，雙手反綁在背後，交談用的麥克風被貼在臉上。

潔兒讓他在椅子上坐下，自己站在角落。手裡握著對講機，塞西爾這才終於有了真實感，這一切確實熟悉得令人毛骨悚然。

他調整好情緒，按住對講機按鍵，小心翼翼道：「嗨？」

透明牆對面的身影立刻震了一下，看來即使瘋了也還認得他的聲音。尼希姆茫然地搖頭晃腦著，似乎在找聲音從哪裡來，少年便開口道：「在你前面。」

他一抬頭，塞西爾立刻就想起當年是在哪裡見過這個乞丐了。

當年那個懷中緊抱著身軀破碎的妹妹，倒在城門邊等待死亡降臨的小男孩，如今已經變成一個歷盡滄桑的成年男人。雖然現在看上去沒比當時健康多少，至少身材正常多了。那雙空洞的眼無神地盯著塞西爾，整整好幾秒鐘都沒有反應。正當少年開始懷疑哥哥難道不只把人弄瘋也把他弄瞎了，突然聽見對講機裡傳來破碎細小的抽噎，尼希姆就這麼毫無預警地哭了起來。

眼淚在那張長期晒太陽而紋路橫生的臉上，刻下一道又一道深深的刮痕，整個人像洩氣的皮球般頓時垮了下來。塞西爾第一次見到他時他還沒變聲，而此時此刻透過對講機傳過來的渾厚嗓音雖然哽咽沙啞卻相當平穩，一點也不像其他人描述的那樣癲狂。「大人。」

塞西爾什麼也沒有說。

雖然房間裡看起來空無一物，但塞西爾知道肯定四處都藏著監測儀器，除了角落的潔兒以外，對講機很可能也被哥哥監聽了。這場會面的被觀察對象除了尼希姆外，也包含了塞西爾本人。他揣摩一下不久前才被監禁綁架、喪失記憶的少年，看到囚犯突然真情流淚該有什麼樣的反應，等了幾秒，調整好語氣才緩緩開口道：「你知道我是誰？」

尼希姆點點頭。

他繼續問：「你也知道我什麼都不記得了？」

他再度輕輕地點了點頭。

「我可以問你的真名嗎？」

尼希姆沉默了許久。塞西爾其實不用聽回答也知道他不記得了，最初遇到時他就答不出來。當時的塞西爾也不知道在想什麼，亂念幾個音節，隨口騙他那是奇蹟的意思，他還真的就一直用到今天。畢竟對他來說那是改變了一生的日子，如果尼希姆真的到現在還對亞當這麼執著痴迷，在開始套話前讓他回憶一下舊日美好也沒什麼壞處。

三百年。對這樣的人來說已經夠難熬了吧。

等了很久，才聽見囚犯彷彿做錯事般羞愧地囁嚅道：「我不記得了……」

少年也不在意。他等著氣氛慢慢發酵，若無其事地換了個話題，「我聽別人說，你過去幾百年一直在找我。你是什麼時候發現我其實沒死的？」

尼希姆又是許久沒回話。注意力不夠的事情看起來是真的。雖然不至於十分鐘一到，就會有人立刻衝進來中止會面，但照這個速度可能甚至來不及把話問出口，更別提搞清楚父親的弱點。

「我看見您……」囚犯遲遲才出聲，又停頓了好幾秒才繼續說下去：「蹲在路邊……撫摸著一隻、髒兮兮的小貓……」

「你怎麼知道那就是我？」

他又是久久沒回話。塞西爾換了一副緊繃的語氣，有些憤慨與委屈地問道：「我在車裡的時候，你為什麼沒有直接把我載走？」

尼希姆仍然沒有回答。對講機傳來細碎的抽泣聲。「我敬愛您，大人。」他悲戚地哭訴著：「我一直一直都真的非常尊敬您……只是想再見您一面，一面就好，只能遠遠看著也好……」

「可是你還是動手綁架我了。」少年冷冷道。尼希姆泣不成聲，只聽見一些破碎難辨的自言自語，塞西爾再怎麼仔細聽，也沒得到什麼有用的資訊。如果再讓他繼續哭下去，那些神經質的研究員可能就會衝進來阻止了，他裝成心軟的模樣喝止道：「尼希姆，別哭了。」

囚犯果然立刻忍住哭聲，卻還是時不時吸著鼻子。

「抬頭看我。」

囚犯緩慢溫順地抬起頭。那對眼神真讓人毛骨悚然。塞西爾想起背後的潔兒也看得見尼希姆的表情，有些焦躁不安地換了姿勢。「在車上的時候，你一直偷瞄我，當時應該有話想對我說吧？」

尼希姆沒有回應，只是仍直直地盯著他。

「你綁架我，卻還特地為我買了暈車藥……」塞西爾緩緩地說。如果說得太直接，可能會驚動到父親本人，說得太詳細反而讓尼希姆透露出他曾經在機場見過父親，那也不行。

「我讀了像你這樣的人的資料。你生來就比一般人壽命長上許多，在魔法之死後力量大幅消退，成長速率變得跟一般人無異，身體卻反而承受不住加速老化冒出一大堆毛病。雖然說你畢竟還是擁有一點點魔法，一年算起來仍比普通人久，但這些對你來說一定很突然。」

塞西爾坐姿緊張，眼神卻毫不膽怯地安靜凝視著尼希姆的雙眼。「是我殺了魔女……某方面來說也算是我判了你死刑。我很抱歉。」

他清楚看見尼希姆想反駁，卻又說不出話，一輩子沒聽過別人對自己道歉似的困惑地四處張望著，目光慌亂得彷彿在求他收回那句話。塞西爾只是默默等著那雙乾癟蒼老的眼睛湧出淚水，凌亂崩潰地低聲哭號。

塞西爾實在看膩了這種橋段，但也只能耐著性子聽他哭泣，抓緊他換氣的空檔開口：「你當時一定有很多話想跟我說。你可以現在告訴我，也許其他人就不會再繼續逼你了。」

尼希姆的哭聲斷斷續續，讓人無法判斷究竟會是囚犯先鬆口，還是研究員先闖進來把他們趕出去。少年暗暗抿緊嘴唇思考，如果沒能從尼希姆身上得到父親的資訊，下一步該怎麼做？

他正苦惱著，終於聽見男人沙啞破碎的嗓音。

「您、離開後，我帶走了那隻小貓……」

是他剛才說發現塞西爾回溯的場景。原來不是隨口捏造的。「我本來、只是想養著牠……我發誓，大人。我已經沒有任何親人在世上了，原先只是想有分陪伴……」他話中哽咽暈開了字句，但塞西爾不敢打斷，只好屏住呼吸凝神細聽。

「那可憐的貓兒……我給牠洗了澡，餵了飯，還用衣服給牠鋪了溫暖的床，牠卻在夜裡跑出門。我追著出去，看見黑暗裡有隻手把牠拎起來。本以為只是隔壁那個貪玩的小女孩，卻看到那個人把貓拎到嘴邊，而那張臉……」

尼希姆抬起頭來。他的臉也變了。

塞西爾嚇得從椅子上跳起來，安靜已久的潔兒立刻抓住他的手，把少年拽到身後，掏槍直指牆壁那端既熟悉又陌生的男人。父親神色平靜，雙手仍背在身後，從容自在地坐在椅子上，但塞西爾知道無論是手銬還是這面透明牆都攔不住他。

「開門。」潔兒低聲說道。

塞西爾試著壓了壓把手，「打不開……」

「對講機給我。」潔兒剛伸手要接，父親的聲音直接清晰地穿過了牆面。

「你又在打壞主意了。」

塞西爾突然感覺頭髮被揪住，一股力量狠狠把他扯飛，是潔兒及時抱住他才沒直接撞上牆。拖拽的力道絲毫不減，潔兒把他壓倒在地固定住後朝父親開槍，子彈卻在半空中被莫名彈飛，只差一點就要打穿潔兒的腦門，手槍也彷彿有人從她手裡硬搶走般飛出掌心。

「就不該放你回來的。」父親喃喃說道，站起身，手銬就變成沙子散落在地，**「無聊了就想造反，果然是有其母必有其子……」**

力道越來越重，幾乎要活生生撕開少年的頭皮，鮮血突然湧出塞西爾的鼻腔。他驚慌地看向潔兒，但她光是穩住不要讓他撞上牆面變成肉泥，就已經忙得不可開交。潔兒緊盯著父親彷彿完全沒有察覺透明牆面般，直直朝他們走來，悄悄伸手瞬間掃起方才被打飛的槍枝。就在她握住槍柄的那一瞬間，手槍突然發出燒開水般詭異的高音頻尖叫，女人不顧疼痛緊抓住滾燙的金屬，在父親的臉穿透過牆面直直過來時朝他扔了過去。

武器一撞上牆面就徹底炸開，整面透明牆閃爍兩下後徹底失效，變回一面普通的灰色水泥牆。爆炸煙霧瞬間遮住他們大半的視線，潔兒試著把他抱起來，拉扯著少年的力道卻仍未減弱。在她試著保持重心時，塞西爾看見牆角下方刺出一隻鞋尖。

「姊姊——」

一切都是在一瞬間發生的。父親的身影穿破瀰漫的煙霧，伸手揪住少年的頭髮，隨著門突然炸開的巨響，一把漆黑巨大，卻斷成兩截的長槍刺出，直接捅破父親的腦袋。

溫熱鮮血灑在塞西爾臉上，彷彿無數針刺扎爛了少年的臉。他眼睜睜看著哥哥的臉被捅穿，一隻有力的臂膀揪住領子，把他從地上拉起來，拍著他的雙頰強迫他直視另一張哥哥的臉。

「小西？小西！」

塞西爾瞥向地上。那顆被長槍刺穿的腦袋，又變回白髮蒼蒼的尼希姆。臉已經徹底被鋼鐵貫穿，只依稀看得見變形的眉毛。囚犯身體癱軟在地，腰部以下貼著牆面，在粗糙灰暗的水泥牆滑出一道刺眼的血痕。哥哥立刻把他扳回來，抓著他的臉埋進胸口，「別看。」

做點什麼。尖叫。哭。嘔吐也可以，得做點什麼，不能被哥哥察覺天真無邪的少年居然不害怕這種血腥場面。塞西爾卻發現視線正不受控制地瞥向一旁，拚命只想確定那顆已經被串成甜甜圈的腦袋，真的不是他親愛的哥哥。

男人把少年打橫抱了起來，掉頭衝出觀察間。突然的動作讓塞西爾一陣頭暈目眩，倒流的鼻血嗆得他猛咳，整個世界被血染得猩紅一片，逐漸熄燈。

chapter ✦ 8

塞西爾睜眼，發現走在高聳的城牆之下，頭上天空枯萎成瀕死的黃褐色，立刻就知道自己又在做夢了。

四周一個人也沒有。前方不遠處有顆石頭擋在路中間，走近一看，才發現不是石頭，是個縮成一團，瘦骨嶙峋的男孩。塞西爾好奇地上前一看，發現他懷中緊緊摟著一具遺體，已經爛得差不多了，還有許多啃食的痕跡破壞了它的臉。依稀仍看得出是個年紀非常小的女孩。

塞西爾彎下腰，讓影子在黃昏下遮住少年。他抵著唇，彷彿藏著什麼不想讓人發現。

每隔一陣子就會遇到這種情況，塞西爾倒沒有很驚訝，想著要不要就這樣走開。他身上也沒帶吃的，也不想在沒人見證的情況下，為了一個小乞丐隨便浪費珍貴的糧食。反正這孩子看起來也不差這一頓，可憐歸可憐，生命總有盡頭的。

今天太陽不大又有風，屍骸的氣味沒有很明顯，閒著無聊的塞西爾蹲了下來，打算看他什麼時候才會死。

今天的確天氣很不錯。沒什麼煙硝味，難得適合散步的好日子。

「你知道東門那邊每週會發食物嗎？」

男孩沒有搭理他。那就是被趕走了吧。「把她埋了吧，你就是帶著這個才會被趕出來啊。」塞西爾說，但男孩仍舊一言不發。

真的難以理解，塞西爾心想。再怎麼捨不得，難道聞不到臭味嗎？看到蛆蟲在彼此身上爬都不覺得噁心嗎？眼睜睜看著摯愛在懷裡一天一天面目全非，難道有比較安心嗎？

塞西爾一伸出手，男孩立刻護住懷裡的屍體，然而一個瘦骨如柴的小孩子怎麼可能抵抗得了魔法師。塞西爾一掌覆住屍骸的臉，再拿開手時，被撕咬破碎的女孩已經變回完整如初的模樣，除了臉色稍嫌灰白，看上去就像睡著了。

男孩傻傻地看著她。

「她已經死了。」

聽見那句話，男孩那具乾癟的身體居然還擠得出奔湧的眼淚，抱著屍體嚎啕大哭起來。塞西爾嘆了一口氣，連同遺骸一起把男孩抱起來，只好放棄悠閒散步的計畫不甘不願地走回城中。

「你叫什麼名字？」

❖

塞西爾醒來時，頭痛得彷彿要裂開了。

他瞇起眼，迷迷糊糊望著乾淨潔白的天花板。這裡沒有窗戶，對面牆上掛著時鐘，已經晚上十點了。光是流個鼻血就昏迷好幾小時——他剛想感嘆，就看到時鐘上顯示的日期比記憶中還晚了一天。

塞西爾轉過頭，看見哥哥就坐在床邊。

還來不及愣住，仔細一看哥哥正雙手抱胸低垂著頭，眉頭緊鎖地睡著了。身上的衣服沒換，臉上戴著眼罩，鬆緊帶看起來快滑開了。塞西爾本想幫他拉，但想到哥哥可能會因此醒過來便作罷，只是靜靜地看著男人難得全然放鬆的模樣。他還沒看夠，哥哥便眼睫一顫，少年立刻閉眼，接著就聽見哥哥小聲道：「小西？」

看一下就醒，有夠小氣。塞西爾若無其事地繼續裝睡，空氣沉默了幾秒鐘，他忽然感覺到哥哥溫熱的氣息吹在臉上，靠得非常、非常近。他彷彿篤定少年在裝睡一樣地緊迫盯人，卻又遲遲沒有再開口，氣氛突然間變得非常詭異。

哥哥在試探他。

塞西爾繼續閉著眼。他知道身上連接著監測心跳的機器，若是慌了哥哥立刻就會察覺。可是哥哥怎麼會突然想試探他？他大可直接把自己叫醒，以前抓到小塞西爾裝睡時都是這麼做的。在會見尼希姆時他的應對沒有露出破綻，哥哥不可能看出什麼端倪，難不成是父親嗎？是父親趁著他昏迷時又做了什麼嗎？

「——小西。」

塞西爾默不作聲。

男人的大手輕輕撫上他的臉，習慣性地幫他理了理頭髮，炙熱的氣息吐在眼睫上，在少年額上留下一個輕柔溫暖的吻。哥哥站起身，塞西爾聽見一陣與他魁梧身形一點也不搭的輕細腳步聲，接著是門關上的聲音。

他睜開眼睛，看見天花板蒼白得刺眼。

哥哥應該很快就會回來了。距離父親突然現身不過一天，理應忙到不可開交的哥哥卻出現在病房，肯定不會放心留他一個人獨處太久。少年突然覺得疲憊極了，閉上眼睛思考著。要是父親真的在他昏迷期間做了什麼，哥哥剛剛就不會直接脫口喊他小西了吧。

是不是因為他當時多看了慘死的尼希姆一眼？塞西爾懊惱地想到。本以為回溯成柔弱之身，應該不會再有機會親眼面對那樣的殘忍場面，千萬不能再大意了。他也沒想到父親居然會突然地出現在眾人之前，雖說就算被目擊，父親本來就和普通人是完全不同等級的存在，他們根本不可能撼動他分毫。然而在過往千年裡，父親從來沒有故意在他以外的人面前現身過。

看來胸口那個破洞真的把他逼急了啊。

過去光是對付魔女就夠忙了，塞西爾從來沒有真的仔細去思考過父親的弱點。唯一可以確定的是他肯定不是全知全能，不然當時就會親自解決魔女，沒必要找上塞西爾。

既然是魔女的父親，那麼應該就跟魔女一樣，屬於具象化能量體而非真實的生物。換句話說，塞西爾最多只做得到把他擊碎成四散在世間的魔法碎片，剩下的就只有等待，讓時間之主在他又聚合到足以具象化的程度前，一點一滴吞噬掉他。

真的想打散父親沒那麼容易。殺死那個女人時他有魔女之劍，現在的塞西爾什麼都沒有，即使父親因為某種理由力量大不如前，也不可能隨便就被一個手無縛雞之力的柔弱少年殺死。

再者他完全無法預期殺死父親會有什麼後果，魔法一直都有逐漸消散的趨勢，照父親的說法這是自然現象，是魔女介入才強行把早該消失的力量留在了世間，所以她的死導致這個絕大部分都建設在魔法之上的世界一夕崩塌。但父親呢？他只知道父親是負責調節魔法軌道的黑洞，對於死後可能出現的任何變化一無所知。

曾經聽父親說過魔法本質是非常凶殘的。雖然不知道是不是只是嚇唬他，但如果是真的，在魔女的魔法碎片散盡前貿然下手，可能不是個明智的決定。問題就出在他不知道他們還能撐多久，魔法溢散的速度很難預估，而且塞西爾這副身體可能甚至撐不過三十歲……

他正專注思考，突然聽見走廊傳來急促的腳步聲，不過一秒鐘門就打開了。塞西爾趁著來人從玄關走到病床前這短短一瞬間，立刻翻身整個人直接跌下床，順便扯掉身上的管線，趴在地上哭了起來。對方驚愕地說了一句：「搞什麼？」語氣裡還有未消的怒火。

塞西爾偷偷往後一瞥，看見一雙陌生的鞋子。是為了尼希姆的死來找他算帳的研究員嗎？不對，黑魔法防範中心的人不可能敢這樣對他大小聲，是更高層的人物。

另一個身影突然無聲無息地從玄關冒出來。塞西爾躲進被子裡，一邊假裝掙扎一邊哭喊，果然聽見悶悶的撞擊聲，配上剛才那個憤怒的聲音喊「喂！」但沒有人理他。

一雙有力的臂膀把恐慌的少年溫柔地擁進懷裡，輕聲哄著：「小西。沒事了，哥哥在這裡。」

哭到無法呼吸的塞西爾立刻抱住他，雙手卻顫抖得抓不住，越是掙扎，被子就越纏越緊。哥哥三兩下就剝開棉被，捧著他的臉強迫他直視那隻太陽之眼，「小西，冷靜一點。」

塞西爾趁機掃過那張臉，卻看不出什麼端倪——不是只有他一個人會演戲。少年的情緒稍稍緩和下來，口中還是嗚嗚咽咽地說著聽不清的胡言亂語，哥哥便摟緊懷裡的男孩，輕聲數著數引導他平復呼吸，撈起他的膝蓋把人抱回床上。

塞西爾埋在男人懷裡一邊啜泣，偷偷瞥向被冷落在角落的人。對方戴著一副銀色細框眼鏡，頭髮已經摻雜不少白絲，有著一雙極具標誌性的淺藍色眼睛，而且長得有點像柏妮絲。塞西爾立刻就想起了對方是誰。

他裝作害怕的模樣，一對上對方的視線就立刻又怯怯地縮進哥哥懷中。那人反而直接被他畏縮的模樣惹火了，邁步走向病床。察覺不對的哥哥立刻開口：「西格齊。」

「他現在看起來還像五歲嗎？」西格齊直接打斷根本來不及說話的哥哥，「又抱又哄，要不要吃奶嘴？難道尼希姆是什麼玩具娃娃嗎，他說要你就給他？你分明知道他們見面有多大風險。這下好了！我們斷了材料源，你們也斷了線索，然後我跟其他人在外面收爛攤子的時候你在做什麼，忙著哄你的小寶寶？」

哥哥看起來完全沒有要跟他吵的意思，「對方的目標是小西，一定要有人看著他。」

西格齊卻直接翻了個大白眼。「你真的變得像個白痴一樣。」他說：「你是真的聽不出來他謊話連篇嗎？是怎樣的美夢可以做十三天還半點印象都沒有？嘴上說怕得要死，卻又想單獨會見綁匪本人，你真的覺得這是一個被呵護長大，沒見過血的黃毛小子該有的反應嗎？」

塞西爾本來預期哥哥應該會遏止他繼續胡說，或是生氣地反駁，哥哥卻什麼都沒說。少年擺出一副什麼也不知道的無辜表情，困惑地望向哥哥，但哥哥沒有看他。迦勒臉上好像冰雕般什麼情緒也沒有。西格齊似乎是覺得吵贏了，越罵越上癮。

「你當初死活堅持一定要留他我就覺得很奇怪，你們不是關係很差嗎？檢查出來這小子整個都是魔法做的肯定有鬼，你卻也視而不見，整個人像被迷惑一樣什麼都聽不進去。不是說魔女最擅長的就是幻象，連你也被騙過，現在抱著的那個十有八九就是魔女的碎片。亞當已經死了！到底哪裡聽不懂？」

塞西爾還記得。在那段遙遠的過往，魔女屠盡反抗軍基地的消息傳到遠在天邊的他們耳中，那晚塞西爾一直睡不著。他總覺得是自己的錯，明明是回來救人，最後卻反而陰錯陽差害死了所有人。那時的他還不知道，日後將會不斷經歷這種事直到厭煩至極，縮在大通鋪的角落整晚不斷胡思亂想，直到聽見貼在旁邊的年輕男人低聲道：**「我本來也以為你是幻象。」**

那你還敢不分青紅皂白衝上來揍我？塞西爾心想，但沒有問出口。

「那現在呢？」

如今回想起來，當時迦勒其實沒有回答他。

不能再讓西格齊繼續口不擇言下去了。塞西爾剛張嘴，出聲的前一秒就被哥哥打斷，「你好像在北方待太久了。」

聽見那個平靜的語調，少年趕緊閉緊嘴巴。

「我上次見到你妹妹，她跟我吐了好長一段苦水。」哥哥的口吻非常溫和，彷彿是真的擔心他似地，令人毛骨悚然，「聽說你去北方十幾年，沒連絡過她幾次。

你的外甥女都長大了，還沒親眼見過舅舅一面。」

西格齊臉色一下子刷白了，嘴上卻仍強硬地說：「別想威脅我！你該不會忘了她們姓什麼吧？你真以為那個老頭，會容忍你隨便動伊納修斯家族的人嗎？」

「我為什麼要動她們？」哥哥的語氣無辜得只差沒有開口嘲笑他。西格齊氣得滿臉漲紅，又要開口就被哥哥看準時機打斷，「柏妮絲是伊納修斯家唯一剩下的嫡系後代，伊恩給她的壓力可不小。你知道他讓那小女孩提早學用槍嗎？你妹妹擔心極了，總是要陪著去訓練，甚至今天早上伊恩帶著柏妮絲去處理事情時，她也跟在旁邊。像她那樣金枝玉葉的大家閨秀，要是哪天真的受傷了怎麼辦？」

看著西格齊的臉色頓時一陣青一陣白，塞西爾心裡暗自竊喜著。藍眼男人幾度張口卻又說不出話，最後只是惡狠狠地瞪了他們一眼，逕自快步離開病房，哥哥也沒打算攔他。

塞西爾輕輕揪緊哥哥的衣服，抽噎兩聲：「哥哥……」

男人摟緊了他。「抱歉。」他低聲道。

陪在他身邊一千年的塞西爾心裡清楚，剛才那番話就只是講講而已。每當迦勒用那種口氣說話，就表示不是真的想動手，只是嫌麻煩才嚇唬人，但當著少年的面這樣說話應該是第一次。塞西爾樂得順勢躲進他懷裡，裝作被嚇壞般怯怯地發抖著，「哥哥，他是誰？」

「他就是之前跟你提過，在北方出差，唯一知道你身體特性的主治醫師。」哥哥說：「可能因為他現在是全國唯一一個有治療能力的魔法師了，個性變得越來越差……但他不是壞人。」

塞西爾沒繼續問，哥哥也就真的沒有再說下去，只是忙著整理少年方才跌下床時扯亂的衣衫，顧慮著角落的監視器小心翼翼地保持著得體的距離。他一邊檢查塞西爾有沒有哪裡受傷，重新梳理他身上的管線，卻遲遲不請醫護人員來，那隻眼就是一直不抬起來看看他的少年，寂靜的病房裡只聽得見男人躊躇而膽怯的呼吸聲。

「那我是壞人嗎？」塞西爾哽咽地先發制人。

哥哥還沉默好一會才開口：「小西……」

「我讀了書。」塞西爾打斷他。不管哥哥在想什麼，都要快點打斷他的思路，要在疑心開始發芽前徹底遏除。

他抽抽噎噎地開口道：「你們都不告訴我，所以我就自己去查了亞當實際上到底是什麼樣的人。聽說他私生活很亂，還會強迫女生拿掉他的孩子，如果抵抗就會落到很可怕的下場甚至喪命。他其實沒有大家說的那麼仁民愛物，為了活命出賣過同伴也殺過無辜平民。我還看到有人說，他在過去一千年裡殺掉的人可能其實不比魔女少……」

「小西。」哥哥喝止道，但少年已經哭得泣不成聲。

「壞人其實是我嗎？邦妮的舅舅才會那麼討厭我？當年大家才會吵著要不要把我殺掉？」

哥哥立刻扳過他的肩膀，「你從哪裡聽到那種話？」

少年顧著哭泣沒有回答。當年哥哥把他丟在伊納修斯家，其實如今想來，大概也是暗自希望著更陰狠果斷的伊納修斯，可以替自己決定小塞西爾的去留。五歲孩子在那個古老家族中明著暗著會聽到的閒言碎語，哥哥不可能想不到，他只是不在乎。

被扯掉線路的儀器發出異常警示音，在寂靜的哭泣聲中延綿不絕。少年揪緊被子，委屈又內疚地哭訴著：「明明就差很多……我不是亞當那種天才，個性也沒有那麼強勢！可是為什麼是我？連你也搞混，可是現在……我……尼姆……」少年講出關鍵字後旋即熟練地崩潰大哭，語無倫次道：「對不起，哥哥……」

不論男人怎麼哄，塞西爾就是只顧著哭。他聽著哥哥的語氣百般糾結，終於握住少年顫抖的手，把害怕的孩子擁入懷中。「小西。不是你的錯。」

就是這個。塞西爾繼續哭訴：「可是……」

「不是你的錯。」哥哥堅定地又說了一遍，不知道在說給誰聽。「他一定知道說出口後會發生什麼事，但你只是一片好意。不是你的錯，小西，」他嚥了一口氣才繼續說：「你跟亞當不一樣。」

終於聽到想聽的話，少年放聲大哭。塞西爾鑽進男人懷裡緊緊抱住他的腰，不讓他有任何推開的機會，哥哥只好不斷地輕拍少年安撫著。新長出來的鬍渣刺癢著少年的臉頰，塞西爾有意無意地貼著蹭了幾下。哥哥猶豫幾秒，小心翼翼地在他的側臉留下安撫的吻。

等到氣氛差不多，塞西爾這才不哭了。哥哥鬆開手，哄著還在吸鼻子的他躺下，替他整理一下棉被，直直凝視著少年幾秒鐘卻沒有說話。

塞西爾很想問他在想什麼，還是忍著沒有開口。這樣應該夠了。哥哥至少有一陣子不會再出手試探，頂多只是悄悄地觀察著。只要塞西爾演得夠好，他就會反過來認為是自己太過疑神疑鬼而傷害了少年。而且誰知道呢？說不定裝傻久了，他真的可以變成哥哥乖巧可愛的小西。

少年睜大哭紅的眼睛，安靜乖巧、楚楚可憐地看著男人。哥哥沉默了一陣子，伸手輕撫他的臉頰。「小西。雖然不太想現在問你，當時看見的入侵者長什麼樣？」

看少年一臉疑惑，他開口解釋道：「我跟潔兒談過後，發現我們彼此目擊的長相不一樣。監視器照不出他，我們需要多一點資訊，才能推定他的長相是依據什麼在變化。」

「你。」塞西爾回答：「他長得像你。一模一樣。」

哥哥沉默了一會。突然一陣詭異的不安襲上塞西爾的心頭，他開口問：「他的臉是怎麼變的？」

「還不確定。」哥哥說：「我在想，也許我其實早就見過他……」

「什麼時候？」少年繼續追問，男人卻沒有回應。

「哥哥，你看到誰？」

塞西爾當然知道哥哥看到誰。他猜得對，他的確曾經見過父親，當年也沒認出那個人並不是真正的亞當。此時此刻塞西爾突然想到，跟無知的男孩玩了十二年扮家家酒，現在的他扮演起溫柔的情人和兄長顯得這麼熟練，有沒有可能是真的稍微忘記了一點點那段漫長煎熬，不堪回首的過往？

如果昨天他眼中看見的，並不是當年那個又愛又恨，像痼疾一樣無法割捨的男人呢？如果看見的再也不是那個曾經陪在他身邊，度過了一生歲月的塞西爾呢？

看著少年的情緒又開始浮躁起來，哥哥很快伸出手摸摸他的腦袋，若無其事地安撫道：「我看到你。」

塞西爾望著那隻太陽般的眼睛，看起來如此真誠。他看見的還是故人啊。

他裝作沒聽懂，露出有點疑惑又稍稍放下了心的表情。哥哥俯身在他額頭上印了一吻，柔聲說：「好好躺著，我去找醫護人員過來。」便走出病房。

塞西爾望著他的背影消失在玄關轉角，腳步聲漸漸消失在聽得見的範圍，蒼白的世界一角只剩下機械運轉的細碎雜音。

果然還是得殺掉父親。

他躺在病床上，呆望著冰冷的天花板。在父親逐漸衰弱的這十二年來，殘餘的魔法也沒出現過什麼異象，假使他真的死了，可能也不會造成太大影響，至少應該不會像魔女之死那樣遍及世界。

動手要趁早。要趁大家察覺父親的真身之前，趁哥哥發現亞當和父親之間有著怎樣難以言明的糾葛之前，一定要徹底除掉他。然後和哥哥兩個人遠走高飛，逃離這個百廢待舉的殘破世界，搬到某個春天會融雪開花的地方，就在那度過所剩不多的短暫餘生，最好從此被世人永遠遺忘。

餘生都要是他寶貝、珍愛的小西……

❖

待在黑魔法防範中心附設病房的日子，美其名是養傷，實際上塞西爾就是一隻吊在空中任人拔毛削肉的牲畜。每天吃藥、抽血、打針，還要接受一大堆連操作人員也說不出名字的奇怪檢查，更別提還有個一天到晚酸言酸語的西格齊。

才睡沒多久，塞西爾就又被叫了起來，說要再做一次之前早就做過的全套檢查。他哀怨地盯著面前囂張跋扈的西格齊，四十幾歲中年男人活像個欺負乖巧資優生的校園惡霸，頤指氣使道：「看什麼看？脫啊。」

哥哥不可能不知道他這個活生生的魔法材料，在這裡會遭到何種對待。沒睡飽的少年不甘不願地慢吞吞脫掉上衣，滿腹怨氣地想著。男人一直推託說即使現在沒事，可能還有後遺症，最好再多觀察一下，遲遲不肯接少年回家——換句話說，他現在正代替死去的尼希姆承受的一切，全都是哥哥默許的。

黑魔法稽查部裡沒有比迦勒本人更硬的後臺，應該是長生者中唯一比哥哥更有發言權的伊納修斯，這次站在西格齊那邊，纖弱的少年此刻才得受這種皮肉之苦。

伊納修斯和西格齊的糾葛，嚴格來說還得從好幾百年前說起。當時伊納修斯有後代的風聲走漏，而且據聞他的子女都承襲了他那雙美麗的藍色眼睛。那種瞳色在帝國向來不多見，魔女乾脆直接大肆濫殺帝國裡所有藍色眼睛的人，塞西爾甚至有好幾百年時間都沒看過藍眼睛。直到距今二十一年前，導致永夜的那場埃格安之戰前幾個月，伊納修斯突然帶回一個藍眼男孩。

塞西爾本以為那是他的私生子，還在驚訝伊納修斯家這回真的生出了一個不得了的魔法之子，伊納修斯就說他只是撿到正因那雙眼睛而染上殺身之禍的西格齊。長生的家主看上西格齊超絕的天賦，打算以庇護其安危為條件，將他培養成伊納修斯家專屬的治療魔法師。

不知道是西格齊本來個性就那樣，還是伊納修斯真的對他做過什麼，多虧伊納修斯才能死裡逃生的男孩竟對大家主非常抗拒。無論伊納修斯給他再多資源，甚至把他心心念念的妹妹賽琳娜也接入伊納修斯家接受保護，西格齊也沒有變得比較聽話。

隨著西格齊跟伊納修斯越鬧越僵，本來就是依靠哥哥才能得到庇護的賽琳娜，為了能持續待在伊納修斯的保護傘下，便把腦筋動到當時的家主副手，也是當時的本家嫡長子沃倫身上。當確定賽琳娜懷孕後，不只西格齊氣壞了，伊納修斯也想方設法要打掉孩子。但還來不及下手沃倫就戰死了，伊納修斯家唯一嫡系後代只剩下賽琳娜肚子裡的寶寶，為了不讓家族斷後，伊納修斯這才不得已妥協。

嘴上說等孩子出生，就要把賽琳娜和西格齊趕出伊納修斯家，結果現在還不是保護得很。塞西爾越想越氣。偏偏平常見面總是表現得最親暱熱情的伊納修斯，實際上是對少年最漠不關心的人。就算把西格齊的惡行惡狀告訴他，伊納修斯大概也只會輕描淡寫地圓過去。

不等西格齊繼續下指令，塞西爾自己熟練地躺上躺椅，抓住扶手，一副任人宰割的模樣，想罵又找不到地方開刀的西格齊，只好臭著臉開始所謂的體檢。還有點睏的少年，半放空地看著他拿出這幾天已經看到再熟悉不過的奇怪儀器。有點像電腦，但比一般電腦多上許多觸控鍵與五彩繽紛的指示燈，光用看的就能理解他不愧是財閥家族伊納修斯名下的專屬治療師。

西格齊拿出一根針筒，將裡頭的液體打進自己手臂，儀器數值便開始隱約跳動。他接著拿出一雙黑色手套——塞西爾曾在哥哥辦公桌上散落的文件看過，這是黑魔法防範中心為了少數倖存魔法師之一的西格齊，特別量身訂製，用來輔助他所剩不多的力量。

當西格齊那雙戴著手套的手一碰到塞西爾的身體，儀器上的指示燈就瘋狂閃爍，數值隨著他在少年赤裸的身體上粗魯地到處亂摸而逐漸飆高。塞西爾忍耐著彷彿被侵犯的不適感，悄悄地觀察著西格齊的表情，就和過去幾天一樣臭得彷彿塞西爾欠了他幾千萬，什麼異樣都沒察覺。

如果真的要對父親動手的話，沒有魔法是不可能的。單靠目前世上留存的這一丁半點魔法，想打贏魔法之父也是天方夜譚。塞西爾思來想去，最後得出一個結論，就是他自己。

這副身體本來就是父親親手編織而成。雖然不知道用來對付父親本人夠不夠用，但已經是最好的選擇了。如果用一點健康就能換來足以弒父的力量，肯定再划算不過。唯一缺點就是如果被發現他開始恢復魔法會很麻煩，尤其這幾天幾乎被全天侯不間斷監視著，塞西爾也不敢做得太明顯，只挑一些出問題也不大容易被發現的部位測試幾遍，確認那套用身體換魔法的理論實際可行。

少年看著西格齊一臉嫌棄地吃著自己的豆腐，碰到腳踝時突然眉頭一皺，握住他的腳掌。塞西爾臉上不動聲色。他的左腳小指現在沒有知覺，只要沒被發現，隨便唬弄說是踹到櫃子邊角就好。雖然西格齊的確曾經是百年難得一見的魔法天才，現在卻也得依賴儀器才能確定病人情況。尤其塞西爾的肉體本身就是魔法做的，應該更難判斷……

他安靜地看著西格齊抓住他的左腳。男人湛藍的雙眼緊盯著儀器，來來回回扳了幾下，開口道：「你這幾天是不是除了吃就是睡，都沒有下床走點路？」

不都是被你綁在輪椅上推來推去到處展覽嗎？塞西爾心想。「沒有……」

「你等一下繞著研究室走個十五圈。」他說，指著那臺難懂的機器開始滔滔不絕地碎碎念：「你看，你就是懶惰，才躺個幾天腳就開始萎縮了。不是跟你講過這身體本來便會老得比一般人更快，想活命就好好注意點？你肯定平常都沒在運動，又愛吃些有的沒的，照你這樣繼續下去，二十歲之前就會毛病一大堆……」

塞西爾一邊唯唯諾諾地應好，一邊心想，不能再繼續待在這破地方痴痴等人來接了。

他擺出一副認真聽訓的模樣，一言不發地乖乖忍耐著了無新意又永無止境的碎念，直到西格齊終於罵滿意，脫下手套把其他人叫進來。

「帶他去下一站。」他命令道，扛著自己那臺儀器離開了。塞西爾穿上衣服，跟著研究員跑遍大半個附設病房樓層，在枯燥無味的漫長檢查中表現得特別溫順乖巧，叫他做什麼就做什麼。「你今天很配合喔。」平常最愛擺臉色給他看的研究員這麼說道。

「我有點想睡……」少年靦腆地回答：「請問大概還要做幾項？」

「很快。你好好聽話，一下子就能放你去睡回籠覺。」研究員敷衍地笑了一下，「嘴巴張開。」

塞西爾乖乖張開嘴巴，讓他把一根細長的桿子伸進嘴裡，咽喉處開始泛起溫暖的感覺。這個過程通常要持續一會，塞西爾在研究員專注地盯著旁邊儀器上的顯像時，悄悄觀察他站的位置和桿子與機器連接的線路，趁他轉身去拿其他器材，製造監視器死角的瞬間，偷偷撥動安全開關。

果然，只想下班的研究員沒發現開關跳掉了。他再度把桿子放進少年口中，按下啟動那一刻，儀器飆升到極高的溫度，燙得讓塞西爾半假半真地叫出聲。研究員嚇了一跳，在抽出滾燙的金屬桿時還不小心撞到他的牙齒。少年立刻摀住嘴巴低下頭，刺進腦門迴盪不去的痛楚，讓塞西爾頓時有點後悔。

「怎麼回事？嘴巴打開！」

終於注意到開關跳開的研究員立刻湊上來，用身體擋住撥回安全開關的動作。塞西爾沒有戳穿他——不如說現在根本沒辦法講話。劇痛一陣一陣地從上顎鑽進腦幹，讓少年覺得越來越想吐。

「手拿開，快點！」

他顫巍巍地鬆開雙手，張開嘴。黏稠的口水和血一股腦湧了出來，淌流在潔白的病服上。

和塞西爾預期的一樣，出意外後不到一個小時，哥哥就打來電話。再過一個小時，終於來了人把他接離黑魔法防範中心，轉到一般醫院去治療嘴裡的燒傷。

監視器沒有直接拍到安全開關為什麼會跳掉，畫面剛好被研究員擋住，所有人都認為是研究員轉身時不小心撞到開關，包含研究員自己。聽說他因此被趕出黑魔法防範中心，後續怎麼樣塞西爾就不知道了，也不是很在乎。

萬幸是他被燙傷時儀器還沒真正開始運作，所以塞西爾還完整保有舌頭，只是最近幾天說話吃飯不太方便，倒也省了不少社交應對的力氣。少年對著替他整理點滴的護理師靦腆地點了個頭，等護理師離開後，塞西爾便轉頭望向櫃子上半滿的水杯。

他勾勾手指，水杯晃動了一下。裡頭的液體慢慢爬出杯壁，在半空中飄了起來，塞西爾張開嘴，讓水慢慢滴進口中舒緩惱人的疼痛。

剛好藉著這次受傷，如果引起一些併發症也不會被懷疑怎麼這麼突然，塞西爾便稍微大膽一點地借用自己的身體。沒有西格齊在一旁緊迫盯人，力量恢復的速度果然快上很多，儘管與亞當巔峰時期相比起來仍顯得微不足道——在不丟掉小命的前提下，說不定把整副身軀拆解，都沒辦法恢復到當年那樣不可一世的程度。

無所謂。塞西爾心想，看著眼前的水珠掙扎扭曲，化為水霧。他不需要重拾過往的魔法，只需要能夠扳倒父親的力量。那個破洞明顯就是最大的弱點，只要從那個地方下手，如果能趁機把父親的身體撕成兩半，後續應該會簡單一點。

單憑他的魔法可能做不到，需要一個像魔女之劍那樣能夠寄託力量的宿主——本體還好處理，但他已經沒有再一千年的時間，能夠讓宿主自然慢慢累積魔法，所以還是得從自身下手。能夠擊垮父親的力量，具體究竟要到什麼程度呢？最好可以把損益控制在雙腿癱瘓的範圍內，如果到時候四肢付出去都還不夠，再向父親求饒。

父親不會記仇，而且還需要塞西爾替他生小孩，不會因為這點小叛逆就殺掉少年，畢竟他當年也不是因為魔女反抗才決定要除掉她。

要是真的走到那個地步，大不了就試試看能不能瞞過哥哥和父親來往吧。他都藏了一千年沒被發現，再藏個幾十年應該不會很難吧？而且即使哥哥真的察覺他的小塞西爾有些變了，也不一定敢揭穿。

少年靜靜望著蒼白的天花板。

當然最好還是別讓哥哥發現吧。

最終塞西爾在醫院裡躺了將近一個月，才終於恢復到可以回家休養的程度。聽說預計出院那天哥哥正巧碰上公務，還在猶豫要不要特地推辭，就聽伊納修斯自告奮勇說可以代替他來，這才千方百計排開行程，親自開車來接少年回家。

曾經親眼目睹亞當身體祕密的人大部分都已經死了，如今剩下哥哥。塞西爾坐在床上等待，百無聊賴地練習用魔法操控電視遙控器轉臺，一邊心想。雖說除了哥哥，理論上應該只有西格齊知道這副魔法之身的事，畢竟他和伊納修斯關係密切，後者手上還握有他的軟肋，基本可以視同伊納修斯也知道。

那個有著一張天使臉蛋的男人，可是不折不扣的蛇蠍心腸。恢復記憶後再回憶起被丟包在伊納修斯家那一年，塞西爾實在為自己居然沒被偷偷抓去哪裡肢解賣掉感到不可思議。假如伊納修斯真的知道少年的祕密，那是什麼時候得知的？一直以那副和善模樣待在失去記憶的塞西爾身邊，是不是別有居心？

還沒想得太深入，突然聽見門把被轉開的聲音。塞西爾立刻把腦袋裡複雜紛亂的臆測假設，和浮在空中的遙控器都拋到一旁，期待地望著走進病房的男人。

距離上次見面已經相隔超過一個月。還在黑魔法防範中心時哥哥就很少來看他，少年轉來普通醫院後哥哥更是忙到昏天暗地，加上無法發聲的塞西爾也接不了電話，這一個月來兩人都只有用文字連絡。哥哥一走到床邊，塞西爾立刻伸手抱住他的腰，把臉埋進胸口大吸特吸。

本來一臉嚴肅的哥哥，頓時被他的舉動逗得失笑，溫柔地抱住少年，「小西。」

塞西爾乖巧地抬起頭來。少年蒼白的雙頰因為久未見到戀人泛起興奮的赧紅色，溫順羞澀地望著擁抱自己的男人。哥哥大概不知道自己此刻的眼神看上去有多寵溺，裹著薄繭的指尖輕柔地支起他的下巴。塞西爾期待了半秒鐘，就聽見哥哥說：「嘴巴張開，我看一下。」

他乖乖地張開嘴讓哥哥檢查傷勢。「你說話還會痛嗎？」他問。

「不會了。」塞西爾故意有些口齒不清地回答，趁機跪坐起來。纖細的少年就算跪在病床上仍然比高大的哥哥矮了一點，攬住男人的肩膀不讓他後退，小聲央求：「哥哥。」

哥哥第一時間反應，是瞥向既沒人在又已經關上的房門。「現在在外面。」

他低聲道，但少年絲毫沒打算理會他的意見，執拗地往前一湊印上男人乾澀的雙唇。哥哥只得順著回應，眼神卻始終沒離開過門口，輕輕一啄很快就退開了。

「東西收一收，我們回家吧。」

醫院離家裡有好一段距離，等到了家，太陽都已經開始西斜。才剛踏進家門那一刻，哥哥的褲子口袋突然傳出鈴聲，男人掏出手機一看，瞥了少年一眼。還沒等到他面有難色，塞西爾就楚楚可憐地開口：「是工作嗎？」

男人沉默地望著表情難掩失落的少年，思考幾秒鐘就掛斷電話，將手機重新收回口袋。「不是很重要的事情。」

「都這麼晚了……」塞西爾拉住他的手，口氣心疼地說道。

哥哥嘴上沒說什麼但似乎很吃這套，輕輕摟了他一下，「從醫院回來先去洗澡。行李給我。」

脫光了衣服，塞西爾一個人赤裸裸地站在浴室鏡子前。雖然不明顯，但他的身體的確比之前更加消瘦，隱隱約約看得見肋骨的痕跡。

塞西爾確認浴室門有關好，伸手摸向肚臍，輕柔小心地拉出短短的線頭。那段線條不比髮絲粗，乍看之下是黑色，仔細觀察才會發現其實是由一連串漂浮的銀灰色塵埃纏繞而成。塞西爾咬著牙，忍著疼痛拔斷織線，斷裂的尾端立刻逸散開來，漂浮的塵屑彷彿受到吸力拉引般回到身體裡，只剩下不到一片指甲長的短線躺在手中，已經有些散掉了。塞西爾趕緊低下頭，從鼻子用力吸進自己的身體碎片。

真要形容的話，他的魔法之軀物理上嘗起來，其實遠遠沒有曾經試過的各種毒品來得帶感。塞西爾感覺到一陣溫暖滑順的感覺緩緩溜過呼吸道，除此以外沒什麼特別的。

他等了一會，直到氣管裡輕微的阻塞感消失，轉頭望向裝滿熱水的浴缸。

原本平靜的水面被視線一掃，彷彿微風吹過般泛起陣陣漣漪，漸漸越湧越高，在小小浴缸裡掀起一波大浪。塞西爾輕輕一拉，原本高高聳立的水牆瞬間變成像柔軟的絲綢般，被拽向少年身邊，緩緩纏繞住他纖細畏寒的裸體，溫暖的洗澡水好似優雅長袍般被少年穿戴在身上。

目前為止都很順利。塞西爾想更進一步，指使著水袍拉開形體，像吊床一樣把自己抬到空中。然而腳才剛離地，突如其來的暈眩感讓少年眼前頓然一黑，他重重跌落在溼滑的瓷磚地上，失去控制的熱水瞬間把整間浴室都潑溼了。

有好幾秒時間塞西爾完全看不見。他只感覺到整個世界天旋地轉，分不清楚現在是躺著還是倒吊著，剛才那一摔讓尾椎處幾乎整個沒了知覺，整個人倒在地上動彈不得，只能咬牙等著痛楚過去。可偏偏連視野都還沒恢復，就聽見哥哥緊張的聲音從門外傳來：「小西？」

他張開口，嘴中的傷卻突然刺痛一下，讓他一時間發不出聲音。接著就聽見理應上了鎖的門被插入鑰匙轉開，男人飛快地蹲到癱坐在地的少年身邊，「怎麼了？」

難道哥哥一直待在門外偷聽他洗澡嗎？塞西爾心想，一邊擠出聲音沙啞道：「我滑倒……」

「怎麼把浴室弄得這麼溼？」

一時間想不到好理由的塞西爾，乾脆裝作嘴裡傷口發作不回話。哥哥沒有逼問，輕輕把頭暈的少年摟進懷裡，指尖按揉著他的尾椎。塞西爾靠在他肩上慢慢恢復了視力，看見哥哥肩頭衣服被弄溼了，這才想到，自己現在是全身赤裸地倚在男人懷中。

只不過還沒來得及胡思亂想，哥哥便把少年抱了起來，放進只剩一半熱水的浴缸中。塞西爾看著他往地上鋪了一條止滑毛巾，捲起袖子打開水龍頭的模樣，似乎完全沒有要離開浴室的意思。

「哥、哥哥……」他怯怯地喊。雖然過去一千年他們對彼此的裸體早就看到膩了，但小西可不一樣。

眼下還有點頭暈目眩的塞西爾，比起肌膚之親只想趕緊調整體內有些亂了步調的力量，哥哥卻完全沒打算給少年留一點隱私。「我幫你洗。」男人說，直接在浴缸邊緣坐了下來。

少年這才遲來地雙手抱胸，羞澀又慌張道：「我自己可以……」

「你暈倒了吧？」哥哥厲聲打斷他的咕噥，「不然剛才為什麼爬不起來？現在放你一個人，如果又昏過去，難道要等溺死在浴缸才被我發現嗎？」

塞西爾囁嚅幾句還是沒敢跟他頂嘴，只好閉緊嘴巴乖乖享受。

所幸體內魔法在經歷一陣小亂流後，很快就平穩下來。塞西爾縮著身子坐在浴缸中，彷彿正努力藏著某種令人尷尬的反應。那雙大手不帶一絲遐想地在身上四處遊走的感覺還真奇怪，過往千年裡他可從沒得到過這種待遇，就連小時候哥哥也沒看他年紀小就幫他洗澡，甚至直到不久前都還對他的裸體避之唯恐不及。

塞西爾想了想，偷偷瞥向他雙腿之間，卻只看到一片令人失望的平靜。

真是一點也不意外。他到底在期待什麼呢？

哥哥動作俐落，三兩下幫他洗好，拿起浴巾時才後知後覺地猶豫起來。男人遲疑一秒，開口時語氣比剛才緩和許多：「站得起來嗎？」

少年癟著嘴沒有回答，只是沉默地接過浴巾。浴室熱氣熏得他滿臉潮紅，雙眼裡的委屈隨時會凝結落雨。哥哥靜靜看著他擦乾身體，有些心虛地開口喊：「小西。」

畢竟做都做過了，彆扭得太過頭可能會引起反效果，塞西爾只用一種彷彿被欺負似的眼神哀怨地望著男人。哥哥頓了一下，若無其事地撇開視線，「我去幫你拿衣服。我們得回醫院。」

「不要！」少年反射性道。

哥哥被他激烈的反應嚇得停下起身的動作，錯愕地轉回目光。

「只是貧血，我沒事。」塞西爾趕緊說，身體不自覺焦躁地縮進浴缸角落，五指揪緊裹在身上的浴巾。

「你無緣無故突然貧血，一定要檢查一下。」哥哥不動聲色地觀察著少年不自覺的小動作，一邊說道。

「可是——」少年彷彿想起什麼可怕的回憶般悄悄紅了眼眶，語無倫次地咕噥幾句還是沒把話說完。男人仍靜靜等著，塞西爾突然癟起嘴巴，委屈極地低聲道：「我都在醫院住多久了，一直說我有病，也沒檢查出什麼來啊……」

他低頭盯著腳趾，緊咬著柔軟的唇瓣怯怯哭訴：「他們就每天讓我做這做那……也不解釋我到底怎麼了。醫生又很凶……而且也不能離開病房，就只能等別人來看我，可是大家……」

他欲蓋彌彰地吸了吸鼻子。哥哥望著少年忍哭忍得難受，表情看來似乎有什麼話想問。塞西爾眼角瞥見男人那對乾澀的薄唇幾度開闔，最後還是沒發出聲，只是默默地抿緊。

「好吧。」哥哥退讓道。他在浴缸邊緣坐下，小心翼翼地攬住赤裸的少年，「對不起，我不知道你受到這種對待。」

這樣就行了。塞西爾楚楚可憐地望著他，惹得男人疼惜地捧住他的臉。「我們再觀察幾天。如果沒有再無故暈倒，那就等下次回診，但如果又發生，必須立刻就醫。這樣可以嗎？」

少年乖巧地點點頭。意外受傷後哥哥一定早就去找西格齊算過帳，根據柏妮絲偷偷跟他說的來看，西格齊似乎被伊納修斯好好地訓過了。可是這樣怎麼夠？雖然不太可能除掉身為世上極少數倖存魔法師之一的西格齊，但最少一定要讓哥哥對他產生一點疑心甚至敵意，不願意再把可憐的塞西爾交到有伊納修斯撐腰的醫生手上。反正哥哥遲早會發現他這副身體早就無藥可救了。

塞西爾可憐兮兮地對哥哥伸出手，男人沒有多猶豫，環著少年的腰把他從浴缸裡抱起來，直接扛著走出浴室。他把塞西爾放到床上，穿好衣服、吹乾頭髮，無微不至地照顧好，卻在渾身散發著沐浴香的少年面前佇立良久。

又在胡思亂想了。

塞西爾靜靜地望著那隻思緒複雜的眼眸，沒有出聲打斷，只是悄悄、怯怯地勾住那雙厚實溫暖的手。男人的表情變得更難參透，他小心翼翼地握住少年那雙細嫩未經折磨的手，捧在自己粗糙龜裂的掌心。塞西爾可以感覺到哥哥手掌中央那道曾經狠狠撕裂他的疤痕，過這麼多年都沒有消失。

也不是塞西爾願意的。要是迦勒當時乖乖聽話，他又何必當著那麼多人的面，這樣殘忍地對待自己的愛人呢。

只見哥哥沉默良久，就只是抓著他的手揉揉捏捏。「小西。」過了好一會，男人終於低聲喚道。他跪了下來，虔誠地親吻少年消瘦的手背，「最近辛苦你了。」

塞西爾清楚知道他只是在心疼他的男孩最近老是受傷，胸口卻有種悶悶的感覺。

「那哥哥要怎麼補償我？」他有些賭氣地開口說。

哥哥抬起眼，乾澀的薄唇輕輕貼著他的手背，一開一闔，「你想要什麼？」

要你跟我私奔。什麼都別管了，我們離開這裡去個清靜的地方。要你答應即使發現我變了，也要像我現在這麼努力演戲一樣假裝不知道。

「我想跟哥哥約會。」他說，看見男人的表情趕緊補充，「在家就好，不用去哪裡……」

講到一半，哥哥口袋裡的手機就戲劇性地響了起來。兩人互看一眼，塞西爾怯怯地把剩下的話說完：「感覺好像很久沒有好好待在一起了。」

男人沉默一下，很快掏出手機掛斷關機。「好。」他站起身，彎腰在少年側臉親了一下，「我們好好在家裡約會吧。有沒有想做的事？」

情侶洗完澡在屋中獨處，還能做什麼事？塞西爾沒有真的說出口，只是想了想道：「想吃你煮的晚餐。」

「我煮的？」哥哥有些詫異，「我的廚藝很……不怎麼樣，只是能吃而已。」

這點塞西爾早就領教過了，但少年還是不屈不撓地拉著他的手撒嬌，「我就是想吃嘛。」

哥哥拗不過，只得套上圍裙去翻冰箱。塞西爾翹著腳坐在餐桌前，看著他挽起襯衫袖子，反手替圍裙打上俐落的結，站在冰箱門前若有所思，再凶惡的魔獸或難解的困境，都沒讓哥哥露出過那樣苦惱的表情。他們平常是請私廚來料理三餐，冰箱裡的食材都是私廚準備的，通常也不是什麼簡單好懂的材料，對向來認為食物只要足以果腹就好的哥哥而言，估計只覺得眼花撩亂。

塞西爾意外發現，這個壯碩勇猛的男人穿起圍裙來其實還滿適合的。

他的背挺得不再有當年那麼直了，隱隱約約能看出老態，不過拜那份操死人的爛工作所賜，以將近四十的年紀而言，身材仍是維持得非常不錯。而且哥哥今天難得穿著黑魔法稽查部的正式西裝制服，平常他總是抱怨行動不方便所以幾乎不穿，除非是重要場合才會心不甘情不願地套一下。雖然塞西爾不知道今天是來了哪個達官貴人，但來得可太是時候了。

膚色黝黑的男人通常更適合鮮亮溫暖一點的顏色，但純黑西裝套在身上，卻意外地有種曖昧難明的禁欲感。尤其當西裝褲單薄而彈性的布料緊貼著結實的大腿，把那雙令人稱羨的大長腿勾勒得格外引人遐想，塞西爾不由自主地回想起在過往無數個夜裡他用那雙腿鎖住自己的腰，每每總讓塞西爾招架不住。

哥哥還把袖子整齊地折了幾圈，露出半截健壯有力的手臂，蜿蜒的青筋繞著剛勁的肌肉線條微微浮起，實在令人好奇被那雙手折起雙腿，圈進懷裡會是什麼滋味。塞西爾不動聲色地想像著，換了一邊翹腳——他之前是怎麼每天看著這個男人，卻只想跟他牽牽小手的呢？

少年的視線安靜而貪婪地在男人身上四處流連，直到哥哥受不了他如狼似虎的目光，有些無奈地笑道：「小西，你想吃什麼？」

「是哥哥煮的都好。」塞西爾回答。

「那你過來挑吧。」

塞西爾聽話地起身走到男人身邊，不請自來地挽住了哥哥的手臂。對少年的小心思心知肚明的哥哥倒也沒揮開，就放任他繼續黏在身邊礙手礙腳。

他緊貼著能把自己一手抱起的健壯臂膀，站在流理臺邊，看著那雙修長而骨節分明的手，輕柔地握住粗長菜梗，泡在水裡溫柔小心地擦洗、摳弄著。塞西爾故意沒說話，讓寧靜的晚餐時間在潺潺流水聲中變得越來越曖昧。

少年偷偷抬眼瞥了一下——哥哥的表情既是無言又是無奈，沒出聲打斷悄悄醞釀起來的氣氛，裝得若無其事的模樣，正經八百地洗他的備料。

陽痿。塞西爾在心裡偷偷罵道。

眼看他洗得差不多仍遲遲不肯有所表示，塞西爾自討沒趣地鬆開手去拿碗盤，思考著下一步該繼續誘惑他還是另尋時機，一邊將廚具交給哥哥。不料東西沒接過，卻有個冰涼的觸感捏住了下巴，塞西爾剛抬起頭來，就猝不及防地接下一個炙熱的吻。

顧慮著他口中的傷，哥哥只是在少年柔軟唇瓣上啄了一下，想了想又懲罰性地輕輕咬了下唇。「去餐桌前等著吧。」哥哥說，笑吟吟地望著傻愣的少年。

塞西爾這才意會過來，這個男人這輩子從來沒有這樣偷襲過他。

瞪著那隻溢滿寵溺的眼睛，他半是錯愕半是驚恐地發現自己居然真的紅了臉。哥哥嘴邊的笑意越來越按捺不住，彎下腰還想去親少年燙紅的耳朵，塞西爾趕緊伸手遮住，噘著嘴半真半假地怒視著從容的男人。

「怎麼就生氣了？」哥哥笑著問，還故意逗小孩似地捏了捏他的鼻子。

少年簡直悶極了，卻又沒辦法說出口，只能在心裡恨恨地發誓，總有一天一定要讓他把自己壓在流理臺上操。

被哥哥連哄帶騙地趕出廚房，因為受傷久未進食的少年突然聞到食物的味道，其實反而有些想吐，順勢便跑去客廳沙發窩著。他抱著靠枕，側身躺倒在沙發上——要是哥哥看到一定會叫他好好坐正，等被看到再說吧——專心地聽著從廚房傳來的聲音。瀝水、切菜、敲開蛋殼，轉動調味罐與擦拭平底鍋的聲響。開火、下油，咕嚕咕嚕冒著泡泡的湯汁，一下子都被鍋蓋掩熄。

過去迦勒其實沒少做飯給亞當吃。當年長生者還沒穩下根基時經常餐風露宿，會分辨植物的就去採野菜，懂料理的就負責掌廚，什麼都不會的就去生火，跌跌撞撞地摸索一番，久了也就學會如何在填飽肚子的同時不被自己毒死。

後來長生者勢力越來越大，也就越來越少親自料理三餐了。聽廚房傳來斷斷續續的聲音，也許哥哥也覺得在如今和平時代，卻仍需要親自下廚是件奇怪的事。

或許該自己來學做飯，塞西爾心想。如果以後要與哥哥搬到非常非常遙遠的世界一角，他可不希望屆時餐桌上還有廚師一起共進晚餐。

仔細想來也是詭異。該做不該做的都早已犯透一切禁忌的兩個人，最終還是要回到原點在這傻傻地約會。照彼此一碰面就變得格外彆扭倔強的個性，想表達什麼最終還是沒有做愛來得快。

他們當時都很年輕，精力旺盛，沒辦法想像原來總有一天做愛也會做到膩。更沒有想過居然真的就這樣莫名其妙地活過百年又百年，直到整個世界變得面目全非，這才驚覺原來除了在彼此眼中以外，都已經成了不識時務的異鄉人。

也難怪迦勒分明那麼恨亞當，當時卻怎麼也不肯放開一無所知的小塞西爾。

塞西爾舒舒服服地躺在沙發裡，盯著頭上吊燈漸漸恍神，直到一個巨大影子倒映在臉上，乍看之下有點壓迫卻又令人安心。「坐好，小西。」哥哥說。他手上端著兩個正在冒煙的碗，把食物放到桌上，伸手撈起懶散的少年。「躺在這裡會感冒的。」

塞西爾嘴裡發出慵懶的哀鳴，身子軟趴趴地順勢倒進男人懷中，緊緊扣住他的脖子。哥哥拔不掉身上的吸血蛭，嘆了一口氣，直接撈起他的膝蓋，把整個人打橫抱起，讓少年坐在大腿上，傻愣又羞澀地與他三目相對。

「都幾歲了，是不是還要我餵你？」哥哥言詞責怪，蘊著微光的眼睛裡卻飽含著笑意。

塞西爾自然不會放過這個好機會。他兩耳熱得發紅，還硬是要故作從容地張開嘴巴「啊——」地等待著。哥哥似笑非笑地抵著嘴角，捲了一叉子的麵條送進他口中，等到塞西爾閉起嘴巴開始咀嚼再往前一湊，輕輕地在柔軟的唇尖印了一吻。

看著少年青澀的臉蛋瞬間漲紅，嘴裡的食物不知該咬該吞，無法開口的模樣，向來性情淡漠的哥哥難得笑出了聲。「沾到了。」他說，再度吻上那對乾淨溼潤的唇瓣。

打打鬧鬧地吃完一頓飯都快深夜。以往總是跟小情人相敬如賓、溫良恭儉讓的哥哥，似乎想補償被冷落已久的少年，今天特別地主動，逗得塞西爾內心真的隱隱起了火。

從他的角度可以看進男人鬆開的襯衫領口，半露出凹陷的鎖骨，坐得直一點，甚至稍稍看得見裡面的背心和隆起的胸肌。塞西爾不假思索，擺出一副青澀純情的模樣，羞赧地偷瞥神色淡漠的男人，坐在他大腿上裝作不經意地蹭了蹭。

哥哥臉上不動聲色，口氣卻隱隱約約藏了絲躁動，「知道你很重了？」

這傢伙逗弄小孩玩得可真開心啊。

「才不重！而且是你自己把我抱上來的喔。」塞西爾紅著一張臉生澀地耍賴，言下之意是要男人親自把他抱下去。如此赤裸裸的邀約哥哥自然不會上當，不過反正不管怎麼做少年都不會吃虧。塞西爾抵著嘴略帶得意，挑釁地笑著歪頭靠上男人厚實的肩膀，他還沒洗澡，身上的氣味好濃。「哥哥要對我負責啊。」

那隻健壯的手穩穩環著他的腰。粗糙厚實的掌心恰巧落在鼠蹊部位，勾起鬆開的衣角，若有所思地纏在手指上，指尖的薄繭若有似無地擦過少年細嫩敏感的腰。

「什麼時候變得這麼伶牙俐齒。」男人眼裡笑意閃爍，輕輕說道。

「你不喜歡嗎？」塞西爾無辜地問。

他沒有立刻回話，擁著腿上的少年，眼神如此深沉而難以參透，卻又和塞西爾記憶中最熟悉，已經看到厭煩不堪的那種木然視線不太一樣。

「我只是在想，孩子真的長大了不少。」哥哥低聲道。男人低沉沙啞的嗓音像絲絨帷幕，漸漸垂落在寂靜溫暖的客廳地毯上。

「你小時候好愛哭。」哥哥突然說，語調聽上去卻不是在捉弄他，「你還記得奧黛麗小姐嗎？伊恩家的保母。她當時再三保證，你是她見過最乖最聽話的小孩，但你回來住後卻老是又哭又鬧，還以為她騙了我。」

突然憶起丟臉的往事讓少年頓時有些尷尬，但哥哥似乎也不期待他辯解什麼，逕自說了下去：「我實在不太會應付小孩子。還以為你是比較喜歡伊恩家，但說要讓你過去，你又哭得淒厲。大家教我的育兒方法沒有一個有用，你後來也不聽奧黛麗小姐的話了，無論我做什麼，你就是一直……非常沒有安全感。我想應該是我哪裡做錯了，才害你變成那樣。」

對也不對。塞西爾沒打算糾正他，靜靜地看著男人的視線望向遠處，偏偏就是不看近在眼前的少年。此時此刻已經恢復記憶的塞西爾，其實早已不如青澀少年那般怨懟他當年棄自己不顧。畢竟嚴格來說哥哥當時偶爾也有來看他，雖然連嫌棄的神情都藏不住還不如別來的好，但總歸是來了。

畢竟哥哥就是這樣。塞西爾曾經握著那雙被從中剖開血淋淋的手，掐在自己脖子上，哭著求他至少聽話這一次好保住小命，他都還是依然故我。又要怎麼期待一個一無所知，只會看著他的背影哭泣耍賴的五歲小孩，能讓他痛改前非呢？

「幸好你還是好好長大了。」塞西爾看著那隻眼睛終於垂憐般地望過來，比太陽更赤裸裸的情緒幾乎能刺穿人。「這麼懂事貼心，端端正正地長大了。謝謝你，小西。」

男人伸出那隻曾被剖半的手，輕輕撫上少年的臉頰，掌心的傷疤似是不經意地劃過少年的嘴角。塞西爾看著那隻彷彿太陽化身的眼睛，心裡知道若是那傻孩子聽到他這番感慨萬千的真心話，肯定會感動不已，還會反過來責備曾經被遺棄在伊納修斯家的自己居然那麼無理取鬧，以後一定要更乖巧聽話，再也不讓哥哥費神擔心，幻想著若是一直這麼下去，那只是偶爾駐足給他摸摸頭的哥哥，總有一天會停下腳步來牽他的手。

就像塞西爾曾經對他做的一模一樣。

他張開嘴，想了想最後還是什麼也沒說。若是那孩子應該會想吻他，塞西爾便俯身去啄男人那雙乾澀的嘴。哥哥抱穩他，溫熱厚實的大手貼在少年腰際上躊躇地四處游移，戀戀不捨地滑過消瘦凸起的脊椎，直到吻得難分難捨的兩人漸漸缺氧而不得不分開，那隻手都還貪婪地貼在少年單薄的身體上。

塞西爾眼角泛紅，羞赧的神色青澀得藏不住期待，卻沒有之前那樣大膽莽撞，赤裸的眼神裡盡是卑微。看著這樣不坦率的少年，哥哥又是寵溺地笑了。「吃飽飯要休息一下。」他溫柔地說。

在哥哥收拾碗盤的時候，塞西爾急急忙忙地躲進浴室準備一番，把好聞的東西亂七八糟地全往身上抹一遍，打開熱水將這張稚嫩臉蛋熏得通紅迷茫。想來想去還是不夠，順便把睡褲裡的內褲也一併脫掉。他雙手撐在洗手臺邊緣，盯著鏡子裡天真傻氣的男孩子，不管怎麼調整表情卻無法擺脫這股惱人的不協調感。

小西。小西？小西。

分明只差一歲就能算是大人了，這張臉看上去卻仍舊稚氣未脫，連鬍子也沒長幾根。看著這張臉，塞西爾也很難想像鏡子裡的少年，其實活過一段數字難以闡述描繪的時光，如今參天的神木甚至曾經不到他的腰際高，難以想像他曾經駕馭可以翻天覆地的力量，把所經之地全搞得一團亂，直到滿臉無辜的現在，都還在和養育自己的人理直氣壯地亂倫，仍然覺得全世界都對不起他。

當時明明已經都忘光了。一齣又一齣的拖棚歹戲都變成別人的事情，需要一邊承受著那些潰爛的過往，一邊抬頭挺胸裝沒事的人分明也不是他，可為什麼到頭來卻還是塞西爾先不知羞恥地愛上哥哥呢？

塞西爾凝視著鏡中的形影，關了除霧開關，看著左右顛倒的映像逐漸變得朦朧模糊。拔開塞子，「啵」地一聲，洗手臺裡的熱水迅速地咕嚕嚕凹陷流逝，只剩滿盆空蕩，什麼都沒有留下。

隔天的陽光鑽過窗簾縫隙，輕輕撥弄著塞西爾的眼睫。

被打斷好夢的少年不由自主皺緊眉頭。身體異常沉重，甚至連想抬手拉一下棉被都覺得痠痛到不行，忍不住難受地嗚咽兩聲，塞西爾懶散地點了下手指，窗簾便自動拉上了。

他昏昏沉沉地又準備睡去，就聽見門口傳來一聲：「小西。」

男人的腳步聲踩在地毯上，沉悶而有力地走來。塞西爾仍閉著眼，心跳卻無法遏止地拚命狂奔著，剛剛還昏昏欲睡的少年此刻清醒極了。

怎麼辦？假若真的被發現恢復了魔法，也絕對不能承認是自己動的手腳，說是睡夢中直覺做出的反應好了。還沒想好完整說詞，就感覺到身側床墊一沉。通通怪給西格齊好了，就說都是他做的那些奇怪實驗，才害得少年越來越瘦——

「小西。」男人粗糙溫暖的掌心撫上他的臉，一瞬間令人頭皮發麻。但很快塞西爾就發現他的動作不帶任何威脅性。「醒了嗎？」

他一下子不敢應聲。想了想，自然而然地側過臉，躺進男人掌中。

輕笑聲散漫在空氣中，像溫柔細雨般灑到少年臉上。哥哥輕輕揉了揉他的臉，俯身在他睡到微張的柔軟唇瓣邊貼上一吻。「起床了，小西。我做了早餐。」男人溫熱的氣息順著吹進口中，讓裝睡的少年終於忍不住害羞地抿緊了唇，心虛又帶點哀怨地朝眼角帶笑的哥哥投去迷茫的視線。

他眼神變化格外明顯，看著睏倦少年時的表情幾乎都要融化了。塞西爾還是不敢放下心，嘴裡耍賴地哼了幾聲，扭著身子窩進哥哥懷中還想賴床。男人順著他的動作，彎腰抱住他，那雙大手順著少年身側的曲線，緩緩滑到被粗魯睡姿撩高了睡衣的腰。「會不會不舒服？」哥哥低聲問，兩指按住最痠痛難耐的那個點緩緩畫圓，本想逞強的少年立刻忍不住低聲悶哼起來。

他好像真的沒發現。塞西爾把臉藏進他的衣服，佯裝在忍耐般地思考著，哥哥若是察覺到奇怪應該不會是這個反應。才正想偷偷抬頭觀察他的表情，按在腰上的力道突然無預警加重，塞西爾一時沒忍住失聲哀鳴，些微沙啞的嗓音卻讓呼痛聲聽來格外令人臉紅心跳。

「弄痛你了？」哥哥立刻說。偏偏又是這熟悉的問句，少年終於確定他根本是故意在逗弄自己，哀怨地抬起頭怒瞪還假裝若無其事的男人。被瞪的哥哥立刻說了一句「對不起」，道歉的時候嘴角卻仍是上揚的。他趁著少年張開口還沒抱怨出聲前低頭一吻，柔聲哄著：「別生氣了，起來吃早餐。」

「起不來。腰好痛，動不了。」少年怨嗔道。塞西爾整個人都痛到快散架了，他怎麼看起來這麼容光煥發？

「要幫你揉一揉嗎？」哥哥又問。塞西爾欲拒還迎地推了他兩下，本就鬆垮的睡衣漸漸滑開，露出歡愛過後的白皙身體。塞西爾還在看他臉色，沒想到哥哥很快就拉好他的衣服，攬著錯愕的少年把他抱了起來，「走吧，吃早餐。」

塞西爾勾著他的肩膀，被抱著穿越長長走廊。陽光搔過少年的腳尖，趴在木質護欄上，身邊厚實的擁抱與穩穩的心跳，突然讓人有種做夢般的荒謬感。

「你沒有拿我的鞋子。」塞西爾圈住哥哥的脖子，仰頭倒在他肩膀上低聲說。

「那我今天一整天都抱著你走。」嚴肅的男人難得開玩笑，在少年額頭上小心而溫柔地印了一吻。

哥哥真的一路抱到飯廳，像抱小孩似地把他放到椅子上，不像平常坐到對面，而是拉了張椅子在少年身旁坐下。面前的早餐看上去精緻得不像久未下廚的男人親手做的，不過塞西爾也不在乎，他切了一小塊火腿，懶懶散散地嚼了幾下，就盯著男人進食的側臉發呆。

「不好吃？」哥哥問。

塞西爾看著男人盤中零碎的麵包，與用來掩飾慘狀的歐姆蛋，說：「你的看起來比較好吃。」

哥哥一頓，笑著嚥下嘴裡的食物，順著少年的眼神俯身親了下去。

他今早變得格外溫柔，或許是為了彌補昨晚的任性。少年也樂得頻頻撒嬌，要賴要人餵，拖到太陽高高升起才吃完早餐。塞西爾正要起身，突然又被哥哥叫住：「等一下，小西。有個東西要給你。」

他自然而然地坐到男人腿上，看著哥哥滿臉無奈地從口袋裡拿出一個小盒子。打開來看，裡面放著兩枚樸素的鋼戒。上頭沒有任何花紋或特殊設計，塞西爾卻能感覺到某種奇特的波長，這肯定不是什麼普通的戒指。

哥哥拿出戒指放在掌心裡，握住少年的手，「這是奧伯拉鋼。」

塞西爾一頓，甚至想了一下是不是他知道的那個奧伯拉鋼——在魔女死後突然出現在世上，由本該消逝逸散的魔法，意外凝結聚成的元素態物質。因為本質是魔法結晶，無論拿來做什麼都有幾近完美的效用，加上極其稀少，價格不是一般的昂貴，就連全國數一數二富裕的伊納修斯家似乎也只買得起幾粒沙的大小，拿來鑲在家主戒指上。

如果真是那個奧伯拉鋼，哥哥的財力應該無法負擔才對。塞西爾困惑地望著哥哥，遲疑一會緩緩說道：「……很貴的那個嗎？」

哥哥笑了一下。「對。很貴。」

「那你怎麼……」

「也沒有到買不起。」哥哥淡淡地說。塞西爾反而開始好奇哥哥到底多有錢？據他所知，哥哥和手握這種天價礦物的人應該沒有特別往來才對。

「我在內側刻了我們的名字，奧伯拉鋼鍍在名字刻痕裡面。有點老派……你還是戴戴看吧。」

他接過戒指左右翻看，看見一行很小的字被刻在戒指內圍，不仔細看幾乎看不太出來是個名字。塞西爾本要拿寫有自己名字那個，哥哥卻突然收了回去，捏住他的左手，把有著男人姓名的戒指套進他的無名指。

「有點鬆。」哥哥惋惜地說：「你最近變太瘦了。」

鋼著手指的那一圈鋼戒莫名其妙冒出暖意，塞西爾突然覺得勞累一夜的身體好像沒那麼疲憊了。他看著哥哥也戴上戒指，鋼戒遮住了男人左手無名指根部那圈傷疤。

「本來想當你的成年禮物，可是發生了艾希莉小姐那件事，就想說還是早點給你。它有一點醫療效用，戴著的話就不會再經常生小病。我的戒指裡也有鍍鋼，這樣只要我們同時戴著，我就能稍微知道你的狀況。聽說奧伯拉鋼還能帶來幸運，你自己體會看看吧。」

塞西爾盯著戒指，卻不知道該做何反應。

特地把名字藏在內側，又大剌剌地戴在無名指上。這男人從前總是抱怨飾品這種東西多餘又麻煩，什麼也不願意戴。最後塞西爾乾脆用割的，拿著小刀沿著他的無名指輕輕劃了一圈，留下一個沒辦法隨便毀約的承諾，可他現在花大錢買這種東西又是什麼意思呢？

「不喜歡戴在手上的話，串成項鍊也可以。」哥哥突然開口，塞西爾這才發現自己的臉色不知不覺扭曲起來。他趕緊調整表情，卻來不及壓下已經泛紅的眼眶，只能直直瞪著不知道做錯什麼的男人焦急地捧住他的臉，耐心地一句句哄、一聲聲安撫，突然覺得這樣的他們說來實在好荒謬。

他怨憤地抓住男人的手。鋼戒敲在一起，發出清脆的聲響。「如果上床的時候戴著，你也能知道我高潮了沒嗎？」

哥哥被粗魯的話語嚇了一跳，但看著塞西爾的表情，終究是把責備的話吞了回去。那隻眼彷彿能看穿戀愛中的青春期少年捉摸不定的心思——可千萬別看穿，塞西爾心想，拜託永遠永遠都不要看透他。

「小西。」哥哥小心翼翼地開口。厚實的掌心托著少年的臉頰，最終似乎認為孩子只是睡昏了頭才在胡言亂語。「這種事才不需要這個。」

狗娘養的渾帳。塞西爾閉上淚溼的眼睛，溫順地接受男人安撫的親吻，悲憤地心想。這種時候就要說「不如我們來試試看」啊。

當然哥哥沒有那樣說，就代表沒打算像昨天一樣和少年胡天胡地廝混約會。塞西爾腳上套著哥哥的拖鞋，瞪著鏡中的自己正雙眼通紅，一臉委屈地在刷牙。哥哥突然從浴室門口冒出來，趁他不注意時早已換好了外出服。「小西。」他語帶抱歉地喊。

塞西爾根本不打算聽他說完，立刻吐掉嘴裡的泡沫跑上前，緊緊抱住他的腰。以往上班時間總是走得毫不留戀的男人，終於稍微懂得愧疚，抱著他的腦袋就是一陣自以為體貼的亂摸。「我會早一點回來的。」

他的「早一點」大概也就是換日前——腦海裡冒出來的念頭，讓塞西爾突然驚覺自己簡直就像個守活寡的怨婦。少年賭氣一句話也不說，硬是黏在男人身上，拖著腳步還是走到了門口，盯著男人換鞋的視線幾乎快把人剝下一層皮。哥哥有些無奈，又是心疼地開口：「小西。」

塞西爾立刻抓住他的手，放到臉頰旁邊蹭了蹭。他本來都盤算好了，話到嘴邊又突然說不出口，開開闔闔幾次都沒能發出聲音，局促地幾番瞥過男人的眼神，最後選擇盯緊他纖長的睫毛，結結巴巴道：「……愛、愛你。」

感覺真的好怪。但少年這副青澀緊張的可愛模樣大概很合他胃口，哥哥的眼神登時就亮了，反手抓住想丟下話就逃跑的少年，在他嘴角邊落下一吻。「我也愛你。」

塞西爾試著扯開嘴角卻發現笑不出來。他抿著嘴裝作害羞的模樣，趁機大口吸一下男人身上的味道，哥哥又被他逗笑了。「乖乖在家，出門一定要請保鑣陪你。」他叮嚀道。

塞西爾點點頭，戀戀不捨地鬆開他的手，看著哥哥轉身關門，沒有一絲猶豫，又留下男孩一個人。

「他騙了你。」

同一個嗓音從塞西爾背後冷冷地傳來。

chapter 10

「……他愛我那句？」塞西爾平靜地說。他沒轉身，背對著父親拔掉手上的戒指捏在掌心裡。不愧是父親親自編織的魔法，即使受到奧伯拉鋼吸引仍然紋風不動，偏偏父親來得太快，塞西爾根本沒時間多加鍛造這枚戒指。

「您是指他眼中的我並不是真正的我，還是他其實根本只愛他自己？」

「何必這樣怨懟，這一切不都是你自己要求的嗎？」

父親再開口時聲音突然變得非常近，彷彿就站在他背後，塞西爾卻沒聽見一點腳步聲。他立刻不動聲色地把戒指收進口袋，聽見父親貼著他的耳後輕聲說：

「要他一生至死不能離開你。自己斬草不除根。」

「這是什麼意思？」塞西爾問。

「字面上的意思。」他像個多事的長輩般碎嘴道：**「連自己說過的話都忘記了嗎？」**

塞西爾想回頭，一陣突如其來的毛骨悚然讓他頓時止住動作。其實不太能奢望父親沒發現戒指，但一定不能讓他知道塞西爾打算用奧伯拉鋼戒做什麼，得再拖延一些時間。塞西爾繼續說道：「我說過的話可多了，大人。我應該沒有把您錯認成他，對您說過什麼沒羞沒臊的話吧？」

「要我用力一點算是沒羞沒臊的話嗎？」男人的嗓音聽來慵懶又漫不經心，布滿厚繭與傷疤的手沉沉搭上他的肩，冰冷得令人發顫。**「你當時只下了那麼點咒語，就敢帶他一起來見我。他醒了就遮住他的眼睛……」**

他摸上少年敏感的耳朵，溫柔地緩緩遮住塞西爾的雙眼，肩上的手同時悄悄地深入睡衣鬆垮的領口，冷得幾乎要在他的胸口也凍出一個無法修補的破口。

「哭著問我，有沒有可能讓他永遠陪在你身邊？即使他四肢殘缺、精神失常，你也願意照顧他。問我有沒有除了把人殺了做成標本以外，讓他留在你身邊的方法？」

父親鬆開手，開始解少年的睡衣釦子。塞西爾發現自己僵在原地動彈不得，貼在背後的冰涼身體幾乎把體溫全部吸光，讓人無法呼吸。戒指還在口袋裡，不能被發現……

「您不會把那種玩笑話聽進去了吧。」塞西爾若無其事道，輕快語氣中卻帶了點揮之不去的遲疑，「難不成我這奇蹟般的回溯……」

「那跟我無關。」父親埋首在他裸露的肩窩裡，聲音悶悶的，**「你說要在一起，**

我只是把你們編成了一股。以什麼名義，都是你自己造成的。」

他低頭褪去少年的睡衣，又動手要脫褲子。塞西爾立刻緊張起來，深怕父親碰到戒指，他正在戒指裡醞釀的魔法一旦受到干擾就全都毀了。

「大人。」塞西爾剛開口就被身後的重量壓得踉蹌，父親彷彿把身體重心都壓在他身上。少年提著自己的褲子，「大人，不如換個方便的地方吧。」

「所以。」父親卻彷彿沒聽見他說的話，像延遲的音訊般逕自講了下去：**「他不愛你，到頭來就是你不在乎他愛不愛你啊。」**

父親還沒說完，塞西爾就感覺到他的手變得有點奇怪，越來越大越來越軟，像流體一樣滑過臀部。塞西爾回頭一瞥，看見他又像那天一樣開始融化，逸散的星點與夜色披在他身上，勉強還能維持著人形。

父親突然把他整個人抱了起來。塞西爾不敢反抗，乖乖地讓他動作略嫌粗魯地把自己放上流理臺。他的聲音變得很奇怪，彷彿正朝著空曠山洞內部發聲般，傳來詭異的回音，**「塞西爾，你手裡藏著什麼？」**

塞西爾立刻鬆開捏住口袋的手，溫順地攤開空空如也的兩掌。「大人，我現在是凡人之身，這些刀具可會輕易要了我的小命……」話還沒說完，廚房裡所有鍋碗瓢盆突然都變成銀閃閃的沙子，淋了塞西爾一身。

父親又伸手去脫他的褲子。塞西爾小心翼翼地拉住褲頭，「大人……」

那個全身融化的怪物突然掐住他的脖子，重重把他撞到牆上。突然的撞擊讓少年一時無法呼吸，甚至連吞嚥也沒辦法，後腦狠狠撞上櫥櫃，頓時一陣暈眩。父親什麼也沒說，粗魯地扯掉他的褲子扔開，扒掉內褲，單手掐著少年的膝窩把他折成兩半。

塞西爾看向地上。他可以感覺到那枚戒指，雖然還略嫌不足，但父親現在顯然狀態不好。少年腳掌踩著男人的肩膀不讓他前進，父親身上流洩的涼夜沿著腳踝滑過小腿，滴到大腿根部，幾乎把細嫩的皮膚凍傷。再等一下，等到那個破洞出現，理應就是他最脆弱的時間，只要再等一下……

「塞西爾。」父親加重手上的力道。少年無法呼吸，再用力咳也只吐了滿嘴的唾液。他的腳踝被抓住拉高，赤裸的下半身完全暴露在父親面前，對準那根裹滿液態魔法，看上去竟像某種沾醬一樣的生殖器。塞西爾閉上眼，全副心思都放在口袋裡的戒指，能感覺到它就像當年的魔女之劍一樣波動著，就差那麼一點，只要回應他的呼喚——

「砰！」

塞西爾被突如其來的聲響嚇得睜開眼睛，看見父親腦袋被一閃而逝的某種東西貫穿後迅速地往右倒下，整個人融化不見。他還沒來得及看清來人，就被扔到身上的寬大風衣蓋住視線。掙扎著冒出頭來，看見神色嚴肅得可怕，正警覺地四處張望的伊納修斯。

「下去。」他看也沒看少年一眼，掏出另一把銀色手槍。塞西爾趕緊穿好衣服爬下流理臺，匆忙地撿起內褲套上，從睡褲口袋掏出隱隱約約顯得更加光滑清澈的戒指，捧在手心瘋狂地灌輸自己的生命。

四周氣溫彷佛越來越低，不知道是因為父親還是戒指。少年的身體開始不由自主地發抖，得靠著櫥櫃才不至於躺倒在地，但背對著他的伊納修斯沒有發現。

男人又開了一槍卻似乎沒擊中目標，塞西爾聽到他「嘖」了一聲，從地上影子看見他抬起手，天花板吊燈應聲碎裂。伊納修斯趁著玻璃碎片潑灑而下時，迅速又開了四槍，槍聲消散後整個客廳陷入一陣悚然的死寂。

塞西爾抬起頭，什麼都還看不清楚就突然覺得一陣暈眩。他壓低身子，輕輕靠上旁邊櫥櫃想穩住重心，卻發現木製櫥櫃非但沒有預期中那樣堅硬穩固，反而相當柔軟黏膩，像死屍一樣冰冷。

還在頭暈的他根本來不及反應，只看見地上伊納修斯的影子一晃，身邊的「櫥櫃」立刻軟化，伸出雙手把少年抱入懷中。那一瞬間塞西爾只看見漆黑槍口對準了自己的腦門，就這麼扣下扳機。

灼熱的感覺千鈞一髮擦過少年的臉頰。槍聲炸破他的聽覺，只感覺到伊納修斯用力拽住手腕粗魯地把自己拉起來，二話不說衝向最近的落地窗。塞西爾甚至還來不及站穩腳步，伊納修斯又停了下來，雙腿發軟的少年再度踉蹌跌倒，匍匐在家主腳邊瑟瑟發抖。

「嗨。」隱隱約約聽見哥哥的聲音說。

他手中捏緊戒指，顫巍巍地抬起頭。父親坐在灑滿玻璃碎片的椅背邊緣，沙發卻沒有往後翻倒，彷彿眼前魁梧的男人不過一根羽毛的重量。方才澆滿父親全身的詭異魔法已經徹底消失，但身上穿著跟真正的哥哥離開時一樣的正裝，塞西爾看不出他胸口有沒有破洞。

儘管塞西爾這樣打量他，父親卻沒有看過來。那隻燦爛奪目的太陽之眼眨也不眨，直直地凝視著一手持槍一手拎著少年的伊納修斯。

「別用那種東西指著我。」父親的聲音溫柔得可怕。

塞西爾立刻意會過來，他正利用著伊納修斯眼中的形象在對他說話，剛想開口警告就發現什麼聲音也發不出來。

「難不成你把我給忘了嗎？」

別焦躁。伊納修斯一定也知道父親的外表因人而異，他可不是那種會輕易相信假象的蠢貨。長生者沉默了半晌，忽地冷笑一聲：「你這身幻象可真是活靈活現啊，難怪路克死都不肯給我看個一眼。」

「幻象？」父親哀戚道：**「你那張嘴一如既往傷人啊，親愛的阿廖沙。」**

塞西爾愣了半秒，立刻就知道伊納修斯看見誰了。

而伊納修斯顯然沒有敘舊的打算。他扣下扳機，父親的身影一閃而過，毫髮無傷。伊納修斯完全沒給他喘息的空間，刺耳的槍聲炸開整間客廳，塞西爾只能匆匆忙忙地找掩護。他手中的戒指開始嗡嗡作響，摻雜著槍聲把少年震得頭昏眼花，難以思考。

那兩把手槍尺寸非常小，子彈卻彷彿取之不盡用之不竭，塞西爾知道即使伊納修斯槍槍命中也只會是徒勞。那種子彈很早以前就被證實過，雖然能傷到能力普通的魔法師或黑巫師，對魔女而言卻根本是不痛不癢，遑論父親。

要是放任伊納修斯繼續做白工，肉體凡胎的男人此刻身上除了兩把槍以外什麼保護裝束都沒有，到時候哥哥趕回來，只看見一片狼藉的客廳與死狀悽慘的伊納修斯，遍尋不著柔弱的少年怎麼辦？

要怎麼在伊納修斯面前用魔法，同時又瞞著他——

突然一聲巨響炸斷塞西爾的思緒，他抬起頭，只看見伊納修斯整個人被炸飛，越過櫥櫃與流理臺，身體折半砸進水槽。方才幻化成沙的廚具突然通通飛起，聚集成尖銳致命的刀叉朝著動彈不得的男人刺去。塞西爾立刻跳起來，甚至還來不及換口氣，就被父親拉住握著戒指的那隻手腕，用哥哥的聲音在耳邊輕聲哀求：**「讓他死。」**

塞西爾可以非常、非常明確地感覺到，父親口中每吐出一個字，時間就慢了一步。他眼睜睜看著凝聚成型的水果刀刺進伊納修斯側腰，一邊又能聽見哥哥沙啞的嗓音貼在耳邊，不疾不徐地低喃。

「你當時聽見了。他想殺你，把你切割成好幾份，軀幹拿去販賣，眼睛做成飾品，心臟磨成藥粉，以你的死供養他的家族在他殞落後依舊繁榮富裕。我可憐的孩子，當時才多大？只是半夜起床上個廁所卻聽見這番話，肯定嚇壞了。別害怕……什麼都別做。讓他死。柏妮絲才十三歲，只要伊納修斯一死，那個龐大而累贅的家族自然而然就會分崩離析了。你看，那群人個個富可敵國，甚至連中央政府也得看這男人的臉色，你覺得眞的能信任他說不來攪局，放任你和我自由流浪天涯海角嗎？」

話音一落，塞西爾就發現什麼都聽不見。他看著刀叉刺穿伊納修斯那張絕美的臉，卻只感受到男人貼在耳邊，炙熱而溫柔的呼吸。

眨眨眼，他發現自己又蹲在那棟總是被積雪包圍的小木屋門前，百無聊賴地看著室友撿回來的那隻小狐狸在院子整個玩瘋了，鑽進厚厚積雪裡瘋狂打滾挖掘，刨出一具結冰的屍體。

陷入幻覺的少年顫巍巍地鬆開拳頭。男人那雙裹滿厚繭、溫暖的手溫柔地觸碰著少年掌心，全身癱軟無力的塞西爾只能顫抖著勾住他粗糙滄桑的手指，捏住滑進父親指節的戒指用力一扯，直接連同他的中指一起拔斷。他高舉著父親的斷指與銀白色戒指回過身，突如其來的極沉重量讓他差點承受不住，抓緊漆黑長槍毫不猶豫貫穿那張臉。

還沒來得及像尼希姆那樣捅爛他的腦袋，父親的身體在被長槍碰到那一瞬間，就散成銀黑交錯的沙礫，潑到地板上時又變得黏稠噁心。纖弱的少年扛不住武器笨重的慣性跟著撲倒，慌慌張張地從滿地泥巴中抬起頭，左顧右盼只看見滿目瘡痍。直覺告訴他父親確實被擊退了，至少暫時是如此。

不過還沒結束。塞西爾回過頭，看見腰間、胸口和手臂都插了幾把刀叉，血流不止的伊納修斯卻彷彿完全感覺不到痛楚一樣，瞠目結舌地瞪著自己。

「伊恩哥哥！」少年慌張地哭喊，腿軟得只能連滾帶爬到男人旁邊，扯著他的手腳試圖把他從水槽裡拉出來。男人一落地，卻不顧身上扎滿刀叉，突然狠狠地掐住少年的肩，重重把他推倒在凌亂的流理臺上。

「**你**怎麼召喚得出魔女之劍？」他厲聲問。

向來和善的男人此刻狠戾的表情徹底嚇壞了少年。「我、我……」塞西爾語無倫次地試著解釋，卻說沒幾個字就慌張得泣不成聲，「我、我不知道……那個、那個……」

少年一哭，疾言厲色的伊納修斯臉上頓時閃過一絲心虛。猶豫幾秒不耐煩道：「好了好了，別哭。算了。」

不知道是認為眼下從少年身上反正也問不出什麼，還是突然良心發現兩人此刻的模樣看上去有多難堪。他當機立斷把塞西爾拉起來站好，俐落地收攏少年身上的風衣，遮住他身上滿滿不堪入目的痕跡後綁緊腰帶。「等一下再問你——有**很多事**要問。先離開這。」

伊納修斯咬牙拔掉身上的刀叉，粗魯地包紮一下，彎腰去撿掉在地上的魔女之劍。他才一碰，卻立刻像被燙到般縮回手，漆黑的長槍剎那間迅速縮小，變回樸素不起眼的鋼戒，在地上轉呀轉。

塞西爾搶在他再去碰之前，趕緊撿了起來塞進口袋。「這是哥哥給我的。」他在伊納修斯懷疑的眼神下立刻解釋道：「他說這是給我的禮物。是、是奧伯拉鋼做的。」

那瞬間伊納修斯眼裡閃過一絲奇怪的神色。說是驚愕也不盡然，居然有點像是憤怒。「——快走。」他言簡意賅道。

坐進伊納修斯那臺銀色跑車裡，這似乎是少數幾次塞西爾看見他開這臺車卻沒打開敞篷兜風。渾身是傷的男人彷彿感覺不到腰側還在滲血，一邊駕車，一邊撥出電話三言兩語交代現況後就直接掛斷。塞西爾本想接著開口解釋，卻不知不覺就跟著一言不發的男人沉默下來，車裡頓時安靜得彷彿能直接悶死才剛死裡逃生的兩人。

他知道伊納修斯是故意在醞釀氣氛。雖說恢復魔法和恢復記憶兩者還是有些距離，但曾經認真考慮過要斬草除根的伊納修斯，可不會像迦勒那樣寧願選擇視而不見。少年盡責地表演著局促不安的模樣，捏緊手中的戒指瑟瑟發抖，等他開口便要撲簌簌落淚，哭哭啼啼地說出無懈可擊的解釋，卻遲遲就是等不到伊納修斯問話。

塞西爾往旁偷看了一眼。伊納修斯臉上沒什麼血色——畢竟才剛被刺了幾刀，雖然眉頭緊鎖但握著方向盤的手仍然穩健，倒也不像真的沒力氣了。難不成在等少年自己先開口嗎？塞西爾想了想，抿緊嘴唇，怯怯地偷瞥向男人腰間染紅的衣衫，小心翼翼問道：「伊恩哥哥……你的傷還好嗎？」

伊納修斯沒有立刻回答，只是不帶情緒地瞥了他一眼。「你說呢？」

這個口氣。已經許久沒被當成小孩子訓話的塞西爾，乖乖地不敢再問。男人打過方向盤，油門踩到底，引擎聲頓時憤怒地大漲。塞西爾抓緊安全帶，硬著頭皮再次開口道：「我──我真的不知道怎麼做到的，那個劍……」

「我知道你不懂。」伊納修斯打斷他，冷淡地說：「你要是懂還得了。」

少年一頓，立刻閉上嘴。

伊納修斯沒有馬上接著問話，愛護形象的男人抹掉臉上妨礙視線的鮮血，隨手擦在衣服上。他真的相信塞西爾恢復記憶了嗎？聽說在少年住進普通醫院的這幾天裡，伊納修斯直接闖進黑魔法防範中心，把不肯離開的西格齊強行抓回本家。雖然他們關係不是很好，但面對外人時砲口可一致了，若伊納修斯真的相信西格齊一意孤行的瘋言瘋語怎麼辦？

眼下車裡只有他們兩個人，才剛從某個身手詭譎的魔法師手中死裡逃生，駕駛又身受重傷。一旦出了什麼意外……

「塞西爾。」伊納修斯嚴肅地喊，塞西爾立刻抓緊了手裡的戒指。車速非常快，貿然攻擊伊納修斯的話他也會死，至少──

「你小時候突然哭鬧說要回家，就是聽到那些話嗎？」

千算萬算偏偏就是沒料到這句話的少年頓了一秒，就此錯失否認的時機。

伊納修斯神色晦暗，實在看不出來心裡究竟在打怎麼樣的如意算盤。塞西爾完全沒想到他居然聽見了那番話，是父親失手把伊納修斯也一起拉進他的幻境裡，所以他全聽見了嗎？連同塞西爾當時看見的景色，他也看到了嗎？那他一定知道了，一定猜到塞西爾恢復記憶了。

在亞當手下屈居次位一千年的長生者大家主，可不會樂見英雄一而再再而三地復生搶走他如今的風頭。這個男人不能留。別管什麼車速了，得在抵達黑魔法防範中心前除掉伊納修斯，這枚戒指有辦法在高速行駛到一半翻車的情況下保護他嗎？

「難怪你那時候突然就不理我了。」伊納修斯的語氣聽起來有點奇怪，半是嘲諷，卻好像又帶點真假難辨的無奈。「你怎麼沒跟迦勒告狀呢？說我想殺你。」

塞西爾默不作聲。

「你知道他鬥不過我。」伊納修斯自言自語地回答。他幽幽地哼了一聲：「我們小西果然很聰明。要是你是我們家的人就好了。」

「我們小西」。塞西爾心裡竄起一股沒來由的無名火，又覺得跟他計較稱呼簡直幼稚得可恥，一邊觀察著兩旁車流，按捺情緒說道：「那這十二年你怎麼沒下手？」

「沒大沒小。」伊納修斯冷冷道，打過方向盤轉了個彎，匯入更擁擠的車道。「被揭穿就換一副嘴臉，這一點你真的和那個人一模一樣。」

塞西爾本想回嘴，最後還是選擇沉默不語。

「反正你現在該知道的都知道了，我就直說吧。」伊納修斯平靜道：「就當時情況來說，除掉你是最好的，即使留著也沒有好處。你沒了魔法也沒了記憶根本廢人一個，還有可能其實只是魔女碎片的化身。就只有你那親愛的哥哥，不知道是打仗打到腦袋壞掉還是怎樣，說什麼就是要留你活口——至於原因你就自己問他吧，我一點興趣都沒有。」

塞西爾頓時有些心虛。這一千多年來伊納修斯幾乎是從頭到尾見證他們兩人之間難分難捨的破事，甚至也掃到過不少次颱風尾。

男人踩緊油門，繼續說：「我不恨你，小西，只是你的存在實在太危險了。你回溯的事情無論如何都不能被人知道，照理來說就算不殺你，也不應該留你在走兩步就會撞到長生者的首都。我提議要把你藏到國外，但迦勒認為這樣反而會讓有心人趁虛而入。說要把你交給別人撫養，才能降低身分被起底的風險，他又誰都信不過。你在這裡舒舒服服住了十二年，有沒有想過為什麼當年他直接把你抱進生還者營地，如今卻沒幾個人知道你是亞當？」

少年一言不發。

「他為了給你一個乾乾淨淨的新人生，真的付出非常大的代價。」伊納修斯平靜地說。

塞西爾捏緊手中的鋼戒。戒指不知不覺又開始輕微發熱，讓少年感到有點頭暈。他不動聲色地靠上椅背，安靜聽著伊納修斯繼續道：「這十二年我為什麼沒有趁機對你下手？一來我確實怕迦勒會真的瘋起來跟我玉石俱焚。再者事態都已經底定，現在再動手只會讓情況更亂，而且……」他停頓了一下，塞西爾本以為他沒有要繼續說了。

「我懂小孩。」但他還是開口道：「你的確就只是小孩。」

塞西爾咬緊了唇不出聲。又是這種背叛感。

哥哥就算了，伊納修斯可不是那種會對小孩心軟的人。因為他是小孩，所以沒有多大威脅？還是這樣比較好控制？為什麼那樣一個精明狡猾的人，此時此刻卻講得一副好像真的要讓能逮住塞西爾把柄的大好機會就此溜走的樣子？

「聽懂了就說實話。」沒等他釐清思緒，伊納修斯話鋒一轉，「你什麼時候恢復魔法的？」

塞西爾張開口，一時卻不知道該用怎樣的語氣講出準備好的說詞。他偷偷瞥向渾身是血的男人，遲疑一會，小心翼翼地道：「在防範中心的時候，我的指數就不太正常……」

「所以是西格齊騙了我？」伊納修斯冷冷道。

「不是魔法……」塞西爾道：「他說我的身體在急速萎縮。」

伊納修斯沒有回話。他果然知道塞西爾身體的祕密。

「我今天早上才拿到這枚戒指……」少年繼續說，順勢捏緊戒指。他隨時可以動手，只要等附近車流少一些，目擊者太多會很麻煩。

「然後那個人就出現了。我想說奧伯拉鋼好像也有護身符的用途，所以就抓著。」他想了想，壓抑住話裡的委屈，故作若無其事地低聲說道：「……我當下只是想救你。」

伊納修斯沉默了好一會。塞西爾不由得有些緊張，他這身體從小到大沒跌倒過幾次，要是真的動手，不知道出車禍後又要在醫院躺多久。如果伊納修斯真的死了，本家現在只有不受待見的賽琳娜，與年僅十三歲的柏妮絲，他們家族手裡握著國都的經濟命脈，倒楣一點的話也許這得來不易的脆弱和平會就此破碎——

正好趁了塞西爾的心意。情況越亂，哥哥和他脫離首都就越容易。只要他先活下來……

經過一陣令人戰戰兢兢的沉默，伊納修斯終於開口：「那個入侵者在你眼裡是什麼模樣？」

少年立刻猜到他這麼問的目的。但伊納修斯一定早就知道答案了，塞西爾只好硬著頭皮道：「是哥哥。」

「所以你想跟你哥去浪跡天涯？」

塞西爾沒有回話。雖說要是他們兩個麻煩人物真的能就此人間蒸發，伊納修斯肯定是最開心的一個，但清清白白的兄弟手足，怎麼會有這種莫名其妙的願望呢？一定得否認才行。他們本來就不是可以相愛的關係。

「怎麼會有這種念頭？」長生者的聲音聽起來森冷極了。

還是直接殺了伊納修斯吧？反正遲早也要動手，何必在這裡受他羞辱逼問，這個男人以往在亞當面前大氣都不敢吭一聲，如今倒是囂張得像條野狗。

父親說得對，即使他和哥哥真心想脫離這一切，伊納修斯也不會相信，更不可能就此對他們撒手不管。殺了他，然後推給父親，之後再解決父親，這樣塞西爾一點損失也沒有。

「你身上……」伊納修斯重重地吐了一口氣，顯然對於被迫再度捲進這兩人之間的事情感到非常不悅，「是迦勒做的嗎？」

殺了伊納修斯吧。真的要殺他嗎？塞西爾不是第一次親手殺掉同伴，而且其實也不難，同伙沒有防備反而更輕鬆，目擊伊納修斯的死搞不好還可以讓哥哥更心疼，更袒護他。

塞西爾握緊手裡的戒指，彷彿感覺到鋼鐵在掌中燙出一個洞。

真的要殺伊納修斯嗎？

「小西。」正全神貫注的塞西爾突然聽見這聲呼喚，差點嚇了一跳。他撇過頭，伊納修斯仍目不轉睛地看著路況，沒有察覺少年奇怪的反應，「是他先的嗎？」

「先什麼？」塞西爾問。

長生者打過方向盤轉了個彎，沉默幾秒後才徐徐說道：「我不知道他有沒有告訴你，但你們以前關係匪淺。所以我才不懂他為什麼執著要留下你，天天看著什麼都不記得的你對他來說也是種煎熬。雖然他保證過不會做多餘的事，但他每次只要碰到你，整個人就會變得亂七八糟，在我看來根本自顧不暇。」

少年沒有回應。

「如果他真的對你做了什麼不好的事……」伊納修斯緩緩說道：「信不過我的話就去找潔兒吧，她無論如何一定會站在你這邊。你哥勢力大歸大，在首都能牽制他的人也不少，即使真的因為戀童而受到懲戒，那也是罪有應得。」

這是話術。塞西爾心裡清楚得很。騙取自己信任的話術而已，少年卻發現眼眶莫名發熱。

他閉上眼，悄悄地深吸一口氣，卻還是感覺到伊納修斯扔了包衛生紙到他腿上。被拆穿的塞西爾氣憤地一連抽了好幾張壓在臉上，倔強地假裝聲音裡的哽咽都是被衛生紙悶出來的而已。

「哥哥什麼都沒有做。」他說。自己怎麼會變成這樣呢？好像真的是個不諳世事的十七歲男孩一樣。「是我……是我告白的。」

長生者只是靜靜地聽著。這一千多年來，伊納修斯那張臉幾乎讓他吃盡苦頭，大家主可不是普通地反感男人之間的愛情。而那些羞於見人的過往，早就被他通通埋藏抹煞了，所以不知情的少年不需要顧慮他的感受。「是我一直死纏爛打，哥哥才不得已答應我。我就是真的、超超超喜歡他。不要怪哥哥……」

他聽見伊納修斯吸了口氣，似乎想說什麼，最後還是什麼話也沒講。

車裡的氣氛尷尬極了，但他們還是順利到達黑魔法防範中心。遠遠就能看到一群人大陣仗等著，當伊納修斯滿身是血地下車，帶頭的西格齊臉色一瞬間從憤怒變成錯愕。

「帶他進去。」伊納修斯在塞西爾還沒搞清楚狀況時就拉住他的手，把他交給其中一個研究員。少年什麼都還來不及說，就被稀里糊塗地拉進宏偉的建築，再一次下到不見天日的地下十五層。

「伊恩哥哥呢？」塞西爾問，卻沒有人願意回應。

電梯門一打開，前方研究員立刻緊緊抓住他的手腕，半拉半拖地把少年拽出電梯。他們穿越無比慌亂的研究室，穿過一扇又一扇防護門，當最後一道鐵門打開，眼前的景象讓塞西爾頓時一陣毛骨悚然。

這裡的空間比其他地方都來得空曠，沒有讓人眼花撩亂的機器或線路，只有無數整齊排列的圓柱支撐著天花板。房間裡的光源只有柱子頂端與尾部有一圈燈管，以及地上走道的指示燈。最讓人覺得詭異的地方，是這些柱子直徑全都異常地寬，甚至有些壓縮到行走空間，讓人一看就知道肯定不是單純用來支撐樓面而已。

「請跟好，您要暫時待在方艙中。」研究員言簡意賅地說明，鬆開他的手，便頭也不回地筆直繼續深入空間內部。

塞西爾趕緊跟上，「什麼方艙？」

研究員沒有回答。不知道是不是塞西爾的錯覺，總感覺他們走得越深，裡頭就越暗，除了兩人急促的腳步聲以外，只聽得見空調系統的轟隆低鳴。少年焦躁地加快腳步，終於看見不遠處有道光芒。他匆匆追上已經有點拉開距離的研究員，卻看見此生真的非常不想再看見的一幕。

光源來自其中一根圓柱。覆蓋著表面的鐵板往兩側掀開，露出內側的透明玻璃，頭尾兩端的光源清楚照亮了玻璃柱裡不斷流動的氣泡、錯綜複雜的管線，以及漂浮其中，龐大扭曲而且半人半魔的怪物。

塞西爾認得這個黑巫師。

他來不及回憶過往，方艙裡的黑巫師突然抽動一下，緩緩睜開皮囊——其實是長在尾巴的眼睛。他的眼神幾乎立刻就鎖定住少年，就在那一瞬間，黑巫師全身眼睛都跟著睜開，直愣愣地瞪著塞西爾。

黑巫師的身體突然撕裂出一個開口，液體瞬間灌進他的嘴。他還來不及出聲，研究員突然衝到塞西爾旁邊把他撞開，迅速按了幾下儀表板，兩旁的鐵板便緩緩闔上。從縫隙中仍能看見黑巫師拚命地掙扎，研究員直接用力扯住少年的手腕把他拉走。「你當來校外教學是不是？不要亂看！」

少年跌跌撞撞地被拉著穿越方艙叢林，突然覺得眼前景色某方面來說，簡直與當年那個屍橫遍野的奧特蘭王宮別無二致。

走了不知道多久，他們終於到了一柱空的方艙前。裡頭沒有液體，但底部的鐵網格卻溼漉漉的。研究員把他推了進去，拉下從頂端垂吊下來的管線接在他身上。「為什麼我也要接這個？」少年恐慌地問。

研究員只是敷衍道：「我們必須隨時監測你的情況。」

「那我、那個水……」

「你這格會開啟空調供你呼吸，但不要在裡面劇烈運動，不要恐慌，免得氧氣消耗太快。」研究員避重就輕。塞西爾的雙臂三兩下就扎滿了針，整個人活像一隻吊滿線的木偶。研究員退了出去，關上玻璃門，在操作面板上按操作幾下，少年便感覺到腳下網格開始送風，氣流聲音在狹長方艙裡四處打轉，嗚呼哀鳴。

研究員又按了幾個鍵，外圍鐵板開始緩緩關上。塞西爾突然感到一陣恐慌，輕拍著玻璃說：「能不能不要關鐵板？」

他的聲音似乎傳不出去，只看到研究員疾言厲色地說了什麼，指著他貼在玻璃上的雙手。少年立刻收回手，鐵板就這樣關上。

從外面看時覺得柱子很大，一個人待在裡面才知道簡直窄小得令人窒息。

方艙裡很冷，少年忍不住抱緊自己瑟瑟發抖。他往後一靠，卻發現背面玻璃還是溼的，趕緊站直身體。但沒站多久他就覺得腳痠，雙臂也莫名地開始脹痛。塞西爾舉起雙手，看見這雙蒼白纖細的手掌明顯浮起了血管。

以前魔女打造黑巫師不是在這種狹小的地方。當時奧特蘭王給了她一整座宮殿，她便直接下令把其中三個大廳打通，建成一座跟泳池一樣大的浴缸。塞西爾從來沒見過那座浴缸空著的模樣，裡面永遠都泡滿血肉，那個女人只要在池邊跪下，往裡面一撈，就能拉出一個面目全非的怪物。除了她以外，任何跌進浴缸的人都不可能完整無缺地爬上來。

魔法之死後，全國大約數百位的魔法師，只剩下不到五個依然保有力量。當時仍有上千上萬的黑巫師中，又有多少如今仍在這座狹小方艙裡苟延殘喘？

不知道研究員到底往他體內注射什麼，塞西爾感覺頭越來越暈。他不敢貿然拔掉身上的管線——畢竟這方艙本來就不是為了提供保護而設計，無法預測若是隨便拔掉會出什麼事，至少黑魔法防範中心不可能有膽子害他。

少年說什麼也不想碰到腳下溼漉漉的網格，便小心翼翼地蹲了下來，卻又過沒多久雙腳就麻得完全失去知覺。冷風從下方不斷吹上來，像含冤而死的幽魂夜夜泣訴的聲音。

好想回家。

少年把臉埋在雙膝之間，閉著眼睛忍耐腰痠背痛的不適感。鎖得住黑巫師和防得了父親可是截然不同的兩回事，希望這個方艙是真的有用，他可一點也不想在這種甚至沒辦法躺平的地方與人歡愛。

他還要在這裡躲到什麼時候？即使現在躲得了一時，總不可能以後吃喝拉撒都在方艙裡。一想到這裡可能幾分鐘前還泡著一個半死不活的黑巫師，塞西爾就覺得有夠反胃。彷彿還可以聽見其他方艙裡的聲音，試圖呼吸的咕嚕聲，扭動時的水流聲，疼痛的低泣，瘋癲的低語。

「亞當。」

這是幻覺。什麼狗屁研究員，一群趁人之危的渾帳。

「居然是你啊？嘻嘻。」

好想睡覺。好想窩進那張蓬鬆柔軟的大床，抱著仙人掌抱枕好好睡一覺。

「好久不見，記得你是怎麼挖穿我的心臟的嗎？」

塞西爾疲憊地睜開眼睛，看見剛才那張扭曲變形的臉正藏在鐵網底下，興奮地看著他。軟爛的觸手從網格之間竄出來，拉住他衣服手腳，圈住他的脖子。

越來越多張臉漸漸從黑暗中湧出，爭先恐後地印上底部鐵網，被網格割得滿臉爛肉。一隻又一隻手緊緊拉住塞西爾的衣衫用力拉扯。

虛弱的少年根本沒力氣抵抗，側身倒了下來，感覺那個女人的手穿越網格，勾住了他的脖子，輕拍著他的背，呼吸吹撫在他耳邊，就像從前一樣。

「小西啊。」魔女說：**「你怎麼把自己搞成這樣呢？」**

真的好想回家。

chapter ✦ II

一直到聽見玻璃門打開的聲音，塞西爾才迷迷糊糊地從惡夢中甦醒。他甚至還沒能睜開眼看清來人是誰，只感覺到一雙溫暖有力的臂膀把自己從無數隻枯骨中拉出來，緊緊擁入懷中。

「小西，醒醒。」

是男人的聲音。塞西爾瞇著眼，呆呆地看了兩秒才認出那張臉。

「你的戒指呢？」哥哥一邊問，動手拔掉他身上所有管線。男人身後頓時傳來一聲驚呼，在背後搔頭晃腦似乎想阻止他，只是方艙空間狹窄容納不下第三個人。

「等等、等等，您貿然拔掉那些的話，他會受傷的！」

「喔。」哥哥頭也不回地冰冷道：「你們終於想起他身體不好了？」

頓時場面就安靜多了。睏倦的少年再度閉上眼睛，立刻又被拍了兩下臉頰。

「別睡了小西，快起來。」他催促著，在少年身上唯一一件大衣四處摸索，伸進放有奧伯拉鋼戒的口袋，卻又猛然將手抽了出來，「為什麼戒指這麼燙？」

這句話終於讓塞西爾清醒了點。他深吸一口氣，努力想睜開眼，卻覺得身體異常沉重。全身彷彿凍僵一樣動彈不得，四肢痠脹無力，寒冷的氣流凍得脊椎發麻，彷彿連呼吸就要凍傷氣管。為什麼會覺得這麼難受？方艙裡的溫度不至於冷成這樣才對……

他顫抖地拖著手臂掏出戒指，攤在掌心上，手抖得讓人害怕隨時會把戒指掉進身下的網格。

「你沒有感覺嗎？」哥哥驚愕地問。

少年只是傻傻地望著手中的鋼戒。

哥哥抓住他的手，飛快地替他戴上戒指，塞西爾這才看見哥哥的左手無名指上真的就如男人所說，明目張膽地也套著奧伯拉鋼戒。剛戴進去，依偎在男人懷中的少年明顯地動作一滯立刻想拔起，哥哥卻抓住他的手不讓他得逞。男人的力道很重，正微微地發抖著，又不像是不舒服的樣子。

塞西爾發現自己不敢抬頭看他。

過了死寂的幾秒鐘，哥哥撈起他的膝蓋，把他打橫抱出方艙。

「等一下！如果您直接這樣把他帶走——」研究員大呼小叫著想上前阻止，哥哥直接側身把他撞開，大步走進狹窄的走道。塞西爾抱著他的脖子，腦袋無力地往後仰，茫然望著天花板上的光芒一圈一圈地晃過去，糊成令人暈眩的殘影。「好冷……」

哥哥默默地加快腳步。研究員還追在後面，聲音在一柱又一柱方艙間來回穿梭，像陰魂不散的魅影。

「我向您保證西格齊主任絕對沒有惡意！只是防範中心裡唯一沒被入侵者突破過的地方，僅剩儲藏室這裡才出此下策。您這樣貿然把他帶出來，防範中心就無法對他的安危負責了！」

塞西爾不確定哥哥有沒有回話。他感覺腦袋彷彿在不斷自主發聲，嗡嗡作響著，研究員的呼喊、哥哥的踏步聲，水流的聲音、空調的聲音、魔法的聲音，在這座漆黑偌大方艙森林中不斷地迴盪碰壁，哪裡都沒有出口。

「哥哥，我真的好不舒服……」少年抽噎道。

哥哥只是低聲安撫：「再忍一下，哥哥立刻帶你離開這裡。」

好冷。好暈。好想吐。好想哭。

哥哥走太快了，少年感覺全身骨頭都快被行走時的顛簸震碎，開口想讓他慢一點但發不出聲音。他想呼吸，卻發現累得簡直心臟都快跳不動，圈著哥哥脖子的雙手無力地滑開。哥哥低頭瞥了他一眼，猝不及防停住腳步，一直追在後方的研究員差點直接撞上來。

他什麼都沒說，突然蹲了下來把少年抱在腿上，空出一隻手扯開他的風衣。塞西爾迷迷糊糊看見研究員的腦袋從哥哥肩後好奇地冒了出來，尷尬地想遮住赤裸的身子，哥哥卻不理會他微弱的掙扎，逕直把上半身外套都拉開，露出少年散落著點點痕跡的蒼白裸體，開口的語氣極其冰冷。「這是什麼？」

塞西爾順著他的視線低頭，看見自己蒼白單薄的胸口上，破了個小小的洞。

「不是我！」研究員立刻辯解，卻一直語無倫次地說不出完整的話，驚恐的語氣只是刺得少年頭痛欲裂。他吃力地抬起眼看向臉色鐵青的哥哥，卻反而越過男人的肩頭，對上另一隻那同樣晦暗的太陽之眼瞳孔。

塞西爾不假思索抓住哥哥的衣領，把他往身上拉。沒料到他動作的男人，本想撐著手穩住身體，瞬間聽見背後傳來研究員的尖叫聲，便乾脆抱住少年，一連翻滾了幾圈。男人穩住重心回頭再看，原先蹲著的地板已經破了一個大洞，洞口邊緣像沙子一樣不斷流逝。研究員不見了，只剩另一個身影安靜地佇立在方艙旁，若有所思地仰望著高大鐵柱。

哥哥立刻拔槍反擊。父親伸出手，頓時方艙外殼的鐵層全部化為沙塵堆積在旁邊，裡頭的黑巫師正像嬰兒般蜷縮成一團沉睡著，聽到動靜抽動了兩下。在碰到玻璃之前，父親整個人又突然風化成沙消失無蹤，子彈擊中後頭另一柱方艙的鐵板外殼發出巨響。

頓時整個儲藏室警鈴大作，照明光源急促地閃爍起來，地上亮起一排腥紅色的指示燈直指逃生路線，甦醒過來的黑巫師興奮又焦躁地在方艙裡不斷扭動，撞擊著玻璃。

哥哥粗魯地把塞西爾直接拉了起來，扛到肩上拔腿狂奔。少年感覺視線與胃酸都在天旋地轉，似乎吐了一點在哥哥背上。這副身體實在太沉重了，哥哥的動作似乎也被壓垮拖慢，跑了許久仍然逃不出這座不祥的方艙之森。哥哥這才意識到這條不見盡頭的漆黑走廊，只是父親在愚弄他們的幻象。他一停下腳步，少年險些滑落男人肩頭，哥哥趕緊把他放下來焦急地說了什麼，但塞西爾壓根聽不清。

他虛弱地癱在哥哥懷裡，迷迷糊糊被他推到背後護著，越過男人肩頭看見那把專為宰殺黑巫師而設計的銀色手槍，在他掌中顯得格外渺小，直指著不遠處黑暗中若隱若現的身影。父親就站在那，安靜地看著狼狽的二人，而哥哥不知為何也沒有搶先動作或開口威嚇，緊張的空氣中只聽得見警報聲低沉悲鳴，危險的紅光不斷閃爍，氣氛一觸即發。

光線太混亂，他看不清父親胸前有沒有破洞。從頭頂貫穿腳尖的寒冷讓少年意識漸漸模糊，緊咬著嘴唇保持清醒，終於看清父親的視線直勾勾地，從頭到尾只凝視著一個人。

「你終於有正當理由對我開槍了。在猶豫什麼？」他問哥哥。

話音未落哥哥立刻扣下扳機，父親又消失了，槍聲在黑暗中延綿不絕。塞西爾彎腰趴在地上摀著耳朵，還是能聽見哥哥扳機扣得像子彈用不完的機關槍一樣。擊中金屬鐵殼的回音在密閉儲藏室裡越疊越大聲，躁動的黑巫師們撞擊玻璃的聲音、興奮的低語，腳步聲警報聲水流聲空調聲與嗡嗡作響的戒指，這一切都讓塞西爾的腦袋像是快爆炸了。少年彎腰趴在地上無助地低泣，試著拔掉正不斷吸取著生命的戒指，卻彷彿有股吸力把鋼戒緊緊地黏在手指上，根本拔不掉。

「我是幻象。」父親冷淡的聲音輕輕鬆鬆就突破喧鬧，在塞西爾腦海裡繚繞不去。被折磨到頭痛欲裂的少年終於難受得慘叫，哥哥一邊護著他，一邊還追著身影在方艙之間神出鬼沒的父親開槍狙擊。

「這是你唯一可以名正言順轟掉我腦袋的機會。為什麼不瞄準？你不是一直夢想著親手送我下地獄嗎？」

沒辦法呼吸。塞西爾用力按著心口的破洞拚命吸氣，視線所及的警示燈似乎被槍林彈雨打壞般變得越發昏暗。他恐慌地抓緊哥哥，發現男人體溫高得燙手，嚇到立刻放開，才後知後覺地反應過來，是自己的體溫不知何時變得冰涼如死屍。哥哥立刻轉身抱住他，剎那間塞西爾看見一個影子映在臉上，穿過他的衣服隱隱約約看見天花板上閃爍的紅光。

塞西爾立刻就發現動不了，想必哥哥也是。父親沒有看他，甚至彷彿完全沒察覺塞西爾存在般直接略過少年。父親抓住哥哥手中的槍，武器猝然間便散落成灰燼灑在少年身上，又從他胸口的破洞漏了下去。他只能轉動眼珠勉強瞥見哥哥臉上驚愕憤怒的神色，和那分來不及藏好的恐懼。

「我親愛的弟弟……」

他就這樣眼睜睜看著父親伸手撫上哥哥的臉，看著哥哥眼神不忠地閃爍著，任父親賜吻。

塞西爾什麼都還來不及思考，頓時感覺到手指傳來一陣灼熱，是父親連同戒指一起抓住了他的手。滾燙的痛楚燒得他不由自主瘋狂掙扎，感覺到失控的魔法在這副殘破軀體裡四處輾壓衝撞，還真的稀里糊塗衝破了桎梏，讓少年淒厲地放聲尖叫。

哥哥這才彷彿回過了神，攬住少年細腰的手用力收緊，剎那間金屬猛然撕裂的重擊聲幾乎震聾塞西爾的聽覺，奪回身體的哥哥俯身抱起少年。戒指的灼熱感消失了，父親也不見蹤影。塞西爾眼角餘光瞥見，剛剛兩人狼狽跪躺的地板旁完全扭曲變形，凸起成一公尺高的長槍形狀，碎裂的逃生指示燈還在頭上不斷閃爍，而哥哥手上的戒指不見了。

精疲力盡的少年虛軟地癱在哥哥懷裡，腦袋後仰，上下顛倒地看見父親站在四柱方艙遠之外，閃爍的紅光將身影描繪得殘破不全。他胸口的破洞似乎又變大了，心臟處多出一個沒有完全貫穿軀幹的傷口。哥哥握緊長槍，直接把扭曲的鋼鐵連根拔起，而父親卻就只是站在那，沒有防禦、沒有反擊，連半點得意甚至害怕的表情都沒有，只有那隻被警報燈映照成烈火色澤的左眼靜靜地淌下一道淚。

塞西爾不知道父親是在哭給誰看。是以亞當的模樣看著哥哥，還是在看他？

哥哥擲出魔女之劍。父親抬起手，猝然之間放眼所見每一柱方艙鐵層外殼都瞬間化為沙塵飛散，原本昏暗難視的儲藏室乍然大亮，無數漂浮在實驗液中的怪物痛苦地蜷曲扭動。隨著長槍穿過消失的父親重重落地，數百柱玻璃方艙應聲炸裂。

哥哥立刻彎腰，護住少年不被噴飛的玻璃碎片擊傷，趁著黑巫師們還沒回過神前，當機立斷拔腿狂奔。他毫不留情地直接踩過擋路的黑巫師，幾隻早已奄奄一息的實驗體就這樣被踩死，卻也有些還在強撐的實驗體被徹底激怒，發出驚天動地的哭號。

少年的胸腔與耳膜被強烈音波撼動，腦袋也彷彿被人重擊般暈眩。當哥哥側身躲過一隻搖搖晃晃朝他們撲來的怪物，滑越另一隻黏滑的屍身時，塞西爾突然眼前一黑，在哥哥穩住腳步前差點被慣性甩出他的懷抱。

「哥哥。」他抓住哥哥的衣領想說話，但氣若游絲的聲音在震耳欲聾的咆哮中根本聽不見。前方一隻已經徹底清醒的黑巫師注意到混亂中的兩人，立刻暴衝過來。他長得勉強像是沒有脖子、四隻腳又全身帶刺的鴕鳥，有著一張看不清像人還是像魚的臉，淒厲地咆哮著哥哥的名字。

哥哥單手抱住少年，一鼓作氣彎腰跳起，踏上怪物的肉體蹬上天花板，反手往上一抓便把金屬材質的天花板拉扯變形，擰成魔女之劍的形狀貫穿黑巫師的喉嚨。怪物還是沒死，哥哥鬆手沿著黑巫師沾滿碎玻璃的黏滑背部滑下，在怪物把他們甩出去前抓住他背上的棘刺猛然一拔，拉出一坨比蜷縮身體的少年還要大的肉塊，好幾顆大小不一的腦袋黏在一起，放聲尖叫著。

哥哥隨手拋開黑巫師的本體，跳下怪物的屍身後頭也不回地繼續往前跑。他們所在位置距離出口實在太遠，又一個龐然大物擋住了他們的去路。塞西爾感覺到哥哥試著想再度召喚魔女之劍，但剛才數度叫出長槍時，武器的形狀就已經變得越來越細、越來越脆弱，這招遲早會失效。

「看看這是誰。」面前的怪物說道，卻不清楚發聲的部位在哪。塞西爾聽過這個聲音，一時間想不起來是在哪裡與他正面交鋒過。**「變得又老又胖，你這些年過得很爽啊。」**

哥哥沒有理會，迅速鑽進黑巫師視線死角的屍體縫隙中掩著身形逃跑，沒走兩步就連被抱在懷裡的塞西爾都明顯感覺到不對勁。一隻大蹼從天而降，兩人差點被壓成肉泥前哥哥驚險地翻身一滾，黑巫師依舊緊追不捨，逼得哥哥只能不斷後退翻滾躲避，甚至顧不及懷裡的少年直接往自己身上吐了出來。

「你可沒有魔法了！跑什麼呢？難道想用拐杖對付我嗎？」

抱著一個人拖慢了他的速度。塞西爾難受得淚流不停，死死扣住哥哥的背好讓他活動雙手，但哥哥根本不敢放開，深怕手一鬆，虛弱的少年就會在激烈的翻滾中飛出去。塞西爾昏昏沉沉地瞇起眼，試圖在一片混亂中找出任何一點可能的突破口，卻反而迎面看見一張血盆大嘴，密密麻麻歪曲凌亂地插滿尖銳的牙齒，在喉嚨中央塞著一張白眼半翻、奄奄一息的臉。

「哥……」

哥哥看也沒看就立刻低頭閃過前後夾擊，往前翻滾，在黑巫師憤怒的尖叫中看準極小的破綻死命往前衝。說時遲那時快，右上方突然落下一條巨大的尾巴，閃躲不及的哥哥果斷向前彎腰，讓尾巴重重砸在他的腰上。少年頓時放聲大哭——他抱在男人背後的手指就這麼被砸斷了，而直接承受攻擊的哥哥卻只是悶哼一聲，身形一斜，還沒來得及抓回重心，突然又一隻大蹼從後方揮來，把兩人狠狠拋飛出去。

塞西爾隱隱約約聽到哥哥在喊他。他還沒回神，整個人便猝不及防地重重砸進滿地屍骸中，腦袋著地，頓時什麼感覺都沒了。

原本回音不斷的吵雜空間瞬間變得好似沉入水中，聲音都變得悶悶的，只剩突如其來的寂靜在塞西爾腦袋裡淒厲尖叫。泡了太久實驗液體而溼黏噁心的血肉，有的還有餘溫，有的早已冰冷僵硬。失去手臂知覺的少年試圖揮開不斷掉到臉上的爛肉，視線面前的屍骸反而越撥越多，只聽得見戒指不斷嗡嗡作響，把他斷掉的手指震得疼痛不已。

哥哥在哪裡？他想。我在哪裡？

少年像隻不會游泳的旱鴨子，深陷在黑巫師屍體裡拚命掙扎著，好不容易撥開一條縫細，拚盡全力爬了出來，卻看見頭上吊著一顆巨大灰色眼睛，像鏡子般清楚映出他的狼狽模樣。

塞西爾發現自己完全沒辦法思考。

「你是亞當的兒子？」他說：「長得和他真像。」

少年只是傻愣愣地瞪著面前的怪物，眼睜睜看著他的腦袋越來越低，能聞到某種腐敗的惡臭。黑巫師張開嘴巴輕輕咬住，把少年從屍堆中拉出，仰頭吞了下去。

他的食道太窄，沒辦法一口氣嚥下少年。塞西爾被扭曲成低著頭、縮起肩膀的姿勢，上半身卡進食道，兩隻腳還垂在外面晃啊晃。裡頭比想像得還要悶熱，膨脹的軟肉把他擠壓得難以呼吸，好像感覺到有什麼抓住了他的腳踝，來不及分辨那是誰的手，黑巫師抬高腦袋用力一吞，少年終於整個人滑進了他的消化道。

少年像子宮中的嬰兒般蜷縮著，深埋在血肉之中動彈不得。這裡面的味道實在是難以形容地令人反胃，耳邊能聽見類似肌肉鼓動般的低沉聲響，當黑巫師開口說話時整個人都會被震動的聲帶晃到身體麻痺。塞西爾感覺到正在被消化，沒被衣服包裹住的皮膚全都像烙上熱鐵一樣痛得令人發瘋，斷裂的手指歪曲成詭異的角度貼在胸前，而手上的戒指正在不斷地吸收他的體溫和意識，甚至生命。

他可以感覺到哥哥。男人胸口以下痛得要命卻又不能停下腳步，左手無名指似乎被什麼東西緊緊錮著，彷彿隨時會被切斷手指。還能感覺到哥哥的情緒罕見地非常激動，他在想什麼……為什麼會這樣呢？

塞西爾試著挪動身體，側過腦袋，在黑暗的血肉中與一張女人的臉四目相交。她臉上沒有毛髮，睫毛、眉毛、頭髮早已被腐蝕殆盡多年，只剩一雙布滿血絲的眼睛驚愕地瞪視著他。塞西爾不知道該做何反應，只是呆呆地與她對視著，過了兩秒緩緩說道：「原來妳的本體在這裡。」

女人臉上的表情從驚愕變成驚恐，又變成憤怒，許多年沒用本體開口說話的聲音極其沙啞難聽，怨恨得語無倫次，**「是你……」**

「幫大忙了。」塞西爾完全沒打算聽，吃力地挪動身體朝她靠過去，「我正好很餓。」

本體拚命尖叫起來，試圖想引起外頭那隻怪物的注意。塞西爾充耳不聞，伸長脖子，張嘴首先咬斷女人的鼻子，接著是嘴唇、眼球，把她的本體一塊一塊啃食掉。他感覺到黑巫師的力量湧進身體裡，立刻又被戒指吸收，只好繼續吃，像寄生蟲般不斷撕咬著身體周遭的一切，直到幾乎分不清哪裡是魔物的血肉，哪裡是自己。

那隻長年寄宿在本體上的魔物一下子失去宿主，只能茫然無措地縮在角落瑟瑟發抖，他便順勢把牠也吃掉了。直到黑巫師所有力量都被吸乾抹淨，塞西爾還是覺得好餓。

他一口吞掉其他想來分食屍身的黑巫師，逮住來不及逃跑的小型魔物，連灑在地上那些早已死去多年，只是一直被方艙完好保存著的屍體都吃了。永無止境的飢餓感仍舊不斷地折磨著他，餓得快要瘋了。他不顧青紅皂白地大肆狩獵，看見什麼就通通放進嘴裡，感覺到鋼戒就像狼吞虎嚥的自己一樣不斷撕咬著。這副身體似乎又如當年開始融化，感官徹底被魔法占據，看不見聽不到，只知道又冷又餓……

不知道從哪裡傳來一股味道。塞西爾立刻抬起頭，沿著稀薄的氣味手忙腳亂地想爬過去，一瞬間發現被卡在某個柔軟、溼潤又悶熱的空間裡動彈不得，眨眨眼卻又消失了。頭好暈。凶暴的飢餓感讓他沒辦法專心辨別氣味來源，四周全是血腥味、鐵鏽味、腐臭味，還有其他難以說明的奇怪味道，他只能像隻跛腳的野獸般四處衝撞卻遍尋不著冬眠的窩。

好餓，好冷，好睏好累好暈好想哭，突然之間東西南北前後左右的方位感全部碎成廢紙，掉進真實與幻影間的月臺間隙，那個氣味越來越淡了。恐慌至極的塞西爾終於忍不住崩潰大哭，就在張嘴的那一瞬間，某個伺機已久的東西終於逮住破綻，強硬地鑽進怪物口中硬生生扯開上下兩顎，把昏迷的少年從屍體的消化道裡拉了出來。

「小西！」那人側抱著他，忙著拍掉他身上沾黏的血肉。「小西，醒醒！」

見少年仍然一副茫然的樣子，潔兒當機立斷一巴掌打了下來，塞西爾半邊臉頓時一陣刺痛發燙，傻傻地望著女人不停呼喚自己的名字，再度舉高了手。

「等……」他摀著臉趕緊道，頓時壓不住反胃感，直接吐在了潔兒身上。她沒有閃躲，只是拍著他的背催促：「快點……」

話還沒說完，潔兒忽然猛地扯開少年身上已經被腐蝕成破布的風衣。塞西爾頭暈目眩地順著她的視線低頭，看見胸前那個硬幣大小的破洞不知何時擴大了，寬得能輕鬆穿過一條男人的手臂，少年卻半點感覺都沒有。

他抬起頭，看見潔兒的眼神既錯愕，又忌憚。

儲藏室裡的緊急光源幾乎都已經熄滅，偶爾噴出幾絲破碎的火花，只剩幾支手電筒到處揮舞。塞西爾這才看清剛剛群魔亂舞的黑巫師全都不見了，幾個防範中心的研究員與稽魔部幹員正在遍地狼藉裡到處穿梭，卻沒看見哥哥的身影。戒指那端傳來的溫熱感告訴他哥哥沒死。他當時親眼看著塞西爾被吃掉，為什麼卻不是那個心焦如焚的男人，親手刨開黑巫師的屍體把少年挖出來呢？

難道剛才那陣迷幻的經歷，不只是自己在做夢嗎？

「我們去找西格齊。」潔兒的聲音打斷塞西爾的思考，抓著少年的手把他扶起來。她面無表情地像個人偶，藏在黑暗裡更是晦澀難懂。她衣著凌亂卻沒沾到太多血，頂多只是來為這場惡戰收尾，而哥哥當時也已經身受重傷，還有誰有能力一口氣掃蕩幾十隻黑巫師？

「姊姊……」塞西爾顫著嗓音開口，緊緊抓住她的手臂，「發……發生……」

「有入侵者。黑巫師全部被放出來，害你的魔法失控。」她不動聲色道。

「什麼？」少年潸然落淚，剛站起來就立刻又腿軟跌坐回去。潔兒眼明手快地拉住他，抓著他一隻手繞過肩膀，試著扛起虛弱的少年。「你身上有魔法。西格齊會查清楚為什麼。」

所以哥哥真的看見他大開殺戒了。

塞西爾懊悔地閉起眼睛，抱著潔兒的脖子努力站穩，但腳下的血水太滑，差點害潔兒也失去平衡。偏偏是最糟糕的情況，即使西格齊說恢復力量只是意外，也不可能完全消除哥哥的疑心，他剛剛在那個多疑的男人眼裡看起來會是什麼模樣？

「哥哥……」

「他沒事。」潔兒安慰道，卻沒把話說完。

隨著她的視線方向，黑暗中隱隱約約能看到一個高大而狼狽的身影，一跛一跛地爬上這座屍山，渾身是血，就像他當年從浸滿血肉的浴缸裡剛被拉起來時的模樣。他的眼罩掉了，那隻空洞的眼睛直直盯著塞西爾，好像冷血、飢餓且永不饜足的父親。

塞西爾知道應該先發制人。可當男人的影子投射在身上，遮住殘破的照明，真的有那麼一瞬間，塞西爾以為他什麼都知道了。

哥哥一言不發，把枴杖插進屍體裡穩住重心，一把撈起卡住的少年。塞西爾戰戰兢兢地摟著他的脖子，聽見他的呼吸猶豫，檢查傷口的動作卻很俐落，剝掉少年身上破爛的風衣，脫下自己血淋淋的外套給他穿上。

「……小西。」語氣聽起來還是高興的，卻又藏著一點躊躇和戒備，甚至是失望的感覺。塞西爾還來不及說話，哥哥突然拔起拐杖，說：「把我變回去。」

少年困惑地看著那支被拿來當拐杖的魔女之劍。那把長槍上纏繞著細碎的裂痕，比真正的魔女之劍細且短得多。塞西爾本以為哥哥是要他把武器變回戒指的模樣，沿著槍身往上看，卻發現男人粗壯的手臂彷彿被吸進一個極其狹窄的空間，從手肘處被扭曲成細長的桿子，與魔女之劍連結在一起。

他慌張地望向男人，「我不……」

「你會。」他打斷少年哀求時的聲音很是冰冷，好久沒聽到他用這種語調跟塞西爾說話。「你會魔法。召喚魔女之劍就算了，你知不知道剛剛做了什麼？」他痛苦地問：「你什麼時候恢復了力量，為什麼沒有告訴我？」

塞西爾百口莫辯。

「先離開這裡吧。」潔兒搶在氣氛降到冰點前開口。她拉著塞西爾的手，試著把他從哥哥懷裡帶開，而男人真的就這樣放開了他。塞西爾驚慌地望著那張沾滿血汙的臉，哥哥卻撇開了頭。不行，不能讓話題斷在這，這是哥哥唯一會聽他解釋的機會了。

「可是。」塞西爾無視潔兒斥責的眼神，執拗地開口道：「如果我告訴你，你就會像現在一樣懷疑我啊！」

「小西。」潔兒喝止，但塞西爾直接甩開她的手。

他用力抓住魔女之劍，槍身隨即碎裂，哥哥的手臂像氣球一樣迅速膨脹回正常的樣子，無名指上仍牢牢套著那枚內側刻著塞西爾名字的鋼戒。「對，我會魔法！」他瞪著男人錯愕的臉氣憤道：「我只是想幫忙而已，可是哥哥你什麼都不讓我做，每次都說我還小身體不好這個那個，把我當笨蛋一樣，什麼都不告訴我！」

在一片黑暗裡仍可以看見哥哥臉色非常難看。潔兒試著喊停：「小西──」

「恢復魔法又不是我自願的。」塞西爾自顧自繼續道，一字一字越來越哽咽。「我根本不知道自己身上發生了什麼事情，每次一講到這個話題你就臉色很糟，難道你真的以為我不知道你想到誰嗎？你要我怎麼開口？明明你也騙了我！」少年放聲哭叫：「你說你看到的人是我！你說你跟亞當只是家人！那為什麼他會親你？」

「不要鬧了。」被拆穿痛處的哥哥難得動怒，立刻又被少年打斷。

「我們交往這幾個月，在你眼裡都只是在陪我玩扮家家酒而已嗎？」

「我是為你著想才瞞你！」哥哥生氣地反駁，打斷沒來得及出聲的潔兒。「我知道你喜歡胡思亂想才沒告訴你。何況這跟你瞞著我恢復力量一樣嗎？這兩件事可以相提並論嗎？」

「為什麼講得好像是我的錯，明明就是你先騙我的！」少年刻意忽略試著調停的潔兒，大聲哭訴：「你說你喜歡的是我！你明明就跟亞當關係很差！」

「我在跟你說正事！」

「好了……」

「你騙了我！」

「還頂嘴——！」

「砰！」

突如其來的槍聲狠狠打斷二人逐漸失控的爭執，就連底下搜救的聲音都頓時變小了。塞西爾立刻識相地咬緊嘴唇，繼續掉眼淚給哥哥看，卻不敢哭出聲讓潔兒聽見。

「你們吵夠了嗎？」

沒人敢回答她。

潔兒重新抓住塞西爾的手腕，他趕緊乖巧地回到女人身旁。潔兒一言不發，直接抱起虛弱的少年，滑下黑巫師的屍身，扛著他大步走出儲藏室。

腳步聲默默地跟了上來。他不敢在潔兒懷裡跟哥哥隔空吵架，乾脆低頭靠著女人肩膀，只給男人看一顆委屈賭氣的後腦杓。閉著眼都能感覺到釘在腦袋上的眼神有多麼氣惱無奈，這樣鬧脾氣估計只會讓哥哥更不滿，他最討厭少年幼稚不懂事的樣子了——但要是剛從怪物肚子裡被挖出來，就能立刻冷靜應對一番質問，那才顯得奇怪。

反正除了跟小孩子生氣以外，哥哥難道還有其他選擇嗎？

他同時還能感覺到潔兒的視線落在身上。她也是一路看著他們糾纏過來，當年得知迦勒一意孤行要留塞西爾活命的時候，她應該就預想過如今這種局面了。塞西爾倔強地一聲不吭，只是默默淚溼她的衣服，隱隱約約好像聽見潔兒嘆了一口氣，但她什麼都沒說。

離開儲藏室，塞西爾才知道這次真的闖了大禍。整個黑魔法防範中心全部亂成一團，研究員忙著搶救退冰的實驗成果和泡水的昂貴器材，整棟建築的空調、排水、照明系統全部故障，有些樓層甚至連緊急備用系統都失效。潔兒沒有往樓上的醫療樓層去，反而抱著他深入地下。照明越來越微暗，塞西爾看不清四周，乾脆閉上眼休息。空調故障讓地下樓層變得潮溼又悶熱，唯獨胸口莫名冰冷，凍得他渾身發抖。潔兒行走時的顛簸讓他又開始頭痛暈眩，昏昏欲睡……

不知從什麼時候開始，四周漸漸變得吵雜。塞西爾的眼皮沉重地睜不開，只聽見西格齊怒氣沖沖地從遠方靠近，「我說過他在方艙很安全！到底哪個字聽不懂，為什麼一定要跟我——」

「安全？」潔兒平靜道。

她一開口，連暴躁的西格齊都閉上了嘴。潔兒把他放下來，塞西爾這才不情不願地睜開眼睛，卻發現面前仍是一片漆黑，連支手電筒都沒有。他搭著潔兒的肩勉強站穩，感覺有人拉開身上浸滿血水的外套，盯著他破洞的胸口看。西格齊的聲音忽然在耳邊響起，讓他嚇了一大跳。「過來這邊。」

塞西爾茫然地左顧右盼，虛弱道：「沒有手電筒嗎？我看不到路。」

突然一陣死寂。

塞西爾困惑地四處張望，瞇著眼試圖在黑暗中看清旁人的表情。許久的沉默越發詭異，他感覺到有陣微弱的風吹過臉上，雙眼卻仍沒適應濃厚的黑暗。

他這才突然反應過來，不是沒開燈。是自己看不見了。

什麼都還沒來得及說，忽然有雙健壯的手臂把他整個人打橫抱起，塞西爾嚇得圈緊對方脖子，濃厚的血味重重刺進鼻腔，又引起少年一陣反胃。哥哥一言不發地抱緊他快步穿越吵鬧的人群，塞西爾憋著呼吸，看不見他的臉色讓少年無法判斷他是不是還在生氣，不知所措地抓緊男人背上溼透的襯衫。「哥哥……」

他們跟著西格齊走了一段路，哥哥把他放到手術臺上。有人用皮帶束住他的手腳，拉開身上唯一一件外套的拉鍊。少年立刻慌張地掙扎起來，隨即感覺到一雙厚實的手掌捧著他的雙頰，固定住他的腦袋。

「哥哥？」他還沒說完卻猝然感覺到胸口湧上一陣電擊般的痛楚。少年痛得大叫，哥哥立刻壓住他的肩不讓他掙脫束縛。

「壓住他。把魔女之劍的碎片拿來。」西格齊下令，把某種冰涼的東西塗在他胸口。

刺痛感讓塞西爾忍不住焦躁掙扎，哭喊著：「能不能告訴我現在在幹嘛！」

「忍耐一下。」潔兒的聲音從手術臺尾端傳來安撫著少年，站在身邊的哥哥卻一聲不吭。塞西爾感覺到有根手指在胸口戳呀戳，按了半天也沒得出個結論。

一陣腳步匆匆趕來，「主任，碎片……」

他聽見西格齊搶過什麼，接下來的聲音全被眾人的驚呼淹沒了。「住手！」潔兒怒喝，連哥哥也鬆開按在他肩上的手。

驚慌的氣氛讓少年反射性縮起身子，手腳卻被牢牢鍊住，只感覺到一陣風。似乎是西格齊拿什麼東西朝他砸來，塞西爾卻遲遲沒感覺到痛，原先緊張的氣氛彷彿猝然被誰打斷一般，頓時一片死寂。

「……這是怎麼回事？」最後是潔兒率先打破了沉默。

「妳不會自己看嗎？」西格齊冷笑，「他吃了魔女之劍。」

「主任！」剛才拿來碎片的研究員後知後覺地慘叫，還來不及惋嘆就此消失的珍貴研究材料，就被西格齊怒轟了出去。

塞西爾感覺有隻手用力地在他胸膛上畫圈。「這個洞就是一張長在他身上的嘴，專吃魔法。這隻手指只要稍微伸進去，我就會像剛剛那塊魔女之劍的碎片一樣，整個人被他吸收掉。你們幾個都有過魔法，我勸你們不要再像剛才那樣把他抱來抱去了，一不小心就會被這小子吃乾抹淨。」

「什麼意思？」塞西爾哭著插嘴，直接被西格齊忽視。

「一定是這小混帳做了什麼好事，現在他的魔法大逆向，全部被吸進奧伯拉鋼裡，戒指已經拔不掉了。」西格齊突然抓住他的左手，握住套在無名指上的戒指用力拉扯，無視少年痛苦的哭號。

「等魔法全部被吸進戒指裡，他就會死，除非把手指整隻剁掉。他的力量本來有很穩固的結構，現在已經整個亂掉了，如果把戒指拔掉就等於把固定的繩結剪斷，幸運一點的話可以繼續過日子，只是會變成一感冒就能要命的體質。依我看這手指一砍下去只會讓他生不如死，躺在病床上苟延殘喘拖個一年半載再嚥氣。」

沒有人說話。

「把你手上那東西拔掉。」西格齊突然又開口。

塞西爾一聽就知道他是在對哥哥說話。少年扭過頭，試著在一片黑暗裡找到方向，明知道哥哥就站在旁邊，卻什麼也看不見、聽不見、碰不到。

「是你想出這種用奧伯拉鋼打造對戒的天才主意嗎？你是**白痴**嗎？你明知道這小混帳的體質就是顆未爆彈，還幹這種蠢事?!」

「冷靜一點。」潔兒說：「什麼體質？為什麼小西身體裡會有魔法？」

「他是魔法做的！」西格齊氣得脫口而出，塞西爾感覺到哥哥似乎想制止，但來不及了。「他當年不是被砍頭？除了那顆腦袋其他地方全都是魔法，體質上來說就是個貨真價實的魔女碎片！你手上那圈破鋼，除了在他死時拖你下水外沒有半點屁用，就算他恢復力量你也不會跟著雞犬升天，你是在發什麼神經？奧伯拉鋼？」

西格齊的語氣聽起來有點奇怪。塞西爾還沒來得及細想，又被他連珠砲似的抱怨沖散了思緒。「快點把戒指拔掉。養小孩而已戴什麼對戒？真是莫名其妙，生怕別人不知道你寵壞他？還戴無名——」

即使眼盲，塞西爾一樣能感覺到西格齊朝自己投來疑懼的目光。他這才想起身上此刻不僅沾滿血汙，還到處散落著昨晚一夜歡愛的痕跡，後知後覺地燒紅了臉。

西格齊難以置信地倒抽一聲，差點被自己的吸氣噎死，「他才**十七歲**！」

「做好你分內的事。」潔兒立刻說道：「有沒有什麼方法救小西？」

「救？這身體本來就這樣，只能跟時間賽跑。除非妳能找來一座永不枯竭的魔法泉源讓他每天吃到飽，搞不好也沒用。妳看他剛剛吃光了我們中心的搖錢樹，還不是一臉死人樣。而且他甚至還沒有成年！」西格齊又把話題繞了回來，緊咬迦勒不放。「他曾經是你的領袖！收養就算了，你們現在年紀差了**六十倍**，怎麼下得了手？」

「這件事輪不到你插嘴，不需要你打抱不平。」潔兒厲聲道，抓著西格齊把他扯離手術臺邊，「你不是長生者，不知道活超過該有的歲數是什麼感覺。」

「這小渾蛋現在也不知道啊！」

還沒聽見潔兒回話，塞西爾突然感覺到手上一刺，忍不住縮了一下。直覺讓他轉過頭，無法視物的少年能感覺到哥哥就站在面前，男人卻沒有回應他，連正激動憤慨的西格齊都忽然不說話了。

氣氛一瞬間變了調。所有人的視線都在他身上。

「……哥哥。」少年說：「你的戒指呢？拔下來了嗎？」

沒有人回答。

塞西爾一時間居然不知道該做何反應。這短短幾個小時裡接連發生太多少年理應無力招架的事，現在正是崩潰大哭的好時機。只要用力哭得驚天地泣鬼神，自然會有人來安慰他，搞不好哥哥也不會再追究隱瞞魔法的事，但塞西爾現在心裡卻半點難過的感覺也沒有，莫名興起一股煩躁感。

「哥哥會死嗎？」

都過一千年了。他該死、想死的時候都沒死成，難道會栽在一枚戒指上嗎？

「不會。」男人沙啞的嗓音終於響起。一隻裹滿厚繭的溫熱掌心輕輕蓋上他的手背，覆住少年纖細如蜘蛛的五指。「哥哥不會怎樣的。」

塞西爾低著頭，拚命回想該怎麼語帶哽咽。「你要斷指嗎？」少年顫巍巍問道，緊緊扣住他的手，試著掙脫皮帶，「哥哥……」

「我不會斷指，也不會死。」哥哥又說了一遍，這回語氣聽起來肯定多了。他伸手搭著少年的肩，壓著不讓他起身，「你也會沒事的。」

塞西爾這才終於姍姍來遲地想起該怎麼哭，抓緊男人的手開始撲簌掉淚。哥哥猶豫一下，還是俯下身，在少年的額頭上輕輕落了一吻。

西格齊一邊碎念不停，同時手腳俐落地處理好少年身上的傷。塞西爾的左手被戴上某種金屬手套，錮得非常緊，還時不時會有微弱的電流竄上手臂。西格齊解開少年手腳上的綁束，咬牙切齒地警告：「絕對、絕對不准再動你的魔法！」

接著就匆匆離開。

他開門的那一刻吵雜聲瞬間湧入，淹沒了塞西爾所在的手術臺。一關上門，一片黑暗又頓時寂靜得彷彿早已棄守多年，被眾人遺忘的城堡。

「小西。」潔兒開口，塞西爾才發現她還在。他感覺到潔兒輕輕拉住他的手，試探道：「這裡不太安全，我帶你去別的地方。」

塞西爾縮瑟一下，潔兒就停住動作。

「哥哥。」他哽咽道，哥哥立刻傾身，彷彿護食一般抱住少年安撫。即使看不見，他也能感覺到潔兒和哥哥之間微妙的氣氛，塞西爾用力圈緊哥哥的脖子，讓無力的手臂輕輕發抖著。

「姊姊……我、我跟哥哥的事，可以幫我們保密嗎？」

潔兒沒有立刻回答。她一定會站在自己這邊，這一點不用伊納修斯提醒，塞西爾也知道。

在四百多年前，這可憐的女孩帶著許多人求之不得的魔法力量出生，卻被貧窮的母親賤價賣掉，作為生育魔法師的種母被豢養長大，在遇見塞西爾那年才剛滿十四歲，就已經生過三胎。

是塞西爾把她從那個地獄裡救出來，好好地教導栽培、撫養成人。對潔兒來說塞西爾就是她唯一的父親，只要能瞞過她的良心，就絕對不會背叛塞西爾——但眼下這種情況，正直如她一定說不出他想聽的話。

「姊姊……」少年哭哭啼啼地哀求道，伸手在黑暗中胡亂揮舞，卻找不到她。

等了一段令人坐立不安的沉默，塞西爾感覺到某種東西被塞進懷裡。他摸索一會，發現那是件實驗袍。「至少讓他穿件正常的衣服。」潔兒責備迦勒：「你還是他的監護人，要照顧他。」

哥哥沒有回答，默默地幫少年套衣服。潔兒只淡淡地說了一句：「我可以替你們保密，也會幫忙看著西格齊不讓他亂說話。雖然說情侶間的事你們自己解決最好，但是小西。」她停頓一下，「如果你哥哥欺負你，一定要告訴我，知道嗎？」

少年緊張地點點頭。

潔兒微不可察地輕笑一聲，最多只能算呼氣的那種笑。她摸了摸少年的腦袋，好像還想說什麼，但最後塞西爾什麼也沒聽見。

潔兒離開後，哥哥便把穿好衣服的他從手術臺上抱了起來，朝某處走去。在一片黑暗裡，塞西爾唯一能感覺到的只有男人穩健的心跳聲，他焦慮地咬緊嘴唇，沒有開口問要把自己帶去哪，在腦海裡編了一套又一套說詞來解釋為什麼沒有坦白，卻也明白無論說得再多，哥哥都已經知道當少年下定決心要隱瞞他時能做得多滴水不漏。

也許哥哥已經開始懷疑塞西爾還有多少事情沒有告訴他了，例如說在少年失蹤的那十三天裡究竟發生什麼事，才讓他不惜堅稱失憶這種漏洞百出的謊，也一定要對最信賴的哥哥隱瞞真相呢？

走了一陣子，哥哥終於把他放了下來。塞西爾摸索著身下的布料，小心翼翼地試圖找出沙發的邊界，突然感覺到下巴被人輕輕扣住。他以為哥哥要幫臉頰的傷上藥，順著力道轉頭，破皮的嘴唇卻突然被印上一個溫熱而乾澀的吻。

少年忍著刺痛沒有動作。哥哥沒有更進一步，彷彿第一次接吻般僵硬、克制地互貼著唇瓣。塞西爾知道他在確認什麼，順著男人的主導乖巧地仰起頭。身下沙發隨著兩人的重量悄悄下陷，哥哥摟住他的腰免得他往後躺倒，舌頭試著撬開他的嘴。塞西爾沒有馬上聽話，躊躇許久才微微張嘴，哥哥卻反而退開了。

少年立刻擺出一臉受傷又愧疚的神色，目無焦點地望著眼前無止境的一片漆黑，幾度欲言又止後才泫然欲泣道：「哥哥，對不起……」

哥哥的手在臉頰輕輕摩挲，似乎是想幫少年擦掉臉上的血。鼻腔裡的血腥味卻越來越重，半張臉都感覺溼潤黏膩。「為什麼？」

「我真的不是故意要隱瞞。」少年抽噎道：「我一開始不知道那是魔法，以為只是又生病而已……後來、後來發現也有想告訴你，但一直找不到機會，也……不知道怎麼開口……」他哭哭啼啼道：「對不起，哥哥……」

哥哥沒有出聲安慰，就這樣靜靜看著他哭。塞西爾盡責地一邊掉淚一邊語無倫次，摸索著牽起男人的手，緊緊拉住那隻戴著戒指的無名指，「對不起……」

眼睛看不見讓塞西爾更能清晰地辨別氣氛。被少年這樣拉著手，哥哥雖沒拒絕卻也不願意回應，只是靜靜地等待著，放任沉默拖曳不止，冷眼等著少年心裡偷藏的一丁點僥倖與期待風化粉碎。

「你是知道會影響我，才不戴戒指的嗎？」他用一種想罵又捨不得，既心疼又糾結的口氣開口說道，不動聲色地試探著少年對魔法究竟了解到什麼地步。

塞西爾裝作聽不懂他在說什麼，困惑地愣了一下，怯怯說道：「如果……如果我們戴一樣的戒指，不是會被發現嗎？」

哥哥沒有回答。他牽起少年的手，若有所思地摸著彼此手上那枚拔不下來的鋼戒，戒指內側的名字正狠狠地刻著少年細嫩的皮膚。塞西爾正思考著要怎麼在不引起疑心的情況下，開口說服他剁掉手指，就聽見男人低沉沙啞的嗓音徐徐道：「小西，我們公開吧。」

塞西爾反射性抬起頭，才想起自己看不見。

哥哥捧住他的臉頰，腥味濃厚的溫熱呼吸就吹在唇上，男人的臉離他非常近，連少年眼裡一絲閃爍都無所遁形。「是哥哥一直以來都沒有顧慮到你的心情……你第一次談戀愛，也沒做錯什麼卻要這樣躲躲藏藏。人們要議論就讓他們去吧。如果有人欺負你，敢在你面前說三道四，就告訴我。」他額頭輕抵上少年，即使看不見，塞西爾也可以感受到那隻眼睛明亮得彷彿在燃燒，似乎就連早已被挖空的右眼都正直直地凝視著自己。「小西……之後再也不用受這種委屈了。對不起。」

是眼見藏不下去了，所以才選擇先發制人。

這時候提起還能順便安撫沒安全感的少年，這樣塞西爾就沒辦法再抓著他隱瞞跟亞當過往的事興師問罪，還能趁機觀察真正的反應——還有什麼？一定還有其他更迫不得已的原因，才會讓迦勒甘願做出這種屈辱的決定吧，否則這麼潔身自愛的人，怎麼捨得和塞西爾沾上一丁半點的關係呢？

沉默悄悄拉長，少年趕緊回過神來抓住男人的手，張嘴想說些什麼卻一下想不到臺詞，脫口就問：「不丟臉嗎？」

「為什麼？」哥哥痛心地問，憐惜地捧著少年的臉，「哪裡丟臉了？」

「跟我在一起……」塞西爾回答，發現說錯話後趕緊補充：「因、因為我年紀小……我們都是男生……還是……還是家人，應該只是……」

他真的不知道要說什麼了。抓緊男人布滿傷疤的手，哭得泣不成聲，血液沾黏在兩人交扣的十指之間，握也不是，鬆開也不是。「哥哥，我們會死掉嗎？是我害的……」

「不會。」他篤定地說：「我們都不會死。你還會長大，長到比哥哥高，然後平平安安活到很老很老。」

哥哥輕聲安撫著淚如雨下的少年，順著他顫抖的背，低聲說：「小西，聽哥哥的。如果西格齊之後改變主意，要你繼續把魔法全部找回來，不管他用什麼藉口都不要聽。你要想辦法把這股力量從身上丟掉，或者最少瞞過西格齊，讓他以為你又變回了凡人之身。」

「可是沒有魔法的話……」

「沒有魔法也不會怎麼樣。」哥哥打斷了他。「亞當說得對，人類很久很久以前也沒有魔法，我們只是終於迎來了神蹟耗盡的那一天。憑什麼要一個沒經歷過魔法時代的小孩子為歷史負責呢？」他用指腹擦掉不斷從少年那雙盲眼裡湧出的淚水，繃緊嗓音說：「這一切不是你的錯啊，小西。只是碰巧是你……」

這句話又是什麼意思呢？塞西爾沒辦法細想。哥哥扶著不斷啜泣的少年躺下，軟聲哄道：「睡一下吧。你的臉好蒼白。」

塞西爾抓住他的袖口，「陪我……」

「我在。」他握住少年的掌心，「我就在這。你醒來的時候我也還會在，眼睛閉上吧。」

光是他留在這裡只顧著陪塞西爾的時候，黑魔法稽查部大概都快分崩離析了，騙小孩的話而已。塞西爾心知肚明，卻還是緊緊抓著他的手抽抽噎噎道：「不可以騙我……」

「不會騙你。」哥哥說。

一定會騙他的。塞西爾閉上眼睛。再騙他一會吧。

chapter ✦ 12

他在一個很黑的地方。

感覺快窒息了。整個人幾乎動彈不得，四周又溼、又熱、又滑，還有股非常濃重噁心的腥味。他似乎卡在某人的食道裡，正被不斷蠕動的肉壁推擠著漸漸往下滑。發現這點的塞西爾頓時驚恐地掙扎起來，什麼也看不見，伸手所及全是滑嫩的軟肉，完全沒有可以抓住攀爬的施力點。

他發瘋般地掙扎起來，用極其詭異的姿勢在狹窄的食道裡拚命逆流而上，還能感覺到好幾副已經被消化只剩殘渣的屍骸從身旁掉下去，恐慌至極的他只能像隻擱淺的魚般狂亂地扭動身體，終於衝破了水面。

水面早已被血汙染成濃黑色。放眼所見到處漂浮著屍骸，刺鼻的臭味讓塞西爾張大嘴想呼吸，結果反而嗆了滿口屍水。岸邊站著一個女人，儀態窈窕，宛若一尊優雅神像，白皙如陶瓷的皮膚上綴著一襲黑衣，即使夕陽染在她身上，卻勾不出長裙上一絲皺褶。

她彎下腰，和藹地招著手，「小西，快上來。」

塞西爾手腳並用地打著水，狼狽地撞或推開屍骸，把漂浮的屍體當浮板用，好不容易才靠近岸邊。一抓住女人那隻冰涼的手，塞西爾就忍不住放聲大哭，「裡面、裡面好黑……」

女人把他拉上岸，拍拍他的肩頭，瞬間就把他一身髒汙都弄乾淨了。她蹲下身來，雙手捧著塞西爾的臉頰，用指腹輕輕擦掉兩道淚痕，捏了捏哭紅的臉蛋。「不可以再貪玩囉。這裡面都是陛下的財產，要是弄壞了，陛下會生氣的。」

塞西爾抽抽噎噎地點點頭。

「乖孩子。」女人說。

女人牽著塞西爾的手離開盛血的大浴池。出了浴室，門外就是一條看不見盡頭的黑色長廊，陰雨天的昏暗光線把彩繪地板切成一段段不連貫的敘事畫。塞西爾吃力地伸長手臂才能抓緊女人的手指，她卻完全沒有放慢腳步，塞西爾小跑步著，氣喘吁吁道：「等、等我……」

她沒有理會。塞西爾一不小心拐到腳，面朝下狠狠撲倒在聖賢君王的叉戟上，爬起身，只看見自己的鼻血一滴滴落在光芒萬丈的武器尖端。他抬起頭，女人已經不見了，無盡長廊只剩他一個人與如泣如訴的風聲。

「小西？」

他回過頭，「亞摩斯！」

亞摩斯問：「怎麼一個人在這裡？」

「我跌倒了。」

「看得出來。」他又氣又好笑地說。少年雙手扠腰，居高臨下地看著塞西爾試圖拿衣角充當抹布擦拭滴到地上的鼻血，卻只是把精湛的彩繪地板畫抹得一蹋糊塗，忍不住哼了一聲。塞西爾困惑地抬頭看他一眼，沒搞懂他在笑什麼。

「起來吧，我帶你去找你弟弟。」亞摩斯跟女人一樣手撐在膝蓋上，彎下腰，溫柔地朝他伸出手。「他偷偷幫你留了一份餅乾，在到處找你呢。」

「為什麼他有餅乾？我也要！」塞西爾隨便用袖口擦掉鼻血，急急忙忙起身去拉亞摩斯的手。

少年長滿劍繭的手一被用力抓住，彷彿填充著棉花一樣輕易地凹陷萎縮，皮膚像烘乾的豆子皮一樣碎裂，拔出了漆黑如炭的指骨。一副完整的人骨就這樣從少年那張丰神俊朗的皮囊裡輕輕地滑了出來。破碎不成形的亞摩斯癱倒在地，漫溢的血肉染紅了整個彩繪地板上隆重的冊封典禮。

塞西爾不知所措地愣在原地，手裡仍呆呆地握著亞摩斯的中指與無名指。黑色的指骨死死卡著塞西爾的掌心，想拔也拔不出來，他這才發現原來不知從何時起，亞摩斯的手牽起來就再也沒有從前那樣穩健溫暖了。

他轉過頭，看見那小男孩站在身後，右半邊腦袋裹滿繃帶，讓他的頭整個大了一圈。那雙髒兮兮的小手討好似地舉在面前，手上沾著藥和血還有膿，卻赤手捏著兩片巧克力餅乾。

「都是因為你。」塞西爾說。眼淚安靜地滑過他的臉，冰冷徹骨的語氣讓男孩徹底慌了，塞西爾卻不領情。他把亞摩斯的骨頭全部拉出來抱在懷中，把一根根人骨像黏土般用力地揉捏塑形，最後將人骨做成的黑色長槍扔在男孩面前，把他嚇得踉蹌跌倒。「本來應該要是你。」塞西爾指著長槍，厲聲道：「卻是亞摩斯代替你去死。是你害死了他。」

男孩沒哭，臉卻皺得像一顆隨時會爆炸的水球，怕得都尿褲子了還在搖頭否認塞西爾的指控，表情顯得越來越遲疑。被繃帶裹住的右眼浸出了豔紅的顏色，漸漸染紅整顆小腦袋，短短的瀏海被血水泡得溼黏，滑過稚嫩的臉頰。難以想像的疼痛終於讓男孩崩潰大哭，卻死也不肯鬆開手裡的點心，把那兩片巧克力餅乾都捏碎了。

「哥哥……」小男孩大哭著。

塞西爾又等了一會，這才跨過黑色長槍蹲下身來，捧住男孩軟嫩的臉蛋。彷彿要榨乾這副小小身軀的洶湧血液終於停止外溢，迅速回流。他的頭髮乾了，繃帶也白了回來。「我知道你一定也很難過。」塞西爾輕聲哄著啜泣的小男孩：「你只是太害怕了，不是故意的……但亞摩斯是因為你才死的，所以你要幫我，不能讓他白白死掉。」

男孩淚汪汪地看著他。

「沒事的。」塞西爾說，一把將男孩拉進懷裡，緊緊抱住。「哥哥會保護你。」

可是當小男孩終於伸手抱住他，在他懷中放聲大哭時，塞西爾卻發現包含男孩在內的這一切，都只是自己在做夢。

❖

這場夢做了很久。

塞西爾無奈地看著男孩又開始哭。藏在眼睛裡的東西蠢蠢欲動，在腦袋裡四處搗亂想反客為主，害得他不斷流血淚。塞西爾有點膩了，敷衍地戳了戳男孩眼窩裡竄動的小蟲，蟲立刻躲了起來，男孩卻又開始崩潰大哭。「好痛！」

明明就沒事了裝什麼裝。塞西爾忍著脾氣，把他拉進懷中再安撫一遍，把那張被啃食破爛的右半臉仔細地整理乾淨。每天光是做這些就要花上好多時間，還要一直聽他痛得哭號、亂發脾氣，不過一天又反覆發作。塞西爾早就後悔誰不撿，卻剛好撿回一個和寄生體相性特別差，根本算是失敗品的傢伙。但撿都撿了，難不成還能現在才說其實我不是你真正的哥哥嗎？

終於整理好了，塞西爾站起身。男孩又可憐兮兮地抓住他的衣角，「哥哥……今天可以陪我睡嗎？」

他只是想半夜又發作的時候，把塞西爾吵起來為他收拾爛攤子。塞西爾敷衍道：「我還有事欸。」

「什麼事？」

「小孩子不能聽的事。」他說，雖然他們才差了兩歲。

「可是我真的很痛。」沒聽懂他意思的男孩又開始抽抽噎噎，「哥哥……」

塞西爾真的覺得不耐煩了，推著男孩坐在床邊，站在他面前。男孩本來就很矮，這幾年來也根本沒什麼長高，這樣從上往下看更是個小不點。「你不可以老是依賴我。」他義正辭嚴道：「我沒有空一直幫你，你要學著自己安撫寄生體。不然就像其他人一樣放棄人形，讓寄生體轉為宿主，你只留下一張臉就好了。」

「我不要！」男孩頓時尖聲大哭。

塞西爾立刻喝止：「那你要努力啊！我每天花這麼多心力救你，可是你能回報我什麼？大家都笑我蠢，天天忙著救一個將死之人，陛下也很不高興你從浴池出生這麼久卻連個死囚都殺不了。你只顧著依賴我，如果我去了前線你不就只能等死？」

「很多次發作的時候，我都沒有告訴你！」男孩委屈道：「而且就算沒有發作也還是隨時都覺得很痛，哥哥你根本什麼都不懂！」

「怕痛又沒辦法駕馭寄生體，那就讓牠吞噬你啊！」塞西爾看著這個倔強的男孩，只覺得越發煩躁，「怪物就是怪物，長得像不像人有差嗎？」

猝不及防的沉默。

塞西爾立刻意識到說錯話，頓時有點心虛，但一看見男孩的眼神卻又瞬間冒出一股無名火。「你敢瞪我？」塞西爾氣憤道。他說的哪裡錯了？講好聽是魔法師，就是個怪物啊。「我替你做這麼多，講一下就要發脾氣！好啊，我不管你了，你就腦袋長滿蟲子痛死算了！」

他氣呼呼地轉頭離開。本想在王宮裡隨便逛一逛發洩怒氣，卻在神殿前意外看見王和那個女人，立刻跑到雕像後躲起來。他看見有個裸體的人匍匐在他們腳邊，一頭黑色鬈髮擋住他的臉，皮膚上長滿鱗片和羽毛。塞西爾沒見過他，似乎是新出生的魔法師。

塞西爾正好奇地盯著地上那個人，突然發現女人朝他瞥來一道目光，立刻縮進更深處。

她似乎沒打算理會塞西爾，蹲了下來抬起那人的下巴。塞西爾這才發現原來地上那個佝僂身影的主人其實還相當年輕，只是少年的年紀。他的身體變得千瘡百孔，臉蛋卻乾淨無暇，一雙靛藍色眼睛清澈如寶石，漂亮得浪費。

塞西爾看著女人輕輕朝那張美麗臉龐吹了口氣，少年整個人瞬間陷入熊熊烈焰。

淒厲的慘叫響徹神殿，少年趴在地上痛苦地打滾，火焰沿著草皮迅速蔓延開來。塞西爾嚇得往後一跌，連滾帶爬地想逃跑，但火勢跑得太快，他甚至還沒站穩腳步就被重重包圍。他再也顧不得暴露行蹤，怕得哭喊：「媽媽，媽媽！」

火舌卻反而對他的哭叫聲趨之若鶩，追在身後緊緊拽住他的衣角，嗓音沙啞，**「亞當，亞當！」**

無盡走廊上下左右無限延伸的史詩壁畫全被烈火融化，一直以來自詡無堅不摧的奧特蘭王宮就這樣輕易陷入一片火海，儼然一副地獄景色。塞西爾拔腿狂奔，遠遠地看見不知何時已經悄然長成少年的他站在走廊尾端，正想開口叫他快跑，就看見少年滿臉驚恐，轉身逃走了。

塞西爾邁開步伐，卻在這時候感覺到有人扯住自己的頭髮。被逼得仰起頭來的他這才終於看見，原來天花板上的彩繪玻璃天窗是有作畫的，一個半裸女人抱著嬰兒似乎正在哺乳，從孩子嘴角邊留下來的卻是血。垂吊在正上方那把王之劍被繽紛的火花染成五彩斑斕的顏色，渾身著火的漂亮少年什麼也沒有說，只是邊哭邊發抖地刺穿塞西爾的脖子，用力一揮斬斷他的腦袋。

一陣熟悉的天旋地轉，塞西爾卻發現自己站直了身，腦袋好好地連著脖子，被長劍貫穿心臟的王正沉沉地靠在肩上。他從未發現這個男人不知何時起，就再也沒辦法高高在上地俯視自己了。

他推開男人的屍體，漫不經心地瞥了一眼，卻看見華麗王冠下竟是一張被挖去右眼，表情錯愕的青年長相。

即使塞西爾及時攬住他的腰，他卻還是重重摔在地上，砸成比當年的亞摩斯還要破碎的肉泥。他還沒死，四肢扭曲、軀幹殘破，頭骨像拼圖似地撒在五顏六色的光芒裡，仍倔強地瞪大了眼睛看著塞西爾，眼裡的情緒不言而喻。

生。

「哥哥。」掉在地上的舌頭彈了兩下，卻不知道為何這稱呼聽上去意外地陌

塞西爾手裡抓著他一拍一拍倔強鼓動的心臟，卻怎麼也想不到這種時候該說什麼。他乾脆蹲下身撿拾破碎的肉塊，即使不知道碎成這樣還能不能黏起來。總會有辦法的，這種人只要寄生體還活著就不會死。但青年的身體卻在手裡不斷融化，糊成爛泥，乾燥成沙，理應痛得哭天搶地的弟弟卻什麼聲音都沒有了，無論塞西爾怎麼拼湊怎麼揉捏就是黏不起來。這是塞西爾第一次發現，沒有魔法什麼也做不了。

「說說話。」慌張與無力感把他逼急了，塞西爾凶悍地催促著地上這灘爛肉道：「你說說話！」

霎時間一記拳頭用力揍向側臉，感覺似乎直接把他的顴骨打得裂開了。塞西爾又愣又怒，回頭想反擊卻發現自己已經躺在砂石地上，一個漆黑剪影壓在上方不斷搖擺。背後的黑夜沒有月色，只有一道狹長璀璨的銀河割開無垠星夜，直指向煙硝瀰漫，沒有盡頭的遠方。

如此跳躍的場景終於讓塞西爾回想起來。我在做夢，一場好奇怪的夢。

看著這個和他弟弟有著一模一樣臉孔的男人在身上盡情馳騁，感覺真是奇怪

極了，有點噁心又有點委屈。父親抬高他的腿插了進來，一邊說：「跟著銀河走，跨越這片沙漠，就能如你所願得到不死之身。」

塞西爾順著翻了個身，像母獸一樣雌伏在父親身下，看著眼前一望無際的廣袤沙漠，被星光染色的細沙吹進他的眼。他想起來了，當年就是在這無邊無際的風沙中度過漫長而悄無聲息的四十年，直到最終絆到腳跌倒後再也沒爬起來。

塞西爾聽見自己出聲問：「如果失敗了呢？」

「沙漠會吞噬你。」父親回答：「但我會救你，所以你不會死在這，也許還能撿個不老回去。」

他這樣說。但塞西爾心裡總隱隱覺得從這座沙漠出去後，自己和以前再也不一樣了。他趴著逐漸陷入了流沙，從一片黑暗中睜開眼就發現又是這張床。返老還童的青年此刻滿臉赭紅，慌亂而憤怒，甚至有點羞澀地看著他。

塞西爾輕聲安撫：「沒事的，這很正常。」

「什麼很正常！」男人忍不住怒罵，急得有些語無倫次起來，「你是說一、一個男人幫另一個男人口交很正常，還是想說你大半夜偷偷爬上我的床很正常?!」

「噓。」塞西爾摀住他的嘴，「不要吵醒別人，我還沒準備好讓大家知道。」

他那隻漂亮的琥珀眼睛都瞪出了血絲，看著真讓人心疼。塞西爾跨到他身上，悄悄把他囚禁在自己身下。「我之前牽你、抱你，你都沒抗拒。我親你你也沒有不喜歡，現在才拒絕是不是太不負責任了？」

「那叫人工呼吸，你這狗娘養的渾帳！」語氣聽上去簡直氣壞了，拚命壓抑著音量，「我以為你……我以為……」

「我明明就表現得很清楚了。」塞西爾抓住他的手放入口中，色情地吸吮起來。剛剛藏在舌頭底下，沒有盡數吞掉的精水沿著指縫往下滴流。他看見男人的臉色瞬間刷白，別說興奮，搞不好都要吐了。

「你這樣裝傻，真的讓我很傷心。」他不給男人繼續反駁的機會就壓了上去，用膝蓋頂開對方大腿。

男人徹底慌了，死命推著他的胸口不讓他靠近，但力氣完全比不過魔法豐沛的塞西爾，只能眼睜睜看著他慢條斯理地抽掉自己襯衫上的繩子。年紀輕輕就裹滿厚繭的手按上男人的胸口，感受著他慌亂的心跳。

「你是我哥哥！」男人終於崩潰地喊道。

塞西爾頓了一下，眼神明亮地閃爍起來，令人毛骨悚然。「是。」他開心地說，再度伸向男人腿間頹軟的性器，「你是我親愛的弟弟。我忠誠的……」

看著那個向來倔強不服輸的人在身下痛得哭吼不止，辱罵一句比一句刻薄，詛咒一句比一句惡毒，睽違四十幾年好不容易看見這個人生動豐沛的表情，那分一直以來糾纏著塞西爾的不協調感與罪惡感終於煙消雲散。

❖

這場夢遲遲到不了盡頭。

塞西爾端著一碗熱湯走進房間，看見那個人靠著床頭垂首而坐。他的右眼窩又在不斷滴血，把身上的亞麻襯衫都染紅了。衣服肩膀上的死結也有暗紅的血跡，塞西爾沒有拆穿，端著食物坐到床邊，但男人沒有半點反應。沒有朝他齜牙咧嘴地叫罵，眼裡寄生體也沒有更失控，代表他的情緒沒有過大波瀾。

塞西爾平靜道：「奧加死了。」

他沒有回應。

「布蘭登失蹤。賽絲沒救了，一定活不過今晚。亞伯拉罕最小的女兒被寄生，我到的時候他已經親手把孩子勒死了。」塞西爾語氣淡然，緩緩攪動著碗裡的熱湯。「但我們贏了。」

他還是沒有說話。

塞西爾不急著催促。男人就是越逼越倔的個性，他放任沉默滋長，男人的呼吸便悄悄變得粗重起來，眼裡亂竄的東西似乎也快到達極限。塞西爾慢條斯理地舀起一匙湯水，開口道：「康斯坦問我你在哪裡。」

還是沒有反應，塞西爾便說：「所以我把這裡告訴了他。」

他看著男人極其細微地抖了一下，眼裡掉出一隻蜷曲扭動的蟲子，落在他的亞麻襯衫上，沒過幾秒鐘就萎縮乾癟下去。「他有來找你嗎？」塞西爾問，冷靜看著蟲子在他眼窩裡扭動，從鼻孔裡鑽出來，把那半張臉啃食得破碎不堪。塞西爾挪動身子悄悄靠近了一點，溫柔而同情地說：「沒有吧。」

塞西爾伸出手，輕輕觸碰他潰爛的半邊臉，男人瞬間張大嘴巴，像瘋狗一樣狠狠咬住他的手。塞西爾順勢抓住他的下巴強行打開他的嘴，粗魯地把手裡的熱湯整碗灌進去，不顧他激烈掙扎死死摀住嘴逼他吞下去。男人不肯就範，整個人劇烈掙扎起來，弄得自己一身狼狽，塞西爾張開雙腳夾緊他的腰，抓住他剛長出來的短短手臂，打結的袖子下傳來烙鐵一般的嘶聲，血肉迅速萎縮脫落。他痛得崩潰尖叫，聲音卻全被悶在塞西爾掌中。

「我試著保護你。」塞西爾說，如法炮製地拔斷其他新長出來的四肢，對他的慘叫聲充耳不聞。「你這副身體離開我要怎麼活？你也是那賤女人的目標，你以為不應戰她就會放過你？你恨我所以不想為我上戰場，寧願眼睜睜看著奧加、賽絲、布蘭登和亞伯拉罕的小女兒去死。她才四歲，要是你努力點她搞不好可以活著見證沒有戰爭的時代。就因為你恨我，光一座城池就死了快一千人，你對我的恨怎麼這麼偉大，值得這一千個人為你陪葬？」

他不想聽，還在拚命地反抗。

「待在我身邊真的就這麼痛苦嗎？」塞西爾心痛地問：「我一直以來為你做了多少，從小到大哪次不是拚上性命救你、照顧你。王宮裡多的是比你更強更聽話的造物，我不過當初騙了你一次，有必要做到這個地步嗎？我確實騙了你，但這些年來為你做的還不足以讓你把我當作真正的兄弟嗎。你一句不要，我付出的所有努力和感情就全都不算數，怎麼這麼自私啊？」

男人放聲尖叫，瘋狂掙扎的力道差點把塞西爾甩了出去。塞西爾死死抱住懷裡的軀體，一發現他右邊腦袋開始融化，立刻脫下衣服罩住他的頭，用力抱緊他的腦袋。血瞬間浸溼衣衫，布料底下開始密密麻麻地冒出某種東西，拚命衝撞試圖從縫隙間鑽出來。塞西爾勒緊他脖子封住所有出口，直到寄生體被塞西爾的力量逼退，男人徹底癱軟下來。

塞西爾沒有鬆開衣服，反而在他脖子上打了個死結，確保即使又發作也不會掉出任何一隻蟲。他把人平放在床上，卻沒打算離開，雙手撐在男人兩側，緊緊地盯著那張被衣物徹底遮蔽的臉。他好像還能看見男人的表情，那樣既怨毒又絕望的表情，讓他好心疼。

塞西爾憐惜地碰著他的脖子，被緊綁的衣服勒得都發紫了。他輕輕碰觸著，沿著血管、筋脈和扭曲猙獰的傷痕。男人的身體即使像這樣殘缺破損，卻依舊那麼性感。「你現在沒有手很不方便吧。」塞西爾放輕聲音，溫柔地低語著。「我不能讓你長回來。體諒哥哥吧，你實在太愛逃跑了。」他輕聲呼喚著他的小名，那個他向來最抵觸、最憎惡的稱呼，充滿愛意地哄道：「我來幫你。」

在為男人手淫口交的時候，捆綁著腦袋的布料下始終能看見還有東西在動。即使塞西爾能壓制住寄生體，讓他不至於失控，被徹底吞噬後蛻變為貨真價實的怪物，卻也沒辦法斬草除根。那些蟲仍然會在腦袋裡不斷不斷啃咬吸食，只要寄生體不死，宿主就永遠沒辦法擺脫這種痛。

殺了他吧。

當塞西爾擁抱著缺手斷腳的他，把男人緊緊埋在懷裡占有時，一邊這麼想。替他編個英勇戰死的故事，直到戰勝那日他就可以像過往聖賢偉人一樣被彩繪在牆上，不會再有人因為他不殺戰俘罵他懦弱，因為他病痛發作就嘲笑他畏戰。與其讓他被哪個不知名的髒東西殺死在荒郊野外，不如塞西爾親自送他上路，可以做得讓他一點痛苦都來不及有。

塞西爾低吼一聲，咬著他的側頸發洩出來。他咬得很深，皮粗肉厚的脖子甚至見了血，卻還是一下子就復原了。

狹小空間裡滿是汗臭與腥味。塞西爾親暱地擁抱著懷裡的軀體，眼神有些茫然地望向微啟的門扉。這樣的日子什麼時候才會到盡頭呢？

他安頓好累暈的男人，走出房間，看著面前一片白雪皚皚。身後傳來一陣腳步聲，剛回過頭就被塞了一把獵弓到懷裡。「老大，我們這種沒魔法的凡人打獵是要帶東西的。」

他露出又氣又好笑的表情，接過箭筒沒有多言。安媞雅雙手抱胸倚在門邊看著他背起箭筒，眼神欲言又止。

「有話直說。」塞西爾道。

她猶豫了一會，最後還是只笑笑地說：「難得輪到你打獵，麻煩獵頭成年公鹿回來吧。」

他在山崖邊發現了去撿柴的男人，坐在一塊大石頭上，背對著塞西爾不知道在想什麼。塞西爾扛著這副沉重的身體吃力地爬坡，冰天雪地，彷彿即使太陽降臨也永遠爬不到巍峨山巔之止境，茂盛的禿樹好似牢籠般囚禁著這片一望無際的北方大地，不許一點魔法駐足。

他看著極光藏在陽光中閃動優游，彷彿若是站得久了點，雙足就會在雪裡生根，有時候他會覺得已經醒了，有時候又覺得自己好像仍然在做夢。

終於來到那個男人身後。交代他去撿的柴枝就這樣隨便丟在雪地上，塞西爾把籠子撿起來放到石頭上，避免受潮。他小心翼翼地在石頭上挪出個空間坐下，男人彷彿觸電似地一縮，塞西爾淡淡道：「我自己出來的。」

他不躲了。塞西爾試探地伸手靠近，他還是抽回了手。

不知道男人在看什麼，跟著望向他視線的盡頭，只有始終如一的枯燥蒼白。男人看著不知名的遠方看得如此入迷，塞西爾卻都在看他。心想著自從他長回四肢離開那間小屋子後，就一直是這副木然的表情，讓人不禁想確認他的體溫是冷是熱，空虛的眼是傷痕還是噬人的黑洞，是愛人抑或助自己斬殺魔女的利器，還是這個男人從頭到尾都只是魔女施展的一場幻影。

雪花飄到他凍紅的鼻尖上。塞西爾只是靜靜地看著，反正男人不會讓自己碰。

「安媞雅不會說出去。」男人沒有反應。塞西爾自顧自地解釋：「她對別人的愛恨糾葛沒有興趣，而且昨天她也有爽到。那幾個傢伙入夜後比你想的淫亂多了，她不會在意誰跟誰上沒上過床。」

他還是沒有說話。說不要公開的人是他，撞見塞西爾和安媞雅上床就自己爬上來加入的人也是他，塞西爾也不是第一次包容他自相矛盾的行為了。這些年來和他獨處時，塞西爾總覺得像在自言自語，乾脆獨自絮絮叨叨起來：「你聽到我昨晚說的了。等這場戰爭結束之後，我們就一起生活吧。」

塞西爾望著遠處，沒有看旁邊這個男人。他感覺像個上了年紀的惱人長輩，沉溺於自己無止境的嘮叨碎語，「不過要是只有我們兩個人住大概會很悶，我想養隻寵物，最好是愛玩鬧也不會太難管教的那種，只是你對毛過敏，所以還在想要養什麼。你的花園可以蓋個小窩讓牠玩耍晒太陽，再種點牠愛吃的花草之類……」

「西。」男人打斷了他的幻想。

塞西爾止住聲音，撇頭看向他。他還是那樣淡漠無波的表情，讓人好想按著他的胸口，讓他穩健的心跳告訴塞西爾他不是父親。

「怎麼了？」

「等戰爭結束，我要你陪我去死。」

塞西爾愣了一下。他的太陽之眼被匿藏在白日裡的淡薄極光染成璀璨而詭異的顏色，美麗又脆弱。

「……好啊。」他說：「你想做什麼就做吧。」

這場夢真的做了好久好久。

❖

子彈劃破塞西爾的臉頰。他平靜地睜開眼，只看見潔兒的背影氣憤地奪門而出，旁邊的艾德驚詫又焦躁地來回看著塞西爾，又看向潔兒離開的方向。只有一個人待在角落，擺出一副事不關己的表情冷聲道：「活該。」

可憐的艾德看上去緊張到快抓狂了，塞西爾便開口：「要追就去追。」

他還杵在原地猶豫再三。

「艾德，滾出去。」

他這才慌慌張張地道歉，轉身去追潔兒。

塞西爾煩躁地伸手抹掉臉頰上的血。坐在角落的獨眼男人雙手抱胸，冷眼看著他到處翻找手帕，「她說的很有道理。長生者為你馬首是瞻，一旦你和魔女同歸於盡，軍閥勢必會發起內戰。而且要是魔法真的隨著魔女死亡一同消失，那就跟世界末日沒兩樣了。」

「奧特蘭王為了留住魔法找來魔女，這一千年日子難道有比較好過嗎？」塞西爾說：「人類很久很久以前也沒有魔法，我們只是終於迎來了神蹟耗盡的那一天。」

「你真的相信那種傳說嗎？」

塞西爾沒有回答。他扔開手帕，拉過戰況報告自顧自地開始辦公。

通常這時候男人就會自討沒趣離開，但向來看到他就厭煩的男人，這次卻一直坐在那，默默觀察塞西爾好一段時間。塞西爾也不打算理會他，他們就這樣安安靜靜地，一個人看著另一個人，沒有對峙、沒有爭吵。甚至有極短的那麼一瞬間，塞西爾腦海閃過一個荒唐的畫面——在陽光明媚的下午，男人坐在自己現在這個位子上，而塞西爾坐在他腿上，懷裡攤著一本故事書。

「你不怕潔兒叛逃嗎？」男人開口。

「她那麼反對斬殺魔女，帶她去討伐也幫不上忙。」

「你不怕她離開後回頭妨礙你？」

「她不會。」塞西爾說：「我養大她，她不會捨得背叛我。」

背後窗外的雲層漂流而去，已經七年不曾升起的朝陽一瞬間充盈這間狹小的辦公室。身在夢中而沒察覺哪裡有異的塞西爾，只是凝視著漆黑鋼筆筆身上那道流線，反光出極其刺眼的沉默。

「……原來是這樣啊。」

他看著自己一雙沾染煤灰劃滿傷口的手，像捧著初生嬰兒般小心虔誠地捧著碎裂的魔女之劍。塞西爾抬起頭，當看見窗型光芒烙印在男人半邊身子上，那一刻他感覺睽違多年終於再度看懂那顆彆扭而模糊的心。

男人很憤怒，感覺又再一次被塞西爾的無恥與傲慢不經意地羞辱。看著他注定有去無回自尋死路，覺得痛快得甚至想手舞足蹈，終於可以擺脫這個毀掉自己一輩子的男人，卻又猝不及防發現其實是自己一直以來心甘情願地任他擺布才有如今。

他突然一臉茫然地看向塞西爾，好像沒辦法理解像這樣呼風喚雨、主宰眾生的大魔法師，最後結局卻跟旁人無異，毫不起眼地被時代的顛沛流離隨手埋葬，就連他渴望著親手殺死塞西爾的多年希冀，最終也真的成了痴心妄想。

他這才發現，原來塞西爾這個人早就已經深深地刻傷了他的靈魂，占據汙染了他的每一種感情，變成他十個世紀以來每分每秒，而自己卻始終只是哥哥生命裡一個不起眼的陰暗角落。

塞西爾最終在那隻太陽的眼睛裡，只看見深深的空落。

熱烈的陽光讓魔女之劍在手裡融化，緊緊黏在掌中。自從他決定用人骨鑄劍第一次親手殺人那一刻，這把劍從此就是扎進靈魂的一根針，再也拔不出來，只有他能握著這把巨大黑色長槍指向魔女。塞西爾張開嘴，一瞬間想辯解或安慰，卻發現千年來太擅長撒謊，早就忘了怎麼說實話。

在一片寂寥的夢境中，他彷彿又聽見最後的戰鼓。

男人木然地望著他，「要做愛嗎？」

這是他第一次聽見男人這樣說。當塞西爾察覺到心裡這絲微不足道的失望，來不及克制就悲哀地笑出了聲，嘲笑自己居然像個情竇初開的青澀少年般，真的在偷偷期待他會試圖阻止自己自取滅亡，又對他居然願意施捨最後的道別感到雀躍不已。

塞西爾就這麼突然地想起這一切都是一場夢，這間聳立在永夜時代卻陽光充盈的房間，這把理應還躺在山谷深處的魔女之劍，這個無論是一千年前抑或是十二年後，自始至終都沒有對他說過一句「我愛你」的男人，都只是一場可悲的夢。

於是他拋開當年的彆扭，任性道：「好。」又補了一句：「我要在上面。」

塞西爾拉著他的手，碰到掌中的疤，轉而握住他的手腕。他把男人推到牆上用力地深吻，狠狠撕咬著乾澀的唇瓣，硬是撬開他悶騷的嘴，拉扯他的舌頭。男人就像以往每次被強迫一樣僵著身體不回應，塞西爾勾住他襯衫上的綁繩纏繞在指尖，隔著皮革長褲一點也不溫柔地揉捏著男人沉甸甸的褲襠。

他其實不知道在夢裡做愛會不會有感覺，反正只是做夢而已。塞西爾猜測自己大概從來沒有這麼賣力地勾引過他，男人像隻防禦狀態的野獸般繃緊身子，終於沉不住氣，宛若狩獵者地向前撲，推撞著塞西爾的肩膀把他壓在桌上。墨水瓶翻倒，在滿桌皚皚的白紙黑字上潑滿一大片烏雲。

塞西爾沒有搶回主導權。他默許男人用力握住他的腰，放任男人抬高自己的雙腿強搶掠奪。他錯了，在夢裡做愛的確還是很有感覺。塞西爾掐住男人的脖子，把他扯下來接吻，感覺到他的呼吸斷續停滯，卻也不肯鬆口，粗暴的吻裡漫開血的鹹鏽味。這種種細節讓塞西爾差點就要相信，也許此時此刻正是真相，他終於脫離那場詭異而美好的扮家家酒，回到了殘酷的現實。

男人就跟以往每次在上一樣只懂得蠻幹，頂得塞西爾都快沒辦法呼吸。他艱難地緊抓住桌子邊緣穩住身體，聽著男人口中碎念不停，都在呼喚他。塞西爾哪裡有力氣回應，被煩得不行便伸手摀住他的嘴。男人卻抓住他的手，在他布滿粗繭的掌心裡，像個沒安全感的小孩子般頻頻落吻。

「你都這樣，丟下我……」他的聲音越發哽咽。塞西爾來不及反駁突然被重重一撞，感覺體內臟器幾乎都被頂得錯位。

「每一次、每一次！犧牲小我刺殺魔女多麼偉大啊！我怎麼能自私地阻止你呢？你砍斷我的手腳，把我鎖在那種不見天日的鬼地方，死了那麼多年再擅自復活就要接管反抗軍的心血，這一切都是為了早日結束這場白痴的戰爭！就你最無私、最偉大、最為世人著想！那我呢？我就在你身邊，陪了你一千多年，為什麼在重要關頭你卻總是選擇拋下我呢？」

他還是哭了。

「你真的有愛我嗎？」他問：「為什麼能那麼輕鬆就把我忘得一乾二淨呢？」

正失神的塞西爾聽見他的話，瞬間感覺心跳漏了一拍。他還沒來得及完全清醒，男人又一次加大力道，連桌子都被撞得微微傾斜。塞西爾趕緊手忙腳亂地抱緊他的背，根本沒空制止男人像隻飢餓的惡狼那般急躁憤怒、悲痛地啃咬著他脆弱的喉結。

「一丁點都不記得了……你變得那麼小，用那麼無辜的眼神看我，好像都是我的錯。都是我的錯……」

塞西爾驚愕地瞪著搖晃的天花板。

這是一場夢。

他在黑魔法防範中心的地下室裡睡著了。這是一場漫長的夢……

男人彷彿想將怒氣通通發洩在塞西爾身上，不顧其他地橫衝直撞著，滾燙的眼淚與黏膩的汗水都沾染到他身上。「我是不是當時就應該斬草除根？」男人忽然伸手掐住他的脖子，手勁凶悍得彷彿真的想置他於死地，透明與豔紅的兩道眼淚卻撲簌不斷。「你當年把我從浴池裡拉起來，就是這種心情嗎？是我太貪心害得你又身陷險境，都是我的錯。我是你忠誠的弟弟怎麼可能不重蹈覆轍呢。早知道就早點殺了你！我有那麼多機會下手！可是你當時那麼小啊，謊都說不好……」

真的是本尊。

奧伯拉戒指居然把迦勒拉到塞西爾的夢裡來了。塞西爾茫然地看著他伏下身，完全沒有發現身下承歡的青年不只是幻夢一場，緊抱著塞西爾失聲痛哭起來，「西……我好想你，我真的好想你……」

他哭得那麼撕心裂肺，塞西爾愣愣地跟著抱住他，反射性想張口喊他「哥哥」，在吐出聲音前那一瞬間又猛然意識到，此時此刻的自己對他來說只是個長年繚繞不去的幻影，是個已經毅然決然拋下他獨自死去的人。如果現在暴露身分，不就是親口告訴他，他那個不擅說謊的天真小西真的已經不存在了？

這只是一場夢。

他的哭聲、他的痛苦、懊悔與荒唐的真心，還有兩人都只是彼此夢裡的虛影幻象。

沒有聽見雷響，窗外豔陽高照的同時卻忽然開始下雨。雨聲滴滴答答打在玻璃上，男人憤怒地把他一次一次貫穿，撕裂塞西爾身上的織線。雨滴將他淋溼溶解，在滿桌濁墨中漸漸暈開，被睽違九年的日出晒乾在紙上。

❖

當塞西爾再次睜開眼，卻發現仍處在一片黑暗中。鮮明的感覺讓他確定這次是真的醒了，看來視覺並沒有因為睡了一覺而恢復。他試圖摸索四周，雙手奇怪地使不上力氣，只知道自己正蓋著被子躺在床上，手臂上扎滿了針。

怎麼回事？他本來不是蓋著哥哥的外套蜷縮在沙發上嗎？

身旁出奇地安靜。塞西爾試探地低喊了一聲：「哥哥？」

沒有人回應。他甚至沒聽見自己的聲音。塞西爾愣了兩秒，驟然反應過來——現在他不只看不見，也聽不見了。

chapter 13

塞西爾靜靜地等待著。

一、二、三、四……他在心中默數了十秒，始終沒感覺到身旁有什麼動靜，現在旁邊似乎沒有人。消毒水的氣味讓他知道正躺在病房裡，試著坐起來，才剛挪動身體就感到一陣強烈噁心的暈眩感，只好放棄躺回床上。全身都沒有力氣，連呼吸都覺得累，能感覺到心跳重擊著薄薄的皮膚，彷彿隨時能衝破胸口。

他似乎不只是稍微睡了一下子……

塞西爾動了動手指，感覺到奧伯拉鋼戒仍緊緊地錮在無名指上，還有無數管線纏繞住他整隻手臂。痠麻感一陣一陣竄過，這股電流遠比睡著前強，很快地他就察覺到原因——有一股龐大而沉重的力量，正沉甸甸地壓在胸口上。

塞西爾張大嘴巴拚命呼吸，卻覺得心臟每跳一下，魔法就會隨之波動翻騰。他的魔法在睡著前沒有這麼強盛。塞西爾一度以為身體在睡著時自動解體了，但仔細確認後五臟六腑仍是完好的。這股力量絕對不是來自體內，難道是從奧伯拉鋼回流到身上的嗎？那層薄薄的魔法結晶裡居然藏有這麼多能量嗎？

塞西爾忽然感覺到床震了一下，壓根來不及反應就被緊緊擁入懷中。來人在發抖，動作慌亂地摟緊少年，彷彿深怕他會就此消失。塞西爾聞到男人身上熟悉的氣味，一瞬間想到夢中那場又痛又爽的性愛，身體居然不由自主地起了微妙的反應。他頓時有些慌張地想推開男人，卻驚愕地發現哥哥反而開始親吻他。

側臉、眼尾、髮鬢，急躁且飢渴地瘋狂親吻。塞西爾扯過被子蓋住下半身，被半強迫地抬高了下巴，承接住溼潤而輕柔，帶點鹹味的輕啄。

他在……哭。

這不是夢，他真的在哭。

塞西爾頓時想到，也才剛從夢中甦醒的這個男人，不久前才親眼見證了故人在身下融化消逝的模樣。

他只猶豫了一秒，趁哥哥發現異狀前立刻抱住他的脖子。「哥哥……」他一開口，眼淚就自然撲簌簌地掉下來，聽不見聲音，也不知道發音對不對。「我、我聽不見了……」

哥哥沒有辦法回答。他只是緊緊抱住塞西爾，一下一下撫著少年消瘦的背，炙熱的呼吸緩緩吹在臉上，彷彿在說「沒關係」。

有人碰了他。哥哥立刻揮開對方的手，幾乎是把纖弱的少年整個人塞進懷裡，塞西爾貼著他的胸膛，即使聽不見也能感覺到他的胸腔隨著憤怒而震動。過了好一會後哥哥才不情不願地稍微鬆開他，少年旋即感覺到有人抓住他的手，粗魯得彷彿怕極了塞西爾認不出他是西格齊。

西格齊拉著他的手不知道在做什麼。又聾又瞎的少年有些焦躁不安，他不知道此刻周遭有多少雙眼睛正盯著看，也不知道那些人看出多少事情。哥哥摟著他的肩，厚實的掌心一下一下滑過少年的背脊安撫著他，過了一會牽起他的手，指尖在掌心裡緩緩地劃著。

「我……睡了……三個月？」塞西爾緩緩讀道。哥哥彷彿怕他嚇到，握住他的手輕輕捏了幾下。塞西爾感覺到他的戒指仍然戴在無名指上，紋風不動。

哥哥繼續用寫的方式，告訴他這段時間發生了什麼事。塞西爾在黑魔法防範中心地下室睡著後就一覺不醒，魔法的波長頻率變得很混亂，一下規律一下失控。加上當時還處在威脅之中，他們便把他送到一棟位處偏僻的戰時基地躲避，不過幸運的是自他失去意識後，父親就沒有再出現了。

哥哥寫到一半停了下來，突然伸手點點他的鎖骨下方。塞西爾意會他是要看自己胸口的破洞，乖乖讓他解開衣服。冷空氣輕撫上少年赤裸的胸口，還沒等哥哥反應，塞西爾就知道情況肯定不樂觀。

男人握住他的手，輕輕寫道：痛？

塞西爾搖搖頭。「悶悶的……但不會痛。」他說。

他們在他身上塗塗抹抹、貼了幾層膠布，幫他穿上某種背心封住破洞，才讓他把衣服穿回去。塞西爾抓著哥哥的手，感覺到他似乎在跟誰說話，動來動去地似乎想起身離開，卻又不敢鬆開少年。塞西爾開口道：「哥哥……我沒關係，你有工作的話就先去。」

不知道哥哥是不是沒聽懂，男人依然沒有放開。過了一會又有人試著碰了他一下，那隻手很小，是女性的手，掌心裡裹著繭。哥哥鬆手讓對方接過少年的掌心，那人快速地畫了幾筆，塞西爾疑惑地皺起眉，對方見狀又寫了一次，他卻還是沒搞懂。她的力道變得更重，彷彿在發脾氣般地戳著他的掌心，終於讓塞西爾猜中了來人是誰，「邦妮？」

柏妮絲抓住他的手用力搖了搖。好像被罵了，立刻又放下。

病床輕輕一搖，柏妮絲似乎是靠坐在床邊，捏著他的手試圖和他對話。她的筆劃不是太潦草就是太僵硬，來來回回總要寫好幾遍塞西爾才能明白。

中心垮了，新聞很大。

「然後呢？」塞西爾問。即使沒有這次事件，黑魔法防範中心坍塌也是遲早的事情，但肯定還是會引起一陣軒然大波。重要的是外界的說法是什麼？

研究炸掉。不信。有奇怪的話……柏妮絲遲疑了一下。

「什麼？」塞西爾催促道。柏妮絲指尖戳著他的手心卻遲遲沒有動作，塞西爾急得拉了她兩下，「邦妮……」

她猶豫了一下，還是拉過他的手寫：**知道你**。

塞西爾頓時一愣。外界知道他參與其中。但她是指外頭謠傳長生者收養的孩子涉入這次事件，還是是疑似亞當後代的少年？

還沒來得及問，柏妮絲突然鬆開他。塞西爾瞬間獨自一人墜入無邊無際的黑暗，絕對的安寧好像一池沒有出口的死水，極大的壓迫感倏然襲來，塞西爾不由自主地陷入恐慌。「等、等——」他向前瘋狂揮舞著雙手，絆到病床的欄杆，整個人就要往下墜落無底深淵的那一刻，有人接住了他。

他立刻緊緊抓住男人的軀體，像破水而出的魚那樣大口吸氣。哥哥拍著他的背，溫柔地安撫著，直到少年的呼吸終於慢慢緩和下來，才牽起他的手寫道：**推床**。

「什麼？」塞西爾一下子還沒搞懂，「我、我要下來推床？」

躺。

只是怕被突然移動起來的病床嚇到，才先告訴他。塞西爾咬緊嘴唇，緊緊抓著哥哥的手腕，「那你會陪我嗎？」

哥哥還得稍稍抽出手，才能在他掌中寫字：我在。

「你會抓著我嗎？」少年驚恐地追問，感覺到粗糙的指尖為難地停在他掌中，好幾秒都沒有動靜。他的手依舊那麼熱，掌心裡還是有條深深的疤，是塞西爾親手把他臂膀割開的傷。

塞西爾這才回過神來，他怎麼真的像個十七歲小孩一樣在跟大人撒嬌呢？

還沒想好臺階下，忽然感覺到有團布料落到腿上。摸來摸去似乎是件皮外套，內裡還有炙熱的餘溫，拿起來一聞，滿滿的都是男人的味道。

對不起，哥哥在他手裡寫。

塞西爾抓著他剛脫下來的衣服，不知道該說什麼，最後只是拿外套蓋住腦袋，讓黑暗寂靜的世界四處充滿他的氣味。

少年躺在病床上被推到了別的地方，去接受漫長枯燥，跟懲罰沒兩樣的治療。過於龐大的魔法始終倚躺在胸口上，雖然不到窒息的地步，卻還是讓他時不時就得張口喘氣，一再重複的插管、打針、擦藥，讓塞西爾知道西格齊也對這分突然暴漲的力量束手無策。

少年抓著哥哥的外套，擰成一條打結又鬆開，翻面繼續掏翻空蕩蕩的口袋，試圖藉著無意義的把玩動作，緩解獨自一人待在深沉黑暗中的焦慮。

到底是哪裡來的魔法？雖然放在以前可能不足掛齒，但在魔法已死的時代已經是非常可觀的程度。這是詛咒嗎？還是他的身體正在逐漸找回以往的力量？真的有這種堪稱奇蹟般的幸運嗎……？

塞西爾忽然想到什麼。他等了一會，直到人員來回走動造成的輕微震動完全消失後，試探性地輕輕碰了一下這股就快把他悶死的魔法。力量瞬間反彈回來——雖然洶湧卻沒有傷害到他，但也不全然是在回應他的呼喚。

果然不是他的魔法。反而還比較像……

剛才似乎沒引起什麼動靜，塞西爾乾脆大著膽子直接撈起一把。在他心臟上凝固的魔法瞬間變成黏稠的型態，又融化開來，變成一條條極細的絲線垂落在五指間。他可以感覺到力量微微發熱震動著，隨著周遭的環境不斷流瀉蔓延，勾勒出空氣中振動的波紋。

「主任，數據突然變了。」

「爲什麼？」

「呃，可能是他有排斥反應……」

「我再問你一次，爲什麼？」

「……我再去確認，謝謝主任。」

塞西爾鬆手放開魔法的織線，世界回歸一片死寂。

這是父親的魔法。

當身體出現和父親一樣的奇怪破洞時，塞西爾就猜到了。十二年的失憶的確暫時切斷了他與父親之間的連結，但當父親親手撕裂這層封印後，就將兩人緊緊綁在一起。現在父親狀況不好，他就像個裝滿水的水杯突然出現裂痕，力量自然而然傾流到了空蕩蕩的塞西爾身上。

按照生死之地的規則，一個人的死亡雖然會強烈影響他人，甚至到足以致死的地步，卻不會**直接**殺死另一個人。只是在現在這個奇蹟死去的世界裡，那片魔法沙漠的規則是否仍然有效，塞西爾沒有把握。

父親的力量外洩到他身上，代表情況一定是前所未有的糟。哥哥說父親在他昏睡期間也消失了，說不定只是在等他清醒。如果被發現少年身上暴增的力量，正是來自那個神祕的追殺者，而且兩人在過去一千年有著說不清道不明的關係，即使往後真的解決掉父親這個隱患，也會留下無法根除的疑心……

總感覺這次治療比以往都來得漫長。西格齊光是試著讓他坐起來，已經在床上躺了整整三個月的少年就痛到哭。他拚命試著保持清醒，就怕睡著後再度醒來會發現又回到那片荒無人煙的沙漠，但最後還是在復健結束被推回病房的路上直接睡著了。

他知道自己睡了好一陣子，再睜開眼睛時終於感覺到胸口不再收緊得彷彿要勒死他，眼前卻只見到一望無際、龐大而深沉的絕對漆黑，整個世界安寧得彷彿早已死去。

他害怕又開始做一場虛實不分的漫長幻夢，反射性動用魔法，聽見了模糊的談話聲。

「……西格齊都說了，他的身體已經被這股力量壓到變形，貿然拔除的話會死。」雖然聽起來有點奇怪，但確實是潔兒在說話。「小西的魔法莫名其妙暴漲絕對跟那個魔法師有關，在釐清原因前你這麼急，要是留下後遺症怎麼辦？」

「小傢伙現在的情況是分秒必爭啊。」這是伊納修斯。「我們甚至沒辦法確定會是魔法師先來，還是他先撐不住呢。」

漫長的沉默。

「我做了一個夢。」哥哥。

塞西爾終於徹底清醒了。他閉上眼睛，暗暗希望現在貼滿身上的管線儀器不要洩漏他偷偷加速的心跳。「我夢到妳叛……脫離軍閥那天。但他……跟當年不太一樣。我總覺得，他好像不只是我的夢的一部分。」

「你是說魔法師入侵你的夢境，製造了一個亞當模樣的幻象？」伊納修斯問。

「……我覺得，我可能和塞西爾一起做了同一個夢。」

令人煎熬的寂靜。

「你有問小西嗎？」潔兒道：「問他有沒有做夢？」

哥哥沒有回答，塞西爾不必聽就知道答案。他沒有問。他不敢問……

「可是如果那眞的是他……」潔兒停頓了一下才開口：「如果小西眞的恢復記憶，其實整體上來說是好的吧。」

「噢潔兒。」伊納修斯立刻說：「我知道妳想說什麼，但他要是眞的恢復記憶，我跟妳保證長生者立刻就會開始內戰。他現在這點魔法，可沒辦法像以前那樣所向披靡了。」

按照潔兒的個性肯定沒這麼簡單就被說服，她卻沒有繼續爭論。塞西爾等了很久，始終等不到下一個人開口。他沒有放開魔法，這股令人窒息的能量仍然沉沉壓在身上翻騰，但就是沒聽到哥哥說話。搞不好他們都離開了。搞不好所有人都走了，他們覺得少年現在又聾又瞎，有沒有人陪在身邊他根本不知道，所以大家都走了。

趁著他看不見聽不到，坐在身邊光明正大地質疑他……

塞西爾睜開眼，面前仍是伸手不見五指。一陣溼熱感竄上眼眶，眼淚滑了下來，不知道掉到哪裡去。他翻了個身，深吸一口氣後摀著臉就開始哭，心裡數著一秒、兩秒、三秒，一個炙熱的擁抱焦急地把他擁進懷中，握著他的手一連畫了好幾次問號。

「哥哥……」塞西爾含糊地喊，緊緊抱住他的腰不斷哭泣。

「我去叫西格齊。」伊納修斯說。

塞西爾讓自己暫時沉回靜謐之中。他什麼話也不說，只是抱著哥哥不停地哭，誰碰他都被狠狠地甩開。等西格齊來了，檢查過沒發現異樣又離開後他還是哭個不停，怎麼安撫都沒有用，直到最後終於透過魔法聽見哥哥說：**「我今天睡在這裡。」**

男人在他手裡寫下了一模一樣的意思，少年這才從嚎啕大哭變成小聲啜泣。他閉著眼，半躺在男人懷中讓哥哥替他冰敷眼睛，感覺胸口彷彿又快要被積累的力量擠爆。他能感覺到哥哥的心跳輕輕撞擊著耳垂，也能聽見伊納修斯與潔兒走出門外，在走廊上低聲爭論，甚至開始能感覺到儀器運轉震動著房間裡的水氣，清清楚楚勾勒出病房的格局。時間不多了。

塞西爾抓住哥哥的手，抽抽噎噎道：「哥哥……」

哥哥立刻翻開他的掌心，溫柔地扣住五指。這個動作卻讓塞西爾突然一瞬間覺得很荒唐，差點笑出來，趕緊假裝咳嗽才掩飾過去。哥哥擔心地輕拍著他的背，又一次在掌中畫下耐心的問號。

塞西爾吸了吸鼻子，沙啞道：「……你跟大家說了嗎？」

男人沒有猶豫，在少年手裡堅定地畫了個〇。

「……邦妮也知道嗎？」

又是一個〇。

「那、那……現在旁邊有人嗎？」

誠實的╳。

塞西爾咬著嘴唇，抬頭撞上哥哥的下巴，手忙腳亂地又躲又摸。哥哥抓著慌亂的少年，堅定不移地引導他觸碰自己的脖子、耳朵，少年怯怯地捧著男人的臉，彷彿能穿越黑暗看見那隻光明的眼睛。

要先聲奪人。要讓他沒有機會思考。他越避而不談就越要逼得他措手不及，

不能讓他發現。

雖然可以依賴魔法知道所有東西的位置，但塞西爾實際上依舊什麼也看不見。他伸手觸碰哥哥的左眼，意外地發現這張臉原來這樣地粗糙凹凸不平，全是傷疤。哥哥順著閉上眼，讓少年去摸他顫抖的眼皮上細細的傷痕，被削過幾次而參差不齊的纖長睫毛，再往上一點就是眼罩勒帶的痕跡。

塞西爾順著手感，小心怯懦地撫摸那道長達千年的勒痕。當摸到男人右邊的眉毛，哥哥毫不意外地握住他的手腕，在少年掌心中央輕輕地畫了一個問號。

「我……」塞西爾故意停頓，讓自己聽起來像是哽咽得說不了話，「做了惡夢。」

即使看不到聽不見，也能感覺到哥哥由衷散發出來的失望。

男人還是盡責地安撫著，捏捏他的手、拍拍他的背，就像小時候每次安撫那個夜半嚇醒，哭著衝過漆黑走廊躲進唯一亮燈的書房裡的孩子，那樣地努力又不知該如何是好。塞西爾抓住他的手，摸到掌中那道狹長而猙獰的傷疤，咬緊牙關繼續演戲，「我夢到你……可是你看起來很年輕。你很生氣，對我超級凶……」

他說著說著開始掉淚。哥哥仍繼續輕輕地拍著他的背，彷彿早就知道他要說什麼。「我、我在夢裡是……」少年咬住嘴唇仍止不住顫抖的嗓音。塞西爾邊哭邊說：「就是那個人，可是你卻對我說……」

他緊緊拽著哥哥脫給他的那件皮外套，把半張臉躲了進去。哥哥試圖拉開衣服，少年硬搶了回去，整顆腦袋都藏在外套下，繃緊嗓音問：「……你們真的就是那種關係對不對？」

哥哥沒有回答。沒有寫字，沒有出聲。

少年絕望地哭了起來。哥哥悄悄掀開衣服，卻只是默默地把冰袋重新放回他眼睛上，彷彿在叫眼盲的他什麼都不要看，不要知道。

「那你當時到底為什麼要答應我的告白？」他憤怒而困惑地對著一片漆黑質問道：「我們交往之後你就開始躲我了，那為什麼……為什麼……」

哥哥的手依舊隔著那件外套搭在身上，卻沒有半點打算寫字解釋的意思，一氣之下塞西爾直接抓起冰袋往床尾扔去。透過魔法他感覺到哥哥接住了冰袋，頓時惱火得想翻身背對他，可是才剛動作，背部就痛到不行。哥哥伸手扳住他的肩膀，少年氣得大喊：「不要碰我！」

但哥哥直接扶著他的肩，讓他側躺過去。男人還在腰下與肩膀塞了枕頭免得他不舒服，自己則坐在背後，確保少年依舊能夠從下陷的床墊感覺到他還在身邊。

塞西爾縮成一團，把皮外套蓋在頭上，委屈地哭泣著。哥哥仍舊一言不發，不斷地拖延時間。塞西爾正計畫著下一句要說什麼，卻透過魔法聽見他深深嘆了一口氣。

「小西啊……」他彷彿在品嘗什麼似地，喃喃自語著：**「小西……」**

說不明白為什麼，塞西爾就是覺得那不是在叫他。

少年手裡抓緊外套，哽咽的嗓音把說出來的句子掐得斷斷續續，發音逐漸失真。「你當年到底為什麼帶我回來？」

過了一會，終於等到哥哥牽住他的手，裹著厚繭的手指在少年的掌心躊躇、猶豫地原地轉著圈，最終只是無力地寫下：想補救。

「補救什麼？你什麼都沒有虧欠過我！為什麼要拿我去補償另一個人？」少年語帶哽咽地抗議。哥哥依舊不疾不徐地寫著，他書寫的速度變得格外緩慢，彷彿怎麼也想不到要如何用最簡單的字，去圓這場他編了整整十二年，錯綜複雜得連自己也迷失其中的謊。

你太小……

「我十七歲了！」少年一時間氣憤地揑緊他的手，說話開始喘不過氣、頻頻走音，「十七歲對你來說很可笑，但已經是我的一輩子！你每次都說我太小所以怎樣。我十七歲，我的喜歡既幼稚又不成熟，所以就是假的嗎？」

哥哥又想寫什麼，但少年甩開他的手。「分手啊！」塞西爾哭著說：「你只是想養小孩那就分手啊！憑什麼要我代替亞當跟你玩扮家家酒？我想作的是你戀人，不是你弟弟！」

男人的指尖留在他手中，頓時不知所措地不動了。

塞西爾仍像個不會說話的三歲小孩一樣拚命發脾氣，將那件皮外套又拉又扯地洩憤，卻也沒辦法真的扔開。他顫抖地抓緊衣服，被自己矛盾的行為委屈得氣哭了，乾脆把臉埋進外套裡，悶聲哭起來，「我真的好怕……如果以後真的再也看不見聽不到怎麼辦。哥哥……為什麼是我？明明就不是我……要是你當年放我自生自滅……」

一秒，兩秒。

哥哥抓住他的手，塞西爾立刻甩開，但哥哥這次強硬地壓制住他，把瘦小的少年抓進懷裡緊緊抱著。他的體溫好高，熱得能燙傷人。塞西爾發現聽力來到前所未有的敏感地步，差點快被男人穩健的心跳聲震聾，便鬆開魔法讓自己墜回一片安寧之中，在炙熱的懷抱裡獨自哭泣。

哥哥抓住少年細如枯枝的手，塞西爾就握緊拳頭。他們左手碰著左手，鋼戒硬生生地卡在兩人之間。

你會好。少年手心握著拳，哥哥就在他手背上寫：**不是你的錯**。

「那為什麼是我承擔？」塞西爾哭訴著：「既然不是我的錯，為什麼是我遭受這些？連你也騙我……」

是我怯弱……男人書寫的力道躊躇得彷彿能停滯時間，他頓了好一會，誠實寫下：**我怕**。

無法理解那些糾纏過往的少年啜泣著，沒有說話。

不是替代。哥哥繼續寫：**你不同，你很好**。

「可是你還是騙我……」塞西爾嗚咽道：「騙我你們之間清清白白，明明可以跟我說實話啊……」

寬大掌心包覆著他的手，輕而易舉地就把少年倔強的五指揉開，扣進掌心。

哥哥沒有立刻寫下回答，塞西爾預期著他也許會寫一些不想汙染你之類冠冕堂皇的大話，但當男人真正在手中落指時，筆劃卻是：**想一起忘記**。

塞西爾默不作聲，靜靜地啜泣。

你做的夢，哥哥不斷揣摩著該用什麼字才好，劃來劃去，勾得塞西爾的手心好癢，有看見嗎？

「我看到你們……做了。」少年又開始哽咽，他深吸一口氣繼續說道：「你氣到哭，可是我卻……他卻……」

哥哥抓住他顫抖的手，緩緩地只寫了一個「忘」字。

指尖滑過塞西爾冰涼的皮膚，枯瘦的手背，在他心裡永遠地刻上一刀一刀。

真狡猾啊。在夢裡哭得那樣撕心裂肺，醒過來後一邊對一無所知的少年說不是他的錯，卻又一邊用曖昧不清的方式說這種話？

「我也想啊！」塞西爾半壓抑著哭腔，蜷起身子瑟瑟發抖。男人健壯的臂膀將他一把抱住，像籠子般牢牢囚住他。

「可是我……那種……」

他忽然想通迦勒這麼做的目的。

現在他確定少年已經知曉曾經漫長過往的片段，也許甚至早就不再期盼少年能繼續一輩子都對那難以啟齒的一切渾然不覺了。於是比起隱瞞他選擇另一種方式，要塞西爾在逐漸憶起曾經種種荒唐羞恥的同時牢牢記住，兩人之間的「哥哥」再也不是塞西爾了。

只要懷裡的塞西爾目前還是那個聽哥哥話的乖巧少年，就算真的想起曾經抓回逃跑的男人後殘忍地拔斷他的四肢，把他豢養在隱蔽小屋之中，比起當年那股無法自拔的背叛感，如今遲來的愧疚會先把自己勒死，讓少年最後只能溫順地待在男人身邊。反正這一切到頭來都是塞西爾先虧欠迦勒的。

令人毛骨悚然的熟悉感。

少年沙啞地悶哼幾聲遲遲沒說出下文，接著就毫無預警地失聲痛哭起來，縮成一團逃避著男人的碰觸。哥哥小心翼翼地安撫，還是很快就察覺他情緒起伏過了頭，耐心地哄著，終於從少年破碎的字詞裡拼湊出令人錯愕的真相。

「我以為是你……」少年大哭著說：「我以為你終於……可是、可是他直接把我推到地上，撞得好痛……」

哥哥一定早就從伊納修斯那裡，聽說從父親手中救下塞西爾時的情況。或許他還曾暗自慶幸，父親當時沒能成功染指捧在手心裡呵護十二年的男孩，偷偷高興著少年依舊一塵不染是完全屬於他的。可現在才知道原來早在塞西爾失蹤的十三天裡，他就失去了他的純潔少年，不知道會是什麼心情？

塞西爾號啕大哭。根本用不著魔法或是奧伯拉鋼戒，光是從哥哥輕拍的力道就能感覺出男人此刻心中翻湧的錯愕、憎恨、絕望，還有那股再一次重重踐踏他的茫然與無力感。自己細心呵護珍惜十二年的天使，就這樣隨隨便便被人弄髒了。

塞西爾猜想著哥哥此刻心中所想大概和他相去無幾。魔女已死，永無止境的千年煙硝已然終結，在這珍貴美好的十二年和平歲月裡，他們卻仍與從前一模一樣。

❖

塞西爾的情況在短短幾天裡急速惡化。

失去視覺與聽覺後沒多久，他的味覺也慢慢淡掉。一開始還以為是西格齊囑咐，所以飲食才變得這麼清淡，直到某天少年說想吃冰淇淋，一口咬下去才發現什麼都嘗不到。

漸漸地他也發現觸覺似乎變得越來越遲鈍。今天早上一醒來他就覺得雙手有點麻，本以為只是睡覺時沒躺好，但等了好一陣子都沒有恢復。告訴西格齊之後，醫生便在他手上戳戳刺刺弄了很久，非但不見起色，甚至還越來越麻木。

當柏妮絲在手裡一筆一劃地寫字時，少年幾乎沒辦法辨別她究竟在寫什麼。他的身體現在被嚴密監管，隨便動用魔法的話很容易被發現。雖然西格齊已經知道他一定程度上可以控制自己的力量，但塞西爾一點也不想再給他更多數據去做那些荒唐的研究。他和柏妮絲重複確認五六遍，才終於弄懂她是在解釋為什麼今天來的人不是哥哥而是她，因為哥哥被總理叫去會面了。

最近氣氛超怪。她寫。

把這幾天得到的零碎資訊拼起來，大概猜得到長生者高層之間已經暗潮洶湧。即使不知道他就是亞當本人，塞西爾檯面上的身分是哥哥的養子，現在莫名其妙突然有了魔法。在那些野心勃勃的傢伙眼中看來，只認為迦勒原來早在魔女剛死幾個小時，就開始蒐集自己的戰力。搞不好連父親襲擊他的事情，都會被解讀成內戰的引信，光是哥哥這幾天還能經常來看他，已經很稀奇了。

「可能他們自己都還沒有定論，所以才不告訴妳。」塞西爾隨便找了個藉口。

柏妮絲有點怨氣地在他手上畫畫寫寫，似乎不太高興塞西爾沒有附和她。**先生不准我問。**她寫：**都不告訴我。超怪！**寫完最後兩個字還焦躁地在他手裡畫圈圈。

真要追究，伊納修斯居然准許柏妮絲三天兩頭來探望他，就已經相當令人起疑，塞西爾心想。畢竟那隻老狐狸不可能沒想到柏妮絲會像現在這樣偷偷通風報信，如果不是覺得把又聾又瞎的少年一個人丟在病房裡良心不安，就是想看塞西爾聽聞這些消息後會做出什麼樣的反應。「去問問看妳舅舅？」塞西爾故意說。

柏妮絲的動作停了一下。西格齊果然也在病房裡監視他們。搞不好就連柏妮絲能來探望，也是哥哥同意的。

不熟。柏妮絲憤憤地寫：媽叫我跟他好，但我不想。

「為什麼？」

凶。她的筆劃帶著強烈不滿。他一回來，家裡就很怪。

柏妮絲出生一年多西格齊就去了北方，她從來沒經歷過西格齊還在伊納修斯家時那種尷尬的氣氛，塞西爾也沒辦法想像性格那麼暴躁的西格齊，對外甥女呵護討好的模樣。他想了想，「邦妮，可以推我去吹個風嗎？」

柏妮絲在他手裡打勾，往他懷裡塞了抱枕。塞西爾從昏迷甦醒後隔天，哥哥就派人從家裡送來從小陪他到大的仙人掌抱枕，讓他晚上抱著睡。每當旁人要鬆開他的手時，就會讓他抱著這隻仙人掌。塞西爾內心默數著秒數等待，柏妮絲消失在黑暗裡將近兩分鐘後，一隻男人的手輕點他的肩膀，把他抱了起來。

失去視覺與聽覺後，塞西爾變得非常擅長透過肢體來認人，但現在這個把自己抱到輪椅上的既不是西格齊，也不是任何他知道的人。少年立刻問：「是誰？」

柏妮絲拍了拍他的手臂，在掌心裡寫：克。

這是她之前介紹過，陪伴他療程的幾個研究員兼護理師之一，因為這些人不會花時間一筆一劃在他手上寫下自己的名字。

克整理了一下他身上的管線，便讓柏妮絲推著塞西爾離開病房。路面的輕微起伏能讓塞西爾判斷他們到了哪，基於安全考量西格齊不允許他去到戶外陽臺，但靠在窗邊晒晒太陽還是可以。柏妮絲推著他進了電梯到另一層樓，又走過一段冷氣很強的長長走廊，最後來到通風很好，布滿整面落地窗的空間。

之所以知道這裡是落地窗，純粹是塞西爾記得這座基地幾百年前的格局。灑在身上的陽光相當微弱，但柏妮絲來的時候分明才抱怨今天太陽很大。塞西爾感覺到女孩抓住了他的手腕，便翻過手讓她寫字，一邊分心想著不知道什麼時候會連風吹日晒都感覺不到。

究竟是他會先失去所有感官，還是父親會先現身？本以為父親會在他甦醒之後立刻找上門，但自從脫離那場漫長的夢境後，已經又睡著醒來數次，父親仍然沒有出現。難道他真的已經奄奄一息到連保命的力氣都沒有？

塞西爾太分心，連柏妮絲已經寫完都沒發現，直到她抓著自己的手晃了晃才反應過來。「什麼？」少年說。即使失去聽力，感覺好像還能聽見她佯裝惱怒地「噢」了一聲，抓著他的手再重寫一遍。

那些能夠偵測魔法變化的儀器體積過大，像這樣把他推出來吹風的時候沒辦法帶著，塞西爾便悄悄地驅動了一下魔法。淋在身上的陽光一瞬間就從和煦變成燥熱，從窗戶縫隙漏進來的氣流變成狂風，尖銳地悲鳴哀號，像針一般扎著塞西爾每一寸皮膚。

他能感覺到偶爾從遠方經過的路人，克站在他們身後陪同著，柏妮絲拉了張椅子坐在他旁邊。女孩在掌心裡畫畫寫寫的動作，變成好像拿某種鈍器在刮他的手，恨不得刮到瘀青出血。少年不動聲色，悄悄握緊了輪椅扶手。

她在寫：**和你哥真的在交往？**

塞西爾愣了一下。透過魔法能感覺到她的局促緊張和不好意思，但更多的是想聽八卦的興奮。

這小鬼頭。

「幹嘛問這個？」塞西爾羞澀又尷尬地說：「妳不是早就知道了？」

柏妮絲一連畫了好幾個問號反駁。雖然塞西爾是指她應該早在他昏迷的那三個月裡就知道，不過他沒打算解釋這個誤會，不自在地撇開臉說：「就是這樣啊。如果妳要跟大人一樣說教什麼的，我不想聽喔。」

女孩不耐煩地畫了一堆╳，焦急地寫：**好奇。你們那個了？**

「妳想幹嘛？」

也對。十三歲，差不多開始發情的年紀。

要是他只靠觸覺還真的沒辦法知道，此刻正用魔法感受柏妮絲一舉一動的塞西爾，清楚看見她一邊輕柔地抓著他，臉上表情抿緊嘴唇，用力到甚至顯得有些扭曲，顯而易見地興奮極了。塞西爾突然覺得有點哭笑不得，不知道多久沒看過有人光是聽到「上床」兩個字就能開心成這樣。

「妳問這做什麼？」塞西爾說。伊納修斯本人對同性戀格外反感，他教出來的小孩通常也和他差不多，不過顯然柏妮絲不是那個「差不多」。

我班上也有，超酷。

超酷。塞西爾沒好氣地笑了一聲。

我可以問？八卦歸八卦，禮貌還是記得。塞西爾擺出戒備的臉色，謹慎地說：

「看妳要問什麼。」

在柏妮絲本人不知情的情況下，看著她蹲在輪椅邊搖頭晃腦實在很好笑。塞西爾任由她在手裡寫字，越寫越有趣，還得偷偷咬著嘴唇免得露餡，怒聲道：

「這是什麼問題啦？妳真的很三八欸！」少年漲紅了臉，一副惱羞成怒的模樣。

你說可以問！你也可以不說？

「我不說妳一定到處去亂講。」塞西爾道。反正再怎麼說也只是小孩子間的流言八卦，伊納修斯即使想透過柏妮絲對他套話，也不會叫她問這個。塞西爾乾脆坦蕩道：「上面是我！可以了吧？」

你？

「那妳去問啊！」塞西爾佯裝生氣道：「說了妳又不信那問我幹嘛？」

那你有沒有……她拖了半天沒寫完。塞西爾正想催促，柏妮絲突然握住少年消瘦的前臂來回套弄，他立刻意會，氣急敗壞地用力甩開她。「我幹嘛連這個都要告訴妳！」少年激動得滿臉通紅，緊張又害羞到有些結結巴巴，「妳、妳那麼好奇以後自己去試好不好？」

柏妮絲又要寫什麼，克突然上前拍了拍她的肩膀。塞西爾的視線茫然地望著前方，氣呼呼地待在輪椅上。

「不要聊過頭，他情緒太激動的話會受傷。」

「對不起。」柏妮絲彬彬有禮地道歉。

克站在他斜後方。塞西爾現在可以透過魔法描繪出整個空間，當然也能清清楚楚地感受到研究員的視線——那種打量的眼神。他早就發現，大概是西格齊長年不在首都的緣故，他對下屬的控制力絕大部分都仰賴他的伊納修斯姓氏，但他和伊納修斯相處不融洽又是人人皆知。無論柏妮絲再怎麼常來看他，終究只是時間一到就得離去的探病訪客，這群人心裡偷偷盤算的聲音響到只差沒有直接說出來。

塞西爾開口道：「邦妮？」

柏妮絲捏了捏他的手。「喔……我以為妳生氣了。」他有些語帶不安道：「怎麼了，有其他人嗎？」

柏妮絲剛寫下克的名字，研究員突然開口：**「我想讓他檢查一下比較保險。」**

「不用吧？他只是聽不到才說話大聲了一點。」柏妮絲說：**「他平常也是這樣，不只剛才。」**

「所以妳最好平常來探望他就要注意分寸，不要老是讓他這麼激動。」克回答：**「他現在眼盲失聰，情緒會非常敏感。等真的被刺激到就來不及了。」**

柏妮絲沒有回話。作為伊納修斯家的準繼承人，她一定足夠敏銳。

克點了點塞西爾的肩膀。他故作疑惑地左右轉頭，「要回去了嗎？我才剛出來一下下。」

柏妮絲牽住他的手，潦草地畫了幾下。這幾天突然就被推去追加治療的次數，已經多到柏妮絲隨便寫他也能理解，於是少年開口說：「那我等一下還能再出來嗎？」

「跟他說只是暫時檢查而已，還不用回病房。」克說。柏妮絲照著跟他告知一遍，等塞西爾心不甘情不願地答應後，便被推向走廊另一端的治療室。

治療室裡非常冷，看上去沒有什麼特殊機械，塞西爾便沒有停下魔法。克把他抱上手術臺躺好後，就在旁邊弄東弄西地準備器材。柏妮絲把輪椅收到一旁，走到少年身邊抓住他的手。

不知道研究員是不是在裝忙，但他過好一陣子才終於舉起一根細長的針管，迅速地消毒過少年插針插到微腫的皮膚就刺了進去。感官正敏感的塞西爾忍不住瑟縮了一下，感覺到注射時的痠脹感比平時更鮮明。本以為只是他現在正動用著魔法的關係，但隨著研究員推完了針筒裡的液體，拔出微微回血的針，那種難以忍受的痠痛感卻遲遲沒有褪去。

塞西爾立刻停下魔法，卻沒有這麼容易。胸口沉沉的窒息感不再任他控制，開始瘋狂地翻騰，所有感官不斷不斷往外擴散放大。他聽見柏妮絲幾乎是尖叫著說：**「這樣就好？」**

克同樣嘶吼回去：**「對。這應該會讓他很想睡，請妳到時候再把他帶回病房。」**

為什麼？是正使用魔法的關係嗎？克到底給他注射了什麼？

塞西爾極其清晰地感覺到克把殘留在針筒裡的血收進口袋，接著俯身抱住少年，那一瞬間塞西爾完全使不上力，上半身癱軟在男人懷中。

「怎麼回事？」柏妮絲立刻問。

克辯解道：**「他會很想睡，只是有點快……」**

研究員使力把他從手術臺上抱起。那一瞬間塞西爾頭一暈，整個人重重砸回手術臺上，卻看見研究員仍筆直站在臺邊，雙手捧著他孤零零還穿著病服的下半身。

chapter 14

塞西爾立刻伸手摸了摸胸口，碰到那件用來封住胸前破洞的背心，堅挺的布料隨著他的觸碰凹陷下去，彷彿底下沒有任何支撐。他還沒說話，克就嚇到幾乎把他的腳拋了出去。柏妮絲立刻衝上前搶過下半身，語氣驚恐卻堅定地對研究員怒吼：**「找人！」**

克嚇得雙腿發軟，跌跌撞撞地跑向角落的電話。柏妮絲把塞西爾的腳放回手術臺上，試圖把人拼回去，卻立刻就發現行不通——他身上的破洞在剛剛那短短幾分鐘裡已經擴得太大，幾乎整個軀幹都不見了。塞西爾透過魔法感覺到她馬上就要哭了，立刻開口喊：「邦妮？」

柏妮絲震了一下，瞬間回過神，緊緊抓住他伸出來的手。「發生什麼事了？」少年疑惑且有點慌張地問：「感覺好怪……」

柏妮絲咬緊嘴唇，狠狠擰了自己的手臂強逼停止發抖，在他掌中緩慢地畫一個歪斜的╳，**沒事**。

「沒事？可是……」

柏妮絲抓著他的手用力地拍了拍，彷彿更像在安慰自己。塞西爾感覺到她剛剛擰過的地方似乎瘀青了。

角落的克簡短迅速地交代情況，掛斷電話後立刻衝到藥櫃前翻箱倒櫃。**「妳先瞞著他！」**他一邊說一邊手忙腳亂地配藥。

柏妮絲完全不理他，凶悍地問：**「主任什麼時候來？」**

「很快——他們去通知了！」

「你不是打給主任？」柏妮絲不可置信地問。

「我們有標準程序的，這種情況……」

「你知道躺在這裡的是誰嗎？他要是真的死了你能負責嗎？」柏妮絲幾乎是暴怒地尖叫道：**「叫西格齊過來！」**

「邦妮……」塞西爾的耳朵快被她震破了，趕緊抓住女孩的手，把她的注意力引回自己身上。「我……感覺好暈……」

柏妮絲伸手蓋住他的眼睛。塞西爾順從地閉上眼，胸口蓬勃的力量卻像火花一樣持續不斷噴濺暴漲，怎麼也壓不下來。感覺真奇怪——他仍能如常感覺到下半身，但完全抓不到重心。即使他真的不知道身上此刻出了什麼事，肯定也能察覺到這詭異的異樣感。甚至彷彿還能感覺到被黑洞蠶食的腰桿，那種終日不散的痠痛僵硬，卻碰不到實體……

驟然響起幾聲有如轟炸的敲門聲，塞西爾嚇得一震，幸好治療室裡的兩人比他更慌張，沒有人聯想到他是被敲門聲嚇到。柏妮絲立刻壓住他的肩膀，比起安撫更像在壓制，克則毫不猶豫地衝向門口打開了門。「主任——」

一瞬間消失了。

塞西爾直直地盯著天花板。他透過魔法感知的那些雜音、房間的格局，在那一剎那全部都奇蹟似地消失了，成功地變回又聾又瞎，甚至更過頭，連消毒水的氣味、冷氣的溫度、身下的手術臺和衣服的觸感，這些原本不用魔法也能感知存在的事物也全部不見了，只剩下孤零零的自己。

憑克一個小研究員是做不到的。父親來了。

塞西爾安靜地等待著。過了好一會始終沒有什麼動靜，他伸出手想摸摸看身體有沒有復原，沒摸到前胸貼後背的腰，卻打到一隻纖細的手臂，那隻手立刻狂亂地揮舞起來。塞西爾用力地抓住柏妮絲的手腕，但沒遇過這種事的她一時間根本反應不過來，瘋狂地掙扎好一會後才發現是塞西爾，無力地垂下不停顫抖的手，死死扣住他的五指。

少年試著坐起身卻抓不到重心，他的身體依然斷成兩截。塞西爾乾脆重新躺平，在黑暗中穩穩牽著柏妮絲的手。本該負責安慰他的女孩遠比他害怕得多，抓得越來越緊，她手勁又大，塞西爾感覺骨頭都快被捏斷了。手汗打溼兩人的掌心，塞西爾一邊忍受著她又捏又掐，同時心想著，這才是沒碰過魔法的小孩真實的反應啊。

寂靜不斷蔓延。

塞西爾心中默數的秒數越走越長，始終看不見盡頭，直覺告訴塞西爾他和柏妮絲好像被困進一個未知的魔法範疇裡，沒有魔法的他們束手無策，只能等待這片界域像泡泡一樣隨著時間自行瓦解。於是塞西爾乾脆閉上眼，放任虛無在身上漸漸扎根發芽。現在的他什麼也感覺不到，沒有堵塞在胸口上的沉重窒息感，也沒有藏在骨子裡蠢蠢欲動的魔法，就像個空殼。撇除這一千年來糾纏混亂的雜質，就是一尊碎成兩截的空心雕像。

❖

等了很久很久，塞西爾被手中忽然用力甩動起來的力道嚇醒。他清楚地**聽見**

一道尖銳的女聲：「起來！大懶蟲起來！你這個天兵怎麼還能在這種情況下睡著啊?!」

接著一連幾巴掌拍在他臉上，力道不重卻也不是很溫柔。塞西爾皺著眉睜開眼睛，猝不及防撞上一雙清淺的眼睛，將對方臉上的錯愕逮了個正著。他還看見一旁有隻分明還細嫩卻已經長了不少繭的手懸在空中，似乎還想再給他一巴掌。

「你看得到了？」柏妮絲詫異道。還記得偷偷把手藏起來。

塞西爾緩了兩秒回過神，等她藏好心虛的臉色，才傻愣愣地回答：「嗯。」

他看著女孩咬緊顫抖的嘴唇，毫不意外地就撲抱了上來，把虛弱的少年撞得往後一滑，跟自己的下半身遠遠拆開。正整個人趴在他身上發抖的柏妮絲，一下子似乎忘了塞西爾理論上應該還不知道自己被腰斬。塞西爾不知所措地仰望著漆黑夜空，詭異的是他們四周分明一點光線都沒有，天上卻連一粒星塵都看不見，只有蒼白的新月孤單地掛著。

「……邦妮。」塞西爾語帶躊躇，輕輕攬住女孩的背。他看見左手被用來壓制奧伯拉鋼的醫療器材包得密不透風，彷彿戴了一隻鐵手套，完全看不見戒指。

「我……」

「沒事、沒事，你冷靜點。」他什麼都還沒說柏妮絲就搶道，拚命地抱緊他，似乎是想遮住他的視線，不讓他看見身體斷成兩截的慘狀，卻沒發現力道大到幾乎快勒死孱弱的少年。「你會痛嗎？不會嘛，那就沒事。我們立刻去找舅舅，你不會有事的。」她還在繼續強掩慌張地喋喋不休。

「所以我剛剛——」話還沒說完又被女孩打斷。

「那個克勞斯．史考勒。他莫名其妙突然說要幫你額外再檢查一下，我就覺得有鬼，沒想到他真的敢！這件事一定要告訴先生，讓他封殺那個史考勒全家！先生一定會讓他——」

「邦妮。」塞西爾喊。

緊繃到極點的女孩終於沒有繼續搶話了。

「我沒事。」他緩緩地吐一口氣，輕輕拍了拍她的背。

柏妮絲沒有回話，自以為掩飾得很好地悄悄吸了吸鼻子，偷偷擦掉眼淚。

等到柏妮絲的情緒漸漸平復下來，兩人才觀察起周遭環境。他們非但不在原本的治療室，甚至身處室外，看上去是某棟建築的頂樓花園。四周放眼望去都是山林，似乎是某戶人家的郊外別墅。柏妮絲四處張望，好像想找出某種布景破綻之類的東西。「這是哪裡啊？」她不自覺壓低了聲音道。

塞西爾沒有回話，抬頭仰望著新月。雖然在城市裡也看不見星光，但是他們現在是在漆黑的山野間。曾經有長達九年時間，天空中也始終只有那彎利刃般的柔光懸掛……

「不知道。」塞西爾回答。從他忽然恢復視覺和聽覺來看，他們應該還在魔法領域中。詭異的天象說明這全部都是幻覺，他們回到了永夜時期。但柏妮絲一時間恐怕也消化不了這麼多，等有必要再告訴她也不遲。「我覺得我們還是進到室內好了，在外面感覺好危險。妳可以把我抱起來嗎？」

柏妮絲像抱嬰兒般抱起幾乎只剩一顆頭兩隻手的塞西爾。她遲疑地看向旁邊的兩隻腿，似乎正在思考要怎麼扛起那個，剛伸出手就被塞西爾阻止。兩人看著那雙腿屈起膝，開始左右搖擺，在草皮上跪地，接著小心翼翼地站直了。那雙腳穩住重心，默默地開始原地跳步、轉動腳踝。

「有點麻。」塞西爾解釋道。

「……這真的詭異爆了。」柏妮絲下了精闢的結論。

柏妮絲抱著他勘察一圈頂樓花園，確定沒有別人在，只找到一扇長滿藤蔓的門。「看起來好像幾十年沒開過了耶。」她說。

「可是這些花都是好的，一定有人在照顧。」塞西爾說著同時伸手拉了一下門把，沒想到門就直接打開了，那些藤蔓根本沒有封住門。門後一片漆黑，一盞燈也沒有，只能從月光勉強判斷是一道旋轉向下的梯級。

塞西爾與柏妮絲面面相覷。

沉默了幾秒鐘後，少年開口道：「也沒有別的路了吧？」

柏妮絲看上去非常緊張。「還是就待在這裡等人來救我們？」她說，焦躁不安地原地踩了兩步，「不要移動位置比較好吧？」

「這裡是荒郊野外耶。」塞西爾說：「也不知道我們為什麼會莫名其妙跑到這裡，大人就算想找要找多久啊？」

柏妮絲哀怨地瞪著那片黑暗。

就塞西爾所知，伊納修斯從她小時候就帶著她到處跑，連黑巫師她都看過好幾次，要說柏妮絲膽小大概沒有人比她更勇敢了。雖然塞西爾暫且不確定眼前這場幻象的目的是什麼，既然知道眼前一切都是幻影，無論發生什麼都不可能會真的傷到他們。他正思考著該怎麼哄她下去，柏妮絲突然開口：「我先說喔。」

她用力地深吸了一口氣，強裝鎮定道：「因為、因為都是我抱你走……我比較辛苦，你要給我你全部的遊戲光碟。」

女孩背對著新月，塞西爾只能依稀看見她的側臉輪廓。

「全部也太過分了吧。」少年說。以往他從來沒覺得柏妮絲和伊納修斯長得像，畢竟中間隔了將近千年的血緣，此刻一看雖然這副逞強的口吻既幼稚又破綻百出，但她確實有家主的影子。「妳可以拿一半。隨便妳挑。」

「小氣鬼……」柏妮絲一邊碎念著，小心翼翼地走下樓梯。塞西爾的下半身跟在後面，怕跌倒而走得特別慢。

樓梯非常長，一路上真的一絲光源也沒有。無論兩人走了多久，始終沒能適應這片無邊無際的黑暗，只能悄悄屏住呼吸，緩緩地摸索往下。塞西爾內心默數臺階，直到走了將近兩百階後，才不知從何處漫出一點蒼白的光芒。柏妮絲立刻放慢速度，左顧右盼想找出光線來源，塞西爾抱緊她的脖子，從旋轉樓梯天井悄悄探頭往下看去，看見在樓梯盡頭有一條紅色地毯。

什麼都沒發生。直到兩人都踩上紅色地毯，面前是一條長得彷彿沒有盡頭的挑高走廊，依舊半點動靜也沒聽見。

這條長廊的樣式相當古典，在隱蔽的牆角處還能看見一些斑駁的痕跡，似乎真的是久遠以前留下來的古老城堡。柏妮絲還在東張西望，即使已經站在明亮處仍然下意識用氣音問道：「燈在哪啊？」

長廊上亮歸亮，卻看不見一盞燈，沒辦法判斷漫射光源是從哪來。這是永夜時期常見的照明魔法，塞西爾只是聳了聳肩，說：「這很重要嗎？先往前走吧。」

柏妮絲半信半疑地抱著他走了好一段路。城堡的路線不算太複雜，但占地面積很大，女孩走了好久才繞完一圈，依舊什麼也沒碰見。原本戰戰兢兢的柏妮絲終於大膽起來，卻還是小小聲問：「欸，這裡是不是沒人啊？」

塞西爾望著一旁柱子上的花紋。感覺好像有點熟悉，是記錯了嗎？畢竟他看過的古堡可不只一兩座，絕大部分其實都長得差不多。少年提議道：「要不要進房間看看？」

「那就算了吧。要是有人的話，我們不就是自尋死路？」柏妮絲悚然道。

兩人繼續往下，巡過一層層樓卻始終沒瞥見任何人影。正當他們以為這裡真的是座空城時，才剛踏上二樓走廊就聽見踏進城堡以來第一道聲響——女人的哭聲。

柏妮絲嚇得立刻躲進走廊轉角。那聲音聽起來痛苦極了，還時不時穿插著絕望的哀號與尖叫，讓人聽得寒毛直豎。塞西爾左顧右盼，「那是從哪發出來的？」

「我要走了。」柏妮絲彎著腰，小碎步衝往下樓的樓梯。塞西爾趕緊道：「不去看看嗎？」

「誰要啊！」她真的怕得要命，「超可怕的！你明明連鬼屋都不敢玩在裝什麼勇？」

「又沒說那是鬼，這聲音很明顯是真人啊。何況這裡還有什麼東西能比那個更可怕？」塞西爾指向自己蹲在角落的腿。

「那不一樣！」她說。塞西爾有些懊惱，抬起頭仔細聆聽哭聲的來源，卻發現柏妮絲正壓低身子，快速蹲著走過的牆面上掛了滿滿一整排，全是黑白的半身肖像。乍看之下真的湧上一股難以言喻的毛骨悚然，但他很快就發現肖像裡的每個人都非常熟悉，便拍了拍柏妮絲的肩膀，「邦妮，看上面！」

精神正緊繃的柏妮絲抬起頭時，果不其然被嚇得脫口罵了一聲，甚至差點把懷裡的塞西爾摔到地上，她一樣也很快就認出了這些人。「這些！」她趕緊壓低聲音，困惑道：「這些……是我家的家主副手嗎？」

不難看出一整排整齊並列的黑白肖像之間的血脈，全是伊納修斯家本家歷代嫡長子，也就是家主伊納修斯的歷任副手，而伊納修斯本人的畫像則沒有掛在這。「看來這裡是妳家的城堡。」塞西爾說。

伊納修斯家名下有不少城堡，其中有幾座位置特別偏僻，能用來保護核心家族成員之類的重要人士。塞西爾這才想起來，此刻身處的這座城堡，正是永夜時期西格齊等人的藏身處，也是柏妮絲一歲以前的住所。

女孩站直了身，單手抱著他，驚訝地一個個指認，「真的耶！而且還是按年分排的。亞特雷斯先生，狄密特先生，萊則先生……」

她指到最尾端的肖像，卻沒有說出名字。

相框裡的男人相當年輕，看上去不過二十幾歲。他神情嚴肅，目光銳利地直視著前方，眉眼間藏不住那股自信與傲氣，儼然一副英雄模樣。即使相片中的男人與女孩從未有機會面對面，此刻這樣一看，誰也不會懷疑他們的血緣。

難怪伊納修斯不曾懷疑柏妮絲不是沃倫的親生女兒，塞西爾突然想通。他其實對沃倫沒有什麼印象，本以為伊納修斯只是為了維護家族和平，所以不多加追究柏妮絲的出身，直到現在才發現，原來柏妮絲與她父親真的是一個模子刻出來的。

柏妮絲本人沒有對父親的肖像發表多少感想，只是默默地放下手。「所以這裡是我家城堡？」她說：「可是我知道的城堡都離首都超級遠欸……」

「看起來是這樣沒錯。」塞西爾說。始終縈繞不去的女人哭聲在此時又突然淒厲地拔高，柏妮絲立刻轉頭，看上去似乎沒有剛才那麼害怕了。她摟緊塞西爾，嘴上卻說：「如果是我家的城堡，那鬧鬼好像很正常……」

「祖先肯定會看在妳的面子上放妳一馬啦。」塞西爾沒好氣地說。「至少看一下到底是哪裡傳出來的聲音吧？」

柏妮絲猶豫一會，還是躡手躡腳地靠了過去。

他們距離聲音來源越靠近，柏妮絲的臉色就越奇怪。塞西爾還沒來得及問怎麼回事，突然一陣動靜從背後傳來，女孩迅速躲到梁柱死角處，塞西爾的雙腳也趕緊跑到垂墜的窗簾後藏好。腳步聲越靠越近，接著忽然冒出一個女人從他們旁邊匆匆走過，完全沒有注意到躲在角落的少年少女。

塞西爾與柏妮絲默默地看著她穿過走廊。那個有些熟悉卻又無比陌生的背影，讓兩人認出那是小時候共同的保母奧黛麗小姐。那頭摻滿白絲乍看之下甚至顯得像灰色的長髮此刻竟烏黑如墨，體態也比兩人記憶中豐腴，臉上看不出一絲當年的皺紋，就連那雙被流彈炸跛的左腳居然也能健步如飛。

奧黛麗迅速地跑到一扇木門前打開門，裡頭立刻傳出淒厲可怕的哭叫聲，隨著門扉關上再度減弱下去。

「……妳有看到她的臉嗎？」塞西爾說。

柏妮絲滿臉震驚，不可置信地望向塞西爾，「那應該不是保養做得到的吧……」

她找了個隱蔽的角落坐下，塞西爾的腳也從對面跑過來，蹲在旁邊。「所以。」她皺起眉頭，絞盡腦汁思考著該怎麼用比較不那麼荒唐的方式，把自己的猜想說出來：「我們不只瞬間移動到幾千公里遠的地方，還回到過去了？」

「我想我們應該是進到過去的幻象裡，不是真的穿越時空。」塞西爾說。

柏妮絲立刻慌張地問道：「那要怎麼離開這個幻境？誰能來救我們？」

他還沒回答，女人的尖叫聲乍然刺穿厚重的木門，夾雜著幾句破碎的話語。

雖然聽不懂，但光憑語氣就能知道肯定不會是什麼好話。柏妮絲突然臉色刷白，激動得就要起身，塞西爾趕緊拉住她的手。

「那真的是我媽！」

「妳媽？」塞西爾錯愕道。柏妮絲焦躁地揉著臉，緊緊盯著那扇門卻又不敢真的衝出去。「難怪就想說有點耳熟……怎麼辦？他們真的會虐待她？」

「『真的』？」塞西爾犀利地問，但柏妮絲沒有理會。她焦慮不安地盯著那扇門，幾乎聽不進塞西爾說話。

「邦妮，先不說別的，妳知道奧黛麗小姐不是那種人，她不會對妳媽做什麼。」

「奧黛麗可能是在幫她治療啊！就那種打了再醫的手法——」

「妳到底在說什麼啊？」塞西爾壓低聲音喝止：「妳媽是家主副手夫人，誰敢打她？」

柏妮絲沒有回應。她緊盯著不斷傳出幽怨哭聲的木門，深吸一口氣後跪立起來，塞西爾趕忙拉住她的衣服。在柏妮絲真的衝出去的前一刻，走廊對面又傳來腳步聲，一瞬間沒了氣勢的女孩被塞西爾趕緊拉回死角處。兩人躲在雕像後面偷看，此時迎面走來的人他們兩個都再熟悉不過——只是更年輕，更俊美，墨藍色的雙眼在那張雕像般的臉上顯得冰冷憂鬱，美得令人窒息。

柏妮絲甚至驚嘆地罵了一聲，塞西爾假裝沒聽見。

此時仍然長生不老的伊納修斯越來越靠近，塞西爾輕扯柏妮絲的衣服讓她躲裡面一點，兩人只露出一雙眼睛偷看。伊納修斯停在奧黛麗走進去的木門前，輕敲兩下門板後，不等回應就直接開門走進去。他們完全聽不見伊納修斯在裡面說或做什麼，只聽到賽琳娜的哭喊越發尖銳憤怒，在一陣發狂的尖叫後沒多久伊納修斯就又走了出來，臉色看上去不是很好，似乎是被趕出來的。

他下了樓。塞西爾與柏妮絲互看一眼，少年正想讓她跟上去，伊納修斯就又折回來，拿著一張椅子擺在門外直接坐了下來。

少年少女觀察了一會，伊納修斯沒有什麼動作，兩人於是悄悄地退回死角處。「看上去不像在打妳媽欸？」塞西爾氣音道：「真的是的話伊恩怎麼會被趕出來。」

「我又沒說是打。」柏妮絲狡辯道：「可是她哭成這樣……」

塞西爾仔細聽了一會。「妳不覺得很像在分娩嗎？」

柏妮絲滿臉傻眼。不知道是還沒認清兩人此刻已經回到過去，還是單純覺得提出這種假設的塞西爾是個白痴。「我們現在至少回到了十二年前。」他提醒道：「我覺得聽起來滿像的。妳也的確是在城堡裡出生的吧？」

「生小孩才不會哭成這樣，累都累死了哪來力氣哭。」柏妮絲說。

「可是妳媽當時不是跌倒還什麼，提前破了羊水嗎？痛到哭合理吧？」

「我又沒有兄弟姊妹……」

「就是在生妳啦。」塞西爾沒好氣地打斷她。

柏妮絲有些心不甘情不願地「喔」一聲，沒有繼續爭辯了。

兩人坐在角落，一時之間忽然不知道接下來要幹嘛，只是安安靜靜地待著。父親給他看這個幻象做什麼呢？這時候也沒發生什麼大事。除非幻境內容其實根本不是重點，父親只是想暫時關住塞西爾，才隨便把他扔進一場幻境裡，那樣就說得通。假若真是如此，外面現在怎麼樣了呢？

「那……」柏妮絲開口喚回了塞西爾的注意力，「我們要去找先生幫忙嗎？」

塞西爾偷瞥了一眼，伊納修斯依然坐在門前，雙手抱著胸閉目養神。「可是妳要怎麼解釋？會不會被當成私生子啊？」

「就實話實說——」柏妮絲停頓了一下，終於發現直接告訴幻象中的存在他自身只是一場幻影不太實際。「說我們來自未來？這樣就行了，現在還有魔法，他會相信吧？」

「這不一樣啊。」塞西爾說。魔法並非無所不能，至少回到過去這種事是絕對不可能，伊納修斯自然也知道。塞西爾還沒想好要怎麼在不曝露所知過多的前提下跟她解釋，柏妮絲突然把他放了下來，獨自站起身。「邦妮！」他焦急道，但女孩直接大步走出死角，站進伊納修斯的視線範圍內，只要一轉頭就能看見她。

她緊張地深吸了一口氣，「先生。」

塞西爾躲進角落深處，透過縫隙偷看見伊納修斯完全沒有反應。

柏妮絲微微提高音量，「先生。」

但伊納修斯依然沒有理會她。女孩臉上露出困惑的表情，塞西爾正想把她拉回來，女孩卻直接大步走了出去。少年懊惱不已地偷看著柏妮絲走到伊納修斯面前。「伊納修斯先生。」

伊納修斯依舊沒有反應，彷彿完全沒聽見她說話似的。

塞西爾大概猜出了原因。正想開口叫柏妮絲回來，卻看見女孩直接抬起手搭上伊納修斯的肩膀，一瞬間感覺心臟快跳到喉嚨，當看到柏妮絲的手直直穿過伊納修斯身影後才鬆了一口氣。女孩反而錯愕極了，傻在原地好幾秒。從塞西爾的角度看過去，就好像柏妮絲徒手貫穿伊納修斯的心口，男人卻半點反應也沒有。

柏妮絲被少年突然走出來的下半身嚇了一跳。塞西爾抱住自己的大腿，試著爬到骨盆上，卻還是重心不穩摔了下來，柏妮絲趕緊走回來抱起他。「怎麼回事？他根本感覺不到我？」她用一副發現奇珍異獸的眼神瞪著俊美青年，「我們剛才躲來躲去都是白忙一場？」

「看來就是這樣。」塞西爾說。果然如此。伊納修斯家的城堡一定會設下防禦結界，當他發現這裡是何處後，就在懷疑為什麼城堡會容許兩個入侵者來去自如。本以為是他們本質上算是長生者亞當與伊納修斯血脈，現在看來少年與少女根本只是時空中的幻影，是被排除在幻境之外的存在，自然也不會引發警報。

塞西爾看了柏妮絲一眼，發現她也正不知所措地望著自己。「那現在呢？」他想了想，試探地問：「要進去看妳媽嗎？」

她的表情明顯是想，動作卻顯得很猶豫。塞西爾其實不是很清楚她和賽琳娜的關係好不好，現在看來顯然也不是三言兩語就說得清。柏妮絲有點心虛地撇開頭，望著那扇不斷傳出哭聲的木門。「她常常跟我說伊納修斯家虐待她。」她喃喃自語道：「我想說沒那麼嚴重……我知道先生不喜歡她，可是……」

塞西爾默默等著。

「我們應該沒辦法自己打開門吧？」過了幾秒，柏妮絲說。「還是先在這裡等好了。」

她抱著塞西爾，直接在伊納修斯旁邊的地毯上盤腿坐下來，開始漫長的等待。賽琳娜真的哭了很久，塞西爾甚至懷疑她也許根本不像旁人說的那樣體弱多病，沒多久就覺得厭煩了。他想去別的地方看看有沒有能突破幻境的線索，但沒有柏妮絲的話他沒辦法自己離開，正思索著該怎麼說服她才好，柏妮絲突然開口道：「為什麼不去醫院？家裡設備再好也比不過醫院吧？」

「現在在打仗啊。」塞西爾回答：「妳媽是本家成員，肚子裡還有未來的繼承人，當然不能隨便外出。」

「哪有隨便，她在生小孩……」

「不然妳就想她身分這麼貴重，直接在家裡蓋一間產房，搞不好都比護送到醫院更便宜。」

柏妮絲只是淡淡地「喔」一聲，又沒說話了。

塞西爾瞥了她一眼，柏妮絲只是一直盯著自己的膝蓋。都已經知道賽琳娜一定會平安順產，幹嘛還要苦守在這裡，聽裡面的產婦胡言亂語咒罵呢？塞西爾想了想正要開口勸她，柏妮絲又道：「先生現在怎麼會在這裡啊？他不是在打仗嗎？」

「打仗又不是一天二十四小時。」塞西爾說。

「可是他不是應該很忙嗎，為什麼坐在這邊發呆？這樣很浪費時間。」柏妮絲又問，貌似沒發現自己正在做一樣的事情。塞西爾反問：「不然他要幹什麼才不浪費時間？」

「就打仗的那些……」

「打仗不是一天二十四小時。」

「我知道。」她有點生氣地說。「可是他這麼不喜歡我媽，幹嘛閒閒沒事跑來坐在外面聽她生小孩？」

「妳媽是他跟西格齊的契約內容啊？」塞西爾莫名其妙道：「你媽要是真的出什麼事，他怎麼留住西格齊？」

柏妮絲沒有回話了。她繼續盯著膝蓋，噘著嘴，獨自一人在那生悶氣。塞西爾靜靜地看了她一會，那雙眼狠瞪地板的模樣好像想把地毯燒出一個洞，內心默默地嘆一口氣。「妳媽也是伊恩從小帶大的，他當然會擔心吧？」

柏妮絲努努嘴沒有回應。

「是伊恩做了什麼，才讓妳這麼不信任他嗎？」塞西爾問。

柏妮絲沉默許久。雖說伊納修斯絕對算不上一個寬容的家主，依稀記得甚至好像曾經逼瘋過幾個後代，但那也是好幾百年前的事情了，塞西爾可以確定現在無論他有多不喜歡賽琳娜，都不會太不待見她。

要在戰亂下維繫這麼大一個家族談何容易，賽琳娜嚴格說起來根本算是不速之客，柏妮絲出生以後所有教育幾乎都由伊納修斯本人親力親為，就是為了不讓賽琳娜有插手餘地。如果他都做到這種程度，柏妮絲依舊這麼偏袒賽琳娜，等數十年後伊納修斯老了，這個家族會變什麼樣？

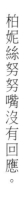

女孩抱著膝蓋許久未答。塞西爾以為她沒有要繼續這個話題，才聽見她小小聲地吐出一句蒼白無力的「沒有」。柏妮絲依舊茫然地望著自己的膝蓋，「他什麼都沒有做……」

塞西爾沒多說什麼，只是輕輕拍拍她的背。看看女孩再看看一旁眉頭緊鎖，若有所思的伊納修斯。一大一小並排在一起，這才看出來他們眉眼間乍看相去甚遠，卻又有種微妙的神似。

他們在那扇門外坐了幾十分鐘，甚至感覺有好幾小時。柏妮絲情緒平靜之後就無聊到開始打盹，時不時被賽琳娜的哭聲嚇醒，又慢慢地繼續低下頭。塞西爾放棄讓柏妮絲帶自己四處探索的想法，換了個能夠好好觀察身體斷面的舒服坐姿。

這副魔法編織而成的身軀，不像一般肉體那樣有血有肉，反而真的是一匹被猝然切斷的織布，像流蘇一樣密密麻麻地垂墜著黑色絲線，仔細觀察還能看見絲線尾端像沙塵一樣在緩緩散開。

塞西爾小心翼翼地碰了一下，沒有什麼感覺，也沒有任何排斥反應，感覺就只是普通的絲線。於是他大起膽子，撈起絲線捧在手上試著自己編織，但一來絲線太滑太容易碎裂，二來彼此之間彷彿有磁力般，一旦靠近就會互相抗拒。塞西爾本來也沒期望真的能像父親那樣編織肉身，繼續拉拉扯扯著想找出方法修復，突然聽見身旁傳來：「你到底是誰啊？」

他愣了一下，抬頭看見清醒的柏妮絲正好奇地看著他理線。

「……邦妮？」塞西爾謹慎地開口。

「你這身體真的超誇張的。」柏妮絲說。聽懂她的意思只是想問他的出身，塞西爾悄悄鬆了一口氣。

「雖然這應該是機密啦……但我可以問嗎？」

「妳話都說出口了才來徵求我的同意?」

「因為你真的很神奇啊。」她完全沒有要理會的意思。「我都跟你這麼熟了耶,結果知道的也沒比別人多。首先是你哥。」她開始一一細數,「從沒聽說他喜歡小孩,魔女剛死不到兩個小時卻馬上收養一個——然後你們還搞在一起了。再來又一個突然憑空冒出來的魔法師,對長生者還是黑巫師都沒興趣,偏偏針對你一個隨處可見的雜魚砲灰。」柏妮絲漫不經心道。「最酷的是你現在被活活腰斬,本人看上去卻適應良好,在那邊玩自己的血管跟肌肉纖維。你以前分明連半夜上廁所都要我陪。」

「到底是誰陪誰上廁所?」塞西爾一邊反駁,仔細觀察著柏妮絲的表情。她乍看之下沒什麼異樣,似乎就只是單純地把悶了許久的疑惑說出來,甚至帶了點還沒完全睡醒的呆滯貌。

這是在試探他嗎?

柏妮絲和他待在一起時,行為舉止向來都很自在甚至隨便。塞西爾表面不動聲色,暗自思索。都已經好好忍住好奇心這麼久了,她又不是不懂避嫌,怎麼會偏偏現在問出口呢?肯定藏了點不乖的念頭——就算她真的不是受伊納修斯指使,那個狡猾的男人要是真想從女孩口中挖出什麼,也絕對是易如反掌。該怎麼回答呢？

塞西爾思考一會，調整好表情，語氣失落地說：「……我也不知道。」

「你哥沒告訴你？」柏妮絲詫異地問。

他搖了搖頭。「問了好幾遍他都不肯講……」少年委屈巴巴地抱怨起來：「他一直說不知道真相比較好，但我真的不懂為什麼他會這樣想。所以我就在猜……」

塞西爾故意打住，柏妮絲也沒有急著追問。兩人之間有足足一秒微妙的沉默，少年才接著壓低聲音警告道：「不能講出去喔，這只是我自己亂猜的。」

「當然啊，你把我當什麼？」柏妮絲立刻回答。

他咀嚼著女孩這句話背後的真實含義，刻意慢慢拖延著，指尖躊躇不定地玩弄上半身鬆垮的衣角，等待氣氛慢慢發酵。少年猶豫而遲疑地開口：「妳也知道，我長得有點像……亞當。」

柏妮絲確定他沒有要繼續說下去，才神祕兮兮地跟著問：「你覺得你是亞當的兒子？」

塞西爾有點彆扭地拉扯著衣服。「不無可能啊。」他說：「他豔聞那麼多，卻連一個私生子也沒有不是很奇怪嗎？」

「那不是因為他不孕嗎？」柏妮絲問。

一時間真沒料到這個回答的塞西爾錯愕地抬起頭，卻看見女孩滿臉無辜。

「妳從哪聽來的？」

「就有這個說法啊。」柏妮絲理所當然道。「一千年欸，你看我們家都遍地開花了。如果不是不孕的話怎麼可能一個小孩都沒有？」

「……不能這樣講吧？」雖然對話重點有些偏掉，塞西爾還是決定要反駁一下，「很多長生者也沒有小孩啊？」

「那些不是有隱情，就是根本沒有半點豔聞啊。」柏妮絲說：「你看那些玩很開的長生者，有哪個跟亞當一樣斷子絕孫，把被滅口的扣掉至少都還剩五六個小孩。」

「可是……」他實在有口難言，從前放任這種傳聞滋長是為了避免人們對那些女人的下落窮追不捨，但親耳聽到一個十三歲小孩對此信以為真，甚至當著本人的面信誓旦旦地評論他的性能力，就又是另一種感受了。「他要是真的不行的話，就不會有那麼多豔聞能傳了吧？」

「我又沒說他不行，我是說他不孕。」柏妮絲莫名其妙道。「那個地位不管怎樣都會有人想盡辦法爬上他的床吧？我是覺得他應該早就自己結紮了啦。不要子嗣又不想當處男，這麼做最合理吧？」

絕對不是——上床但不懷孕的方法可多了，他幹嘛要犧牲這麼大？

塞西爾開始懷疑她根本是故意在套話，決定放棄爭論拉回原本的話題，「如果我不是他的私生子，那要怎麼解釋現在這個情況？」

柏妮絲看起來也相當苦惱。「要是亞當真的沒有不孕……」

「妳為什麼那麼堅持他不孕啊？」

她還沒回答，一直縈繞在空氣中的哭聲突然停止了。在場三人同時轉過頭，柏妮絲似乎一時間還沒意識到發生什麼事，接著木門後就傳來完全不同，稚嫩而奮力的哭聲。

在兩人做出反應前，伊納修斯重重吐了一口氣站起身。柏妮絲也跟著站起，接著才一臉疑惑自己幹嘛要跟著他動作的表情。塞西爾伸出手，「拉我一下，我們跟他一起進去。」

柏妮絲彎腰把他抱起來。木門打開了，年輕的奧黛麗面露倦色，欣喜地說：「母子均安，伊納修斯先生。是個健康的女孩子。」

「讓我進去。」伊納修斯說。柏妮絲緊跟在男人身後迅速鑽了進去，但少年被截斷的下半身就沒那麼靈活了，眼看只差一點就要被門打中，趕緊後退結果被擋在門外。塞西爾轉念一想，反正幻境中人物也見不到那雙腳，乾脆就坐在伊納修斯的椅子上慢慢等待。

房間格局是個寬敞的正方形，門走進去的右手邊是沙發與桌子，左邊則是床。已經安靜下來的初生兒在房間右側桌面上，被關在一顆透明的圓球中，身下躺著一團流動的霧氣，隨著霧氣溫柔地滑過身體，殘留的血跡就被洗掉了。塞西爾對那種魔法道具習以為常，往左看去，隱隱約約能看見圍起簾幕的床鋪上躺著一個氣喘吁吁的女人，從那個方向傳來很重的血腥味。

柏妮絲抱著他興沖沖地走向右邊的桌子。「這顆球是什麼？」她好奇地自言自語。球體裡的寶寶全身紅紅又黏黏的，就跟其他所有嬰兒一模一樣，柏妮絲卻看得目不轉睛。「好小喔……」

「小孩剛出生都是這麼小。」塞西爾回答。

「而且好醜喔。」她公平公正地評論道：「跟我超不像的。」

塞西爾不知道該說什麼，乾脆忽略這段意義不明的發言。

當柏妮絲察覺身邊沒有其他動靜後，才轉過頭看向另一邊，發現伊納修斯進房後第一件事居然不是來看小孩，而是直接走到床邊。他正背對著少年少女，他們看不見臉上表情，只看到他輕輕撥開簾幕，微彎著腰伸手觸碰虛弱的產婦。「辛苦了。」伊納修斯說。

薄紗微晃，隱約看見床上抬起一隻蒼白纖細的手，像在抓救命稻草那般顫抖著抓住伊納修斯的掌心。「先生……」賽琳娜的聲音已經哭到沙啞破碎，奄奄一息地哭訴著：「先生，我的孩子……」

「孩子很好。」伊納修斯說。他揮了揮手，裝著嬰兒的泡泡球就直接飛起來，柏妮絲先是嚇得跳開，隨後才跟著球走到床邊。她不敢太靠近，看著圓球輕輕飛進簾幕之後，落入賽琳娜懷裡。女人抱緊那顆球，雙手胡亂摸索著想找到開關把孩子抱出來，奧黛麗這時開口道：「賽琳娜夫人，新生兒前三天都需要待在裡面觀察情況。」

穿過簾幕的縫隙，塞西爾捕捉到賽琳娜眼裡一瞬間閃過的恐懼。雖然她立刻就收斂好表情，但伊納修斯已經看見了。

家主對奧黛麗說：「妳有先讓她抱過嗎？」

奧黛麗低著頭。

「把孩子拿出來吧。」

奧黛麗上前，雙手彷彿只是穿過脆弱泡沫般直接伸進球體中，把嬰兒抱了出來，小心翼翼地放到賽琳娜胸口上。賽琳娜彷彿不認得懷中這個全身紅通通的小生物，就是她千方百計辛苦懷孕生下的女兒，眼神不斷在奧黛麗與伊納修斯之間來回逡巡，雙手惶恐不安地舉在兩旁。過了好幾秒鐘，才敢緩緩地小心放下，輕輕搭在寶寶柔軟的背上。

女人深深嘆一口氣。塞西爾瞥向柏妮絲，後者看起來非常不知所措。

賽琳娜只抱了一下下就把孩子放回球裡，讓奧黛麗拿走。柏妮絲一時之間彷彿忘了能直接穿過這些人，看準時機側身躲過說話的伊納修斯和奧黛麗站到床邊，從沒有拉好的簾幕縫隙之間直直盯著滿頭大汗、氣喘吁吁的母親。

柏妮絲就這樣靜靜看著沒有出聲，不知道在想什麼，塞西爾也安靜地一動也不動。伊納修斯正在吩咐奧黛麗一些雜事，說到一半木門突然被敲響了，來人沒有等待回應就開了門，走進一個塞西爾早就知道會出現在此的身影。

「我來得很剛好啊。」

柏妮絲沒什麼興趣地隨便瞥一眼，接著整個人驚愕地轉了過來。

奧黛麗懷中抱著圓球，向門口那人微微鞠躬示意，退後兩步讓出空間。亞當臉上掛著皮笑肉不笑的表情，語氣平淡地問：「怎麼躲開了？這裡不歡迎我嗎？」

塞西爾清楚感覺到，柏妮絲正光明正大地來回打量著他與亞當的長相，彷佛光用眼神就能割開他的臉皮。伊納修斯不知何時早已換上最擅長的那種客套微笑，自然而然地上前兩步，悄悄擋住亞當的視線。「你大老遠跑來，難道就是為了嚇唬我的保母嗎？迦勒呢？」

「不知道。」亞當漫不經心地說。他瞥向賽琳娜，有極短的一瞬間，塞西爾差點以為他看見了他們，但接著男人就轉開目光望向奧黛麗懷中的嬰兒球。「我可以看看嗎？」

伊納修斯沒有阻止。奧黛麗謹慎地走上前，沒有做出任何把圓球呈到亞當面前的動作，男人卻直接伸手穿過球壁抱出了孩子，在場所有人都沒對他的行為作出反應。亞當輕輕地托著寶寶的腦袋，像個慈愛的父親般低頭望著，說：「是個漂亮的女孩子啊。」

塞西爾回過頭。賽琳娜躺在床上，睜大雙眼盯著天花板，一眼也沒有瞥過去。

「她叫什麼名字？」亞當問。伊納修斯剛開口回答「還沒想好……」，亞當就接著說了下去：「那我可以替她取嗎？」

賽琳娜閉上了眼睛。

「欸。」柏妮絲突然開口，不自覺地壓低音量，「你爸有點討人厭欸。」

「妳剛剛不是還說他不孕嗎？」塞西爾反問，看著亞當把脆弱的初生兒單手抱住，輕輕捏著寶寶的小手搖晃揮舞，因為一直低著頭，讓人從頭到尾都看不清他的眼神。

「生得真是時候……」他輕聲道：「在鳴鼓之際，有新生命降生的消息總是令人振奮。」

伊納修斯沒有說話。

「柏妮絲。」亞當開口，終於抬起頭來，直直地望著伊納修斯。那雙眼溫和地彎著，眼裡卻沒有半點笑意。「帶來捷報之人。你覺得怎麼樣，伊恩？」

伊納修斯依舊笑得那樣不慍不火，一絲情緒也沒露出來。「你取名的品味一如既往地好啊。」

氣氛瞬間變得非常微妙。塞西爾默默忽略柏妮絲困惑不解的「那是什麼意思？」看著亞當把嬰兒放回球中，彷彿這才想起產婦也在同個房間似地，不疾不徐朝這邊問候：「賽琳娜，恭喜妳。」

「謝謝您，亞當大人。」賽琳娜氣若游絲道。此刻距離這麼近，塞西爾才看清楚原來她當年幾乎是咬牙切齒地說出這句話。

「不要打擾產婦休息吧。」伊納修斯舉手示意，和亞當兩人一起走向門口。

柏妮絲頓時有點慌張地回頭看了虛弱的賽琳娜，又看向即將離開的兩人。塞西爾說：「先跟上吧，等一下有機會再回來就好了。」

「好吧。」柏妮絲碎步跑到亞當背後，打算抓準時機鑽出去。

「妳可以穿過人體啊。」塞西爾無奈地說。

「那感覺超詭異的欸……」女孩嫌棄道，還是聽話地直接從亞當旁邊溜了出去。

她似乎真的非常非常不想再次穿過幻象。掠過男人身邊時，塞西爾稍微碰到了亞當手腕寬鬆的袖口，冰涼細緻的絲綢擦過少年皮膚，塞西爾抬起頭，就這麼和當年的自己對上了視線。

亞當立刻掐住他的脖子，狠狠把少年從柏妮絲懷中扯了下來。女孩嚇得放聲尖叫，反射性想拉住，亞當伸手一推，直接把柏妮絲和塞西爾坐在椅子上的下半身撞倒在地。在男人旁邊的伊納修斯，對這麼大的動靜卻完全沒有反應，奧黛麗也恍若未聞地抱著嬰兒球逕自走開了。

「塞西爾！」柏妮絲驚恐地喊。

那雙冰冷的眼神忽然轉向女孩。塞西爾立刻伸手直指男人心口，沉重的鐵手套瞬間扭曲變形，吞噬少年整條左手臂，變成漆黑沉重的魔女之劍，在亞當還來不及面露驚訝前就貫穿了男人的胸膛。

就像一匹破了洞的織布，這場幻境從亞當的心臟處迅速瓦解。繃緊的繩線一條條斷裂開來狠狠鞭在少年身上，直到掐著他脖子的手也鬆脫，塞西爾開始無止境地下墜。他雙手護住腦袋，狂風颳在身上彷彿要把他侵蝕到只剩一盤沙粒，在無限延長的黑暗中墮入了太陽的眼睛，燦爛得幾乎目不能視。

他瞇著眼瞥見一片受盡摧殘、萎靡枯涸的大地，在遍地屍骨之上站著一個小孩與男人，但他什麼都還來不及反應，轉瞬又落入永夜之中。少年忽然重重撞上一座堅硬的手術臺，錯愕地睜眼卻只看到刺眼的強光，聽到西格齊凶悍地怒吼：

「鎖門！」

少年感覺自己變成了一個深不見底的黑洞，把眼前所見的景色全部吸光，又繼續往下墜。塞西爾拚命地四處揮舞著，想抓住任何東西都好，就在那萬分之一秒間有隻掌心有傷痕的手伸了過來，卻一抓住就裂成兩半。

塞西爾繼續往下掉，感覺彷彿正在穿越一條非常非常長的時光之徑，極大的重力撕扯著他已經斷成數截殘破不堪的身體，把少年拉斷、刨絲、磨碎，在無盡膨脹的虛空裡繞行太陽狂亂地飛舞，最後落進水中，甚至沒濺起一圈漣漪。

chapter ✦ 15

……他在水中。

當意識到這一點，塞西爾立刻睜開眼睛。

他又躺在一片黑暗中。直覺告訴他這次沒有失去視力，是這個空間真的一點光源也沒有。淺淺的積水淹過耳際，塞西爾坐直起來，接著才後知後覺地發現身體復原了。

他伸手去摸自己纖細易折的腰，接著忽然聽見一陣幽微而痛苦的嘶鳴聲，過了一秒才反應過來那不是人聲，是從手上傳來的。但當塞西爾一抬起左手，聲音就消失了。少年再度垂下手放進水中，果然又出現一樣的聲響，像是把燒紅金屬突然丟到冰塊上會有的那種尖銳聲音。

是戒指。原本綁在手上用來壓制奧伯拉鋼的儀器全部沒了，只剩下一隻瘦骨如柴的手臂，與一枚鬆垮垮地套在無名指上的鋼戒。塞西爾試著把戒指拔掉，鋼戒彷彿有磁力般依舊緊緊咬著他的手。少年乾脆放棄，反正戒指也不會燙到他，眼下還有遠比戒指哀鳴更重要的事情。

塞西爾在原地坐了一會，但無論等待多久，雙眼都沒能適應黑暗，卻發現另一件很奇怪的事情——他的**感官**。

即使看不見也能感覺到自己的身體，而他此刻彷彿感知著身體一般，感知著未知的四周。身下的支撐，不知從何而來往何而去的積水，還有這片無邊無際的黑暗，好似這一切全都是身體的一部分，遠遠勝於一具孱弱的少年肉體。與此同時他還能清清楚楚地感覺到，自己快死了。

父親。

塞西爾在黑暗中習慣性地左顧右盼起來。柏妮絲不在。剛才那場幻影與他墜落時轉瞬而逝的西格齊通通都不見了，這個莫名其妙的鬼地方只有塞西爾一個人。他摸了摸自己的臉，不用如此也知道現在確實是少年的模樣。

「父親。」他試著喊：「大人！」

沒有回應。當然，要是父親在這裡的話他一定早就知道了。

少年跌跌撞撞地站起身——有種詭異的暈眩感。他的感官越龐大，對自己身體的掌控力彷彿就越小，彷彿半夢半醒間不知道四肢在哪裡。塞西爾在原地站了一會，抓回重心後才往前邁開步伐，在無限發散的虛空中徐徐前行。即使他很明確地**知道**前方什麼也沒有，卻又**認為**一直這樣繼續走才是正確的。

果不其然，在走了很長一段時間後，他踢到某個東西。

腳下的物體彷彿是突然憑空冒出來的。塞西爾蹲下身，發現那是個生物，像鳥禽一樣蜷縮起來似乎在睡覺，卻又不停地瑟瑟發抖著。塞西爾伸手碰了一下，摸到一種很奇怪的觸感——凋零的羽毛，破碎的鱗片，還有燒傷般的皺褶。是人皮。

那小東西嚇了一大跳，卻攻擊性極強地立刻抓住他的手腕，在少年手上刮出數道熱辣的血痕。那一瞬間在漆黑無光的空間中，彼此都忽然撞見了對方的樣貌。

那隻活體乍看之下像鳥又像人，身上披滿稀稀落落的羽毛和少許鱗片，卻有著人類輪廓，身形消瘦得彷彿只有骨頭上掛了一層燒傷的皮膚。唯獨那張臉完好無損，甚至稚嫩美豔，一雙藍眼宛若寶石般，清澈地映出塞西爾的倒影。

「……小西？」少年面孔的伊納修斯彷彿大夢初醒，困惑地道。

塞西爾立刻控制住表情，「伊恩哥哥！」他放聲大叫接著就要撲上去，伊納修斯卻立刻防備地推開他。少年面露錯愕，伊納修斯似乎也沒料到塞西爾看見他這副模樣，卻還是表現得與平時無異，眼神頓時有些驚訝與心虛，氣氛一瞬間尷尬極了。

過了幾秒鐘足以窒息的沉默，伊納修斯開口：「迦勒連我的事都告訴你了啊。」

少年羞愧地低下頭。

伊納修斯嘆了一口氣坐起身，破碎的羽毛溼漉漉地黏在身上。「你沒事吧？」他問。塞西爾趕緊點頭，依然垂著腦袋不敢看他，伊納修斯道：「現在才覺得我長得很可怕了？」

「沒有！」少年惶恐地說。

伊納修斯沒有回應。「你衣服借我。」

纖細少年穿著的合身病服，套在伊納修斯身上居然一點也不緊，甚至還有些寬鬆。塞西爾完全不記得他居然曾經這樣瘦骨嶙峋，即使如此他還是比塞西爾高，少年的病服太短沒辦法完全遮住下半身，讓他只能彎腰坐著，雖然那裡有羽毛覆蓋什麼也看不到。

「……伊恩哥哥。發生什麼事了？」塞西爾看著他的臉色，慌張地問：「你怎麼會變成這樣？」

「我接到西格齊的電話，說你和柏妮絲陷入不明昏厥。」伊納修斯忽略了後面的問題。「等我趕到的時候柏妮絲已經醒了，但你還在搶救中。我正想找那個意圖傷害你的研究員問話，他卻突然當場暴斃，接著基地就受到攻擊。」

他沉默了一下，似乎正在回憶具體的情況。塞西爾緊張地追問：「是那個追殺我的魔法師嗎？」

「……對。」伊納修斯回答。塞西爾直覺猜到他跳過什麼沒說，但伊納修斯沒有看他。「我們封鎖了你在的手術室，只讓西格齊和柏妮絲跟你待在一起。他的力量遠遠超出我們預估，防護罩承載率不足，整座基地停止運轉。奇怪的是在基地停擺後，魔法師本人也……爆炸了。」

「爆炸？」塞西爾錯愕道。

「感覺上是這樣。」伊納修斯回答。「所有人都陷入了幻覺。我和其他人走散，接著就遇到你。」他看向塞西爾，「那你呢？」

少年一五一十地說了方才所有經歷，看著伊納修斯再度沉默。

兩人在黑暗中各自思索起來。如果伊納修斯說的都是真的，就能證明塞西爾剛才經歷的幻境確實只是聲東擊西。換句話說，父親的情況已經糟糕到沒辦法輕鬆突破一座凡人建造的保護基地，甚至還得借助研究員的手，距離死亡只剩一步之遙。

但是他是黑洞。黑洞真的有可能死去嗎？

如果猜想的沒錯，伊納修斯口中的爆炸，也許就是塞西爾在幻境中刺穿了亞當的心臟。幻境的核心就是它的主宰者，一般也就是施術者本人，或是其在幻境中的形象。尤其在那種無法觸及的幻象中，唯一可能察覺被困者存在的就只有主宰者。亞當作為幻影之一理應不可能觸碰到他與柏妮絲，除非某種原因亞當變成了幻境的主宰者，或者主宰者的幻象。

幻境的施術者是父親，主宰者卻是塞西爾，唯一的解釋就是那股施展幻境的力量因為大量洩漏而開始易主。如果父親的魔法流盡，照著目前走向全部匯流到塞西爾身上，那會怎樣？

塞西爾抬起眼，發現伊納修斯正盯著自己。他立刻可憐兮兮地開口：「伊恩哥哥，現在怎麼辦？」

「你怎麼找到我的？」伊納修斯想了想問道。

塞西爾搖搖頭，「只是一直走，然後就遇到你了。」

「你能用魔法嗎？」

塞西爾搖搖頭。伊納修斯看起來不全然相信他。「戒指呢？」

「還是拔不掉……」塞西爾拔給他看。伊納修斯試著一抓立刻抽回手，驚詫道：「怎麼這麼燙？」

少年滿臉驚訝，跟著碰了碰戒指。「不會啊？」他困惑地望著伊納修斯。後者眉頭緊皺，眼神中明顯產生疑慮。塞西爾暗暗思索起應對的說詞，伊納修斯卻什麼也沒問，搖搖晃晃地站起身，塞西爾趕緊上前扶住他。

「先離開這裡吧。」伊納修斯說。

伊納修讓塞西爾隨便挑了一個方向，兩人便在黑暗中一言不發地往前走，安靜得似乎連行走時的水聲都消失了。微妙的氣氛讓塞西爾莫名突然想起當年和父親一前一後穿越生死邊界時的日子，只是當時他心中充滿絕望根本無暇顧忌，現在則是滿滿的尷尬。伊納修斯剛才隱瞞沒說的事是什麼呢？和他有關嗎？上次在車裡那場對話，果然沒有完全打消伊納修斯的疑心，派柏妮絲過來還算在塞西爾預料之內，但伊納修斯對他到底懷疑到什麼地步呢？

塞西爾想了想，開口道：「伊恩哥哥，邦妮怎麼樣了？」

「我見到她的時候沒什麼問題，只是嚇壞了。」伊納修斯回答。塞西爾故意默不作聲，伊納修斯再度開口：「她不會有事的。」

少年低下頭。過了幾秒，躊躇且心虛地開口道：「……她剛剛問了我是誰。」

伊納修斯現在只高他一點，即使塞西爾低著頭，還是能從眼角瞥見他的表情。他表面上不動聲色，眼神卻變了，「你怎麼說？」

「……我說我是亞當的私生子。」塞西爾坦承。

「她信了嗎？」

「好像是……」塞西爾道：「她本來也半信半疑，後來看見亞當本人就相信了。」

伊納修斯沉默好一會沒有說話。少年靜靜等著，當他再度開口卻只是說了句無關緊要的玩笑。「反正遲早得給她一個說法。也差不多該讓你整形了，之前你年紀太小不能隨便動刀，可以開始想喜歡怎樣的臉啦。」

塞西爾偷偷觀察著他的臉色。「伊恩哥哥……」

伊納修斯沒有阻止他開口，少年便無辜地問道：「我真的只要整形就好嗎？」家主沒有回話，塞西爾繼續喏喏道：「防範中心當時出那麼大的事情，不可能壓得下來吧。現在又爆炸了……」

「目前輿論風向認為，防範中心的意外是魔女殘黨所為。」伊納修斯說。「目標是被關押起來的黑巫師實驗體，和你沒有關係。」

這可和柏妮絲說的不一樣。女孩告訴他，當時他人就在黑魔法防範中心的事情走漏了風聲，外界開始流傳不少針對迦勒而來的謠言，一看就知道是有人故意為之。長生者近年來內鬥嚴重早已不是新聞，趁機落井下石也在預料之內，即使這次塞西爾幸運躲過了父親，也不可能真的就此迎來靜好歲月。伊納修斯現在是在安撫他，還是在試探他？

「伊恩哥哥。」塞西爾楚楚可憐道：「如果我真的被發現，會怎麼樣？」

伊納修斯只是看了他一眼，靜靜地等著他把話說完。少年只好硬著頭皮繼續說：「防範中心的事故可以推給魔女殘黨，可是這次呢？如果到時候被發現官方說謊，不會更一發不可收拾嗎？所以我在想……如果讓人們認為我是亞當的私生子的話，至少就可以藏住是本人的事實吧？」

伊納修斯沒有回話。塞西爾語氣越發焦躁，著急地說：「畢竟是亞當，他的後代有特殊待遇也很理所當然吧？這樣以後你們做事不是也比較方便嗎？」

他剛說完伊納修斯就突然哼了一聲，嚇得少年立刻閉嘴，傻傻地看著伊納修斯極其冰冷的神色。「小西，你覺得我們為什麼至今沒有像你說的那樣，找個藉口公開你的存在？」家主問。

「……因為哥哥不想？」塞西爾困惑地說。

「他哪來那麼大權力不想就不想。」伊納修斯嘲諷道。「當年剷除知情人士，他還得一個目標寫一份報告給總理核章呢。一開始的確是他堅持才決定留下你，但後來那場為了留住你的肅清每一個人都有份。你覺得那些被肅清者的家人朋友，如果知道你的真身會怎麼想？『噢，原來他當年是因為知道不該知道的事情才被殺啊，那就沒辦法了』？」

當伊納修斯用這種笑臉說話的時候，就代表真的開始不高興了。塞西爾抿緊了嘴一聲不吭，低著頭乖乖地給他念。

「讓我猜猜。你是不是還想問既然這麼麻煩，為什麼當初還要多此一舉肅清？」伊納修斯冷冷道：「因為那些人都跟我當初一樣，覺得沒有你最省事。這一千年來為亞當捨身而死的人可不是個小數目，光是魔法之死當晚的地震就死去好幾萬人，那些流離失所的人要怎麼算？後來農田乾涸導致饑荒又要怎麼賠？他們是平民是凡人，不明白也不在乎要打贏一場千年戰爭有多難，只知道由於亞當一個錯誤決定受盡了十二年折磨。而導致他們受苦至今的人，突然多出個不知人間疾苦的可愛兒子，你覺得有誰會那麼紳士地放過你？」

少年大氣也不敢喘一聲。

「聽懂了就丟掉那種傲慢的想法。」伊納修斯說。「我們保護你不是應該的。你最好不要也給我染上亞當那種白痴的英雄病。」

還會話裡帶刺，應該就是不認為眼前的人正是本尊吧，塞西爾心想。

「對不起……」

尷尬的沉默只持續幾分鐘，這股強烈壓迫感卻讓少年幾乎快窒息了。他一直低頭等待著，直到終於聽見伊納修斯長嘆一聲，「你到底記得多少？」

塞西爾沒有立刻回話，走了幾步才小聲咕噥：「一點點……」

「除了潔兒在決戰前脫離軍閥那時候，還有什麼？」

「真的一點點，」塞西爾腦袋低得都快折斷脖子了。「都是一些、很沒意義的片段……像是我在點菸，走路，或者跟你吵架……」

「我們以前可不常吵架。」伊納修斯說。「你做了什麼？」

「——我真的不知道，只有一個模糊的印象。」少年囁嚅道。「我擋在一個趴在地上的人前面，你站在我面前。你手上拿著鞭子，全身都是血，表情……超可怕……」

伊納修斯沉默很久，久到塞西爾真的有點緊張起來。大家主雖然不像哥哥那樣固執難以說服，卻毫無疑問地相當多疑，不讓他抓到幾個小把柄是不會打消疑心的。這個回憶肯定會讓他非常不高興，反正他剛才已經發過一次脾氣了，應該也不好意思罵太凶。當然前提是沒發現塞西爾是故意提起的。

良久後，少年才終於在一片黑暗中，聽見伊納修斯的回聲：「那是路多維克。」

「路多維克？」少年驚訝地重複。

「就是你想的那個路多維克。」伊納修斯道，他的語調冷靜得像在彙報般，沒有半點起伏。「殺了我的女兒亞麗亞，卻被亞當寬恕並賜予長生，最後背叛長生者跑去北方占地為王的那個路多維克。」

塞西爾心想，看來他真的等一個能痛罵亞當的機會很久了。

「你知道這段過去吧？」伊納修斯慢條斯理地問。

「我不知道那些是真的還假的……」塞西爾惶恐地狡辯起來，被伊納修斯不疾不徐地打斷。

「是真的，這種事情沒必要偽造。亞麗亞的確是承襲我血脈的私生女，是我三個親生子女裡唯一非元配所生的孩子。」

他提起亞麗亞時的語氣，平淡得彷彿不記得當年有多寵她了。自妻子死後，伊納修斯為了維持家族秩序，便決定不再娶也不再生子，直到幾百年後，亞麗亞突然冒了出來。塞西爾至今仍不知道，他為何在堅守誓約數百年後突然搞出一個亞麗亞，伊納修斯也未曾提過。

「她小小年紀就天賦異稟，讓當時身為家主副手接班人的路多維克嫉妒到發狂，最後設計殺害了她。」伊納修斯說：「在我懲處路克時，你不請自來闖進我的城堡，當著全家族的面要求我寬恕他，甚至直接把他納入你的保護下。」

他突然停住腳步，轉過頭來直視著塞西爾，那雙靛藍色眼睛清澈如冰錐，彷彿恨不得刺穿他藏滿祕密的頭顱。

「你讓路克成為長生者，說是看在他的姓氏上格外地重用他。可惜三十年後他就背叛了你，跑去當時還很荒涼的北方自立為王。」他冷冷道：「這些都是赤裸裸的真相。我有時候會想，也許還不只如此也說不定。」

「什麼意思……」少年膽怯地問。

伊納修斯接著道：「路克的確心胸狹窄，同樣也是個膽小鬼。要不是有人給他信心，他連跟我說話時都不敢看我的眼睛，怎麼就突然敢殺了我最疼愛的亞麗亞呢？」

塞西爾默不作聲。

「亞麗亞也是。」伊納修斯說：「拿柏妮絲來跟她比，在同樣年紀柏妮絲還不及她十分之一。亞麗亞雖然年幼卻是名副其實的天才，怎麼會這麼輕輕鬆鬆就被除掉，凶手還是她防備很久的路多維克？」

少年神色茫然，一句話也不敢說。伊納修斯也沒有再多言，只是用那雙眼直直、深深地盯著塞西爾，彷彿其實不是特別在乎眼前少年究竟是不是怨恨的那個人，畢竟有著同一張臉同一副皮囊，就算塞西爾什麼也不記得……

「現在你知道為什麼亞當的名諱沒辦法保護你了吧。」他還是什麼都沒有做，丟下這一句就轉身走掉了。

塞西爾默默跟上。

他們繼續在黑暗中前行。感覺兩人已經走了非常非常長時間，身邊的伊納修斯半點疲態也沒有，塞西爾卻已經精疲力盡。他開始覺得所有感官都糊成一團，他的身體、腳下積水、這片無邊無際的黑暗，彷彿都融成一體。雙腳似乎不知何時已經在積水中融化，可是當低下頭時，卻清楚地看見兩條腿仍好端端地站著，只有自己傻愣愣地盯著水面的倒影。

少年聽見一聲：「小西？」抬起頭來才發現，伊納修斯已經離有數公尺遠。

「怎麼了？」伊納修斯問。塞西爾沒有回應，邁開步伐想跟上，溶解的雙腳卻讓他直接往前撲進了積水中。伊納修斯立刻折返，「小西！」

伊納修斯抓著他的手，想把他從水中拉起來，少年的身體卻像一張泡軟的衛生紙，再度斷成兩截。他驚愕地抱住塞西爾上半身，就在這個時候自己卻突然也重心不穩，一隻腳陷入了地面。

塞西爾現在可以看清楚水下的地面了——這是奧特蘭王宮的彩繪地板。

地面好像變成漩渦般，以伊納修斯為中心旋轉起來，彩繪畫上的人物一個個隨之扭曲失真，逐漸將中央的伊納修斯吞噬。詭異的是塞西爾不遠處的下半身仍平靜地躺在地上，積水表面也彷彿完全不受地面變化般，依舊平靜無波，似乎這一切都只針對伊納修斯而來。

「伊恩哥哥！」他驚恐地尖叫，伊納修斯沒空理會，用力地試著拔出陷入地面的腳，卻完全無法掙脫。家主轉念一想，忽然把懷裡的塞西爾丟開，少年重重撞到地上，卻沒有像他那樣跟著下沉。

塞西爾看見伊納修斯咬緊牙關，那隻原本還是人類型態的手不知何時變成鳥禽的利爪。他以利爪握住細如枯枝的腳，就這樣徒手拔斷自己的腳，卻連叫都沒叫一聲。

伊納修斯把塞西爾的身體當成獨木舟般爬了上來，整個人壓在他胸口與腹部上，不斷地移動著試圖去勾不遠處的那雙腳。萬幸伊納修斯現在體重很輕，不然塞西爾真的快窒息了。「伊——」

「你能爬嗎？」伊納修斯伸出鳥爪拍了拍他的臉頰，「清醒一點！」

平靜的地面還在持續旋轉。塞西爾試著在不讓伊納修斯碰到地面的前提下，爬向自己的下半身，但他實在太累，爬沒多久就動不了。胸口被沉沉壓著，窒息與反胃感讓少年幾乎動彈不得，積水似乎漸漸漲了起來——接著他才意識到自己的身體真的在漸漸融化。

一直悄然無波的水面突然泛起漣漪。在黑暗中什麼都看不見，少年卻能感覺到從波浪來處出現了什麼東西。伊納修斯伸長手，卻始終搆不著塞西爾的下半身，波浪一次次越來越強，最後一波潮水打來把那雙腿沖走了。伊納修斯險些重心不穩，塞西爾立刻抱住身上的人不讓他跌下去。「伊恩哥哥……」

伊納修斯看起來很惱火。丟了一句「你忍耐一點」，伸手摀住口鼻吹了兩口氣，當他鬆開手，火光徹底照亮那張絕美的臉，接著迅速點燃伊納修斯的掌心。當他舉高手，瞬間整隻手臂都被點燃了。

不是只有光芒，也不是幻影，伊納修斯的手臂是確確實實地**著火**了。強光逼得塞西爾只能瞇起眼睛，看見伊納修斯的臉色扭曲極了，十二年沒有使用魔法，似乎讓他非常不適應身為黑巫師動用力量時，要承受的極端痛苦。家主手握成拳，舉到嘴巴前用力地吹一口氣，火焰噴飛出去，劃過黑暗的上空照亮了彼端，勾出一個既龐大又扭曲，充斥痛苦的輪廓。

那是一隻黑巫師。

猛然湧來一陣浪潮，塞西爾馬上抱緊伊納修斯，後者卻怕燃燒的手臂傷到他而沒能抓緊少年。驚險地撐過一波後，馬上打來另一波更大的浪。

「伊——」塞西爾甚至來不及說完，猛浪終於把兩人強行扯開。火焰熄滅，少年在黑暗中翻滾，吞了好幾口水，完全分不清上下左右，最後被抓住手臂才沒被沖得更遠。

半個身體陷入地底的伊納修斯把他拉出水面，大吼道：「快點跑！」

他的手上還有一些零星火光，湧來的水波卻把火焰徹底澆熄，兩人的視野再度陷入絕對黑暗中，只聽得見海浪翻滾的聲音，與遠處的黑巫師痛苦不已的哀鳴。

「用爬的，總之快點離開這裡！」

「可是！」又一陣大浪，塞西爾緊抓住伊納修斯的手才沒被再度捲走。伊納修斯下沉的速度非常快，剛剛才埋到臀部，此刻已經過了腰。塞西爾緊抓著他的手，徒勞無功地試著把他拉起來，望向黑巫師的方向哭喊道：「那是哥哥！」

他看不清楚那隻黑巫師的樣貌，但能感覺到那**就是**哥哥。怪物的形體非常非常巨大，一般黑巫師長到那種程度會被自己的體重壓垮，那隻怪物卻還在持續不斷膨脹——迦勒從來沒有那樣失控過，他害怕沒辦法控制好寄生體，就連魔法都沒怎麼用過，現在被這樣撕裂怎麼可能受得了？

「那不是！」伊納修斯被波浪強灌了一口水，邊嗆邊喊：「那只是假象，不准給我做蠢事！」

塞西爾根本聽不進去。他一邊抱著漸漸只剩肩膀在地面上的伊納修斯，心不在焉地望著黑巫師的方向，拚命想找出哥哥的本體在哪裡。伊納修斯用力推開少年，難以施力的他發現推不開，乾脆用力搧了一巴掌。「塞西爾！」他怒吼道。

「我能跑去哪裡？」少年氣憤又絕望地說：「我腳都斷掉了！」

「用魔法！你不是會用魔法嗎？」伊納修斯罵道：「就算那真的是迦勒，你又救得了他嗎？」

少年一時間回答不上來，茫然地看著正在黑暗那頭痛苦哀鳴、扭動掙扎的怪物，崩潰地喊：「可是——哥哥——」

還沒聽見伊納修斯回應，一陣前所未有的大浪鋪天蓋地席捲而來，狠狠砸在兩人身上，塞西爾急忙抓緊伊納修斯，卻感覺到他的手越來越短根本抓不住，最後徹底消失不見了。失去支點的少年被狂野大浪拋到空中，又捲回水底，原本只到腳踝的積水早已變成深不見底的汪洋。

左手的戒指正瘋狂地尖叫顫抖著，塞西爾卻根本沒有餘裕思考那代表什麼意思。他拚命地在沒有雙腳的情況下往水面游去，但這副只剩半截的身體只能像垃圾一樣隨著水流被拋來拋去，當好不容易快破出水面，突然又有一根沉重的石柱從上方砸下來，把他壓回水底。

塞西爾憋不住氣，直接吞了一大口冰水。石柱彎摺起來圈住他，堅硬的表層上布滿細碎尖銳的小刺，把少年的皮膚全都刮傷流血。他後知後覺地發現這根本不是什麼石柱，是一隻極其巨大的蟲足。蟲把他抬出水面，少年只來得及深吸一口氣，接著就被送入口中，深深吞掉了。

蟲子的食道特別地寬敞，裡面什麼也沒有，塞西爾似乎是這隻怪物吃下肚的第一個東西。他著急地撐起身子，馬上就聞到濃烈噁心的腥味，立刻摀著口鼻，緩了兩秒才發得出聲音：「哥哥！」

沒有回應。他沿著食道爬行，起伏鼓動的黏膩血肉害他摔倒了好幾次，少年不斷呼喚著：「哥哥，你在哪？」始終都只聽見自己倉皇的呼喊。

只要寄生體活著，哥哥就一定還活著，可是他到底在哪裡？他失控的程度和伊納修斯也差太多了，到底發生什麼事？

「哥哥！」少年尖叫道。突然一陣天旋地轉，塞西爾所在的消化道猛然傾斜，他來不及抓住什麼就直接滑了下去，掉進一個非常狹窄的腔室。腫脹的血肉重重擠壓，窒息感加上極其難聞的腥臭讓塞西爾終於忍不住乾嘔。他試著爬出去，但腔室入口有圈緊緊收縮的肌肉，憑他現在的力氣沒辦法強行拉開，搞不好還會在硬鑽出去的過程中直接被活活勒死。

他絕望地瞪著窄洞，忽然感覺到有東西掉下來，就卡在外面。塞西爾伸手穿過洞口，抓到一個很軟的小東西，拉進來一看是隻小孩子的手，無名指上套著戒指。

塞西爾悚然道：「哥哥！」

他拚命想把迦勒拉進腔室，但裡面已經塞了一個塞西爾，哥哥進不來，他也出不去。不管怎麼又拉又搖，那隻手都沒有反應。當兩人戒指不小心碰到時，鋼鐵猝然發燙，塞西爾痛得鬆手，哥哥又差點滑開，少年立刻緊緊抱住那隻小手臂。「哥哥，是我！我是小西！哥哥，要是還活著的話就回答！」

那隻手什麼反應也沒有。

已經非常狹窄的腔室開始收縮，怪物嚎叫時的聲波用力震動了體內所有器官，塞西爾不知道會先被擠死還是被震碎。他抓住哥哥的手臂，那隻又小又軟的臂膀被入口一圈肌肉禁錮得缺氧泛紫，塞西爾把那小小掌心貼在臉上，讓他摸摸自己的眼睛、鼻子、嘴唇，希望這樣做能讓他記得少年是誰。但直到黑暗與惡臭將塞西爾徹底吞噬，哥哥都沒有甦醒過來觸碰他。

❖

塞西爾嗆了一口水，睜開眼睛發現自己躺在地上。

下半身回來了，赤裸的身體完好無損，左手的戒指正隱隱約約地發熱。塞西爾剛坐起身，就發現旁邊躺著另一團東西，彷彿正在融化般體積漸漸縮小，不斷溢出腥臭血肉。定睛一看，塞西爾這才發現那是一個小男孩——瘦骨嶙峋，緊閉著眼，右臉破了個怵目驚心的大洞，卻看不到內在的頭骨與器官，只有深不見底的漆黑。

塞西爾立刻伸手去探他的呼吸，非常微弱但還活著，小心翼翼地喊：「哥哥？」

男孩發出極其虛弱的低聲囈語。表情看上去彷彿做了惡夢，塞西爾彎下腰仔細聆聽，才聽懂他正在斷斷續續地抽泣，喃喃喊著：「哥哥……」

塞西爾愣了半秒，才反應過來這聲哥哥不是在喊他。

他輕輕推了一下身陷夢魘的男孩，「哥哥，醒一醒。」

哥哥仍沒有醒來。塞西爾稍微大力地又推一次，見男孩還是沒有反應，乾脆搭住肩膀正打算直接把他搖醒，就聽見身後傳來一道稚嫩的嗓音：「如果我是你，就不會那麼做。」

他轉過頭，看見一個和哥哥一模一樣的小孩子，卻比熟睡的這個更殘破。

對方的臉不止破洞，半顆腦袋都不見了。胸前的破口已經完全截斷他的腰，只剩側邊一條細細的纖維連接著，四肢也彷彿被蟲蛀過般破碎，光是居然還能夠好好站直就已經令人驚愕不已。

當瀕死的父親一出現在面前，戒指就彷彿忽然燒起來般變得極燙，還發出氣若游絲的哀鳴。塞西爾緊握住拳頭強忍燒燙感——這不是真的火，不會留下燙傷。

「為什麼？」他咬緊牙關問道。

「不信你就試試看吧。」父親懶得解釋，直接在他面前坐了下來。塞西爾防備地護著男孩稍稍後退，父親從頭到尾看著他的動作，卻一點表示也沒有，表情甚至顯得很無聊的樣子。

「大人。」塞西爾謹慎開口：「這到底是怎麼一回事？」

父親沒有理會他的疑惑。破爛的男孩只是用剩下的那隻左眼直盯著他，自顧自地喃喃道：「要是你母親也談了戀愛，大概就像你這樣。」

塞西爾沉默不語。

「好險她沒有。」父親說：「真不知道你是像到誰，被一隻奇美拉迷得神魂顛倒。」

少年繼續默不作聲。父親平時可不會這樣跟他話家常，看來即使是超凡如黑洞的存在，死到臨頭也會絮絮叨叨。戒指的溫度緩慢而確實逐漸升高，雖然不知道具體是什麼意思，但時間所剩不多了。他正要開口，父親又突然喊道：「塞西爾。」

他等了一會，父親卻面露疑惑，彷彿完全忘了剛剛才出聲喊塞西爾的名字。

「……大人。」塞西爾悄悄捉住身邊男孩的小手——與其說是手，不如說是一團爛肉。迦勒從來沒有失控成這樣過，就連當年塞西爾親手把他從浴池裡拉出來也沒有這樣。男孩手上的戒指也在發燙，即使肉體已經爛成這樣，依舊沒辦法從手上拔掉那圈鋼鐵。

「您要死了。」

塞西爾等了幾秒，確定父親對這句話沒有特別反應，才繼續問道：「當您的力量全部流到我身上時，我會變成什麼樣呢？」

父親的視線雖是看著他，卻又像穿過了他在看遠方。塞西爾不禁懷疑他到底有沒有聽見自己說話，正想繼續開口追問才終於聽見父親回答：「像我這樣。」

「這是什麼意思呢？」塞西爾說。

父親歪著頭看他，細細的脖子差點就要斷了，他卻一點也不在乎。男孩曲起膝蓋，好像絲毫不感興趣似地瞥向他處，塞西爾跟著看過去卻什麼也沒看見。

「喔。」父親恍然大悟道：「我好像沒跟你講過。」

他又等了好久父親卻遲遲沒有說話，少年壓下煩躁感耐心地問：「您要跟我說什麼？」

父親眼神呆滯。他張開嘴，突然舌頭掉了出來，掉在地上沒幾秒鐘就風化成黑色細沙，轉瞬間又不見了。那一瞬間鋼戒又燙得刺人。「我也不是一開始就這樣。」沒有舌頭不影響父親發音，只是他說話時嘴巴會一直飛出黑色的沙塵。「沙夏吃了她姊姊……而我吃了我母親，我母親吃了她的父親。這是本能。」

「──您的家族是一群生來就喜歡噬親的怪物。」塞西爾說：「是這個意思嗎？」

「我是黑洞。」本以為沒有在注意聽他說話的父親反駁道。他沒有生氣，自顧自地繼續說下去，似乎陷入了回憶之中，「沙夏很聰明……出生後三天就會走路，五天就會說話，七天就明白殺不了我。她一直在等待機會……吃了她姊姊，跑到我抓不到的地方，打算慢慢等我老去……」

殘缺的男孩哼了一聲，沒有繼續說話了。

塞西爾沉默不語，飛快地思考著。一直以來他都認為父親那句「我是黑洞」，代表他的本體就是天上不可撼動的天體，但這樣聽下來，所謂的「黑洞」似乎是可以被繼承的位置。也就是說——真正不死的並不是父親。

難怪一千年來他都不曾和塞西爾提過這些，放任他一無所知。塞西爾心想，父親早就料想過，一旦魔女死去，亞當接著就會把歪腦筋動到自己身上。

少年深吸一口氣。「可是您已經存在許久。」塞西爾說：「既然您說，您的血脈生來就要噬親。難道一直以來，您的子女都無法與您匹敵嗎？」

「我不想死啊。」父親呆愣愣道。「一旦成長就要殺我……所以我就不讓他們長大，在他們又小、又可愛、又聽話的時候就吃掉。我一個人就可以維持公轉，有何不可……」他低垂腦袋，搖頭晃腦道：「我沒有想到我會老……一開始只有一點點，就沒有放在心上。後來魔法……開始流到地上……」

「地上？」塞西爾驚愕地插嘴：「您指世間嗎？真的有過人類沒有魔法的時代嗎？」

父親彷彿沒聽見他出聲似地，恍若未聞地繼續說下去：「流得到處都是……那些孩子開始學會偷吃了。小小年紀就敢咬我，我只好吃掉……他們長得越來越快，逼得我狼吞虎嚥，我曾經可以等到他們十八歲，十歲，五歲，一歲，甚至出生十天……」

「我不明白。」父親突然停住搖晃的身體，卻也沒抬起頭，直直地盯著地面，「黑洞也會死嗎？」

他又好一會沒有說話。塞西爾咬緊牙關，把嘴唇咬出了血，依舊強忍住手指上激烈的痛楚不敢出聲。身旁的男孩依舊睡得深沉，對自己燃燒的手指一點反應也沒有。

「沙夏很聰明。」過了許久，父親才繼續說：「出生後三天就會走路，五天就會說話……我把她留在身邊，只是讓她吸我的血……我實在太老了。她年輕健康，力量便追隨她，當我要殺她，她居然吃掉了她虛弱的姊姊，躲進那座愚蠢的宮……」

他又開始聽不懂的喃喃自語了。塞西爾望著那道殘破的身影，終於明白如今這一切到頭來根本其實荒唐透頂。

難怪分明父親理當才是魔法的核心，卻僅僅一場魔女之死就能摧毀魔法時代，全都是因為他就像個老來瘋癲的國王，霸著權力不肯鬆手，直到最終屍身爛朽在王座上。曾經屬於他的魔法由於他的愚昧與衰老棄他而去，只有他還在那難看地垂死掙扎——原來所謂神的恩賜、美麗的魔法，從一開始就都是因他的貪婪而起。想起他還曾對塞西爾說過什麼魔法消散是世界不可逆的運行規律，原來都是笑話。

他真的殺錯了人。

父親突然抬起頭，僅剩的左眼直直地盯著塞西爾，剛才還模糊混濁的眼睛此刻突然清澈燦爛一如旭日。塞西爾頓時動彈不得，正以為是魔法之際就發現父親什麼也沒做，只是單純地盯著他看。當少年注視著那隻琥珀眼，內心深處甚至忽然湧起一絲難以說明的心虛。

「塞西爾。」父親說：「吃了你的奇美拉吧。」

「什麼？」他詫異道。父親的眼神卻剎那間又渙散起來，無神地望向空空如也的上方。塞西爾對他那副痴傻樣忍無可忍，戒指的熱度已經快要超過可以容忍的極限，身邊的小男孩也開始痛苦地啜泣，卻依然沒有睜開眼睛。

「要是我不吃呢？」塞西爾打斷父親模糊不清的低語，劈頭問道：「我非得變成像您一樣的怪物不可嗎？如今魔法已死，又何須勞費黑洞維持力量公轉，您不能直接去死就好了嗎？」

「魔法沒有死……」父親的聲音彷彿被風化般，疲憊而虛弱地碎念著：「被沙夏吸收的魔法，都回到我身上……但我受不了……會再次流到地上……」

「那樣不是最好嗎？」塞西爾厲聲說。

父親只是垂下搖搖欲墜的腦袋，喃喃自語著：「像當年那樣，燒死大地……燒死太陽……」

塞西爾來不及說話，一旁小男孩突然嗚咽出聲，似乎是被爭執聲吵醒了。有**東西**想從破裂的右半邊臉鑽出來，少年立刻伸手蓋住男孩的右眼窩，感覺到尖銳細小的蟲族鍥而不捨地搔刮啃咬著他的掌心，拚命想鑽出來。男孩開始掙扎，左手在睡夢中不斷地揮舞著，想擺脫發燙的戒指，說夢話的音量也越來越大，其中痛苦清晰可聞。「哥呃……嗚……」

「吃掉他。」父親奄奄一息道。「否則就是他吃掉你。」

「寄生體已經死了！」塞西爾抱住無意識哭鬧起來的男孩，有些手足無措地拚命安撫著。「分明死透了，伊恩的也是，可為什麼他們又變成這樣？您又在搞什麼鬼？」

從眼睛出不去，蟲子便開始尋找其他出口。少年慌慌張張地摀住他的耳朵，卻只能眼睜睜看著男孩鼻子裡塞了東西，難受地張大嘴巴喘氣。

「奇美拉是共同體。」父親氣若游絲道：「宿主不死，寄生體不死……只是沒有糧食陷入冬眠……他將帶著那隻蟲，一直到入土之日……」

睡眠被打擾的男孩氣得哭叫，用力搖著頭，兩隻小手粗魯地揉著鼻子，直接把卡在鼻腔中的蟲扯了出來。他頓時痛得大哭，終於張開那隻清澈明亮的太陽之眼，直視面前的塞西爾。

早已瀕臨極限的戒指在那瞬間終於徹底燒了起來，男孩放聲淒厲尖叫，小小身體眨眼間膨脹成極端龐大又詭異的形狀。塞西爾回過頭，卻看見那個本來像是在發呆的小人影，似乎被突如其來的動靜嚇得輕輕搖晃，仰著頭往後慢慢倒下，砸在地上，徹底風化了。

整個世界頃刻間旋轉起來。

彷彿全宇宙都凝聚成一場海嘯，猛然打在塞西爾身上，強烈水壓試圖從每一個毛細孔鑽進他體內，那種幾近荒唐的痛楚讓塞西爾連想叫都叫不出聲，只能瞪大眼睛看見男孩右眼窩中不斷掉出蟲卵與血汙。他哭叫得撕心裂肺，短短的右手和從肚子上長出來的蟲足，都在拚命地想拔掉手上的戒指。塞西爾想開口，宇宙又猝不及防往他的後腦一陣重擊，打斷他的思緒。

鋪天蓋地的魔法蜂擁而至，灌進他的耳朵、眼睛、嘴巴，塞西爾暈眩地低頭，發現左手不知何時被燒成黑炭，難怪一點感覺也沒有。過多的魔法塞得他反胃嘔吐，力量卻又瞬間再度湧進來，焦黑痕跡迅速蔓延到手肘，燒成枯骨的手臂斷了，另一隻手、兩隻腳、軀幹和脖子也全都斷了，散落一地。

少年只剩一顆頭躺在地上，看見男孩淒厲地大吼。他張開長滿利牙的嘴直接撕咬掉左手，破爛的手臂卻沒過幾秒就又長出細嫩的手掌，戒指依然緊緊地卡在上面。他又邊哭邊拚命地抓了起來，單用指甲就把整條手臂刮得深可見骨，奧伯拉鋼戒卻仍是好端端地套在上面。

「哥哥！」塞西爾大喊。

男孩對上他的視線，卻似乎被頭身分離的塞西爾嚇到了，大哭一聲揮舞著蟲足打飛他的身體和四肢，卻一不小心刺穿少年的腦袋。已經被魔法衝擊到喪失痛覺的塞西爾還在焦急地喊著：「哥哥！哥哥，你的手給我！」

男孩反而終於徹底崩潰，越是想把塞西爾的腦袋甩掉卻反而越弄越靠近。少年的頭陰錯陽差直接砸進男孩懷中，孩子放聲尖叫，瘋癲地揮舞著雙手，結果只把塞西爾的頭推開短短兩公尺，讓他的腦袋側倒在那，看半蟲化的男孩無助地蹲下來失聲痛哭。

他怕成那樣，塞西爾卻不明白為什麼反而覺得好受傷。

「哥哥，是我啊，我是小西啊。」他試著喊，但聲音完全蓋不過小孩子用盡全力的哭吼。「哥哥，我是小西啊……」

男孩只是摀著耳朵拚命地哭。他的左手也以戒指為中心漸漸燒成黑炭，和塞西爾不同的是卻不斷再生，新肉剛長出來，馬上又被燒得粉嫩、紅腫、焦黑，再度再生。只有一顆頭的塞西爾，只能眼睜睜看著男孩瘋狂地摳挖眼睛，再怎麼挖都只挖出更多更多蟲，眼睜睜看著他的腦袋逐漸被咬穿，變成蟲卵的巢穴，小小身軀千瘡百孔。

「哥哥……」

那不是他的哥哥。

塞西爾望著眼前不停哭泣的小孩子，突然意識到，他的哥哥不是一個只有五歲的小孩子。他的哥哥也不會那麼容易就被寄生體開腸破肚，更不會因為走投無路就放棄掙扎，開始絕望地哭鬧耍賴。那個不是他的哥哥……

塞西爾絕望地發現——迦勒再也不會是他哥哥了。

男孩徹底陷入瘋狂，整個人縮成小小一團，被蟲蛀得越來越破爛，身體漸漸被蟲殼完全包覆住徹底埋藏，逐漸失去人類樣貌。塞西爾在沒有脖子的情況下，試著搖晃腦袋立正視線，站起了身。他的視野比平常更高，低頭一看才發現自己變回了曾經長生不老的模樣——那個高大、健壯、不可一世的亞當。他的左手無名指依然套著奧伯拉鋼戒，此刻安安分分得只是個漂亮的裝飾品。

塞西爾居高臨下地俯瞰著蜷縮起來的小不點，「迦勒。」

男孩彷彿被蛇咬般整個人頓時抖了一下，震驚地抬頭看向塞西爾，臉上閃過一絲恐懼。他飛快轉開目光，怯怯地把身體縮得更小。塞西爾放輕聲音，溫柔呼喚道：「迦勒……過來。」

男人推開猛然砸過來的蟲足，往前走兩步，在距離他一步之遙的地方停下來，換了一個稱呼，「迦兒，過來哥哥這裡。」

男孩只是縮著身體，小小聲地偷哭。

「迦兒……」他看起來真的好小。

那副柔弱的身體似乎戳一下就會爛，可能就連塞西爾不小心呼一口氣都能燒死他。那樣一個渺小脆弱而微不足道的靈魂，說是寄生體依附他，不如說是寄生體保護他，可是他又會怕。

好麻煩的小東西。他的弟弟，他的……

「迦兒……」塞西爾伸出雙手，「怕不怕？過來，哥哥抱你。」

男孩始終畏畏縮縮地不敢動作，只敢偷偷瞥著男人的雙腳，觀察他有沒有繼續靠近。塞西爾突然很想直接抓著背上的蟲腳把他拎起來，用力地抱進懷裡安撫呵護，他那麼小，連哭都要畏首畏尾。

「迦兒。」塞西爾輕聲道：「別怕。哥哥會保護你。」

焦慮亂竄的蟲足盲目地到處亂拍打。塞西爾剛想推開其中一隻蟲足，卻發現一隻清澈明亮的眼睛正透過蟲殼間的縫隙窺視著他，立刻抓住那隻腳，輕輕地抱進懷裡。「迦兒？」他溫柔地伸出手，「來。哥哥保護你。」

「……葛格？」隔了許久男孩終於回話了，聲音稚嫩軟軟的，彷彿還不太會說話。

「是哥哥。」塞西爾高高在上地伸出手。「小迦兒，我忠誠、可愛的小迦兒。來哥哥這。」

男孩越是猶豫，塞西爾就越是耐心地等待，直到他終於試探地顫抖著伸出一隻烤得焦黑的手，銀色鋼戒在枯槁的無名指上閃閃發光。塞西爾彎下腰，抓住他的左手，戒指互相敲到的那一刻，男人的身體再度四分五裂，不同的部位通通砸在男孩身上。

精神緊繃的男孩頓時崩潰地放聲大哭，而塞西爾根本沒有理會他。蟲、空氣、魔法通通一併燃燒起來，塞西爾把孩子壓在身下死死抱著，他越想掙扎男人就抱得越緊，直到男孩漸漸地不動了。

全宇宙爭先恐後地擠進塞西爾的身體，把他撐開、撕裂、扯碎後，又在一瞬間全部抽離，空虛的皮囊開始往內塌陷墜落，軟軟地鋪在懷中安靜的小孩身上。又像變魔術那樣，孩子也不見了，只剩攤在地上的薄薄一張人皮。

——《結束之後的我們・上》完

To Be Continued.

高寶書版集團
gobooks.com.tw

FH079
結束之後的我們・上

作　　者　梅花幾月開
繪　　者　九日曦
編　　輯　薛怡冠
校　　對　賴芯葳
美術編輯　彭裕芳
內頁排版　彭立瑋
企　　劃　黃子晏

發 行 人　朱凱蕾
出　　版　朧月書版股份有限公司
Hazy Moon Publishing Co., Ltd
地　　址　臺北市內湖區洲子街88號3樓
網　　址　www.gobooks.com.tw
電　　話　(02) 27992788
電　　郵　readers@gobooks.com.tw（讀者服務部）
傳　　真　出版部　(02) 27990909　行銷部 (02) 27993088
郵政劃撥　50404557
戶　　名　英屬維京群島商高寶國際有限公司台灣分公司
發　　行　英屬維京群島商高寶國際有限公司台灣分公司 / Printed in Taiwan
Global Group Holdings, Ltd.
初版日期　2023年12月

國家圖書館出版品預行編目(CIP)資料

結束之後的我們 / 梅花幾月開著..-- 初版. -- 臺北市：朧月書版股份有限公司出版：英屬維京群島商高寶國際有限公司臺灣分公司發行, 2023.12-
面；　公分. --

ISBN 978-626-7201-99-2(上冊：平裝)

863.57　　112011767

朧月書版

朧月書版